Nur hier, am Ende der Welt, zwischen schroffen Gletscherklippen und eisigen Gewässern, fühlt sich Deborah wirklich zu Hause. Nur in den paar Wochen im Jahr, in denen es das feindselige Klima der Antarktis zulässt, dass sie den Lebensraum der Pinguine erforschen kann – auf einer entlegenen Forschungsstation, abgekapselt vom Rest der Welt. Hier trifft Deborah auf Keller Sullivan, einen Abenteurer und Aussteiger – und die Mauer, die sie um sich gebaut hat, bekommt langsam Risse. Doch genau wie sie selbst ist auch Keller nicht ohne Grund hier...

MIDGE RAYMOND hat lange im Verlagswesen in New York gearbeitet und in Boston kreatives Schreiben unterrichtet. »Die Liebenden vom Ende der Welt« ist ihr erster Roman. Midge Raymond lebt in Oregon und führt dort einen kleinen Verlag.

Midge Raymond

Die Liebenden vom Ende der Welt

Roman

*Aus dem Englischen
von Astrid Finke*

btb

Die englische Originalausgabe erschien 2016 unter dem Titel
»My Last Continent« bei Scribner, einem Imprint von
Simon & Schuster, Inc., New York.

Sollte diese Publikation Links auf Webseiten Dritter enthalten,
so übernehmen wir für deren Inhalte keine Haftung,
da wir uns diese nicht zu eigen machen, sondern lediglich auf
deren Stand zum Zeitpunkt der Erstveröffentlichung verweisen.

Verlagsgruppe Random House FSC® N001967

1. Auflage
Deutsche Erstveröffentlichung Oktober 2018
Copyright © 2016 by Midge Raymond
Copyright © der deutschsprachigen Ausgabe 2018 by btb Verlag
in der Verlagsgruppe Random House GmbH,
Neumarkter Str. 28, 81673 München
Covergestaltung: semper smile, München
Covermotiv: © Shutterstock/Canicula; Rolau Elena; gagarych
Satz: Uhl + Massopust, Aalen
Druck und Bindung: GGP Media GmbH, Pößneck
AH · Herstellung: sc
Printed in Germany
ISBN 978-3-442-71420-9

www.btb-verlag.de
www.facebook.com/btbverlag

Für John

HINTERHER

Während ich die Touristen von den Schlauchbooten über felsige Pfade hinauf zu den Pinguinkolonien führe, fällt mir auf, dass diese Besucher in ihren übergroßen, dicken roten Anoraks selbst wie Pinguine laufen: Blick auf den verschneiten Boden gerichtet, Arme ausgebreitet, um das Gleichgewicht zu halten. Sie sind genauso zielstrebig wie die Pinguine, aber sie sind nicht hier, um sich nach den Vögeln zu erkundigen oder nach den Inseln. An der schrumpfenden Adélie-Population oder dem Brutverhalten der Eselspinguine oder den schwindenden Nahrungsquellen der Zügelpinguine in der Antarktis scheinen sie nicht interessiert.

Sondern sie fragen nach der *Australis*.

Wie viele Menschen sind ertrunken? Wie viele werden noch vermisst? Wie viele Leichen gehören jetzt für immer dem Meer?

Keine dieser Fragen möchte ich beantworten.

1979 prallte eine Maschine, Flug 901 der Air New Zealand, gestartet in Auckland, gegen den Mount Erebus in der südwestlichen Antarktis. Über zweihundertfünfzig Menschen starben an jenem Tag. Es war die schlimmste Katastrophe in der Geschichte des Kontinents – bis vor fünf Jahren. Bis zur *Australis*.

Aus den Berichten wissen wir, dass beide Fahrzeuge – das Flugzeug und das Schiff – infolge von Navigationsfehlern verunglückten. Beiden wurde zum Verhängnis, was die Besatzung, obwohl sie davon wusste, nicht sehen konnte oder wollte.

Manchmal frage ich mich, ob nicht noch eine andere Kraft im Spiel ist, etwas ähnlich Verborgenes, das uns warnt, weil sich keiner von uns überhaupt in Antarktika aufhalten sollte.

Wir überqueren schroffe Hügel in der Nähe von Pinguinnestern, die Felsen sind bedeckt von rosa-rötlichem Guano, der in den Schnee sickert wie Blut. Um diese Jahreszeit – Ende Januar, Hochsommer auf der Südhalbkugel – sind die Vögel dick und haben sich die Küken unter ihre Brust geklemmt. Sie beugen sich vor, um die flaumigen, grauweißen Körper zu wärmen und zu schützen. Die Adélies beobachten uns mit ihren weißgeränderten Augen, die Zügelpinguine wirken ernsthaft mit ihrer schwarzen Haube, die Eselspinguine verdrehen die Köpfe und recken orangefarbene Schnäbel in die Höhe, um uns im Blick zu behalten.

Mehr als alles andere erinnern mich die Vögel an das, was ich verloren habe. Und irgendwie macht mich das noch entschlossener, sie zu retten. Und deshalb kehre ich zurück.

Lieber würde ich die Fragen der Touristen über die *Australis* nicht beantworten, aber ich tue es. Es gehört eben zu meinem Job, ich arbeite nicht nur für die Pinguine, sondern auch für das Schiff, das mich jede Saison hierherbringt.

Also erzähle ich.

Ich erzähle ihnen, dass ich hier war, als das riesige Kreuzfahrtschiff feststeckte und in einer windgepeitschten Packeisbucht sank. Ich erzähle ihnen, dass es zu groß und nicht stabil genug war, um sich so weit südlich zu befinden, und dass mein Schiff, die *Cormorant*, damals am nächsten und dennoch eine ganze Tagesreise entfernt lag. Ich erzähle ihnen, dass unterhalb des südlichen Polarkreises der Begriff *Rettungsaktion* wenig praktische Bedeutung hat. Es ist schlicht und einfach niemand da, um einen zu retten.

Ich erzähle ihnen, dass an dem Tag 715 Passagiere und Besatzungsmitglieder starben. Nicht erzähle ich ihnen, dass zwei der Toten Retter waren, deren Schicksale tragisch miteinander verflochten waren. Die meisten wollen von den Opfern hören, nicht von den Rettern. Sie wissen noch nicht, dass wir ein und dieselben sind.

EINE WOCHE VOR SCHIFFSUNTERGANG

Drakestraße
(59°39' S, 61°56' W)

Dem Schwanken der *MS Cormorant* nach zu urteilen stecken wir in einer Fünf-Meter-Dünung. Für unseren Kapitän ist das gar nichts; als er vor gut zwei Wochen durch die Drakestraße getuckert ist, wo das Südpolarmeer auf den Pazifik und den Atlantik trifft und Schiffe wie Spielzeug herumschleudert, waren die Wellen zehn Meter hoch. Zur Routine wird diese Fahrt allerdings nie werden, auch wenn die *Cormorant* sie in dieser Saison sechs Mal absolviert. Die Drakestraße schenkt nie zweimal dieselbe Erfahrung.

Ich bin nicht annähernd so seekrank, wie ich vorgebe, aber die Pause hilft mir dabei, mich in meine Rolle als Reiseführerin einzufinden. Da neunzig Prozent der Passagiere krank in ihrer Kabine liegen und sich die nächsten zwei Tage dort abkapseln werden, hat unser Expeditionsleiter Glenn nichts dagegen, wenn ich mich im Mannschaftsbereich verstecke, bis wir die Südlichen Shetlandinseln erreichen.

Das Flaggschiff des Veranstalters, die *Cormorant*, wurde im selben Jahr gebaut, wie ich geboren bin, vor fast vierzig Jahren. Während ich eins fünfundsiebzig und alleinstehend bin, misst sie neunzig Meter und beherbergt einhundert

Passagiere und fünfzig Crew-Mitglieder. Wir sind beide fürs Eis geschaffen: Ich habe eine dicke Haut und einen Hang zur Einsamkeit, sie Stabilisatoren und einen verstärkten Rumpf, dank dem wir in die schmalen Buchten der antarktischen Halbinsel schlüpfen und, wenn das Wetter es zulässt, den südlichen Polarkreis überqueren können – etwas, das unsere Gäste alle von ihrer Lebensliste abhaken wollen.

Die Broschüren für diese Kreuzfahrt werben nicht nur mit der Tierwelt, sondern auch mit Experten wie mir. Ich bin eine von sechs Naturkundlern auf dieser Reise, Tierforscher und Historiker, die von Glenn angeheuert wurden, um die Passagiere über Pinguine, Wale, Meeresvögel, Eis und die Geschichte des Kontinents aufzuklären. Zwar werden die meisten Naturkundigen die gesamte zweiwöchige Tour an Bord bleiben, aber mehrmals pro Saison steigen einer oder zwei von uns auf einer der unbewohnten Inseln aus, schlagen ihr Lager auf und erheben Daten für das Antarktis-Pinguin-Projekt. Nach weiteren zwei Wochen, wenn das Schiff mit einer neuen Fuhre Passagiere zurückkehrt, fahren wir wieder mit in die Zivilisation. Auf dem Schiff bin ich im Bereitschaftsdienst, immer verfügbar, um Fragen zu beantworten, Zodiacs zu steuern (die kleinen, aber robusten Schlauchboote, die uns vom Schiff an Land bringen), Touristen zu hüten, Wale zu entdecken und nach dem Essen in der Lounge Vorträge zu halten. Diesen Teil liebe ich: den Kontinent vorzustellen, wie er mir einst vorgestellt wurde. Wovor mir graut sind die Fragen, die den Bereich von Flora und Fauna weit überschreiten.

Mindestens ein Mal pro Fahrt fragt mich jemand, wie ich das mache – wie kann ich Wochen oder Monate am Stück hier unten leben, zwischen Schiff und Zelt, unter den rauen Bedingungen, so viel allein. Ich werde gefragt, ob ich verheiratet bin, ob ich Kinder habe – Fragen, die ich selten gegenüber einem männlichen Naturkundler geäußert höre. Aber weil ich diesen Job behalten will, beiße ich mir auf die Zunge und lächle. Ich erkläre, dass ich zwar mit dem Brutverhalten der Pinguine gut vertraut sei, menschliche Beziehungen aber eine gänzlich andere Sache und besonders kompliziert seien, wenn es um die Antarktis gehe. Ich steuere ein wenig von der Historie des Südkontinents bei, die vor desaströsen Liebesgeschichten nur so strotzt: Der Polarwissenschaftler Jean-Baptiste Charcot kehrte, nachdem er auf dem Eis überwintert hatte, nach Hause zurück und stellte fest, dass seine Frau ihn verlassen hatte. Robert Falcon Scott, der auf dem Kontinent starb, erfuhr nie von den Gerüchten, dass seine Frau ihm während seiner Abwesenheit untreu war. Und natürlich habe ich auch so einiges erlebt während meiner komplizierten und noch nicht abgeschlossenen Geschichte der Liebe auf dem Eis, aber das behalte ich für mich.

Die Broschüren weisen auch auf das gute Essen hin, auf das Fitnesscenter und die Sauna, die Bibliothek, das Kommunikationszentrum mit Computern und Satellitentelefon, all die Dinge, die unsere Passagiere daran erinnern, dass sie nie weit von den Bequemlichkeiten ihrer Heimat entfernt sind. Es ist ihnen unbegreiflich, dass ich einen Schlafsack auf hartem eisigem Untergrund weicher Bettwäsche in einer beheizten Kabine vorziehe. Dass ich lieber halb Gefrorenes esse als ein Fünf-Gänge-Menü. Dass ich mich auf jede Minute freue, in der ich nicht auf dem Schiff bin, in der ich Pinguine und Sturmvögel höre und mich weiter denn je zuvor von der Welt oberhalb des sechzigsten Breitengrades entfernt fühle.

* * *

Als ich früh am nächsten Morgen aufwache, ist die andere Koje in meiner Kabine leer. Meine Zimmergenossin Amy muss auf Deck sein, um nach Albatrossen und Sturmvögeln Ausschau zu halten. Amy Lindstrom ist die Unterwasserexpertin des Schiffs, aber sie ist genauso fasziniert von den Geschöpfen oberhalb des Meeres, und in der Drakestraße gibt es Vögel, die wir weiter südlich nicht sehen werden.

Ich sollte mich auch aus dem Bett hieven, aber ich stütze mich nur auf einen Ellbogen auf und beobachte einen genau vor dem Bullauge über meiner Koje vorbeiziehenden Albatros. Diese Vögel, die den Himmel über dem Südpolarmeer beherrschen, faszinieren mich immer wieder; sie verbringen Monate, manchmal Jahre auf dem Meer, umfliegen diesen Teil des Planeten, ohne jemals auf festem Land aufzusetzen. Ich sehe dem Albatros zehn Minuten lang zu, und er schlägt nicht ein Mal mit den Flügeln. Hin und wieder lässt er sich vom Wind über das Schiff heben, aus meinem Sichtfeld, aber die meiste Zeit gleitet er knapp über den Wellen dahin, gerade außer Reichweite der wirbelnden Schaumkronen.

Als ich die Tür quietschen höre, drehe ich den Kopf, weiß aber, dass es nicht der Mensch ist, den ich erwartet habe, derjenige, den ich am liebsten sehen möchte.

»Raus aus den Federn«, sagt Thom.

Seine wuscheligen Haare sind grauer als in meiner Erinnerung. Ich habe Thom nicht mehr gesehen, seit wir vor fünf Jahren im Auftrag des APP zwischen den Pinguinen auf der Petermann-Insel gecampt haben, und gestern in dem Chaos, die Passagiere an Bord und in ihre Kabinen zu verfrachten, hatten wir kaum Zeit, mehr als ein paar Worte zu wechseln. Wie die meisten Inseln, die wir in der nächsten Woche mit den Passagieren besuchen werden, ist die Petermann nur von einheimischen Antarktikern bewohnt – Vögeln und Robben, Flechten und Moosen und Algen, diversen Wirbellosen. Trotz der langen Arbeitstage dort, an denen wir Pinguine zählen und Daten erheben, ist es ein stilles, friedliches Leben. Und ich weiß, dass Thom und ich wieder in den gleichen Rhythmus verfallen werden, an Land und auf See, allein oder von Touristen umringt. Normalerweise arbeiten wir in einträchtigem Fast-Schweigen zusammen, da wir die Launen des anderen aus gemeinsamen Wochen am unteren Ende der Erde kennen.

»Lass mich raten«, sage ich. »Glenn schickt dich.«

Er nickt. »Showtime.«

»Was kommt als Nächstes, Kostüme? Taktstock?«

»Ob wir uns jetzt blicken lassen oder später, ist doch egal«, sagte Thom. »Im Moment ist es ein Geisterschiff. Letzte Gelegenheit für eine einigermaßen ruhige Mahlzeit.«

Ich setze mich langsam auf und merke an meinem ruhigen Magen, wie stark der Wellengang nachgelassen hat; das Meer ist zwar nicht gerade spiegelglatt, aber ich habe keine Ausrede, mich weiter hier unten zu verstecken.

Ich lege die Beine über die Kante. Da ich abends dusche und angezogen schlafe, muss ich mir nur die Haare aus dem Gesicht binden, schon bin ich fertig.

Ich lasse Thom vorangehen in den Speisesaal und beobachte das leichte Hinken in seinem Gang, die Folge eines Sturzes in eine Gletscherspalte auf seiner ersten Reise nach Antarktika vor mehr als zehn Jahren. Trotz des schwankenden Schiffs, trotz meines eigenen Bedürfnisses, mich am Schott abzustützen, braucht er sich nirgends festzuhalten.

Wir setzen uns mit Toast und Obst auf dem Teller an einen freien Tisch, der Kaffee in den vollen Bechern schwappt. Der

Speisesaal ist leer bis auf einen Steward mit einem Tablett, der mit Übelkeit lindernder Ingwersuppe auf dem Weg zu einem bettlägerigen Passagier ist.

»Du hast recht«, sage ich zu Thom. »Ein Geisterschiff ist was Tolles.«

Er nickt. Ich mustere ihn kurz, dann erkundige ich mich nach seinen Kindern, seiner Frau, wie es ist, zurück zu sein. Normalerweise reden wir nicht ausführlich über unser Privatleben. Aber ich muss ihn etwas fragen und möchte mich locker herantasten.

Nachdem Thom mir vom neuen Job seiner Frau erzählt hat, vom Wechsel seiner Kinder in die erste und dritte Klasse, spreche ich das Thema an. »Du wurdest also ziemlich kurzfristig engagiert?«

Er nickt. »Letztes Jahr hatte ich mich bei Glenn gemeldet, weil ich mir dachte, jetzt, wo die Kinder älter sind, wäre ich wieder bereit für hier unten. Er meinte, er hätte keine freie Stelle, aber dann hat er vor zwei Monaten angerufen und mich gebeten einzuspringen.«

»Für Keller?«

»Ja.«

»Hat er dir gesagt, warum?«

»Ich hab nicht gefragt.« Er sieht mich an. »Du weißt es nicht?«

Ich schüttle den Kopf. Aus dem Augenwinkel sehe ich einen Passagier den Raum betreten, und ich spüre meine Schultern absacken, ein Reflex, der Instinkt, sich zu verstecken. Aber der Mann sieht uns und steuert auf uns zu, den Teller hoch mit Eiern und Würstchen beladen, was mir auch den Magen umdrehen würde, wenn wir nicht gerade durch die Drakestraße schippern würden. Von der Schiffsärztin weiß ich, dass sechzig Prozent der Männer an Bord Herztabletten nehmen. Ich weiß auch, dass das am zweithäufigsten angefragte Medikament auf diesem Schiff, nach dem gegen Seekrankheit, Viagra ist und dass der mangelnde Blutfluss an die richtigen Stellen mehr von Arterienverstopfung ausgelöst wird als vom Alter.

Und nun setzt sich dieser Mann mittleren Alters, der tatsächlich fitter und gesünder als die meisten anderen aussieht, mir und Thom gegenüber.

»Schickes Gerät«, bemerkt Thom und zeigt auf das Fernglas, das der Mann auf den Tisch gelegt hat.

»Danke«, sagt der, sichtlich erfreut, dass es Thom aufgefallen ist. »Wasserdicht, stoßfest, bildstabilisierend. Es hat sogar Nachtsicht.«

»Nicht, dass man das hier bräuchte«, sagt Thom.

»Wie meinen Sie das?«

»Es wird nicht dunkel. Nur ein paar Stunden Dämmerung zwischen Sonnenunter- und Sonnenaufgang.«

Der Mann blickt aus dem nächstgelegenen Bullauge, als wäre er nicht sicher, ob er glauben soll, was er da hört. »Tja, bei dem, was das Ding mich gekostet hat, benutze ich es sicher auch noch für andere Reisen«, sagt er schließlich. »Ich bin übrigens Richard. Richard Archer.«

»Thom Carson. Und das ist Deb Gardner. Willkommen an Bord.« Thom steht auf, um noch Kaffee zu holen, und nimmt meinen Becher mit.

Ich deute mit dem Kopf auf das Fernglas. »Darf ich mal?«, frage ich und greife danach.

Richard schiebt es mir über das makellos saubere weiße Tischtuch zu. »Aber gern.«

Ich stelle mich an ein Bullauge und hebe das Fernglas an die Augen. Ich brauche einen Moment, um zu begreifen, dass es digital ist und ich einen Knopf drücken muss, bevor mein Sichtfeld plötzlich sehr scharf wird. Die Stärke ist unglaublich. Nach wenigen Sekunden entdecke ich den von Seepocken verkrusteten grauen Kopf eines Pottwals, der nur knapp die Wasseroberfläche durchbricht, während er Sauerstoff tankt. Das müsste ich eigentlich über Lautsprecher durchsagen, aber ohne ein solches Fernglas wird es wahrscheinlich niemand sehen können.

Ich gehe wieder zum Tisch und gebe das Gerät zurück.

»Vielleicht habe ich ein bisschen zu viel dafür ausgegeben«, meint Richard. »Aber so eine Reise macht man ja nur einmal im Leben, oder? Ich will nichts verpassen.«

»Da ist ein Pottwal auf elf Uhr.« Ich deute auf den Horizont und beobachte ihn, als er nach dem Wal sucht. Ich stelle mir die winzigen elektronischen Impulse vor, die in wahnwitziger Geschwindigkeit die Realität zerlegen und wieder zusammensetzen.

Thom kommt zurück und stellt mir einen frischen Kaffee hin. »Was sehen Sie da?«, fragt er Richard.

»Ich versuche, einen Pottwal zu finden.«

»Der ist wahrscheinlich abgetaucht«, sage ich. »Keine Sorge. Sie werden noch andere sehen.«

Da bin ich mir zwar nicht sicher, denn normalerweise fressen nur die Männchen in dieser Gegend, und die bevorzugen die größten Wassertiefen, aber ich bemühe mich, aufmunternd zu sein, die Menschen glauben zu lassen, dass sie absolut alles erleben, dass sie etwas für ihr Geld bekommen werden. Sie müssen nicht wissen, dass sie die Antarktis für den Rest ihres Lebens jedes Jahr bereisen könnten und immer noch nicht alles sehen würden, was es gibt.

»Also«, sagt Richard und legt das Fernglas wieder auf den Tisch. »Wie lange arbeiten Sie schon auf der *Cormorant*?«

»Eigentlich sind wir beim APP angestellt«, sagt Thom.

»Wo?«

Thom hat jetzt den Mund voller Toast, deshalb erkläre ich es. »Das Antarktis-Pinguin-Projekt ist eine gemeinnützige Organisation. Wir erforschen die drei Pinguinarten hier, zeichnen ihre Entwicklung auf, Zahlen, Fress- und Brutverhalten. Das Schiff nimmt uns im Rahmen der Mission des Projekts mit, Menschen über diese Region aufzuklären.«

»Nicht schlecht«, sagt Richard. »Wenn man schon hier unten sein muss, dann sollte man auf jeden Fall so reisen. Was ist unser erster Halt?«

Thom erklärt, dass wir das erst unmittelbar vorher erfahren, dass jede Exkursion auf diese winzigen, abgelegenen Inseln von Eis und Wetter abhängt, die sich von Tag zu Tag verändern, manchmal von Stunde zu Stunde.

Im Geiste schweife ich ab zu dem Tag, als ich in Ushuaia in der Pension eintraf, in der Keller und ich uns verabredet hatten. Er war nicht da, und ich nutzte die Gelegenheit, mir den langen Flug abzuduschen und eine Weile die Augen zu schließen. Als ich aufwachte, war es Morgen, und ich musste los zu dem Kai, an dem die *Cormorant* lag – immer noch ohne eine Spur von Keller.

Ich schrieb rasch eine E-Mail vom Computer in der Lobby aus, weil ich dachte, sein Flug wäre verspätet, und er käme abends, kurz vor dem Ablegen. Aber als der lange Ton des Schiffshorns der *Cormorant* erklang und sie in den Beagle-Kanal glitt, sah ich an den Gesichtern der Passagiere, an ihren Sektgläsern vorbei auf die vor uns liegenden Gewässer und wollte, gegen jede Vernunft, auf die Brücke rennen und dem Kapitän sagen, dass wir warten müssten.

Jetzt starre ich aus den Fenstern des Speisesaals und versuche, optimistisch zu denken: Keller muss seinen Flug verpasst, seinen Zeitplan in letzter Minute umgebaut haben und wird in zwei Wochen, bei der nächsten Reise Richtung Süden, in Ushuaia zur *Cormorant* zu stoßen. Das rede ich mir ein, obwohl ich es bezweifle. Ich schiele nach Richard, der die Einstellungen an seinem Fernglas anpasst, und in diesem Moment sind wir gar nicht so unterschiedlich – wir suchen beide nach etwas, das wir nicht finden werden.

Mein letzter Abschied von Keller Sullivan war erst vor drei Monaten, während eines unerwarteten Besuchs in den USA. Wir wohnen immer noch an entgegengesetzten Küsten, und während der mindestens acht Monate, die wir nicht in der Antarktis verbringen, halten wir über E-Mail, Telefon und Skype Kontakt. In der Hinsicht sind wir wie Pinguine: jeder von uns auf seiner eigenen Reise unterwegs, bis wir uns wiedertreffen, unsere gemeinsamen Nester auf diese Expeditionen beschränkt, die Halbinsel, die Camps, die wir zusammen aufschlagen.

Was uns verbindet, ist kompliziert: eine Beziehung, die mitten unter Pinguinen begann, unter Geschöpfen, deren eigenes Brutverhalten sich stetig weiterentwickelt, wie die Meere, an die sich anzupassen sie ununterbrochen bemüht sind. Während manche Arten ein Leben lang bei ihrem Partner bleiben, sind andere nur eine Saison lang monogam, und wieder andere haben überraschend hohe Scheidungsraten. Für alle von ihnen steht das Überleben an erster Stelle. Manchmal glaube ich, dass das auch Keller und mich ganz gut beschreibt. Wir haben uns ineinander so heftig verliebt wie in die Antarktis und uns selbst, und was wir sind, noch nicht von diesem Ort abgetrennt. Jedes Mal, wenn ich am unteren Ende der Welt eintreffe, weiß ich nicht genau, wie unser Nest aussehen oder ob es überhaupt existieren wird.

Im letzten Jahr, als ich übernächtigt und mit Grauen vor unserer ersten Woche auf der *Cormorant*, bevor Keller und ich auf der Petermann-Insel abgesetzt werden sollten, in Ushuaia ankam, traf ich ihn erst an Bord. Erst als mir meine Reisetasche aus der Hand genommen wurde, ich einen Arm um meine Taille spürte. Er riss mich in eine feste Umarmung, ehe ich ihn auch nur ansehen konnte, und stellte mich dann wieder auf den Boden, damit wir uns betrachten konnten.

»Da wären wir«, sagte er. »*Fin del mundo...*«

»*...principio de todo*«, beendete ich seinen Satz wie üblich, das Motto der patagonischen Stadt, in blauen Buchstaben auf die weiße Mauer geschrieben, die die bunten Gebäude von den schroffen, schneebedeckten Bergen dahinter abgrenzt.

Das Ende der Welt, der Anfang von allem.

Eine Reise in die Antarktis zu beginnen, fühlt sich ohne Keller nicht mehr richtig an. Die Gefühle stürmen auf mich ein, und ich weiß nicht, welchem ich nachgeben soll: Sorge, Wut oder einfach Enttäuschung.

* * *

Als die Wellen weiter an Stärke verlieren, verlassen die Gäste allmählich ihre Kabinen, tasten sich unsicher durch die Gänge. Sie ziehen ihre wasserdichten, dick gefütterten, knallroten *Cormorant*-Jacken über und kommen nach oben.

Aus den ersten vereinzelten Passagieren an Deck werden schnell Dutzende, und es dauert nicht lange, bevor ich umringt bin und von ihren Fragen bombardiert werde. *Wie schnell schmelzen Eisberge ab? Wo wird der da landen? Wie groß werden sie?*

»Vor Kurzem ist ein Eisberg in der Größe Singapurs von einem Gletscher abgebrochen«, erzähle ich ihnen. »Aber der größte war sogar noch riesiger, über dreihundert Kilometer lang.«

»Dreihundert Kilometer?«, sagt der Mann, der die Frage gestellt hat. »Das ist wie die Entfernung zwischen New York und Washington D. C.«

Ich nicke, erwidere aber nichts, weil ich in beiden Städten noch nie war. Aber ich verstehe das Bedürfnis der Touristen, ihre Umgebung in einen Kontext zu setzen, ich kann mir vorstellen, dass ich das auch müsste, wenn ich in New York oder Washington wäre. Ich müsste das Washington Monument mit dem höchsten Pyramideneisberg vergleichen, den ich je gesehen habe, oder die Breite des Times Square mit einer der Gletscherspalten, auf die ich auf dem Kontinent gestoßen bin.

Tatsächlich bin ich gerade froh über ihre Fragen. Solange sie reden, muss ich wenigstens an nichts anderes denken, zum Beispiel wo Keller ist und warum ich nichts von ihm gehört habe oder wie ich einen Mann erreichen soll, der selten an sein Handy geht und gern mal wochenlang offline bleibt.

»War das da ein Pinguin?«, fragt jemand und blinzelt, als hätte er gerade einen Meteor gesehen.

Ich habe verpasst, was auch immer er bemerkt hat. »Könnte sein«, sage ich. »Sie fressen in dieser Gegend. Halten Sie den Blick nach vorn gerichtet, seitlich des Schiffs, dann sehen Sie welche. Das Motorengeräusch schreckt sie aus dem Wasser.«

Ich beobachte die Touristen, als sie sich über das Geländer lehnen; ich lausche dem hektischen Klicken ihrer Kameras. Wie schnell sie sich hinter ihre Sucher klemmen. In ihrer

Hast, Bilder von den Pinguinen zu bekommen, ihre Reiseandenken zu sammeln, verpassen sie die wahre Schönheit in allem, was es zu sehen gibt.

Ich erinnere mich an meine erste Reise nach Süden, auf der ich mehr Fotos knipste, als ich zählen konnte, weil ich kaum zu glauben wagte, dass ich noch einmal die Gelegenheit bekäme, diese Dinge zu sehen. Die schlanken Leiber der Pinguine, die so schnell durchs Wasser schießen, dass sie wie Mini-Orcas aussehen. Wie sie in Formation springen und schwimmen, als wären sie am Himmel statt im Wasser. Wie sie in einem Wimpernschlag die Richtung wechseln.

Langsam dringt die Kälte durch, und alle schlurfen nach drinnen. Meine Schultern entspannen sich langsam, als ich mich ans Geländer lehne. Es dauert einen Moment, bis ich merke, dass ich nicht allein bin.

Eine Frau steht gute fünf Meter von mir entfernt, wo das Geländer sich um den Bug wölbt, und nachdem sie gerade noch mit dem Rücken zu mir stand, dreht sie sich jetzt zu mir um.

»Hallo.« Sie kommt auf mich zu. Ich sehe sie auf mein Namensschild schielen, dann streckt sie die Hand aus. »Sie sind also die Pinguin-Expertin. Ich bin Kate Archer.«

Nach einem kurzen Zögern schüttle ich ihr die in einem dicken Gore-Tex-Handschuh verlorene Hand. Ihr Lächeln gräbt einen Halbmond in einen ansonsten einsamen Gesichtsausdruck, und sie wirkt so froh, mich kennenzulernen, dass ich vermute, sie reist allein und hat schon länger mit niemandem mehr gesprochen.

»Es ist einfach unglaublich«, sagt sie. »Von diesem Ausblick kriegen Sie bestimmt nie genug.«

»Nein, nie.«

Sie zeigt auf einen Eisberg in der Ferne. »Wie hoch ist der?«

»So zwanzig, fünfundzwanzig Meter würde ich sagen.« Dann ergänze ich: »Ungefähr die Höhe eines achtstöckigen Gebäudes.«

»Aha.« Sie verfällt wieder in Schweigen.

Ich weiß, ich sollte freundlicher sein, sie in ein Gespräch verwickeln, über die Antarktis informieren, aber ich habe das Gefühl, mein Gesprächspensum für den Tag jetzt schon erfüllt zu haben. Und dann sehe ich weiter vorne etwas, ein Aufblitzen reflektierten Lichts, das die Anwesenheit von etwas anzeigt, was unmöglich sein kann.

Ich murmle: »Was soll *das* denn?« und versuche, mein Fernglas einzustellen, frage mich, ob es beschlagen ist oder kaputt oder ob etwas mit meinen Augen nicht stimmt.

Dann werfe ich einen Seitenblick auf die Frau neben mir und überlege, wie sie noch gleich hieß. Kate. »Entschuldigung«, sage ich. »Ich kann nur einfach nicht fassen, was ich da sehe.«

»Was sehen Sie denn?« Sie beugt sich über das Geländer, als würde das ihre Sicht verbessern. »Ich weiß nicht, was Sie meinen.«

»Das werden Sie gleich.« Ich senke das Fernglas. »Einen Moment noch.«

»Ich wünschte, ich hätte das Fernglas meines Mannes dabei. Wahrscheinlich könnte ich damit direkt *durch* diesen Eisberg sehen.«

Es dauert eine Sekunde, bis ich die Verbindung herstelle. »Heißt Ihr Mann Richard?«

»Ja.« Sie sieht mich an. »Warum?«

»Ich habe ihn heute Morgen kennengelernt. Beim Frühstück.«

»Dann haben Sie heute schon mehr von ihm gesehen als ich.«

Es schwingt etwas Seltsames in ihrer Stimme mit, aber ich bin mir nicht sicher, was. Mir war die auf diesen Reisen entstehende unnatürliche Intimität schon immer unangenehm. Wir erleben zerbrechende Ehen, Geschwisterrivalität, Liebesaffären. Ein Teil des Problems ist, glaube ich, dass die Antarktis für so viele die Reise ihres Lebens ist und ihre Erwartungen so hoch sind. Sie rechnen damit, hier unten für immer verändert zu werden, und oft ist das auch so, nur nicht so, wie sie vorher dachten. Sie werden seekrank, sie sind nicht an die engen Räumlichkeiten gewöhnt, sie erfahren, dass das Sterben der Meere an ihren eigenen schlechten Angewohnheiten liegt. Und das alles sickert nicht nur in ihren Traumurlaub ein, sondern in ihre Beziehungen, tiefer, als sie erwartet hatten.

Genau in dem Moment taucht das Schiff, den Bug nach vorn geschoben, hinter dem Eisberg auf und offenbart nach und nach seine vielen überdimensionierten Teile: eine riesige Terrasse, ein um einen Swimmingpool und ein Sonnendeck führendes Geländer, direkt dahinter eine Art Spielfeld. Langsam kommt es voll in Sicht, mit hunderten von winzigen Bullaugen und Dutzenden von Balkonen an der Backbordseite geschmückt.

Selbst Kate wirkt überrascht. »Wie weit ist das weg?«, fragt sie.

»Nicht weit genug.«

»Es muss riesig sein.«

Ich nicke. »Zehn Stockwerke hoch, zwölfhundert Passagiere, vierhundert Besatzungsmitglieder. Und es dürfte überhaupt nicht hier unten sein.«

»Es sieht aus, als hätte es irgendwo in der Karibik die falsche Abzweigung genommen. Woher wissen Sie so viel darüber?«

»Ich erforsche die Auswirkungen von Tourismus auf die Pinguinkolonien«, sage ich. »Deshalb halte ich mich auf dem Laufenden. Die *Australis* ist ein neues Schiff, registriert auf den Bahamas, aber wahrscheinlich voll mit Amerikanern. Ein schwimmender Freizeitpark, wie die meisten.«

»Sie sind offenbar kein Fan.«

»Ich habe kein Problem mit solchen Schiffen in der Karibik oder in Europa. Aber das Letzte was wir, am wenigsten die Pinguine, hier unten brauchen, ist, dass dieses Ungetüm ungefähr die Bevölkerung einer Kleinstadt auf diesen Inseln ablädt.«

»Warum darf es dann überhaupt hier sein?«

Seufzend betrachte ich das Schiff, das wie ein pockennarbiger Eisberg am Horizont entlangfährt. »Diese Gewässer gehören niemandem. Die können tun, was sie wollen.«

»Ist es auf dem Weg nach Süden?«

»Sieht so aus.« Ich zucke die Achseln. »Zum Glück flitzen so große Schiffe meistens nur schnell durch die Drakestraße, um den Passagieren mal kurz die Eisberge zu zeigen, und machen dann wieder kehrt. Wahrscheinlich werden wir es also nicht noch mal sehen. Für die meisten Stellen, die wir anlaufen, ist es viel zu groß.«

Kate starrt immer noch das Kreuzfahrtschiff an, und es freut mich, dass sie offenbar genauso empört darüber ist wie ich. »Dagegen sieht der Eisberg klein aus.«

Ich stoße ein trockenes Lachen aus. »Dieser Eisberg ist gar nichts im Vergleich zu dem, was wir vor uns haben«, sage ich. »Und die *Australis* hat keinen verstärkten Rumpf wie wir. Deshalb möchte ich wetten, dass sie umkehrt.«

»Was, wenn sie auf Eisberge stößt?«, fragt sie. »Wie umschifft sie sie?«

»Vorsichtig«, sage ich. »Sehr vorsichtig.«

FÜNF JAHRE VOR SCHIFFSUNTERGANG

Petermann-Insel

Als mir auffällt, dass eins unser Eselspinguinküken fehlt, schlage ich im Feldnotizbuch die Kolonie-Tabelle auf und gleiche die Nester miteinander ab. Laut unseren Aufzeichnungen war das Küken zwei Wochen alt, aber das felsige Nest ist leer. Ich suche, finde aber keinen Kadaver, was bedeutet, dass sein Verschwinden das Werk einer Raubmöwe gewesen sein muss. Wenn Raubmöwen herabstoßen, um sich Küken oder Eier zu schnappen, lassen sie wenig zurück.

Ich setze mich etwas abseits der Kolonie auf einen Stein, um mir ein paar Notizen zu machen. Da höre ich es – einen eindeutig menschlichen Schrei und ein sattes Geräusch, das ich erst ein Mal in meinem Leben gehört und nie vergessen habe: den Klang von Knochen, der auf etwas Hartem auftrifft.

Ich stehe auf und sehe einen Mann auf dem Boden liegen, einen rot bejackten Touristen von der *Cormorant*, die an diesem Morgen in unserer Bucht Anker geworfen hat. Vor einer Woche hat das Schiff Thom und mich auf seiner Runde durch die Antarktis hier abgesetzt, und in einer Woche holt es uns wieder ab, auf der letzten Kreuzfahrt dieser Saison.

Die Petermann-Insel ist winzig, keine zwei Kilometer lang. Früher einmal standen hier kleine Hütten, die einer französischen Expedition zu Beginn des zwanzigsten Jahrhunderts gedient hatten. Jetzt schaffen wir uns mit Zelten und solarbetriebenen Laptops unsere eigene Forschungsbasis. Während unserer zwei Wochen hier kommt die *Cormorant*, wenn das Wetter es zulässt, immer mal vorbei, um den Touristen die Vögel und unser Lager zu zeigen, bietet einen Rundgang über die Insel und einen kurzen Einblick in das Leben von uns Forschern an.

Der Mann ist heftig gestürzt und auf dem Rücken gelandet. Als ich sehe, dass sich ein roter Fleck von dem Stein unter seinem Kopf in den Schnee ausbreitet, eile ich auf ihn zu. Ein Dutzend Touristen befindet sich in der Nähe, aber niemand scheint etwas zu bemerken.

Thom allerdings muss etwas gesehen haben, denn er erreicht den Mann zuerst. Und jetzt klettert eine Frau vorsichtig denselben Hügel hinunter, trotz ihrer Eile offenbar bemüht, nicht dasselbe Schicksal zu erleiden.

Ich wende mich dem Mann zu. Sein Blut ist ein unwillkommener Anblick, hell und dünn neben dem allgegenwärtigen dunkelrosafarbenen Guano der Pinguine, und randvoll mit Bakterien, die für die Vögel tödlich sein könnten. Ich unterdrücke den Drang, es wegzuputzen.

»Deb«, sagt Thom scharf und hebt den Kopf. Er hat zwei Jahre Medizin studiert, bevor er auf Meeresbiologie umsattelte, und er sieht nervös aus. Mittlerweile haben sich vier weitere Touristen um uns versammelt.

Mit ausgestreckten Armen gehe ich auf die roten Jacken zu, zwinge sie ein paar Schritte zurück. Die Frau, die den Hügel hinuntergehastet ist, versucht, an mir vorbeizusehen. Sie wirkt jünger als die üblichen Passagiere, die nach Antarktika fahren. »Gehören Sie zu ihm?«, frage ich sie. »Wer ist Ihr Reiseführer?«

»Nein – weiß ich nicht«, stammelt sie. Blonde Haare fallen ihr aus der Mütze in die weit aufgerissenen Augen, in denen eine Angst liegt, die ich nicht zuordnen kann. »Vielleicht ist er da oben.« Sie zeigt auf die Eselspinguinkolonie. Ich sehe nach oben. Der Hügel ist im Nebel fast verschwunden.

»Jemand muss ihn suchen«, sage ich. »Und wir brauchen die Schiffsärztin. Mit wem ist er unterwegs?«

»Mit seiner Frau, glaube ich«, antwortet jemand.

»Holen Sie sie.«

Ich knie mich neben Thom, der den Kopf des Mannes untersucht. Wären wir irgendwo anders als in der Antarktis, wäre die Verletzung vielleicht nicht so kritisch. Aber wir sind am Ende der Welt, Tage von der nächsten Stadt entfernt, noch weiter von der nächsten Unfallstation. Es gibt eine Ärztin auf dem Kreuzfahrtschiff und eine medizinische Grundversorgung in Palmer Station, einer vierzig Mann starken US-amerikanischen Forschungseinrichtung, etwa eine Stunde mit dem Boot von hier, aber es ist nicht klar, ob das reichen wird.

Der Mann hat sich seit seinem Sturz nicht gerührt. Eine tiefe Wunde an seinem Hinterkopf blutet durch den dicken Verbandsmull, mit dem Thom sie abgedeckt hat. Stimmen nähern sich, der Reiseführer, die Ehefrau, die Ärztin. Plötzlich hebt sich der Brustkorb des Mannes, und Thom dreht ihm schnell den Kopf zur Seite, damit er sich in den Schnee übergeben kann.

Er erschauert und versucht, sich aufzusetzen, verliert dann wieder das Bewusstsein. Thom drückt ihm frischen Mull auf den Kopf und sieht auf.

»Was ist passiert?«, schreit die Ehefrau.

»Er ist ausgerutscht«, sage ich.

Susan Beecham, die Schiffsärztin, steht jetzt direkt hinter uns, und Thom und ich gehen beiseite.

»Wie konnte das passieren«, heult die Ehefrau.

Ich lege ihr eine Hand auf die Schulter, als Besatzungsmitglieder mit einer Tragbahre eintreffen. »Wir müssen ihn nach Palmer bringen«, sagt Susan gedämpft.

Thom hilft, den Mann auf die Bahre zu heben, und er wird zum Schlauchboot getragen. Ich hole eine Plastiktüte aus unserem Zeltlager und schaufle den von Blut und Erbrochenem durchtränkten Schnee hinein. Da dies eine der letzten unberührten Gegenden der Welt ist, geben wir uns die größte Mühe, die Tiere vor allem Fremden zu schützen. Besucher desinfizieren ihre Stiefel, bevor sie einen Fuß auf die Insel setzen, und noch einmal bei der Abfahrt. Niemand geht ohne alles, was er mitgebracht hat.

Und doch scheint das manchmal, so wie jetzt, sinnlos. Solche Verletzungen sind ungewöhnlich, aber ich habe Touristen schon Taschentücher und Kaugummipapiere auf den Boden werfen sehen. Dann möchte ich ihnen hinterherlaufen, ihnen unsere Daten zeigen, ihnen erklären, wie stark sich das Schicksal der Pinguine verändert hat, seit immer mehr Touristen auf diese Inseln kommen. Aber ich muss geduldig mit dieser roten Anorak-Spezies sein. Ich bin dankbar für den Transport der *Cormorant* zu dieser abgelegenen Insel und für die finanzielle Unterstützung des APP, gleichzeitig habe ich oft das Gefühl, dass wir jede Saison teurer dafür bezahlen, dass unsere Arbeit gegenüber der Bespaßung der Touristen in den Hintergrund tritt.

Thom kommt zurück und stellt sich hinter mich. »Ich muss mit nach Palmer fahren.«

Ich sehe zu ihm hoch. »Warum?«

»Die Crew dreht am Rad«, sagt er, »und sie brauchen jemanden, der sich um den Verletzten und seine Frau kümmert.«

Mehr braucht er nicht zu erklären, ich kann mir vorstellen, was los ist: Susan am Funkgerät mit der Zentrale in Palmer, die Matrosen an Deck, um den Anker zu lichten, Naturkundler damit beschäftigt, Fragen besorgter Passagiere zu beantworten, und Glenn hektisch dabei, sich mit der Kombüse über die nächste Mahlzeit und mit dem Kapitän über das nächste Ziel abzustimmen.

»Tja, da bleibt uns wohl nichts anderes übrig.« Ich vergewissere mich, dass keine Reste mehr im Schnee liegen. Thom hat keine Wahl – wir werden oft, wenn wir auf der Insel sind, gebeten, für die Besatzung einzuspringen –, aber ich weiß, was er eigentlich von mir wissen will. Wir arbeiten seit drei Jahren zusammen, und ich habe noch nie eine Nacht allein hier verbracht.

Ich stehe auf. Da Thom klein ist und ich groß, sehen wir einander genau in die Augen. »Fahr ruhig. Ich komm schon klar.«

»Sicher?«

»Ich lass das Funkgerät an, nur für den Fall. Aber ja, ist schon in Ordnung. Nach dem Ganzen hier werde ich die Ruhe genießen.«

»Ich bin morgen zurück«, sagt er.

Wir gehen zum Lager zurück, einem Trio von Zelten ein paar Meter hinter der Bucht. Von dort aus können wir die Schiffe kommen und, noch wichtiger, abfahren sehen.

Ein weiteres Zodiac wartet darauf, Thom nach Palmer zu bringen. Er holt schnell ein paar Sachen aus seinem Zelt und drückt mir die Schulter. »Ich melde mich später bei dir.« Er lächelt, und ich spüre eine plötzliche, heftige Einsamkeit, wie einen Atemzug kalter Luft.

Ich sehe dem Schlauchboot nach, bis es um die äußeren Klippen der Bucht verschwindet, dann kehre ich in unser leeres Camp zurück.

* * *

An einem Abend wie diesem, wenn die Luft von nicht gefallenem Regen geschwängert ist und die Pinguine in einem Schneematschtümpel in der Nähe planschen, fällt es schwer zu glauben, dass Antarktika die größte Wüste der Welt ist, der trockenste Ort der Erde. In den Trockentälern ist seit Jahrmillionen kein Regen gefallen, und dank der Kälte verwest oder verrottet nichts. Selbst hier oben auf der Halbinsel habe ich hundert Jahre alte Seerobben-Kadaver in perfektem Zustand gesehen, und verlassene Walfangstationen, in denen die Zeit stehen geblieben ist. Wer in Antarktika umkommt – Pinguine, Robben, Entdecker – wird verewigt, denn das Eis bewahrt das Leben im Augenblick des Todes.

Doch trotz allem, was gleich bleibt, verändert sich Antarktika unablässig. Jedes Jahr verdoppelt sich der Kontinent in seiner Größe, wenn das Meer um ihn herum gefriert; das Schelfeis verschiebt sich; Gletscher kalben. Wale, die einst gejagt wurden, sind heute geschützt, Krill, der einst nicht beachtet wurde, wird heute gefischt, Land, das einst menschenleer war, wird heute von tausenden von Touristen pro Saison besucht.

Ich esse kalte Pastareste und denke an unsere Rückfahrt. Auf der *Cormorant* werden Thom und ich gut essen, meine Einsamkeit wird von Vorträgen und Diashows abgelöst werden, und ich werde mich hierher wünschen, zu den Pinguinen.

Hinterher räume ich das Geschirr auf. Jetzt, um kurz vor zehn Uhr abends, ist es hell draußen, die Sonne immer noch Stunden von ihrem vorübergehenden Verschwinden entfernt. Ich mache einen Spaziergang hinauf zu der Kolonie, bei der heute so ein Betrieb geherrscht hat, der, die der Mann gerade besichtigt hatte, bevor er stürzte. Die Pinguine sind noch aktiv, schleppen Steine an, um ihre Nester zu befestigen, füttern ihre Küken. Manche sitzen auf Eiern, andere kehren vom Meer zu ihren Partnern zurück und begrüßen sich mit einem Erkennungsruf, einem hohen, schnarrenden Kreischen.

Ich setze mich auf einen Felsen ungefähr fünf Meter vom nächsten Nest entfernt und beobachte, wie die Vögel den Pfad vom Wasser heraufzuckeln. Scheinbar ignorieren sie mich, aber ich weiß, dass das nicht stimmt. Ich weiß, dass ihre Pulsfrequenz sich erhöht, wenn ich vorbeilaufe, dass sie sich schneller bewegen, wenn ich in der Nähe bin. Thom und ich haben die beiden größten Pinguinkolonien hier studiert, Buch über ihre Größe und Reproduktionsrate geführt, um die Auswirkungen von Tourismus und menschlichem Kontakt abzuschätzen. Diese Insel ist eine der am häufigsten besuchten Stellen der Antarktis, und unsere Daten zeigen, dass die Vögel es bemerkt haben: Sie leiden unter Stress, niedrigeren Geburtenraten, weniger Küken, die das Erwachsenenalter erreichen. Es ist ein eigenartiges Paradox, dass die gleichen Leute, die unsere Forschung finanziell unterstützen, auch die *Cormorant* jede Saison herführen, und ich habe schon oft überlegt, was wohl passieren wird, wenn die Ergebnisse unserer Studie veröffentlicht werden.

Manchmal bin ich, wenn ich die Pinguine beobachte, so fasziniert von ihrem Schnurren und Kreischen, von der Präzision ihres unbeholfenen Watschelns, dass ich vergesse, dass ich noch ein anderes Leben habe, ganz woanders. Dass ich in Eugene ein Häuschen gemietet habe, dass ich an der University of Oregon Meeresbiologie unterrichte, dass ich vierunddreißig Jahre alt bin und noch keine Aussicht auf eine Festanstellung habe, dass ich seit drei Jahren nichts mit einem Mann hatte. Ich vergesse, dass mein Leben jetzt nur so gut wie mein nächstes Forschungsstipendium ist und dass ich Angst habe, wenn das Geld versiegt, auch am Ende zu sein.

Vor acht Jahren kam ich zum ersten Mal in die Antarktis, um in der McMurdo-Station die Kaiserpinguine zu erforschen. Seitdem war ich jede Saison hier, am häufigsten auf diesen Inseln ganz im Norden. Es wird Jahre dauern, bis unsere Studie des Antarktis-Pinguin-Projekts abgeschlossen ist, aber da Thoms Kinder noch klein sind, nimmt er sich die nächsten paar Saisons frei. Ich hingegen freue mich jetzt schon darauf, nächstes Jahr zurückzukommen.

Was ich gern machen würde, ist, wieder zum Rossmeer zu fahren, tausende von Kilometern weiter südlich, zu den Kaiserpinguinen, den einzigen antarktischen Vögeln, die im Winter brüten, direkt auf dem Eis. Kaiserpinguine bauen keine Nester, sie leben ausschließlich auf Festeis und im Wasser, nie betreten sie richtiges Land. Mich begeistert, dass das Weibchen während der Brutzeit sein Ei legt, es dem Männchen zuschiebt und dann loszieht, hunderte von Kilometern über das gefrorene Meer zum offenen Wasser wandert und losschwimmt, um Nahrung zu suchen. Es kommt zurück, wenn es dick und fett ist und bereit, sein Küken zu füttern.

Meine Mutter, die die Hoffnung auf Ehe und Kinder für ihre einzige Tochter aufgegeben hat, sagt, das sei mein Problem: dass ich wie ein Kaiserpinguin denke. Ich erwarte von einem Mann, dass er ausharrt und geduldig wartet, während ich über das Eis verschwinde. Ich baue keine Nester.

Wenn das Kaiserpinguinweibchen zurückkehrt, benutzt es einen charakteristischen Laut, um seinen Partner zu finden. Sind die beiden wiedervereint, stellen sie sich dicht zusammen und nicken einander mit dem Kopf zu, Schulter an Schulter in einer armlosen Umarmung, den Schnabel zum, wie wir es nennen, ekstatischen Ruf gereckt. Pinguine sind Romantiker. Viele bleiben ein Leben lang bei ihrem Partner.

* * *

Im Sommer dauern antarktische Sonnenuntergänge ewig. Der Himmel beugt sich einer nächtlichen Dämmerung, einem grauen Licht, das gegen Mitternacht trüber wird. Als ich mich zum Schlafengehen fertig mache, höre ich das Plätschern der Pinguine in ihrem Schneewasser, das kaum wahrnehmbare Tapsen ihrer Schwimmfüße auf den Steinen.

In meinem Zelt mache ich die Lampe aus und stelle mir eine Taschenlampe in Greifweite, drehe mich hin und her, bis ich eine bequeme Position gefunden habe. Die Felsen sind eiskalt, die Polsterung unter meinem Schlafsack viel zu dünn. Als ich endlich den Kopf hinlege, höre ich ein lautes Platschen – eindeutig von etwas viel Größerem als einem Pinguin hervorgerufen.

Da ich plötzlich ein ungutes Gefühl habe, schalte ich meine Lampe wieder an. Ich werfe mir eine Jacke über, nehme die Taschenlampe mit und laufe nach draußen, zum steinigen Strand hinunter.

Ich kann eine Gestalt im Wasser erkennen, aber sie ist wuchtig und seltsam geformt, nicht glatt und elegant wie eine Robbe. Ich richte die Taschenlampe darauf und sehe Rot.

Es ist ein Mann in seinem Kreuzfahrtanorak, bis zur Taille im Wasser stehend. Er sieht genau in den grellen Schein meiner Lampe. Ich stehe wie erstarrt da, zu fassungslos, um mich zu bewegen.

Der Mann wendet sich ab und macht einen weiteren Schritt ins Wasser hinein. *Er ist verrückt*, denke ich. *Warum geht er denn noch tiefer rein?* Manchmal ruft das Medikament gegen Seekrankheit merkwürdiges und sogar beunruhigendes Verhalten hervor, aber so etwas habe ich noch nie erlebt.

Während ich ihn nervös vom Ufer aus beobachte, denke ich an Ernest Shackleton. Ich denke an die Entscheidungen, die er traf, um das Leben seiner Mannschaft zu retten. Seine Entscheidung, die *Endurance* im Weddell-Meer aufzugeben, um sich übers Packeis auf die Suche nach Land zu begeben, seine Männer in Gruppen aufzuteilen und mit einem sieben Meter langen Rettungsboot achthundert Seemeilen über das offene Meer zu fahren – wäre auch nur einer dieser Schritte schiefgegangen, hätte die Menschheit heute eine gänzlich andere Erinnerung. In der Antarktis ist jede Entscheidung schwerwiegend, jedes Ergebnis entweder eine Tragödie oder ein Wunder.

Jetzt, so scheint es, ist mein Moment gekommen. Es wäre undenkbar, hier zu stehen und diesem Mann beim Ertrinken zuzusehen, aber ein Rettungsversuch könnte noch gefährlicher sein. Ich bin allein. Ich trage nur Socken und eine leichte Jacke. Das Wasser ist ein paar Grad über dem Gefrierpunkt, und ich bin zwar stark, dieser Mann aber groß genug, um mich unter Wasser zu ziehen, wenn er das will oder wenn er in Panik gerät.

Vielleicht glaubte Shackleton nur, er hätte Wahlmöglichkeiten. Hier gibt es nur wenige echte Wahlmöglichkeiten.

Ich rufe dem Mann etwas zu, aber meine Worte lösen sich in der nebligen Luft auf. Also gehe ich auf ihn zu, in die Bucht hinein, und innerhalb von Sekunden werden meine Füße in dem eisigen Wasser taub. Der Mann steht jetzt bis zur Brust im Meer. Als ich ihn erreiche, ist er schon fast im Delirium, und er wehrt sich nicht, als ich mir seine Arme über die Schultern ziehe und uns Richtung Ufer drehe. Durch das Wasser ist er zentnerschwer geworden. Wir kommen nur langsam voran. Als wir an Land sind, ist er dem Kollaps nahe, und ich kann selbst kaum laufen. Ich brauche all meine Kraft, um ihm die Felsen hinauf in Thoms Zelt zu helfen.

Dort sackt er auf dem Boden zusammen, und ich ziehe ihm den Anorak und die Stiefel und die Socken aus. Wasser spritzt auf Thoms Schlafsack und auf seine Bücher. »Ziehen Sie die Klamotten aus«, sage ich, drehe mich um und wühle in Thoms Sachen. Ich werfe dem Mann eine Jogginghose zu, das einzige von Thoms Kleidungsstücken, das sich genug dehnt, um ihm zu passen, und zwei Paar dicke Socken. Außerdem finde ich ein paar T-Shirts und einen weiten Pulli, und als ich mich wieder zu ihm umwende, hat er die Hose angezogen und müht sich kraftlos mit den Socken ab. Seine Hände zittern so heftig, dass er sie kaum kontrollieren kann. Ungeduldig helfe ich ihm, zerre ihm die Socken über die Füße.

»Was zum Teufel haben Sie sich dabei gedacht?« Ich sehe ihn kaum an, während ich ihm das Shirt ausziehe und ihn in Thoms Pulli zwänge. Ich schalte eine batteriebetriebene Heizdecke an und ziehe den Reißverschluss an Thoms Schlafsack auf. »Rein da«, sage ich. »Sie müssen sich aufwärmen.«

Sein gesamter Körper bebt. Er steigt in den Sack und zieht sich die Decke über die Schultern.

»Was machen Sie hier?« Auch ich zittere vor Kälte. »Was zum Henker ist passiert?«

Er sieht kurz hoch. »Das Schiff hat mich vergessen.«

»Das ist unmöglich.« Ich starre ihn durchdringend an, aber er meidet meinen Blick. »Die *Cormorant* zählt immer nach. Noch nie wurde jemand vergessen.«

Er zuckt die Achseln. »Bis jetzt.«

Ich denke an das Chaos vorhin. Schon möglich, dass dieser Fremde durchgerutscht sein könnte. Immer muss mir so etwas passieren ...

»Ich gebe in Palmer Bescheid. Jemand muss herkommen, um Sie abzuholen.« Ich richte mich auf die Knie auf, weil ich erst in mein Zelt will, um mir trockene Sachen anzuziehen, und dann ins Vorratszelt, wo wir das Funkgerät aufbewahren.

Da spüre ich seine Hand auf meinem Arm. »Können Sie damit noch warten?« Er lächelt betreten, seine Zähne klappern. »Weil ... ich bin schon so lange hier, und ich fühle mich noch nicht bereit für das Schiff. Ehrlich gesagt ist es mir peinlich.«

»Haben Sie denn niemanden, der weiß, dass Sie fehlen?« Zum ersten Mal betrachte ich ihn als Mann und nicht als Fremdkörper in meiner Welt. Sein Gesicht ist bleich und klamm, die Falten lassen vermuten, dass er älter ist als ich, vielleicht Mitte vierzig. Ich schiele nach einem Ehering, aber seine Finger sind nackt. Als er meinen Blick bemerkt, steckt er die Hände unter die Decke. Dann schüttelt er den Kopf. »Ich reise allein.«

»Haben Sie irgendwelche Medikamente genommen? Gegen Seekrankheit?«

»Nein«, sagt er. »Ich werde nicht seekrank.«

»Tja, wir müssen jemanden herholen, um Sie zurück auf die *Cormorant* zu bringen.«

Er sieht mich zum ersten Mal direkt an. »Bitte nicht«, sagt er.

Immer noch knie ich auf dem Zeltboden. »Was erwarten Sie denn, dass Sie hierbleiben können?«, frage ich. »Glauben Sie, keinem wird auffallen, dass Sie nicht da sind?«

Er antwortet nicht.

»Hören Sie, es war ein Versehen. Niemand wird Ihnen einen Vorwurf machen, dass Sie vergessen wurden.«

»Es war kein Versehen«, sagt er. »Ich habe diesen anderen Mann stürzen sehen. Ich habe alles beobachtet. Ich wusste, dass die nicht merken würden, wenn ich fehle.«

Also ist er doch verrückt.

Ich stehe auf. »Ich bin gleich zurück.«

Er streckt den Arm aus und packt so schnell mein Handgelenk, dass ich keine Zeit habe, es wegzuziehen. Ich bin erstaunt, wie schnell seine Kraft zurückgekehrt ist. Als ich wieder in die Hocke gehe, lockert er seinen Griff. Aus müden, schweren Augen sieht er mich an, eine stumme Bitte. Er ist nicht angsteinflößend, stelle ich fest, sondern er hat Angst.

»In einem Monat«, erkläre ich ihm so sanft, wie ich nur kann, »friert das Meer zu, und alles andere auch, einschließlich Ihnen.«

»Was ist mit Ihnen?«

»Ich bin in zwei Wochen weg. Alle gehen.«

»Sogar die Pinguine?« Die Frage, mit klappernden Zähnen gestellt, verleiht ihm eine Unschuld, die mich fast dazu bewegt, ihm sein Eindringen hier zu verzeihen.

»Ja«, sage ich. »Sogar die wandern nach Norden.«

Er reagiert nicht. Ich stehe auf und gehe direkt in unser

Vorratszelt, ohne groß an meine nassen Kleider zu denken. Gerade, als ich Palmer anfunke, fällt mir auf, dass ich den Namen des Mannes nicht weiß. Ich laufe zurück und stecke den Kopf zu ihm hinein. »Dennis Marshall«, sagt er.

Der Funker in Palmer teilt mir mit, sie werden Dennis am nächsten Morgen abholen, wenn sie Thom zurückbringen. »Außer, es ist ein Notfall«, meint er. »Ist alles in Ordnung?«

Ich möchte ihm sagen, dass es nicht in Ordnung ist, dass dieser Mann verrückt sein könnte, gefährlich, krank. Doch ich schweige kurz und antworte dann: »Uns geht's gut. Sag Thom, wir sehen uns morgen.«

Ich gehe zum Zelt zurück. Dennis hat sich nicht gerührt.

»Was haben Sie im Wasser gemacht?«, frage ich.

»Versucht, das Boot einzuholen.«

»Sehr witzig. Ich meine es ernst.«

Er gibt keine Antwort. Einen Moment später fragt er: »Was machen *Sie* denn hier?«

»Forschung natürlich.«

»Das weiß ich«, sagt er. »Aber warum hier, am Ende der Welt?«

Es war schon immer schwer zu erklären, warum ein Ort wie die Antarktis perfekt für mich ist. Bevor man in McMurdo überwintern darf, muss man einen Psychotest absolvieren, um sicherzugehen, dass man über Monate mit Dunkelheit und fast völliger Isolation zurechtkommt, ohne durchzudrehen, und diese Vorstellung hat mich immer amüsiert. Es ist nicht die Isolation, die mich verrückt zu machen droht; es ist die Zivilisation.

»Was ist das denn für eine Frage?«, sage ich zu Dennis.

»Sie wissen schon, was ich meine. Man muss ein echter Einzelgänger sein, um sich gern hier unten aufzuhalten.« Er reibt sich die linke Hand.

Ich greife nach der Hand, um die Finger zu untersuchen. »Wo tun sie weh?«

»Das ist es nicht«, sagt er.

»Was dann?«

Er zögert. »Ich habe meinen Ring verloren. Meinen Ehering.«

»Wo? Im Wasser?«

Er nickt.

»Ach, du meine Güte.« Ehe er mich aufhalten kann, schlüpfe ich aus dem Zelt. Ich höre seine Stimme hinter mir, die mich fragt, wo ich hinwill, und rufe zurück: »Bleiben Sie hier.«

Schnell laufe ich zum Wasser, zitternd in meinen immer noch feuchten Sachen. Die Pinguine brummeln, als ich vorbeirenne, und einige von ihnen trippeln hastig weg. Mit der Taschenlampe leuchte ich durch das ruhige, klare Wasser auf die Steine am Grund. Da ich nicht weiß, wo er den Ring verloren haben könnte, wate ich hinein, und nach kürzester Zeit fühlen sich meine Füße an wie Eisblöcke, trotz der Gummistiefel. Ich gehe an die Stelle, an der er, wie ich glaube, vorhin stand, und schwenke die Taschenlampe dabei hin und her.

Ich stehe bis zu den Knien im Wasser, als ich den Ring ungefähr einen Meter vor mir entdecke, ein Aufblitzen von Gold auf den schieferfarbenen Steinen. Das Wasser reicht mir bis zur Schulter, als ich hineingreife, und ist so kalt, dass es sich anfühlt, als würde mein Arm abbrechen und versinken.

Ich erwische den Ring mit Fingern, die sich jetzt kaum noch bewegen lassen, dann schlurfe ich mit bleiernen Füßen zurück zum Ufer. Humpelnd gehe ich zu meinem eigenen Zelt, wo ich mich ausziehe und möglichst viele trockene

Sachen zusammensuche. Meine Haut ist runzlig, weil sie so lange nass war. Ich höre ein Geräusch und sehe Dennis, die Decke immer noch um die Schultern gewickelt, im Eingang meines Zeltes kauern.

»Was ist denn so spannend?«, blaffe ich. Dann senke ich den Kopf und sehe, was er sieht - ein dünnes, ausgewaschenes T-Shirt, kein BH, die Brustwarzen drücken sich an den Stoff, mein Arm ist rot von der Kälte. Ich ziehe seinen Ring vom Daumen, auf den ich ihn gesteckt habe, damit er nicht wieder herunterfällt, und werfe ihn ihm zu.

Er hebt ihn vom Boden auf und hält ihn in der Hand, zieht ihn aber nicht an. »Ich wünschte, Sie hätten ihn einfach drin gelassen«, sagt er beinahe zu sich selbst.

»Ein Pinguin könnte daran ersticken«, sage ich. »Aber daran denkt natürlich nie jemand. Wir sind alle Touristen hier, verstehen Sie. Das ist ihr Zuhause, nicht unseres.«

»Entschuldigung«, sagt er. »Was kann ich tun?«

Ich schüttle den Kopf.

Er kommt herein und setzt sich, dann nimmt er die Decke von seinen Schultern und legt sie mir um. In einem Kleiderhaufen findet er einen Fleece-Pullover und wickelt ihn um meinen geröteten Arm.

»Wie kalt ist das Wasser überhaupt?« fragt er.

»Knapp unter null Grad.« Ich beobachte ihn aufmerksam.

»Wie lange kann man da drin überleben?«

»Das ist normalerweise eine Frage von Minuten.« Ich erinnere mich an einen Expeditionsführer, der ertrunken ist. Er war nur kurz unter seinem umgekippten Schlauchboot gefangen, verlor aber das Bewusstsein, während die Retter nur hundert Meter entfernt waren. »Die meisten Menschen erleiden einen Schock. Es ist zu kalt zum Schwimmen, sogar zum Atmen.«

Er wickelt meinen Arm aus. »Ist es besser?«

»Ein bisschen.« Der Schmerz prickelt von innen an meiner Haut, von tief unten irgendwo, und ich spüre ein Ziehen aus den Knochen. »Sie haben mir immer noch nicht gesagt, was Sie da draußen gemacht haben.«

Er fängt an, meinen Arm zu massieren. Ich bin nicht sicher, ob ich das möchte, aber ich weiß, dass die Wärme, die Durchblutung gut ist. »Wie gesagt, ich habe meinen Ring verloren.«

»Sie waren viel weiter drin als Ihr Ring.«

»Ich muss ihn übersehen haben.« Er schaut mich nicht an, während er spricht. Ich betrachte seine Finger auf meinem Arm und muss an den gestrigen Abend denken, als nur Thom und ich hier waren und Thom mir geholfen hat, mir die Haare zu waschen. Das Gefühl seiner Hände auf meiner Kopfhaut, auf meinem Hals, ist mir durch den ganzen Körper geflossen, hat sich zu einem Verlangen verdichtet, das nicht wieder ganz verschwunden ist. Aber zwischen Thom und mir ist noch nie etwas passiert außer unvollzogenen Ritualen: Gegen Ende unserer Aufenthalte fangen wir an, Dinge füreinander zu tun, er flicht mir die langen Haare, ich reibe ihm die Füße, denn nach einer Weile wird Berührung notwendig.

Jetzt ziehe ich meinen Arm weg. Ich mustere den Fremden in meinem Zelt, die dunklen, silbrig melierten Haare, die traurigen, schweren Augen, die ringlosen Hände, immer noch ausgestreckt.

»Was ist denn?«, fragt er.

»Nichts.«

»Ich wollte nur helfen.« Die kleine Lampe wirft tiefe Schatten unter seine Augen. »Entschuldigung«, sagt er. »Ich weiß, dass Sie mich hier nicht wollen.«

Etwas in seiner Stimme lockert den Knoten in meiner Brust. Ich seufze. »Ich kann eben einfach nicht so gut mit Menschen.«

Zum ersten Mal lächelt er, nur angedeutet. »Langsam verstehe ich, warum Sie herkommen. Hier hat man mal wirklich seine Ruhe.«

»Wenigstens gehe ich wieder, wenn ich soll«, sage ich und verziehe ebenfalls den Mund zu einem schwachen Lächeln.

Er betrachtet Thoms Kleidung, die straff über seinen Körper gezogen ist. »Und wann muss ich weg?«, fragt er.

»Morgen früh.«

Dann sagt er: »Wie geht es ihm? Dem Mann, der gestürzt ist?«

Ich brauche einen Moment, um zu begreifen, wovon er spricht. »Weiß ich nicht«, gebe ich zu. »Das habe ich gar nicht gefragt.«

Er beugt sich vor und flüstert: »Ich weiß etwas über ihn.«

»Was denn?«

»Er hatte was mit dieser blonden Frau. Der, die gleich hier war, als es passiert ist. Ich habe sie mit ihm reden sehen.«

»Woher wissen Sie das?«

»Ich habe die beiden gesehen. Jeden Abend haben sie sich getroffen, auf dem Deck, wenn seine Frau im Bett war. Die Blonde ist mit ihrer Schwester unterwegs. Sie haben sogar mal zu viert zusammen Mittag gegessen. Seine Frau hatte keine Ahnung.«

»Glauben Sie, die haben das geplant?«, frage ich. »Oder haben Sie sich erst auf dem Schiff kennengelernt?«

»Weiß ich nicht.«

Enttäuscht wende ich mich ab. »Sie wirkt zu jung. Für ihn.«

»Sie haben ihre Hände nicht gesehen«, sagt er. »Das hat

mir meine Frau beigebracht. Man erkennt das Alter immer an ihren Händen. Ihr Gesicht mag das einer Fünfunddreißigjährigen gewesen sein, aber sie hatte die Hände einer Sechzigjährigen.«

»Wenn Sie verheiratet sind, warum reisen Sie dann allein?«
Er schweigt einen Moment. »Lange Geschichte.«
»Wir haben die ganze Nacht Zeit«, sage ich.
»Sie hat sich entschieden, nicht mitzukommen.«
»Warum?«
»Sie hat mich verlassen, vor einem Monat. Sie wohnt jetzt bei einem anderen.«
»Oh.« Ich weiß nicht, was ich sonst noch sagen soll. Dennis ist still, und ich laufe noch einmal zum Vorratszelt und komme mit einem Sixpack Bier zurück. Seine müden Augen erhellen sich ein wenig.

Er trinkt, bevor er weiterspricht. »Sie hat schon lange was mit ihm. Aber ich glaube, diese Reise war der Auslöser für sie. Sie wollte nicht drei Wochen mit mir auf einem Schiff verbringen. Oder ohne ihn.«

»Das tut mir leid.« Kurz darauf frage ich: »Haben Sie Kinder?«

Er nickt. »Zwillingstöchter, auf dem College. Sie rufen nicht oft zu Hause an. Ich weiß nicht, ob sie ihnen davon erzählt hat.«

»Warum haben Sie sich überhaupt zu dieser Fahrt entschlossen?«

»Sie sollte zu unserem Hochzeitstag sein.« Er dreht den Kopf und lächelt mich freudlos an. »Erbärmlich, oder?«

Ich rolle die Bierdose zwischen den Händen. »Wie haben Sie den Ring verloren?«

»Den Ring?« Er wirkt erschrocken. »Der muss mir wohl beim Aussteigen runtergefallen sein.«

»Es hatte heute unter null Grad. Hatten Sie keine Handschuhe an?«

»Ich glaube nicht.«

Ich sehe ihn an, ich weiß, dass hinter der Geschichte mehr steckt und dass keiner von uns beiden es eingestehen will. Und dann senkt er den Blick auf meinen Arm. »Wie fühlt er sich an?«

»Ganz gut.«

»Ich mache noch ein bisschen weiter.« Wieder reibt er den Arm. Dieses Mal schiebt er die Finger unter die langen Ärmel meines Shirts, und die plötzliche Hitze auf meiner Haut scheint meine anderen Sinne zu schärfen: Ich höre das Murmeln der Pinguine, spüre den Wind, der das Zelt kräuselt. Gleichzeitig verblasst alles unter dem Gefühl seiner Hände auf meinem Arm.

Ich lehne mich zurück und ziehe ihn mit, bis sein Kopf genau über meinem schwebt. Die Falten, die sein Gesicht prägen, sehen im schattigen Licht des Zelts tiefer aus, und seine schweren Augenlider heben sich, als wollte er mich deutlicher sehen. Er blinzelt, langsam, träge, und ich stelle mir vor, er würde mich so berühren, und im nächsten Augenblick tut er es.

Draußen höre ich ein Eselspinguinpärchen wieder zusammenfinden, seine rasselnden Stimmen übertönen die nächtlichen Hintergrundgeräusche. Drinnen bewegen Dennis und ich uns um unsere Kleidung herum, die Stimmen gedämpft, flüsternd, atemlos, und in der plötzlich schwülen Hitze des Zelts erkennen wir einander auf die gleiche Art, instinktgesteuert, und wie bei den Vögeln ist es das Einzige, was wir wissen.

* * *

In der antarktischen Nacht kuscheln sich zehntausende männliche Kaiserpinguine monatelang in völliger Dunkelheit zusammen, bei Temperaturen von bis zu minus sechzig Grad, während sie ihre Eier ausbrüten. Wenn die Weibchen vier Monate, nachdem sie aufgebrochen sind, wieder zur Kolonie zurückkehren, haben die Männchen die Hälfte ihres Körpergewichts verloren und stehen kurz vor dem Verhungern. Und doch warten sie. So sind sie programmiert.

Dennis wartet nicht auf mich. Ich wache allein in meinem Zelt auf, das graue Licht der Dämmerung zupft an meinen Augenlidern. Beim Blick auf die Uhr stelle ich fest, dass es später ist, als ich dachte.

Draußen sehe ich mich nach Dennis um, aber er ist nicht im Camp. Ich koche Kaffee, spüle Thoms Tasse für Dennis aus. Ich trinke meinen Kaffee, ohne auf ihn zu warten. Das ist das Einzige, was mich an diesem Morgen wärmen kann, wo er weg und die Sonne so gut versteckt ist.

Langsam nippe ich an dem dampfenden Becher und betrachte die Mondlandschaft um mich herum: die scharfkantigen Felsen, das spiegelnde Wasser, Eisskulpturen, die aus dem Packeis ragen. Ich könnte mich auf einem anderen Planeten befinden. Doch zum ersten Mal seit Jahren habe ich das Gefühl, wieder irgendwie eine Verbindung zur Welt hergestellt zu haben, als wäre ich nicht so verloren, wie ich die ganze Zeit geglaubt habe.

Ich höre einen Motor in der Ferne und stehe auf. Dann verstummt das Geräusch. Ich lausche, aufgeregte Stimmen ertönen, das muss Thom sein, der von Palmer kommt und Probleme mit dem Motor hat. Er ist noch außerhalb der Bucht, außer Sichtweite, also warte ich, spüle meinen Kaffeebecher aus und räume auf. Als der Motor wieder anspringt, drehe ich mich zur Bucht um. Ein paar Minuten später kommt

Thom mit einem der Elektriker aus Palmer vom Strand hoch, einem jungen Mann namens Andy. Ich winke ihnen.

Sie laufen zögerlich, und als sie näher kommen, erkenne ich den Blick auf Thoms Gesicht, und ich weiß mit eisiger Gewissheit, wo Dennis ist, noch bevor Thom den Mund öffnet.

»Wir haben eine Leiche gefunden, Deb«, sagt er. »In der Bucht.« Er wechselt einen Blick mit Andy. »Wir haben ihn gerade reingeholt.«

Ich starre in ihre fragenden Mienen. »Er war die ganze Nacht hier«, sage ich. »Ich dachte, er wäre nur spazieren gegangen oder –« Ich verstumme. Dann gehe ich Richtung Bucht los.

Thom stellt sich mir in den Weg. Er hält mich an beiden Armen fest. »Das ist nicht nötig«, sagt er.

Aber ich muss es mit eigenen Augen sehen. Ich entziehe mich seinem Griff und renne zum Strand. Die Leiche liegt auf den Steinen. Ich erkenne Thoms Pulli, der sich über Dennis' großen Körper spannt.

Ich laufe zu ihm. Ich möchte seinen Puls fühlen, seinen Herzschlag. Aber dann sehe ich sein Gesicht, ein bläuliches Weiß, erstarrt in einem Ausdruck, den ich nicht erkenne, und ich kann nicht näher heran.

Ich spüre Thom hinter mich treten. »Das ist er«, sage ich. »Ich habe ihm deinen Pulli gegeben.«

Er legt mir den Arm um die Schulter. »Was ist passiert, glaubst du?«, fragt er, aber er weiß es so gut wie ich. Es gibt hier keine Strömung, es ist unmöglich, von diesem Strand ins Meer gerissen zu werden. Das Südpolarmeer ist hier nicht wild, aber es ist trotzdem gnadenlos.

* * *

Die Antarktis ist kein eigenes Land, sie wird von einem internationalen Abkommen verwaltet, dessen Regelwerk fast ausschließlich die Umwelt betrifft. Es gibt hier keine Polizei, keine Feuerwehr, keine Gerichtsmediziner. Wir müssen alles selbst machen, und ich wehre Thom ab, als er mich von meinen Pflichten entbinden möchte. Ich helfe ihm und Andy, Dennis ins Schlauchboot zu heben, das Gewicht seines Körpers ist jetzt ganz anders. Ich halte ihm eine Hand auf die Brust, während wir aus der Bucht setzen und losrasen, als könnte er sonst plötzlich versuchen, sich aufzusetzen. Als wir in Palmer ankommen, gebe ich endlich nach und überlasse ihn der Fürsorge anderer, die seine Leiche für die lange Heimreise verpacken werden.

Mir werden eine heiße Dusche und eine Mahlzeit angeboten. Während Andy mich durch den Gang zum Schlaftrakt begleitet, bemüht er sich vergeblich, ein Gesprächsthema zu finden. Ich schweige, helfe ihm nicht. Schließlich informiert er mich über den Verletzten von gestern. »Er wird wieder gesund«, sagt er. »Aber weißt du, was seltsam ist? Er erinnert sich an nichts von dieser Reise. Er erkennt seine Frau, kann den Präsidenten nennen, zwei und zwei addieren, aber er weiß nicht, wie er hergekommen ist oder warum er überhaupt in die Antarktis gefahren ist. Ziemlich gruselig, oder?«

Er wird sich nicht an die Frau erinnern, mit der er das Techtelmechtel hatte, denke ich. *Sie wird sich an ihn erinnern, aber für ihn ist sie schon weg.*

* * *

Zurück im Camp halte ich Ausschau nach den Eselspinguinen, die ihr Küken verloren haben, aber sie kehren nicht zurück. Ihr Nest bleibt verlassen, und andere Pinguine stehlen ihre Steine.

Thom nimmt ein paar Anläufe, sich nach Dennis zu erkundigen, und als ich seinen Fragen mit Schweigen begegne, hört er damit auf. Wir wissen beide, was vor uns liegt – ein Ermittlungsverfahren, Papierkram, Anwälte, Fragen von der Familie – und ich will nicht mehr als nötig davon durchmachen.

Zehn Tage später bauen Thom und ich unser Lager ab und bereiten uns auf die einwöchige Rückreise vor. Sobald wir auf dem Schiff sind, gibt es reichlich Ablenkung, und die Stunden und Tage fliegen mit Seminaren und Vorträgen vorbei. Ehe ich so richtig zu mir komme, ist es nur noch ein Tag bis zur Drakestraße.

Ich wandere auf dem Schiff herum, laufe durch die Gänge, durch die Dennis gelaufen ist, sitze, wo er gesessen haben muss, stehe, wo er vielleicht gestanden hat. Bei mir ist jetzt eine andere Passagiergruppe, von denen bestimmt niemand ihm begegnet ist. Schneeregen setzt ein, und ich gehe aufs höchste Deck, das kleine, das der Crew vorbehalten ist. Während wir durch die Eisberge gleiten, spiele ich mit Dennis' Ehering, den er auf dem Boden meines Zelts liegen gelassen hat. Ich trage ihn auf dem Daumen, wie zu Anfang, als ich ihn gefunden habe, weil er da passt.

Wahrscheinlich liegt es an diesem hohen Aussichtspunkt, dass ich es sehe – ein Kaiserpinguinweibchen in der Ferne, ganz allein auf einem riesigen Tafeleisberg. Ein Kaiserpinguin so weit im Norden ist ungewöhnlich, und eine gute Exkursionsführerin würde das über die Lautsprecheranlage verkünden, denn die Passagiere werden wahrscheinlich keine andere Gelegenheit mehr bekommen, einen zu sehen.

Aber ich rühre mich nicht. Ich beobachte das Tier, als es sich das Gefieder putzt, als es die Geräusche und Vibrationen unseres Schiffs wahrnimmt und den Kopf hebt, eine elegante, sanfte Pirouette in unsere Richtung vollführt. Ich habe das Gefühl, es sieht mich direkt an, und in dem Moment sind wir Spiegelbilder des anderen, einsame Gestalten über der Weite all dieses Meeres und Eises. Das Weibchen befindet sich so weit von seinem Brutgebiet entfernt, dass ich kurz überlege, ob es sich verirrt hat, aber als es sich abwendet und wieder mit seinem Gefieder beschäftigt, ahne ich, dass es sich entspannt fühlt, sicher fühlt, und einen seltenen Moment der Ruhe genießt, bevor es nach Hause zurückkehrt.

EINE WOCHE VOR SCHIFFSUNTERGANG

Drakestraße
(59° 39' S, 61° 56' W)

Thom und ich stehen zusammen auf dem Hinterdeck und beobachten die *Australis*, die sich in der Ferne wie eine Zeitraffer-Aufnahme eines treibenden Eisbergs bewegt: behäbig, wuchtig, unabwendbar. In einem der Artikel, die ich über das Schiff gelesen habe, prahlt ein Sprecher des Mutterkonzerns der Kreuzfahrtgesellschaft, dass die *Australis* jeden Zentimeter des Planeten ansteuern werde, dass für ein so unbezwingbares Fahrzeug kein Ort tabu sei. Es erinnerte mich an das, was früher einmal über die *Titanic* gesagt worden ist.

Das letzte Unglück hier unten ereignete sich vor ein paar Jahren, als ein kleines Touristenschiff vierzehn Stunden nach der Kollision mit einem Eisberg sank. Dieses Boot hatte das Glück, sich nur eine Stunde von einem anderen entfernt zu befinden und so klein zu sein, dass alle Passagiere gerettet werden konnten. Aber natürlich liefen tausende Liter Treibstoff aus, blieben an den Pinguinen haften, zerstörten ihre wasserdichten Federn.

Ich umfasse das Geländer fester. »Es macht mich einfach wahnsinnig, dieses Schiff hier unten zu sehen. Vielleicht kann Glenn sie wegen einem IAATO-Verstoß oder so was drankriegen.«

»Das bezweifle ich«, sagt Thom.

Ich seufze. »Was nützt denn ein Verband, der diesen Ort vor Kreuzfahrtschiffen schützen soll, wenn die Mitgliedschaft freiwillig ist?«

Thom antwortet nicht; diese Frage frustriert uns alle. Damals, Anfang der Neunziger, als der Verband der Antarktis-Reiseveranstalter, die International Association of Antarctica Tour Operators, gegründet wurde, kamen nur sechstausend Besucher jährlich in die Antarktis, heute sind es annähernd vierzigtausend. Das allein lässt unseren Impuls, den Kontinent zu schützen, sinnlos wirken, mal ganz abgesehen davon, dass es keine antarktische Küstenwache gibt.

Und nichts hat bisher die Cruise-bys verhindert, das kurze Vorbeifahren, damit die Passagiere sagen können, dass sie da waren. Bei unserer letzten Begegnung habe ich mich bei Keller darüber beschwert, nicht lange nachdem ich einen weiteren Artikel über die schicke neue *Australis* gelesen hatte. Er wandte ein, dass unsere *Cormorant*-Passagiere nicht viel besser seien, nur eben schlicht und einfach in der Lage, mehr Geld für den Luxus einer kleinen Expedition mit Naturkundlern und Antarktis-Experten an Bord zu bezahlen, und alle müssten einen Haftungsverzicht unterschreiben, egal, auf welchem Schiff sie führen. Damals haben wir uns darüber gestritten, aber natürlich hat er recht. Wir alle sind hier unten gefährdet, weil wir uns jeden Tag ins Unbekannte vorwagen.

Thom stößt sich vom Geländer ab. »Ich gehe hoch zur Brücke«, sagt er. »Mal sehen, was ich rausfinden kann.«

Ich nicke. Eine Übelkeit steigt in mir auf, die viel schlimmer als Seekrankheit ist, viel schlimmer als das schlechte

Gewissen, selbst hundert Touristen an Land abzusetzen. Hier unten passen Schiffe aufeinander auf, aber wie passt man auf eines auf, das mehr als zehnmal so groß wie das eigene ist?

Thom kommt nicht zurück; vermutlich wurde er von einem Touristen aufgehalten oder hat einen Auftrag bekommen. Ich gehe hinein in die Lounge, wo Grüppchen von Passagieren an Tischen Kaffee trinken. Einige sitzen allein, lesen oder sehen aus den Panoramafenstern. Meine Zimmergenossin Amy baut die Nachmittags-Diashow auf. Als Vollzeitangestellte des Reiseveranstalters reist sie von der Antarktis bis nach Alaska, von Mexiko bis zu den Galápagos-Inseln, und sie ist oft während der gesamten antarktischen Saison von Ende November bis Anfang Februar auf der *Cormorant*. Das ist ihr fünftes Jahr hier unten, und wir teilen uns immer ein Zimmer, wenn es geht.

»Was zeigst du nachher?«, frage ich.

»Nur ein paar Aufnahmen vom Tauchroboter.«

Das ferngesteuerte Unterwasserfahrzeug des Schiffs erreicht Tiefen von dreihundert Metern, viel tiefer als Amy selbst tauchen kann, und in ihrem Video vom Meeresboden wimmelt es von bunten und filigranen Korallen, geisterhaften Eisfischen, bleichen Schwämmen, anmutigen Schlangensternen.

»Habt ihr die Yeti-Krabbe schon auf Film?« Die Existenz einer blinden, behaarten antarktischen Krabbe ist eine relativ neue Entdeckung. Sie wurde erstmals vor einigen Jahren im Südpolarmeer gesichtet, und ich ziehe Amy immer damit auf, weil es sie wahnsinnig macht, dass sie noch keine Aufnahmen davon hat. In der letzten Saison hat Keller mir geholfen, Bilder der scheuen Krabbe per Photoshop auf verschiedene Innenaufnahmen der *Cormorant* zu montieren –

auf einen Tisch im Speisesaal, neben ein Glas Bier in der Lounge –, und während der Reise haben wir sie dann an Amy gemailt, mit dem Text: *Hast du die Yeti-Krabbe gesehen?*

»Leck mich«, sagt Amy fröhlich, während sie auf ihrer Tastatur tippt. Sie beugt sich vor, um den Laptop mit dem Projektor zu verbinden, wobei sie sich versehentlich das Kabel um den Arm wickelt und das Gerät vom Tisch zieht. Kurz über dem Boden fängt sie es auf.

Amy ist klein und von einer sanften, blassen Schönheit, als wäre sie selbst aus den makellosen Tiefen des Meeres hervorgegangen. Wenn sie sich einen Neoprenanzug und eine Tauchausrüstung anzieht und ins Wasser steigt, verschwindet sie nahtlos unter der Oberfläche, als gehörte sie dorthin. Wenn sie sich nicht gerade unter Wasser oder an Bord eines Kreuzfahrtschiffs befindet, schreibt sie Bilderbücher für Kinder.

Ein kalter Luftstoß strömt durch die Lounge, und als ich mich umdrehe, sehe ich Kate und Richard Archer hereinkommen. Neugierig lasse ich den Blick auf ihnen ruhen. Kates Haare sind zerzaust und kringeln sich von der feuchten Luft draußen zu Löckchen, ihre Haut ist vor Kälte gerötet. Sie steht dicht neben Richard. Er ist über einen Kopf größer, mit weizenfarbenem Haar und schmaler Statur. Während sie zu einem Tisch gehen, merke ich an seinem langsameren Gang, dass er mindestens zehn Jahre älter ist als sie. Nachdem sie sich gesetzt haben, sieht er Kate an und streicht ihr eine Haarsträhne hinters Ohr. Ihr rundes Gesicht verzieht sich zu einem Lächeln, wobei die Locke sich wieder löst und ihr zurück vor die Augen federt, dann beugt sie sich vor und gibt ihm einen Kuss.

»Und wo ist Keller?«

Ich drehe mich zu Amy um und zucke die Achseln.

»Ich dachte, er wäre hier«, sagt sie.

»Ich auch.«

»Was ist los?«

»Ich wünschte, ich wüsste es.«

Amy sieht über meine Schulter. »Da ist Glenn. Frag ihn.«

Glenn unterhält sich mit dem Barkeeper, und ich stelle mich ein paar Schritte hinter ihn, bis sie fertig sind.

»Hallo, Glenn«, sage ich, als er sich umdreht. »Hättest du mal kurz Zeit?«

Glenn sieht mich abwartend an. Er hat ein glattes, ebenmäßiges Gesicht, das teilweise von einem perfekt gestutzten Ziegenbärtchen verdeckt wird. Seine physische Jugendlichkeit wird kontrastiert von einer immer düsteren Miene und dunklen, ernsten Augen. Ich versuche mich zu erinnern, wann ich ihn das letzte Mal habe lächeln sehen, aber es fällt mir nicht ein.

»Ich wollte wegen Keller fragen.«

»Was ist mit ihm?«

»Warum ist er nicht an Bord?«

»Hat er dir nicht Bescheid gegeben?«

Ich spüre, dass ich rot werde. »Wenn ich Bescheid wüsste, würde ich nicht fragen.«

»Deb, ich bin mir nicht sicher, ob ich darüber reden sollte. Rein theoretisch ist es eine Angelegenheit der Personalabteilung.«

»Ehrlich jetzt?«, sage ich. »Du willst dich hinter der Personalabteilung verstecken?«

Glenn seufzt. »Du erinnerst dich doch noch an die letzte Reise«, sagt er. »Es sollte dich nicht überraschen, dass Keller auf diesem Schiff nicht mehr willkommen ist.«

Sollte es nicht, aber es überrascht mich trotzdem. Dass Keller bei Glenn eine Grenze überschritten hatte, wusste ich zwar, aber keiner von beiden hatte mir gegenüber erkennen lassen, dass Keller diese Saison nicht mehr dabei wäre.

»Warum hast du nicht mit mir geredet?«, frage ich. »Ich hätte mich für ihn verbürgt. Ein Auge auf ihn gehabt.«

»Das ist hier keine Kinderbetreuung, Deb. Und er wollte ganz offensichtlich nicht, dass du es erfährst.« Ich spüre, dass Glenn sich eine abfällige Bemerkung verkneift. »Er war bei mir in Seattle. Hat mich ziemlich bearbeitet, um zurückkommen zu dürfen, das muss ich ihm lassen.«

Kellers kurze Fahrt von Eugene nach Seattle hatte ich schon beinahe vergessen. Wegen eines Jobs, hatte er gesagt. Glenn hatte er dabei nicht erwähnt.

»Ich habe ernsthaft darüber nachgedacht«, fährt Glenn fort. »Im Interesse des APP und weil er gut ist. Aber ich habe keine Lust mehr auf Dramen.«

»Er hat nur die Wahrheit gesagt.«

»Die Leute machen diese Reise, um unterhalten zu werden«, sagt Glenn. »Nicht, um sich Vorwürfe machen zu lassen.«

»Sie kommen auch, um sich zu bilden. Was ist mit Umweltbewusstsein? Gehört das nicht auch dazu?«

»Du weißt genauso gut wie ich, dass man kein Umweltbewusstsein erzeugen kann, wenn man keine Passagiere hat«, sagt Glenn. »Und diejenigen, die eben doch herkommen, also, die haben was Besseres verdient.«

»Es war dieser eine Typ, der angefangen hat. Ich weiß noch –«

»Dieser Passagier«, unterbricht Glenn mich, »hat eine volle Rückerstattung verlangt, sonst wollte er uns verklagen. Ich kann mir nicht leisten, Keller zu beschäftigen. Ganz einfach.«

Ich versuche zu verarbeiten, was das bedeutet.

»Dann hat er dir also nicht erzählt, wo er jetzt ist?«, fragt Glenn.

Ich sehe ihn fragend an.

»Er ist auf der *Australis*.«

»Was? Das ist unmöglich.«

»Er hat mich um ein Zeugnis gebeten«, sagt Glenn. »Wohlweislich ging es um eine Stelle mit geringst möglichem Passagierkontakt. Ich habe gerade letzte Woche mit dem Personalleiter gesprochen.«

»Aber er würde doch nie –« Ich verstumme, die Übelkeit von vorhin ist plötzlich wieder da.

»Geht's dir gut?«

»Ja, ja.«

Glenn sieht aus, als wollte er noch mehr sagen, aber die Übelkeit wird zu stark, und ich dränge mich an ihm vorbei zur nächsten Toilette. Ich beuge mich über die Schüssel, und obwohl ich mir einrede, dass es nur Seekrankheit ist oder vielleicht eine kleinere Magenverstimmung, muss ich an das letzte Mal denken, als ich das gespürt habe, vor Jahren, nach Dennis – das beißende Gefühl, ausgeschlossen, zurückgelassen worden zu sein.

VIER JAHRE VOR SCHIFFSUNTERGANG

McMurdo-Station

McMurdo ist eine US-amerikanische Forschungsstation auf der Ross-Insel, an der Südseite der Antarktis und im Schatten von Mount Erebus. Die Flugzeuge, mit denen Wissenschaftler und Personal vom neuseeländischen Christchurch gebracht werden, sind wie große Dosen mit militärisch kargen Sitzreihen, eng und kalt. Um diese Jahreszeit, während des antarktischen Sommers, wenn es in McMurdo mit seinem maximalen Fassungsvermögen von zwölfhundert Bewohnern zugeht wie in einem Taubenschlag, sind die Maschinen so voll wie kommerzielle Flieger zur Ferienzeit.

Ich verstaue meine Tasche in der Mitte des Rumpfs, setze mich und schließe die Augen für den achtstündigen Flug. Ich bin im Rahmen eines Stipendiums der National Science Foundation auf dem Weg nach McMurdo, um in der nächstgelegenen Kaiserpinguinkolonie eine Zählung durchzuführen. Während der Hochsaison transportieren die LC-130-Transportflugzeuge regelmäßig Menschen und Vorräte dorthin. Nach und nach werden es dann immer weniger Flüge, und von Februar bis Oktober landet fast überhaupt nichts in McMurdo.

Über mir höre ich eine Stimme. »Ist hier noch frei?«

Ich öffne die Augen und sage: »Bitte.« Ein Mann ungefähr meines Alters zieht die Metallstange des Klappsitzes neben mir herunter. Er ist groß und dünn, hat dunkle Haare, die ihm in die Augen fallen, und ein rotes Tuch locker um den Hals gebunden.

Er lehnt den Kopf an das rote Nylon-Netz der Sitze, das Gesicht leicht in meine Richtung gedreht. »Das ist mein erstes Mal hier«, sagt er.

»Hmm.«

»Und du? Du siehst aus wie ein alter Hase.«

Ich sehe ihn an.

»Ich meine nicht *alt*«, sagt er. »Nur ... erfahren. Als wüsstest du, wie es läuft.«

»Ja, versteh schon. Bist du zum Forschen hier?«

»Ehrlich gesagt zum Abspülen«, sagt er. »Ich gehöre zum Küchenpersonal. Einfach irgendwas, um herkommen zu können. Und du?«

»Ich studiere die Kaiserpinguine in Garrard.«

Er mustert mich mit neuem Interesse. »Echt? Ist das die Kolonie, die von diesem Eisberg dezimiert wurde?«

Ich bin überrascht und erfreut, dass er davon weiß, denn so viele, die als Arbeiter oder Reinigungskraft nach McMurdo kommen, haben nur oberflächliche Kenntnisse über die Tierwelt.

»Ich heiße Keller«, stellt er sich vor. »Keller Sullivan.«

»Deb.«

»Freut mich, dich kennenzulernen.«

»Mich auch.«

»Ich würde wahnsinnig gern mehr über die Kolonie hören«, sagt er.

Er hat den Kopf jetzt noch weiter gedreht und sieht mich

von der Seite an. In der schwachen Beleuchtung vertieft sich die dunkle Farbe seiner Augen in dem blassen Gesicht noch.

»Geht auch später? Ich bin ein bisschen müde«, sage ich. »Ich hab auf dem Flug nach Christchurch kein Auge zugetan.«

»Ich auch nicht.«

Ich lasse meine Lider wieder sinken. Es passiert inzwischen nicht mehr oft, dass meine Gedanken zu Dennis abschweifen, aber jetzt gerade passiert es. Ich bin immer wieder verblüfft, dass es sich, nach all der Zeit, anfühlen kann wie erst ein paar Tage her.

Es gab natürlich damals Ermittlungen, eine Autopsie, mehr Fragen, als ich bewältigen konnte. Das Schlimmste waren die Medien. Einzelheiten waren durchgesickert, alles von dem Umstand, dass Dennis und ich die Nacht zusammen verbracht hatten, bis hin zu Details über sein Ertrinken. Ich glaube, die Familie hoffte – und ich hoffte das auf jeden Fall –, dass über Dennis' Tod möglichst wenig an die Öffentlichkeit dringen würde. Aber wenn in der Antarktis etwas passiert, ist es automatisch berichtenswert. Alle wussten davon, von meinen Kollegen an der Universität bis hin zu den Touristen auf den Fahrten nach Süden. Das Ermittlungsergebnis lautete Selbstmord; der Reiseveranstalter und alle Beteiligten, einschließlich mir, waren offiziell aus dem Schneider.

Ich habe immer noch seinen Ring, den Ehering, den er so unbedingt loswerden wollte. Ich bewahre ihn mit ein paar anderen Wertgegenständen in einem Kästchen oben auf meinem Schrank auf. Niemand hat je danach gefragt. Als ich in den Nachrichten Fotos seiner Frau sah, redete ich mir ein, mehr Anrecht darauf zu haben als sie, weil ich seine letzten Stunden mit ihm verbracht hatte, während sie ja bei einem anderen war, als er starb.

Ich schlafe ein, und das Nächste, was ich mitbekomme, ist die Durchsage des Piloten. Als ich die Augen aufschlage, sehe ich Kellers verwirrtes Gesicht. Das Seufzen und Stöhnen um mich herum verrät mir, was los ist – das Flugzeug macht kehrt.

»Was ist ein Bumerang?«, fragt Keller.

»Schlechtes Wetter bei der Station«, erkläre ich. »Wenn das Flugzeug in McMurdo nicht landen kann, muss der Pilot umdrehen.«

Er nickt. Wir sprechen nicht mehr miteinander, und unsere Wege trennen sich nach der Landung in Christchurch. Als ich am nächsten Tag am Terminal für Passagiere des Antarktis-Programms eintreffe, sehe ich ihn nicht. Aber dann, kurz nach dem Einsteigen, spüre ich jemanden auf den Sitz neben mir sinken, und da ist er.

»So sieht man sich wieder«, sagt er.

Um uns herum ziehen sich die Passagiere ihre Anorak-Kapuzen über Kopf und Gesicht, um zu schlafen. Ich lächle Keller kurz an und folge dann ihrem Beispiel, schließe schnell die Augen, damit ich ihn nicht ansehen muss, damit er nicht weiter mit mir spricht.

Das Problem ist nur, ich kann sogar mit geschlossenen Augen sein Gesicht sehen.

Ich bleibe wach, spüre Keller neben mir, sein Arm streift meinen leicht, als er in eine seiner Taschen greift, als er ein Buch aufschlägt. Ich weiß nicht, wie viel Zeit vergeht, bis ich wieder Bewegung neben mir wahrnehme, vermutlich Kellers Kopf, der sich an das Netz hinter uns lehnt.

Endlich beuge ich mich dem Schlaf – auf diesen Flügen gibt es sonst wenig zu tun – und wache mit einem dumpfen Schmerz im Nacken auf. Ich bin nach vorn gesackt, mein Kopf liegt auf Kellers Schulter.

Ich richte mich auf und murmle eine Entschuldigung. Dann bemerke ich, dass er sehr blass aussieht. Die LC-130 hüpft und wackelt am Himmel herum. »Beim letzten Mal fand ich es nicht so schlimm«, sagt er.

»Beim letzten Mal sind wir nicht so weit gekommen. Kurz vor der Ankunft ist es oft so.«

Ich beobachte sein Gesicht, nur eine Spur von Anspannung unter den Stoppeln auf seinem Kinn, und als er mich verlegen angrinst, stelle ich fest, dass seine braunen Augen von einer Farbe durchzogen sind, die mich an die Algen erinnert, mit denen der Schnee der Inseln gemasert ist – ein gedecktes, trübes Grün.

In einer LC-130 gibt es keine Armlehnen, man kann seine Hände während einer stressigen Landung nirgendwo hinlegen. Keller umklammert seine Knie, die Fingerknöchel sind ganz weiß. Ich verkneife mir ein Lächeln und tätschle ihm beruhigend die Hand, und zu meiner Überraschung dreht er sie um und umfasst meine.

So etwas wie eine Routinelandung gibt es eigentlich in McMurdo nicht, und als wir uns schließlich der vereisten Runway nähern, hat sich der Wind zu einem Schneesturm ausgewachsen. Der Pilot zieht mehrere Schleifen, um noch abzuwarten, aber irgendwann muss er hinunter. Als das Flugzeug mit den Kufen auf dem Eis aufsetzt, erfasst ein plötzlicher Windstoß das Heck und schleudert die Maschine quer über die Landebahn mit der Nase voran in eine frische Schneewehe.

Aber sie hält zusammen, so wie Keller und ich, die Hände immer noch verschränkt. Als das Flugzeug sich nicht mehr bewegt, lassen wir gleichzeitig los. Ich versuche zu ignorieren, dass ich noch nicht bereit dazu war. Dass eine Männerhand in meiner sich nach so langer Zeit gut angefühlt hat.

Mit Keller hinter mir steige ich durch die Luke und die sechs Stufen aufs Eis hinunter. Die Luft ist so kalt, dass sie im Gesicht brennt, der wirbelnde Schnee hat ein blendendes Weiß. Als ich mir die Augen mit der Hand abschirme, sehe ich den Terra-Bus, der uns zur Station bringen wird. Im Bus ist es noch voller als im Flugzeug, und nach dem Einsteigen finde ich Keller zwischen den ganzen Anoraks, Mützen und Taschen nicht mehr. Fünfzehn Minuten später kommt die Station durch die kleinen, quadratischen Fenster des Busses in Sicht.

McMurdo sieht mit seinen schmucklosen Industriegebäuden aus wie eine hässliche Wüstenstadt, die umgebende Landschaft ist im Sommer trist und braun und im Winter so weiß, dass man nicht erkennen kann, wo oben und unten ist. An klaren Tagen sieht man den Mount Erebus in der Ferne, aus seinem vulkanischen Gipfel steigt Qualm auf, und später im Jahr, wenn die Sonne schließlich wieder unterzugehen beginnt, sieht der Berg aus, als stünde er in Flammen.

Ich strecke mich und betrachte das alles, als mir auffällt, dass Keller mich beobachtet.

»Ich hab mir überlegt«, sagt er, »vielleicht könnte ich mich mal einen Tag an deine Fersen heften? Mir die Kolonie selbst ansehen.«

»Vielleicht«, sage ich, von seinem Interesse angetan und gleichzeitig ein bisschen misstrauisch.

Uns wurden unterschiedliche Schlaftrakte zugewiesen, also verabschieden wir uns kurz und gehen. Wir vereinbaren nicht, uns zu treffen, aber ich weiß, dass ich ihm früher oder später über den Weg laufen werde, in der Cafeteria. In McMurdo kann man während der Hochsaison Leuten nicht einmal aus dem Weg gehen, wenn man es will.

Dennoch sehe ich ihn erst zwei Tage später wieder, als

ich zu meiner Feldarbeit aufbreche und ihn vor dem Gerätedepot entdecke, in einer Jacke, die zu dünn für die Temperatur aussieht, und dem gleichen roten Tuch um den Hals.

»Hallo«, sagt Keller zur Begrüßung, als ich auf das Gebäude zugehe. »Bist du auf dem Weg in die Garrard-Kolonie?«

»Ja.«

»Wäre das ein guter Zeitpunkt, mich anzuschließen?«

Ich mustere ihn, überlege, wie ernst es ihm wirklich damit ist, mehr über die Pinguine zu erfahren. »Hast du kein Geschirr zu spülen?«

»Erst heute Abend«, sagt er.

»Warum machst du dich nicht mal mit der Umgebung vertraut?«, schlage ich vor. »Du könntest Scotts Hütte besichtigen, das ist ein schöner Spaziergang von hier aus.«

»Hab ich schon versucht. Die ist gerade wegen Renovierung geschlossen. Auf unbestimmte Zeit, hieß es. Was machen sie überhaupt da drin? Fließend Wasser installieren? Zentralheizung?«

Ich muss grinsen.

»Ich verspreche, dir nicht im Wege zu sein«, sagt er.

Ich werfe einen Blick auf das Gebäude, dann wieder auf Keller. »Hast du schon Fahrstunden mit dem Schneemobil gehabt?«

Er schüttelt den Kopf. »Noch nicht.«

Was bedeutet, wenn er mitkommt, muss er bei mir mitfahren. Auf dem Ski-Doo ist gerade genug Platz für zwei, und auf Tagesausflüge nehme ich nicht viel mit: Handzähler, Notizbuch, Wasser, Pinkelflasche und Plastiktüten, ein Überlebensset, alles in einem Fach des Schneemobils verstaut.

»Aber ich habe keinen festen Zeitplan«, warne ich ihn.

»Ich kann dich nicht extra zurückfahren, damit du pünktlich zu deiner Schicht kommst.«

Er grinst. »Ihr Wissenschaftler. Kein Respekt vor der arbeitenden Bevölkerung.«

Ich sehe ihn streng an, aber er lächelt weiter. »Was sollen sie schon machen, mich feuern?«

»Wahrscheinlich.«

Er zuckt nur die Achseln. »Hör mal, ich mag ja noch nicht viel über Pinguine wissen, aber ich könnte ein super Assistent sein.«

Ich bin nicht sicher, ob ich einen Assistenten brauche, ziehe es aber trotzdem in Betracht. Es sind viele Daten zu erheben, und er könnte helfen – solange ich nicht die ganze Zeit hinter ihm aufräumen oder seine Fehler ausbügeln muss. Wenigstens weiß er von der Kolonie, das ist ja schon mal was. Vor zehn Jahren nämlich hat sich ein riesiger Eisberg vom Ross-Schelfeis abgelöst und den Pinguinen den Zugang zum Meer versperrt, ihrer einzigen Nahrungsquelle. Sie mussten sich einen neuen Weg suchen, der mehr als doppelt so lang war. In dem Jahr überlebte keines der Küken, und die meisten ausgewachsenen Tiere verhungerten. Die einst relativ gesunde Kolonie mit tausenden von Brutpaaren musste ganz von vorne anfangen. Aber sie erholt sich jetzt wieder, wächst langsam, und dank unseres Fünfjahres-Stipendiums von der NSF fährt jede Saison jemand vom Antarktis-Pinguin-Projekt hierher, um die jährliche Zählung durchzuführen. Dieses Jahr bin ich das.

»An sich könnte ich schon Hilfe gebrauchen«, sage ich. Kellers Lächeln ist so aufrichtig, dass ich nicht anders kann als es erwidern.

Es ist ein klarer Tag, schimmerndes, vanillefarbenes Eis klemmt zwischen blauem Meer und noch blauerem Himmel. Als wir bei der Kolonie ankommen, mache ich mich an die Arbeit und weise Keller an, sich entweder nicht vom Fleck zu rühren und nur zuzusehen oder exakt meinen Schritten zu folgen, um die in der Mauser befindlichen Vögel nicht zu stören.

»Die Vollmauser bei Pinguinen ist heftig«, erkläre ich ihm. Im Gegensatz zu den meisten anderen Vögeln werfen Pinguine ihre Federn alle auf einmal ab, anstatt nach und nach. Bei Kaiserpinguinen vollzieht sich das Ganze innerhalb eines Monats, ein erschöpfender körperlicher Kraftakt, der ihre gesamte Energie aufbraucht. Die Tiere, die sich zur Vorbereitung darauf eine Fettschicht angefressen haben, sehen aus wie nach einem schlechten Haarschnitt, die bräunlichen Federn lösen sich als fusseliger Flickenteppich ab, während die wunderschönen, schlanken neuen Federn darunter herauswachsen.

»Mach nichts, was sie dazu bringt, sich zu bewegen«, sage ich. »Sie brauchen jedes bisschen Energie, das sie haben.«

Keller nickt und folgt mir, genauso langsam und vorsichtig, wie ich ihn gebeten habe. Abgesehen vom Zählen der Vögel – was durch den Umstand erleichtert wird, dass sie in der Mauser sind und still dastehen – inspiziere ich auch vorsichtig Kadaver auf dem Boden. Die toten Tiere sind hauptsächlich Küken, verhungert oder Skuas zum Opfer gefallen, den großen Raubmöwen mit dem gefährlichen Schnabel, die sich von Eiern und toten Küken ernähren. Aber zumindest heißt das, die erwachsenen Pinguine schaffen es wieder bis ins Meer zum Fressen.

Erst am Nachmittag, als ich mir die Hand auf eine schmerzende Stelle am Rücken drücke, schlägt Keller eine Pause vor. »Du hast bisher ununterbrochen gearbeitet«, sagt er.

Ich sehe auf die Uhr; es ist fünf Stunden her, dass wir die Station verlassen haben. Und mir fällt auf, dass Keller ebenfalls noch keine Pause gemacht hat; er hat sich nicht über Kälte, Müdigkeit oder Hunger beschwert.

»Ich verliere hier draußen immer das Zeitgefühl«, sage ich beinahe zu mir selbst.

Er nimmt seinen schmalen Rucksack von der Schulter. »Ich hab was zu essen dabei.«

»Bitte, iss du nur«, sage ich.

»Du hast vergessen, dir was mitzunehmen, stimmt's?«

»Ich esse normalerweise nichts, wenn ich im Feld bin.«

»Ich habe genug für uns beide«, sagt er. »Setz dich.«

Er faltet eine kleine, wasserdichte Decke auseinander, und wir lassen uns ungefähr dreißig Meter von den Vögeln entfernt nieder. Ich mache mir nicht die Mühe, mir Kellers Proviant anzusehen, als Veganer gewöhnt man sich daran, sich kein Essen mit jemandem zu teilen. Hier unten kann es schon die Ausnahme sein, ganz normale Vegetarier zu treffen.

Aber Kellers Rucksack ist voll mit Obst und Brot, mit Reisresten und Bohnen und Salat in Plastikdosen. »Im Ernst jetzt?«

»Karnickelfutter, ich weiß«, sagt er, als hätte er seine Nahrung schon hundert Mal verteidigen müssen. »Was anderes hab ich nicht. Nimm es oder lass es.«

Ich muss fast lachen vor unvermittelter Freude über dieses seltsame, schlichte Ereignis – mit Keller auf dem Eis zu sitzen und mitten unter den sich mausernden Kaiserpinguinen etwas zu essen, an einem blendend hellen antarktischen Tag. Es ist so lange her, dass ich einen Bezug zu jemand anderem gespürt habe. Seit Dennis hat es niemanden gegeben, und selbst ein Jahr später fällt mir das eigentlich nicht schwer; genauer gesagt ist das Leben dadurch viel einfacher.

Oder vielleicht habe ich es auch nur geschafft, mir das einzureden.

In der Wissenschaft, in der Natur sind Vorgänge nachvollziehbar. Tiere handeln nach Instinkt. Natürlich haben sie Emotionen, Persönlichkeiten, sie können frech oder manipulativ oder absonderlich sein, aber im Gegensatz zu Menschen fügen sie niemandem vorsätzlich Schaden zu. Menschen sind eine gänzlich andere Sache, und ich habe schon jung gelernt, dass den meisten Leuten Gemeinheit näher liegt als Freundlichkeit. Ich war ein jungenhaftes Mädchen, groß für mein Alter, kurze blonde Haare, gut in Naturwissenschaften. Nachdem ich in der Mittelstufe mit physischer Gewalt aus der Mädchentoilette geworfen worden war, weil die anderen überzeugt davon waren, dass ich ein Junge wäre, ließ ich mir die Haare bis unter die Schulterblätter wachsen. So behielt ich sie, meistens zum Zopf geflochten, bis letztes Jahr, als ich sie mir knapp unter dem Kinn abschneiden ließ – lang genug, um noch wie eine Frau auszusehen, obwohl ich mich nie schminke, und um sie mir aus dem Gesicht binden zu können.

»Was ist denn?«, fragt Keller. »Woran denkst du?«

»Nichts«, sage ich, und er gibt mir eine Gabel.

»Wie lange bist du schon beim APP?«, fragt er.

»So acht, neun Jahre.« Ich nehme einen Bissen Reis und Salat. »Und was ist mit dir? Was hast du gemacht, bevor du in die Welt der gastronomischen Dienstleistungen eingetreten bist?«

Er zuckt mit den Schultern. »Was weit weniger Interessantes.«

Es hat etwas Verschlossenes, wie er das sagt, und ich frage nicht nach. Wir essen zu Ende, und ich mache mich wieder an die Arbeit. Trotz meiner ursprünglichen Ansage, mich nicht nach Kellers Dienstplan zu richten, packe ich alles rechtzeitig wieder ins Schneemobil, um ihn zu seiner Schicht in der Station abzuliefern.

In jener Nacht liege ich lange wach, obwohl mir vor Erschöpfung die Augen brennen. Viele haben in dieser Jahreszeit Schlafprobleme, weil beinahe rund um die Uhr die Sonne scheint, aber ich weiß, dass das nicht der Grund ist.

Am nächsten Tag wartet Keller wieder vor dem Gerätedepot auf mich und fragt, ob er mir helfen darf, die Vögel zu zählen.

»Hast du mir was zu essen mitgebracht?«

Er nickt.

»Dann von mir aus.«

Bei der Kolonie bin ich mehr damit beschäftigt, Keller zu beobachten, als Vögel zu zählen. Ich sehe, wie behutsam er sich unter den Pinguinen bewegt und dabei auf meinem Handzähler weiterklickt. Ich sehe ihn die Kadaver, neben denen wir in die Hocke gehen, Zentimeter für Zentimeter inspizieren, während ich erkläre, wie man die Todesursache bestimmt. »Nur eine Autopsie kann zeigen, ob der Magen leer ist.« Ich zeige auf einen dünnen, ausgemergelten Körper. »Aber du siehst, dass der hier in einem wirklich schlechten Zustand war. Kaum Körperfett.«

Ich bin so vertieft in die Arbeit, dass ich den Wind, der um uns herum aufkommt, gar nicht bemerke. Erst als mir eisiger Schnee ins Gesicht prasselt, sehe ich auf und stelle fest, dass es keine Abgrenzung zwischen Eis und Himmel mehr gibt, dass die Welt weiß geworden ist.

»Mist«, murmle ich und funke die Station an. Es wurden bereits Ausgangsbeschränkungen erlassen, und der Wind hat um die hundert Stundenkilometer. Wir müssen sofort zurück.

Ich rufe nach Keller, und er steht sofort neben mir und hilft mir, das Schneemobil zu beladen. Innerhalb von Minuten sind wir abfahrbereit – doch es springt nicht an.

Ich versuche es noch einmal, der Motor stottert, will aber einfach nicht in Gang kommen.

»Batterie leer?«, fragt Keller. Er sitzt dicht hinter mir, den Mund neben meinem Ohr, aber ich kann ihn wegen des Windes kaum hören.

»Könnte sein«, rufe ich zurück. »Aber dann würde sich wahrscheinlich gar nichts tun.«

Wir steigen ab, und in dem Moment wird mir klar, dass wir keine Zeit zur Fehlersuche haben, ganz zu schweigen davon, etwas zu reparieren. Der Wind wird stärker, meine Hände sind so kalt, dass ich sie kaum bewegen kann, trotz der Handschuhe. Als ich mich zu Keller umdrehe, der nur ein paar Schritte entfernt steht, ist er nur ein Schemen, seine Mütze und sein Anorak sind von Schnee bedeckt.

»Wir brauchen einen Unterschlupf«, sage ich.

»Lass mich mal die Batterie überprüfen.«

»Vergiss es.« Der peitschende Schnee sticht in den Augen. »Selbst wenn wir es jetzt sofort reparieren, schaffen wir es nicht zurück.«

Das antarktische Wetter ist zwar berüchtigt für seine Kapriolen, aber ich ärgere mich trotzdem über mich selbst. Ich kann nicht fassen, dass ich mich von dem Sturm so habe überrumpeln lassen. Keller redet immer noch davon, das Ski-Doo zu reparieren, während ich schon unser Überlebensset aus dem Fach hole, und ich drücke es ihm an die Brust. »Du hast ja keine Ahnung, was dieses Wetter anrichten kann«, überbrülle ich den Wind. »Pack das Zelt aus. Sofort.«

Es bleibt keine Zeit, einen Graben zu ziehen, was die

beste Möglichkeit wäre, den Sturm auszusitzen. Wir schaffen es ohnehin schon kaum, das Notfallzelt aufzustellen und hineinzuflüchten. Wir haben nur einen Extremschlafsack und ein Fleece-Innenfutter, und ich breite beides über uns aus. Selbst wenn das Zelt nicht so eng wäre, die eisige Luft zieht unsere Körper instinktiv aneinander, und ohne ein Wort wickeln wir uns ein und decken uns komplett mit dem Fleece-Futter zu, einschließlich des Großteils des Gesichts. Trotz des Windschutzes und unserer Körperwärme sind es vermutlich nicht mehr als null Grad im Zelt.

»Das hast du dir bestimmt nicht vorgestellt, als du in die Antarktis gekommen bist«, sage ich, die Stimme vom Fleece gedämpft.

»Ganz im Gegenteil«, sagt er. »Das ist genau das, was ich mir vorgestellt habe.«

Ich drehe ihm in dem trüben Licht den Kopf zu.

»Du meine Güte«, sage ich. »Du hast überhaupt keine Angst, oder?«

Er bewegt den Kopf ein wenig, und als er spricht, höre ich ein Grinsen in seiner Stimme. »Ich bin immun gegen Eis.«

Dieses Gefühl, so verrückt und unlogisch es auch ist – ich kenne es. Ich kam mir einmal ähnlich unbesiegbar vor. Zeitweise erschien mir mein Leben hier unten vollkommen surreal, eine Traumwelt, in der alles, was passierte, abgetrennt vom echten Leben blieb, geschützt vor ihm. Es ist eine Empfindung, die viele nachvollziehen können, die hierherkommen, aber sie hält nicht lange an.

»Ich nehme mal an, du hast dich über die Geschichte der Antarktis informiert?«, sage ich. »Du weißt, wie viel Schlimmes hier passiert ist?«

»Aber auch reichlich Wunder.«

»Hoffst du darauf?«

»Eigentlich nicht.« Er zögert kurz, dann sagt er: »Kann sein.«

»Was meinst du damit?«

»Ich weiß, dass ich nicht der Erste bin, der sich hier einen Tapetenwechsel erhofft. Midlifecrisis und so.«

»Mit Sicherheit nicht.«

»Der, der ich vor drei Jahren war, den würdest du nicht erkennen«, sagt er. »Ich war Anwalt. Verheiratet. Schönes Haus in der Nähe von Boston. Alles, was die meisten Menschen wollen.«

»Alles, was meine Mutter für mich wollte, so viel ist sicher«, sage ich. »Also, was ist passiert?«

Pause, dann sagt er: »Das Unvorstellbare ist passiert.«

Er verstummt. Ich lausche dem Rhythmus unserer Atmung, kaum zu hören bei dem heulenden Wind. Ich merke, dass er noch wach ist, und frage: »Alles okay?«

»Ja. Und bei dir?«

Ich nicke, und wir liegen ganz nah zusammen. Wir schweigen wieder, zum Wärmen aneinandergekuschelt wie Welpen. Während die Zeit verstreicht, denke ich an den heutigen Arbeitstag, und dann setze ich mich ruckartig auf.

»Was ist denn?«

»Mein Notizbuch«, sage ich und klopfe meinen Anorak ab, versuche, mich zu erinnern, ob ich es in eine der großen Taschen gesteckt habe. »Ich weiß nicht mehr, wo ich es hingetan habe.«

»Es ist in dem Fach im Schneemobil.«

»Bist du sicher?«

»Ich hab gesehen, wie du es reingelegt hast.«

Ich starre auf die Zeltklappe, obwohl ich weiß, dass es dumm wäre, sich nach draußen zu wagen. »Ich hoffe, es ist nicht weggeweht.«

»Bestimmt nicht. Du hast es sicher verstaut.«

In dem Moment frage ich mich, ob er mich so eingehend beobachtet hat wie ich ihn.

»Keine Sorge«, sagt er. Ich spüre seine Hand auf meinem Rücken, und als ich mich hinlege, bleibt sein Arm um meine Schultern. Die Anstrengung des Tages übermannt mich schließlich, entzieht meinem Körper und meinem Geist das bisschen Energie, das noch übrig ist. Ich wende mich Keller zu, und meine eisige Nase trifft auf die Wärme seines Halses.

Ich atme langsamer, lasse aber die Augen weit offen, auf die Stoppeln an Kellers Kinn gerichtet, auf die Stelle, an der sein Ohrläppchen auf den Kiefer trifft. Nie hätte ich geglaubt, wieder in so eine Situation zu geraten – in einem Zelt mit einem Amateur, noch einmal –, und ich habe ein bisschen Angst, einzuschlafen, will nicht riskieren, allein aufzuwachen.

Ich erinnere mich nicht, die Lider geschlossen zu haben, aber Stunden später wache ich in einem hellgoldenen Schein auf. Lange bewege ich mich nicht, genieße die Wärme von Kellers Körper neben meinem. Als ich mich aufsetze, regt er sich und schlägt die Augen auf. Der Ausdruck auf seinem Gesicht ist einer, den ich schon eine ganze Weile nicht mehr gesehen habe – schläfrig, nicht ganz sicher, wo er ist, ein angedeutetes Lächeln, als es ihm einfällt.

Aber er lächelt nicht meinetwegen, sondern er betrachtet an mir vorbei den Schatten, der über meiner Schulter an dem von außen beleuchteten Zelt aufragt.

»Der Schnee«, sagt er. »Sieh mal, wie hoch die Wehen sind.«

Die Sonne ist ein Lichtkreis hinter dünnen Wolken, und ein leichter Wind wirbelt den Schnee auf, so dass wir von glitzerndem Staub umgeben sind.

Wir müssen den Schnee wegschieben, um aus dem Zelt zu steigen, und ich bin froh, in letzter Minute noch daran gedacht zu haben, eine Stange mit einem Wimpel neben das Ski-Doo zu stecken, das jetzt ungefähr einen Meter tief begraben ist. Ich melde mich per Funk in der Station, gebe Bescheid, dass wir uns bald auf den Weg machen. Als ich mich umdrehe, hat Keller bereits das Schneemobil freigeschaufelt und beugt sich über den Motor.

»Ich glaube, die Zündkerzen sind gestern vereist, als die Temperatur so abgesackt ist.« Er richtet sich auf. »Jetzt sind sie sauber und trocken. Probier's noch mal.«

Der Motor springt sofort an. Ich lasse ihn laufen, während ich unser Zelt einpacke. Auf dem Weg nach McMurdo, Keller hinter mir, den Arm um meine Taille, wünsche ich mir, wir müssten nicht zurückfahren. Die Kälte, die Erschöpfung und der Hunger sind nichts im Vergleich zu meinem plötzlichen Bedürfnis, bei Keller zu bleiben, weit weg von der Geschäftigkeit der Station.

Als wir das Schneemobil im Depot zurückgegeben haben und zu unseren Schlaftrakten laufen, versuche ich mir nicht einzubilden, dass er mehr an mir als an den Pinguinen interessiert ist. Und als ich ihn später sehe und er vorschlägt, uns im Southern Exposure zu treffen, einer der Kneipen in McMurdo, fragt er mich auch tatsächlich, ob ich meine Aufzeichnungen mitbringen könnte, ob ich etwas dagegen hätte, sie ihm zu zeigen.

Genauso geht es die nächsten Wochen weiter, tagsüber zählen wir zusammen Vögel, abends treffen wir uns nach seiner Cafeteria-Schicht in der Kneipe. Langsam lernen wir einander kennen, Glas für Glas. Einmal wird das Gespräch nach ein paar Bieren persönlich. Keller spricht nicht gern über sich, und ich muss sein vorantarktisches Leben aus

Puzzleteilen zusammensetzen. Es ist eine Vorstellung, die mir vor Augen bleibt, wenn ich ihn jeden Morgen sehe – ein verblasstes Kartonbild, dessen Kanten noch sichtbar, dessen Ritzen noch nicht verschlossen sind.

Aber ich möchte das Puzzle fertigbasteln, ich möchte verstehen, wer er ist. Er ist anders als die meisten anderen Männer, die ich kenne, Männer, deren Erfahrungen hier im Süden akademischer sind. Keller scheint an die Entdeckung Antarktikas heranzugehen wie einer der Forscher des frühen zwanzigsten Jahrhunderts, mit einer Mischung aus Furchtlosigkeit, Eifer und Ehrgeiz, als müsste er etwas beweisen. Ich bin fasziniert, als hätte ich eine neue Spezies aufgestöbert, eine, die ich unbedingt studieren möchte, Stück für Stück.

Eines Abends betrachte ich ihn lange, versuche es mir vorzustellen, das konventionelle Leben, das er angeblich früher geführt hat, dieser Mann, den ich noch nie in etwas anderem als Jeans, Flanell und Gore-Tex erlebt habe, dessen Hände von der Arbeit in der Kombüse am Abend und dem Pinguinzählen bei Tag rissig sind.

»Du warst also Anwalt, verheiratet, Eigenheim in der Vorstadt«, sage ich, weil ich den Rest der Geschichte hören möchte. »Kinder?«

Er schweigt, und etwas in seiner Miene lässt mich wünschen, ich könnte die Frage zurücknehmen. Ich stehe auf und wanke zur Theke, um uns noch eine Runde zu bestellen. Als ich an den Tisch zurückkomme, starrt er an die Wand, auf das Foto einer Kaiserpinguinkolonie. Unsere Biere schwappen, als ich sie abstelle, und ich lasse mich auf meinen Platz fallen.

Endlich wendet er sich mir zu. »Weißt du noch neulich, als du mir erzählt hast, dass Pinguine, deren Brut scheitert, sich manchmal neue Partner suchen?«

Eine Weile lang begreife ich nicht, was er mir damit sagen will.

»Es war unser erstes Kind«, sagt er. »Und einziges.«

Er nimmt einen langen Schluck, und ich überlege angestrengt, wie viele Runden wir schon hatten. »Sie ist gestorben«, sagt er. »Autounfall.«

Ich weiß nicht, was ich sagen soll. Er ist sehr betrunken, und er redet viel mehr als je zuvor, doch sein Körper bleibt reglos, fast wie eine Statue. »Ich dachte, wir könnten vielleicht versuchen, noch ein Baby zu bekommen«, sagt er. »Aber sie hat beschlossen, es lieber mit einem neuen Ehemann zu versuchen.«

»Einfach so?« Als ich Keller durch den Nebel von Zigarettenqualm in der Kneipe ansehe, kann ich mir unmöglich vorstellen, dass jemand ihn so problemlos verlässt.

»Genau wie die Vögel«, sagt er mit einem schroffen Lachen. »Ich kann es ihr nicht verübeln.«

In dem Augenblick möchte ich ihn berühren, bewege mich aber nicht.

Er rutscht auf dem Stuhl herum und streicht sich mit einer langsamen, müden Geste die Haare aus der Stirn. »Es war meine Schuld«, sagt er. »Ally war neunzehn Monate alt. Britt, meine Frau, ist nach Allys erstem Geburtstag wieder arbeiten gegangen, und wir haben uns damit abgewechselt, sie zur Kita zu bringen und abzuholen. An dem Nachmittag hätte ich sie abholen sollen, aber eine Sitzung wurde verlegt. Deshalb habe ich unsere Babysitterin Emily angerufen, eine Studentin, die hin und wieder auf Ally aufgepasst hat. Ally hat sie geliebt. Ich habe sogar einen zusätzlichen Kindersitz gekauft, damit Emily sie in ihrem Wagen mitnehmen konnte. Sie hat immer Witze gemacht, dass wir ihr Liebesleben ruinieren, weil sie einen Kindersitz im Auto hat. Es war so ein schrottiger alter Kleinwagen. Hätte ich ihr doch lieber stattdessen ein neues Auto gekauft.«

Er greift nach seinem Bier, hebt es aber nicht hoch, trinkt nicht. »Ich hatte während der Sitzung mein Handy aus. Als ich nach Haus kam, war niemand da – keine Ally, keine Babysitterin, keine Britt. Dann habe ich das Telefon angeschaltet.«

Seine Hand umklammert das Glas fester. »Ich bin sofort ins Krankenhaus gefahren, aber es war schon zu spät. Ein Mann hatte am Steuer telefoniert, eine rote Ampel überfahren und den Wagen hinten auf Allys Seite gerammt. Emily hat überlebt. Britt hat mir mehr Vorwürfe als allen anderen gemacht. Ich war derjenige, der hätte da sein müssen.«

Jetzt berühre ich doch seine Hand, die immer noch um das Glas liegt. Sie ist rau und vom Wind aufgesprungen, und ich denke daran, dass die Antarktis einen abhärtet, dass es vielleicht das ist, was er wollte, was wir alle wollen. Hornhaut über alte Wunden bilden.

Er dreht sich etwas und beugt sich kaum merklich näher zu mir. »Es ist nicht sofort in die Brüche gegangen«, sagt er. »Merkwürdig ist das, wie Menschen verschwinden. Niemand spricht gern darüber, als wäre es vielleicht ansteckend. Unsere Freunde, Britts und meine, wussten nicht, was sie tun sollten, ich meine, plötzlich hatten wir keine Kinder mehr, die zusammen spielten. Meine Schwester war die Einzige, die zugehört hat, wirklich zugehört. Sie ist die Einzige, die mich an Allys Geburtstag anruft. Die Einzige, die uns am ersten Jahrestag ihres Todes zum Essen eingeladen hat, damit wir nicht allein sein mussten. So was kann sie gut, wie meine Mutter früher. Alle anderen wollten offenbar am liebsten so tun, als wäre es gar nicht passiert.«

Er hebt die Schultern zu einem Achselzucken. »Britt und

ich haben uns bemüht, unsere Ehe zu retten. Sie konnte es nicht verarbeiten – oder wollte nicht. Wir haben es nicht viel länger als ein Jahr ausgehalten. Nachdem sie gegangen war, habe ich versucht, mich in die Arbeit zu stürzen.« Er starrt in sein Bier. »Als wir noch zusammen waren, als Ally lebte, schienen die Tage immer zu kurz, es gab nie genug Zeit, um alles unterzubringen. Dann plötzlich war jeder Tag endlos. Nichts spielte mehr eine Rolle. Ich wollte flüchten – wie Britt, denke ich manchmal. Aber sie ist nur bis Vermont gekommen.«

Er holt Luft. »Ich habe angefangen, über die Entdecker zu lesen, weißt du, mich gefragt, ob es noch unerforschte Gegenden gibt. Selbst als ich bereits beschlossen hatte, das Land zu verlassen, wusste ich eigentlich nicht, wohin ich wollte. Ich hatte keinen Plan.« Er macht eine Pause, und ein zaghaftes, trauriges Lächeln taucht auf seinem Gesicht auf. »Im Rückblick wusste ich es wahrscheinlich aber doch. Ich erinnere mich noch, wie ich zu meinem Chef ins Büro gegangen bin und gekündigt habe. »Ich habe gesagt: ›Ich gehe nur mal raus und bin vielleicht ein Weilchen weg.‹«

Ich weiß natürlich, dass dies die letzten Worte von Captain Lawrence Oates sind, der auf der Rückkehr vom Südpol wie Robert Scott und der Rest des Expeditionsteams starb. Da er wusste, dass er ohnehin dem Tode nahe und eine Belastung für seine Gefährten war, ging Oates aufs Eis. Niemand hat ihn je wieder gesehen.

Am Ende erzähle ich Keller von Dennis, und er ist nicht überrascht. Er wusste es schon die ganze Zeit. »Ich habe davon gelesen«, sagt er. »Und das Foto von dir gesehen. Damals dachte ich, wie ähnlich wir uns sind, obwohl ich dir noch nie begegnet war.«

»Inwiefern ähnlich?«

»Verlassen«, sagt er.

Die Antarktis schlägt ihre eisigen Klauen in einen bestimmten Menschentyp, ist mir über die Jahre klar geworden, und ich sehe jetzt, dass Keller dazugehört. Jetzt, wo er angebissen hat, wird er immer wieder kommen, und er wird feststellen, dass niemand zu Hause so richtig verstehen kann, was ihn herführt – der Impuls, aufs Eis zurückzukehren, zu diesen watschelnden Geschöpfen im Federfrack, zu den stundenlangen feurigen Sonnenuntergängen, dem tröstlich wilden Frieden dieser Region –, und letzten Endes wird er sein Leben um die Antarktis herumbauen, weil er sich unfähig fühlen wird, irgendwo anders zu leben.

An dem Abend verlassen wir die Kneipe wie üblich, und mein Herzschlag gerät ins Stottern, als wir uns trennen, weil ich bemerke, wie intensiv er mir in die Augen sieht. Aber obwohl sein Blick eine Weile auf mir ruht, verabschiedet er sich nur wie sonst: ein kurzes Winken und ein noch kürzeres Lächeln.

Am nächsten Nachmittag wandern wir auf eine Anhöhe mit Blick auf das Ross-Schelfeis, eine riesige, flache Eisdecke, die sich ins Meer erstreckt. Obwohl es die Größe Frankreichs hat und mehrere hundert Meter dick ist, sieht es von oben so dünn wie eine Waffel aus und ungefähr so zerbrechlich. Von hier aus haben wir einen guten Blick auf eine große Adélie-Kolonie. Kellers Mund verzieht sich zu einem Lächeln, als er sie durch das Fernglas betrachtet. »Ich liebe ihre Gesichter«, sagt er. »Diese Augen.«

Adélies haben ganz schwarze Köpfe, und der weiße Ring um ihre dunklen glänzenden Augen herum verleiht ihnen eine staunende, erschrockene Miene. Im Vergleich zu den Kaiserpinguinen sind die Adélies winzig. Sie schnauben leise vor sich hin, wenn sie breitbeinig und mit ausgestreckten Flügeln, Kopf hoch erhoben, herumlaufen, und sehen beinahe komisch aus, wohingegen die Kaiserpinguine mit den an die Seite geklemmten Flügeln und den gesenkten Köpfen immer so ernst wirken.

»Das ist möglicherweise meine Lieblingsart«, sage ich. »Wenn ich mich entscheiden müsste.«

Er nimmt das Fernglas herunter, streckt die Hand nach meiner sonnenverbrannten Wange aus und küsst mich. Es geschieht schnell – seine Hand in meinem Nacken, das spontane Aufeinandertreffen von Lippen –, und dann verlangsamt sich die Zeit und bleibt fast stehen, und plötzlich fühlt sich mein Körper so nass und schlaff an wie schmelzendes Eis.

Sex in McMurdo findet in gestohlenen Augenblicken statt; er ist heimlich und leise, dank der beengten Wohnbereiche, der Zimmergenossen, der dünnen Wände. Ich weiß nicht, wie viele Tage zwischen jenem ersten Kuss und der ersten bei mir verbrachten Nacht in meinem Kopf miteinander verschwimmen, aber endlich, nach einer Ewigkeit von hilflosem und sich ständig steigerndem Verlangen schleichen wir uns von einer Belegschaftsparty weg, quetschen uns auf die schmale Koje in meinem Zimmer und fallen übereinander her wie sexhungrige Teenager, was ebenfalls typisch für Bewohner von McMurdo ist.

Hinterher, während der vom Wind aus einem fernen Gebäude zu uns getragene Bass das Pochen unserer Herzen untermalt, in der trockenen Hitze des Raums, mit schweißbedeckter Haut, scheint es, als könnten wir überall sein, doch gleichzeitig erkenne ich, dass dies der einzige Ort ist, an dem unsere plötzliche Beziehung sich für mich so vertraut anfühlen kann wie das eisige, mondähnliche Gelände draußen vor den winzigen Fenstern.

In den darauf folgenden Wochen stehlen wir uns Zeit, wann immer es geht – wenn meine Zimmergenossin im Feld ist, wenn der von Keller arbeitet. Manchmal wird es schwer, an irgendetwas anderes zu denken. Wenn wir von draußen kommen, müssen wir so viele Schichten ausziehen, dass ich schon glaube, wir werden nie auf Haut stoßen, doch dann ist sie da, brennt unter unseren Händen, trocken und heiß, zwei Wüsten, die Wasser finden.

Im unaufhörlichen Sonnenlicht der Tage sammeln wir Daten, essen und reden wir, packen wir zusammen und hasten zu seiner Schicht in der Kombüse zurück. Eines Spätnachmittags, als er frei hat, legen wir uns im blendenden Licht hin, die Hände verschränkt, mein Kopf auf seiner Schulter, und wir lauschen dem über das Eis pfeifenden Wind und dem Rufen der Vögel. Davon abgesehen ist es vollkommen still, es gibt nichts zu hören, nichts von dem üblichen Hintergrundrauschen auf anderen Kontinenten, überhaupt keine menschlichen Geräusche, und Keller und ich schweigen ebenfalls. Es ist, als hätte unser eigenes Menschsein sich aufgelöst, als bräuchten wir nur durch Atem und Berührung zu kommunizieren. Und ich fühle, dass die Kälte, die immer ein beständiger und notwendiger Teil von mir zu sein schien, allmählich auftaut.

* * *

Als ich mich im Dunklen anziehe, kommt mir das, was vorhin noch wie eine gute Idee klang, plötzlich albern vor, unpraktisch. Ich taste nach meiner Sonnenbrille, höre meine Zimmergenossin sich in ihrer Koje umdrehen und spiele mit dem Gedanken, mich auszuziehen und wieder ins Bett zu legen.

Auf Zehenspitzen gehe ich zur Tür, drehe mich im Lichtkegel aus dem Flur zu meiner Zimmergenossin um, die noch schläft, mit dicken orangenfarbenen Ohrstöpsel in den Ohren und einer Schlafmaske über den Augen, und stehle mich aus dem Zimmer.

An Kellers Zimmer klopfe ich leise, in der Hoffnung, dass nicht sein Mitbewohner aufmacht. Ich warte, klopfe erneut und frage mich, ob ich uns überschätzt habe, wenn ich mir so sicher bin, dass er sich über einen Überraschungs-Weckruf mitten in der Nacht freuen wird, dass er willens ist, eine der kostbarsten Ressourcen eines McMurdo-Sommers zu opfern: Schlaf.

Schließlich wird die Tür einen Spalt geöffnet, und er steht im Neonlicht des Flurs blinzelnd da.

»Hol deine Jacke«, flüstere ich.

Er schließt die Tür und öffnet sie kurz darauf wieder, voll bekleidet. Wir schleichen durch den Schlaftrakt. Draußen schirmen wir unsere Augen vor der Nachtsonne ab, die immer noch hoch am Himmel steht und nur von einem dünnen Wolkenschleier verdeckt wird. Es ist ungefähr sechs Grad minus, vielleicht kälter.

Ich bin begeistert, dass Keller nicht eine einzige Frage zu unserem Ziel gestellt hat oder warum er um drei Uhr nachts im hellen Tageslicht unterwegs ist. Er lässt mich einfach vorangehen.

Wir laufen zum Hut Point, der ungefähr dreihundert Meter entfernt liegt. Der Boden unter unseren Stiefeln ist schwarz und weiß, vulkanische Erde und Frost. Vor uns liegt das von Eisbrocken getüpfelte Wasser des McMurdo-Sunds, und davor: ein einfaches, verwittertes, quadratisches Gebäude.

Die Hütte, die Keller so gern sehen wollte, wurde 1902 für Scotts *Discovery*-Expedition gebaut. Seit Monaten ist sie für jeden außer den Handwerkern geschlossen, die sie renovieren – außer heute Nacht.

Ich hole einen Schlüssel aus meiner Jacke und lasse ihn in der Luft baumeln.

Kellers noch schläfriges Gesicht verzieht sich zu einem Lächeln. »Woher hast du *den* denn?«

»Ich hab gute Beziehungen.«

Er grinst, und ich gebe ihm den Schlüssel.

Unter dem Vordach zieht Keller die Mütze aus und schiebt sich die Sonnenbrille auf den Kopf. Er schließt die Tür auf, und wir treten ein, bleiben dann aber erst einmal stehen, während unsere Augen sich an das trübe Licht gewöhnen, das durch die kleinen, hohen Fenster dringt.

Keller läuft vorsichtig durch die Hütte. Ich folge seinem Blick durch den rußgeschwärzten Raum: Kisten und Dosen mit Haferflocken und Kakao, Keksen und Hering, rostige Bratpfannen auf dem gemauerten Herd, Regalbretter mit Tassen und Tellern, Flaschen und Schüsseln, ölverschmierte Hosen auf einer Wäscheleine, ein Hundegeschirr an einem Balken. Ein Haufen Robbenspeck trieft vor Öl, an einer Wand hängen gut erhaltene Seehundkadaver. Auf einer großen Kiste mit der Aufschrift Lampenöl steht Scott's Antarctic Expedition 1910 – eine von mehreren Gruppen, die diese Hütte bewohnt hat.

Es ist gespenstisch still ohne das Treiben der Station, ohne Pinguine draußen, ohne Sturmvögel am Himmel. Statt der Dieselabgase der Station atmen wir den schweren, muffigen Geruch von hundert Jahre altem verbranntem Robbenfett und dem verstaubten Werkzeug von Männern ein, deren Zeit hier gleichermaßen von Freude und Verzweiflung geprägt war.

Keller weiß, dass er nichts anfassen darf, und er bewegt

sich so wenig wie möglich, nimmt in sich auf, was er kann. Ich habe nicht daran gedacht, eine Kamera mitzubringen, aber dann fällt mir auf, dass ich ihn in all unserer Zeit zusammen noch nicht einmal ein Foto habe machen sehen.

»Erinnerst du dich an die ›vergessenen Männer‹?«, fragt Keller.

»Da musst du ein bisschen konkreter werden.«

»Die *Ross Sea Party*«, sagt er. »Sie waren genau hier, in diesem Raum, und hatten keine Ahnung, dass sie ihr Leben einem aussichtslosen Unterfangen gewidmet hatten.«

»Sie kannten die Risiken.« 1915 waren zehn Männer aus der Gruppe, die Shackleton damit beauftragt hatte, Vorratsdepots für seine *Endurance*-Expedition anzulegen, hier gestrandet, nachdem ihr Schiff aus der Verankerung gerissen worden und weggetrieben war. Da sie nicht wussten, dass Shackletons Mannschaft gezwungen gewesen war, ihr Schiff ebenfalls aufzugeben, machten die Männer weiter und vollendeten ihren Auftrag. Drei von ihnen überlebten nicht.

»Genau das gefällt mir hier«, sagt Keller. »Man kennt die Risiken, die Gefahren sind greifbar.« Er lässt noch einmal den Blick schweifen, als stünde das, was er zu sagen versucht, auf den von der Zeit gezeichneten Wänden. »Damals in Boston habe ich ein so genanntes normales Leben geführt, ohne das Geringste von den Gefahren überall um uns herum zu ahnen. Das ist so viel schlimmer. Denn wenn dann doch was passiert, ist man nicht vorbereitet.«

Ich stelle mich zu ihm, und er zieht mich in eine lange Umarmung, so lang, dass ich das Gefühl bekomme, er hat vielleicht Angst loszulassen, als könnte er dadurch, dass er sich in dieser Hütte, an diesem fernen Ort an mich klammert, seine Erinnerungen bewahren und gleichzeitig hinter sich lassen. Ich möchte ihm versichern, dass er ein Gleichgewicht finden wird, dass es derselbe schmale Grat ist wie von hier nach Hause und wieder zurück zu fahren, aber ich weiß, dass er das früh genug lernen wird, in seinem eigenen Tempo.

Schließlich entzieht er sich, küsst mich auf die Stirn. »Danke für das hier«, sagt er.

Wir gehen hinaus in die Sommernacht und laufen auf die zum Sund hin gelegene Seite der Hütte. Saubere, kalte Luft friert sich durch meine Nasenlöcher, sie trägt den schwachen Duft von Meer und vereistem Fels mit sich.

Im Wasser treiben flache Eisstücke umher wie Puzzleteile. Weiter entfernt schimmern dünne Silberschichten über dem Hellblau großer Eisberge. Als eine Brise aufkommt, lehne ich mich an Keller, weil mir die Kälte durch die Kleidung dringt.

Er zieht mich fester an sich und sieht über meinen Kopf hinweg. »Ein Seeleopard«, flüstert er. Das Tier robbt etwa fünfzehn Meter von uns entfernt zum offenen Wasser. Wir beobachten es, ein ausgewachsenes Männchen, das seinen schlanken grauen Körper vorwärtsschiebt, ganz auf das Meer vor sich fixiert.

Dann bleibt es stehen und dreht uns den Kopf zu, schnüffelt in die Luft und zeigt dabei seine heller graue, gefleckte Unterseite. Es sieht uns genau an, das Gesicht wie das eines hungrigen Welpen, mit den Schnurrhaaren an der Schnauze und den riesigen feuchten Augen. Wir stehen windabwärts, aber ich spüre Kellers Atemzug auf halben Weg durch seinen Brustkorb stocken. Nach einer Weile dreht der Seeleopard sich wieder um, setzt seinen Weg fort und gleitet lautlos ins Wasser.

Langsam atmet Keller aus, und ich spüre sein Gewicht neben mir herabsacken, als er sich entspannt. Obwohl ein

Seeleopard einmal ein Mitglied von Shackletons *Endurance*-Gruppe gejagt hat – erst an Land, dann von unter dem Eis her – und obwohl sie höchst gefährlich sein können, sind Angriffe auf Menschen eher selten.

Ich sehe Keller an, weil ich glaube, er war wegen des Seeleoparden besorgt, aber er lächelt.

»Daran könnte ich mich gewöhnen«, sagt er.

»An was genau? Begegnungen mit tödlichen Raubtieren? Temperaturen unter dem Gefrierpunkt? Sechstagewochen?«

»An dich«, sagt er. »An dich könnte ich mich gewöhnen.«

* * *

Bei dem nie endenden Tageslicht verliert die Zeit ihre Dringlichkeit, und es fällt mir leicht zu glauben, dass wir ewig hier sein werden. Doch irgendwann geht die Sonne für eine Stunde am Tag unter, und dann etwas länger, und bald schon kreisen die Gespräche in der Station um den Übergang vom Sommer zum Winter. Als unsere restliche Zeit in McMurdo immer kürzer wird, denke ich unwillkürlich voraus. Das echte Leben drängt sich allmählich in jeden Augenblick. Eines Nachmittags, bei Keller im Bett, klemme ich meinen Kopf unter sein Kinn. »Wo wohnst du jetzt? Zu Hause, meine ich?«

Wir kennen immer noch einige der ganz grundlegenden Fakten voneinander nicht. Hier ist das alles nicht von Bedeutung.

»Nach der Scheidung habe ich mir eine Wohnung in Boston genommen«, sagt er. »Meine Sachen habe ich eingelagert, bevor ich hergekommen bin.« Da mein Gesicht an seinem Hals liegt, spüre ich das Vibrieren seiner Stimme beinahe stärker, als ich es höre.

»Ich habe ein Häuschen in Eugene.« Ich lege einen Arm

um seine Brust, schlinge mein Bein um seins. »Da ist reichlich Platz für zwei, falls du mal zu Besuch kommen willst. Oder ganz bleiben willst.«

Sobald die Worte in der Luft hängen, weiche ich davor zurück, in Erwartung seiner Reaktion. Ich ziehe mir die Decke über die nackte Schulter, als könnte mich das dagegen abschirmen, irgendetwas anderes als ein Ja zu hören.

Doch er hebt mein Kinn an, um mich interessiert anzusehen. »Wirklich?«

»Klar.«

Ein nachdenklicher Ausdruck huscht über sein Gesicht, und ich denke an sein früheres Leben, wie glücklich und ausgefüllt es gewesen sein muss – und jetzt das hier: ein Mehrbettzimmer mit ausgefransten Laken und kratzigen, derben Wolldecken, und vor sich nur die Aussicht auf einen Lagerraum in Boston oder ein winziges Häuschen und einen nassen Oregoner Winter.

Dann lächelt er. »Sag doch noch mal, wie lange hast du jetzt allein gelebt?«

»Hier wohnen wir ja auch praktisch zusammen. Ich habe mehr Zeit mit dir verbracht als seit Jahren mit allem, was kein Pinguin ist.«

Er zieht mich hoch, bis ich auf ihm liege und ihm ins Gesicht sehe. Nach unseren Wochen hier, mit langen Arbeitstagen und rationiertem Wasser, ist er windverbrannt und sonnengebräunt, langhaarig und struppig. Ich beuge mich zu ihm hinunter, und er sagt: »Worauf warten wir noch?«

* * *

Nach diesem Tag sprechen wir nicht mehr viel davon. Ich denke nicht darüber nach, was Keller in Oregon arbeiten könnte, dass er erst vor Kurzem ein völlig neues Leben angefangen hat. Ich kann nur daran denken, dass er mit mir zurückkommt, zum ersten Mal bringe ich etwas mit, was ich brauchen kann, einen Teil des Ortes, der mich immer vollständig zu machen scheint.

In den letzten Tagen in der Antarktis, bevor ich in die Staaten abreise, bin ich immer nervös, das ist normal, aber dieses Mal ist es Keller, der während unserer letzten Woche in McMurdo angespannt ist.

»Wegfahren ist immer schwer«, versichere ich ihm. »Aber wir kommen ja zurück.«

»Du schon«, sagt er. »Du hast einen Beruf. Ich bin nur Spüler. Und jeder will Spüler in der Antarktis sein.«

Er hat recht, der Andrang auf selbst die niedersten Tätigkeiten in McMurdo ist erstaunlich. »Aber du hast es hierher geschafft«, sage ich. »Du hast dich bewiesen. Sie werden dich zurückwollen.«

An unseren letzten Tagen haben wir viel zu tun. Ich sammle meine letzten Daten und schließe das Projekt ab, Keller springt zusätzlich zu seiner Arbeit in der Kombüse für Harry Donovan ein, einen der Hausmeister, der krank ist. Wir treffen uns immer seltener, was mir keine Sorgen macht, denn bald werden wir mehr als genug Zeit haben. Wir gehören zu den letzten Sommer-Angestellten, die noch hier sind, jetzt schon schrumpft der Personalstamm, nähert sich der Wintergröße von zweihundert. In sechs Wochen wird die Sonne untergehen und vier Monate lang nicht wieder aufgehen.

Als ich Keller in dem Gebäude treffe, in dem unser Gepäck gesammelt und im Anschluss in den Terra-Bus zum Flugplatz geladen wird, ist es dort übervoll von Leuten, warmer Kleidung und Taschen, und inmitten all dessen wirken seine Hände merkwürdig leer. Es ist nicht ungewöhnlich, dass Flüge verschoben oder gestrichen werden, aber ich habe das ungute Gefühl, dass das nicht der Fall ist. Ich stelle mein Gepäck ab und sehe mich um. »Wo sind deine Sachen?«

Er hat noch nicht gesprochen, sich nicht bewegt, er beobachtet mich nur.

»Deb«, sagt er.

Bei seinem Tonfall, leise und sachte, zieht sich meine Brust zusammen, und ich will nicht, dass er noch mehr sagt. Mit dem Fuß schiebe ich meine Reisetasche zu ihm. »Hilf mir mal.«

Aber er rührt sich nicht. »Ich weiß nicht, wie ich dir das sagen soll, deshalb sage ich es einfach. Ich bleibe. Den Winter über.«

Ich hänge mir meine Laptoptasche über die Schulter und halte den Blick auf den Boden gerichtet. Ich habe Angst, den Kopf zu heben, als würde in sein Gesicht zu sehen das, was er mir mitteilt, real machen. Im Moment sind es nur Worte in der Luft.

»Harry hat Bronchitis«, fährt er fort. »Er fährt nach Hause. Ich bin hier, ich bin gesund, also haben sie mir seine Stelle angeboten.« Pause. »Immerhin ist es eine Verbesserung zum Spülen.«

Ich schweige und starre immer noch nach unten.

»Ich weiß einfach nicht, ob ich es sonst jemals wieder herschaffe, verstehst du?« Ich höre etwas Flehendes in seiner Stimme. »Komm schon, Deb, sag was.«

Endlich sehe ich ihn an. »Was gibt's da zu sagen?«

»Dass du mich verstehst.«

»Tu ich aber nicht.«

»Ich brauche das hier, Deb. Ich habe versucht, neu anzufangen – mit Britt, mit meinem Job. Nichts hat geklappt. Aber hier« – er hebt die Hände, als bezöge er nicht nur das

Gebäude, sondern den gesamten Kontinent mit ein –, »hier habe ich das Gefühl, es ist möglich.«

Er macht einen Schritt nach vorn und nimmt meine Hände. »Du bist ja in null Komma nichts wieder zurück. Nächste Saison. Oder sogar früher, vielleicht zu Winfly.« Damit meint er die sechs Wochen zwischen Winter und Hauptsaison, in der die Station bereits mehrmals angeflogen wird. »Oder ich komme nach Oregon. Wie wir es geplant haben.«

Da ich nicht antworte, drückt er meine Hände. »Ich mache das für meine Zukunft hier. Für unsere.«

Ich sehe ihm an, dass er sich unsterblich verliebt hat – nicht in mich, sondern in die Antarktis. Ich kann es ihm nicht verübeln. Ich habe selbst nach meinem ersten Besuch in McMurdo dort überwintert. Ganz ähnlich wie Keller wollte auch ich nach der ersten Kostprobe Antarktika nicht mehr weg. Da die Tiere verschwinden, wenn das Meereis die Insel umschließt, und es folglich im Winter für mich nichts zu forschen gab, habe ich damals eine Stelle in der Feuerwehrzentrale angenommen. Ich hätte alles getan, um bleiben zu können.

Und ich möchte ihm so vieles sagen. Dass es berauschend ist – die Sonne taucht jeden Tag länger und länger unter den Horizont, ein leuchtend orangefarbener Dotter, der einen rötlich schwarzen Himmel hinterlässt. Dass es einsam ist – das abklingende Geräusch des letzten Flugzeugs der Saison wird er noch lange am Himmel widerhallen hören. Dass es gefährlich ist – die Stürme hier sind heftiger als alles, was er je erlebt hat, mit Winden von nahezu zweihundert Stundenkilometern, Temperaturen von minus sechzig Grad, Schnee, der durch die Luft schießt wie böse Geister und durch die kleinstmöglichen Risse in die Gebäude dringt. Dass er sich in den sechs Monaten totaler Isolation, ohne Nachschublieferungen, nur mit zweihundert anderen Überwinternden zur Gesellschaft, nach Dingen wie Straßen, Orangen, Laub sehnen wird.

Doch er hat sich entschieden. Winter in der Antarktis ist zwar nichts für schwache Nerven, aber ich weiß, dass Keller glaubt, es wird für ihn hier leichter sein als zu Hause. Und wahrscheinlich hat er recht.

Ich lasse seine Hände fallen und hebe meine Tasche auf. Ich kann nicht sprechen, also dränge ich mich an ihm vorbei Richtung Tür.

»Ist das alles?« Er spricht mit meinem Rücken, während ich auf den Ausgang zugehe. Das Sonnenlicht von draußen ist blendend hell.

Ich bleibe stehen und drehe mich um. »Komm mit, Keller. Wenn du hierbleibst...«

Er stellt sich dicht vor mich, legt eine kühle Hand auf meine Wange. »Das wird schon«, sagt er. »Es sind nur ein paar Monate.«

»Sechs«, erinnere ich ihn.

»Nach antarktischer Zeit ist das gar nichts«, beharrt er.

Es ist eine Ewigkeit, aber das sage ich ihm nicht. Immer noch halte ich meine schwere Reisetasche in der Hand, und ich spüre das schmerzhafte Muskelziehen im Arm, während ich dort stehe, darauf warte, dass Keller es sich anders überlegt, aber weiß, dass er das nicht wird. Als er nach meiner Tasche greift, lasse ich ihn sie tragen. Wir reden nicht, während ich mit meinem Gepäck gewogen werde, mein Pass überprüft wird. Wir geben uns einen kurzen Hauch von einem Kuss, mehr nicht. Keller wartet auf dem Eis, als ich in den Bus steige und als der auf seinen dicken Reifen zum Flugplatz rumpelt.

Während ich Keller durch die kleinen Busfenster betrachte, denke ich an seine Miene an jenem Tag auf dem Eis, als er die Adélies beobachtet, als er mich zum ersten Mal geküsst hat. Ich habe ihm erzählt, dass manche Adélies ihr Leben lang bei einem Partner bleiben, sie aber in erster Linie ihrem Nistplatz treu sind. Und jetzt scheint es, als wären Keller und ich nicht anders, treu immer und vor allem der Antarktis.

In McMurdo kommen in der Tiefe des Winters Menschen aus vielen Gründen zusammen, aus Einsamkeit und Langeweile sogar leichter als aufgrund gegenseitiger Anziehung und Gemeinsamkeiten, und ich frage mich, ob Keller mit einer anderen Frau in seinem Leben aus der Dunkelheit treten wird, genau wie ein Adélie am Ende jedes Winters zu seinem Nest zurückkehrt, sich aber, wenn sein Partner nicht auftaucht, einen anderen sucht und neu anfängt.

FÜNF TAGE VOR SCHIFFSUNTERGANG

Aitcho-Inseln, Südliche Shetlandinseln
(62° 24' S, 59° 47' W)

Es ist noch früh am Morgen, als ich in das »Kommunikationszentrum« des Schiffs gehe, einen winzigen Bereich mit ein paar wenigen Computern und einem Satellitentelefon. Auf der *Cormorant* liegt der Schwerpunkt auf den Sehenswürdigkeiten, nicht der ständigen Erreichbarkeit, aber für die eingefleischten Workaholics gibt es hier gerade genug, um sich einzuklinken, wenn sie es brauchen. Soweit ich von der *Australis* gehört habe, sind sämtliche Passagier- und Mannschaftskabinen mit eigenen Telefonen ausgestattet, also sollte es nicht so schwer sein, Keller zu erreichen.

Nachdem mich ein Telefonist verbunden hat, lausche ich dem Tuten – ein seltsames Geräusch, während ich auf nichts als Meer und Eis hinausblicke. Noch nie musste ich aus der südlichen Hemisphäre jemanden anrufen, jeder zu Hause weiß, wann ich weg und wann ich zurückzuerwarten bin, und dieses Bedürfnis nach Kontakt erfüllt mich mit einer mir fremden Nervosität, als hätte ich eine neue Sprache gelernt und suchte mühsam nach den richtigen Worten. Als es immer weitertutet, überlege ich: Haben diese Zimmertelefone einen Anrufbeantworter? Und wenn ja, was soll ich sagen?

Nach einem weiteren kurzen Knistern höre ich seine Stimme, klar und vertraut.

»Keller, ich bin's.«

»Deb?« Er klingt beunruhigt. »Was ist los? Geht's dir gut?«

»Du fragst *mich*, was los ist?« Die Sorge, das Hüpfen in meinem Herzen, als ich seine Stimme höre, verwandelt sich unvorhergesehen in Wut, und ich kann meine Verärgerung nicht verstecken.

Er seufzt, sagt aber nichts.

»Warum hast du mir nichts erzählt?«

»Ich dachte, Glenn überlegt es sich vielleicht ...«

»Ich weiß, ich hab mit Glenn geredet«, unterbreche ich.

»Ich hatte gehofft, dich in Ushuaia zu treffen, aber wir sind früher losgefahren, und seitdem war es so hektisch, dass ich keinen Moment Zeit zum Nachdenken hatte. Ich hab schon überlegt, wie ich dich kontaktieren kann.«

»Warum die *Australis*? Das Schiff ist ein Elefant im Porzellanladen. Das weißt du.«

»Ich brauchte einen Job, die brauchten noch Besatzung. Und es bringt mich näher zu dir.«

Ich stelle mir sein Gesicht mit einem Ausdruck von unschuldiger, fehlgeleiteter Hoffnung vor, dass wir uns tatsächlich treffen könnten, und das besänftigt mich ein wenig. »Aber was hast du vor, einfach heimlich abhauen und ein Schlauchboot klauen? Ich möchte dich ja auch gern sehen, aber wie um alles in der Welt soll das gehen?«

»An dem Teil arbeite ich noch. Immerhin sind wir auf der gleichen Halbkugel.«

»Ich wünschte nur, du hättest es mir erzählt«, sage ich. »In Eugene. Vielleicht hätten wir beide zu Hause bleiben sollen.«

»Genau deshalb hab ich dir nichts gesagt. Du musst hier sein, genau wie ich. Das mit Glenn kriege ich früher oder später schon wieder hin. Ich glaube sogar, er hätte mich zurückgenommen, wenn er keinen anderen gefunden hätte.«

»Thom. Er hat Thom gefunden.«

»Ich weiß.«

»Warum hast du nicht einfach den Mund gehalten?« Ich denke an die letzte Saison, an den Moment, der ihn auf Glenns schwarze Liste gesetzt hat – unseren Vortrag an Bord, den renitenten Passagier, Kellers Unbeherrschtheit –, und ich wünschte, ich könnte zurückgehen und Keller das Mikrofon wegnehmen.

»Als hättest du in der Situation nicht das Gleiche gesagt«, meint er.

»Habe ich aber nicht. Das ist der Unterschied.«

»Tja, dagegen kann man jetzt nichts mehr machen. Ich bin hier. Das ist das Entscheidende.«

»Warum ist es so entscheidend, wenn wir nicht zusammen sein können?«

»Du wirst schon sehen.«

»Was heißt das?«

»Es heißt, du erfährst es, wenn wir uns sehen.«

Tausend Gedanken schießen mir durch den Kopf – ob wir uns wirklich treffen könnten, ob Keller eine Zukunft bei diesem Programm hat –, und kurz darauf sagt er: »Uns wird schon was einfallen. Reden wir später weiter, ja?«

Ich will ihn noch nicht loslassen, ich möchte fragen *Wann? Wie?* Aber ehe ich die Worte formulieren kann, ist die Leitung tot. Ich bin nicht sicher, ob wir getrennt wurden oder ob Keller einfach aufgelegt hat.

* * *

Auf dem Weg in den Speisesaal, um vor unserer geplanten Anlandung kurz einen Happen zu essen, debattiere ich im

Geiste immer noch mit Keller, tausche Wörter und Sätze aus, in der Hoffnung auf ein anderes Ergebnis. Unsere Stimmen werden lauter. Die Leitung ist auf einmal tot.

Dann höre ich damit auf, denn *diese* Stimmen sind real, und sie stammen offenbar von einem Paar unmittelbar vor einer der Luken aufs Außendeck. Ich möchte nicht lauschen, komme aber nicht an den beiden vorbei, ohne zu unterbrechen, also warte ich und hoffe, sie gehen weiter oder versöhnen sich zumindest schnell wieder.

Kurz darauf erkenne ich die Stimmen, sie gehören zu Kate und Richard Archer.

»Wenn du nicht mit auf den Landgang willst, warum sind wir denn dann überhaupt hier?«, fragt sie. »Warum so weit fahren, wenn es dich gar nicht interessiert?«

»Für dich«, sagt er. »Du hast dir diese Reise gewünscht.«

»Ich wollte was für uns beide. Um uns wieder näherzubringen, Richard. Nicht, um nur mit hundert anderen Leuten auf einem Schiff zu sitzen. Sondern um spazieren zu gehen, die Pinguine zu sehen, die Küken – ich weiß auch nicht, um was gemeinsam zu erleben.«

»Weißt du noch, wie wir uns kennengelernt haben?«

»Was soll denn das?« Sie klingt entnervt. »Natürlich.«

»An dem Tag in dem Café, als dein Computer abgestürzt ist. Du hattest ein Speicherleck.«

»Richard, können wir darüber ein andermal sprechen?«

»Lass mich bitte ausreden.« Er wird lauter.

»Okay, okay.« Sie flüstert, als könnte sie ihn durch ihr Beispiel dazu veranlassen, leiser zu werden.

»Die Software hat deinen Speicher aufgefressen«, fährt er fort. »Deshalb ist er abgestürzt. Es war leicht zu reparieren, aber das wusstest du nicht. Ich wollte, dass du mich für einen Helden hältst.«

»Was willst du damit sagen? Glaubst du, ich schätze dich nicht genug?«

»Nein, ich will damit sagen, dass diese Reise, diese plötzliche Besessenheit von den Pinguinen und dem schmelzenden Eis wie ein Speicherleck ist«, sagt er. »Es blockiert deinen Kopf, unsere Pläne...«

»Richard...«

»Uns früh zur Ruhe zu setzen. Eine Familie zu gründen.«

»Nein«, sagt sie. »Du wolltest dich zur Ruhe setzen, nicht ich. Und das hast du dir auch verdient. Was das Baby angeht, bin ich ja nicht grundsätzlich dagegen. Ich wollte nur noch ein bisschen darüber sprechen, das ist alles.«

Es folgt eine Pause, und dann sagt Richard: »Ich dachte, wir hätten die Entscheidung schon getroffen.«

»Wir sind nicht wie deine Computer. Unser Leben ist kein Softwareprogramm. Wir dürfen unsere Meinung ändern, unsere Pläne ändern.«

»Nur, dass du die Einzige bist, die sich ändert«, sagt er. »Ich habe meinen Teil der Abmachung eingehalten. Was ist mit dir?«

»Was mit mir ist? Die Abmachung hast du mit dir selbst getroffen, Richard. Mich hast du komplett ausgeschlossen. Und das ist nicht meine Schuld.«

Er gibt keine Antwort, und ich höre die Luke knallen, was bedeutet, dass mindestens einer von beiden aufs Deck gegangen ist. Ich warte noch ein Weilchen, bis ich sicher bin, dass sie beide weg sind, und dann gehe ich in den Speisesaal. Das Frühstück ist in vollem Gange, aber ich kann keinen von den beiden entdecken.

* * *

Landausflüge werden minutiös vorbereitet, um einen effizienten und reibungslosen Eindruck zu hinterlassen. Glenn und Captain Wylander suchen einen Platz zum Ankern und eine Stelle, um mit den Zodiacs anzulegen. Glenn gibt uns einen Zeitplan, da er auch alles mit der Kombüse koordinieren muss, denn wegen des ständig wechselnden Wetters hat die Möglichkeit einer Anlandung Vorrang vor festen Essenszeiten. Ein paar von uns Forschern kundschaften Wanderpfade aus, um sicherzugehen, dass nicht gerade Seeleoparden in der Nähe ein Nickerchen machen. Wir suchen den besten Platz, um die Passagiere an Land zu bringen, vorzugsweise einen flachen Strand, an dem wir die Schlauchboote so dicht wie möglich an trockenes Land ziehen können.

Unterdessen stellen sich die Passagiere im Gang von Deck B vor dem Raum auf, in dem sie ihre Stiefel desinfizieren und ein Magnettäfelchen mit ihrem Namen und ihrer Kabinennummer von *Ich bin an Bord* zu *Ich bin nicht an Bord* schieben. Ein ganz schlichtes Verfahren, im Gegensatz zu Schiffen im *Australis*-Stil, auf denen es für alles Magnetstreifenkarten gibt, aber es reicht, um sicherzustellen, dass jeder Passagier, der aussteigt, am Ende auch wieder einsteigt.

Die Aitcho-Inseln sind ein idealer Platz zum Anlanden – viele Pinguine, einigermaßen ebenes Gelände. Als ich eine Gruppe von Touristen vom Schlauchboot wegführe, tummeln sich überall Zügelpinguine, und ihre Schwimmfüße hinterlassen wässrige Abdrücke in dem dicken Schlamm in Küstennähe. Ich gebe die strikte Anweisung, sich den Vögeln nicht zu nähern, aber ich sehe, wie verlockend es ist, sie zu streicheln, ihre seidigen schwarzen Köpfe und schneeweißen Gesichter anzufassen, den dünnen schwarzen Streifen zu berühren, der um ihr Kinn verläuft. Da sie an Land keine Fressfeinde haben, laufen die erwachsenen Pinguine oft dicht an einem vorbei, manchmal kommen sie sogar direkt auf einen zu. Wir müssen die Passagiere unentwegt daran erinnern, dass dies kein Naturpark ist, sondern dass wir uns tatsächlich in freier Wildbahn befinden. Manchmal zeigt Keller ihnen seine zackige Pinguinbiss-Narbe, was als Abschreckung ziemlich gut funktioniert.

Bei den Touristen reißt uns hin und wieder die Geduld, besonders Keller. Ich erinnere ihn immer daran, dass wir mittlerweile an diese Umgebung gewöhnt sind, sie für alle anderen aber wie ein kalter, ferner Planet ist, der ihnen wahrscheinlich nicht ganz real vorkommt. Und wichtiger noch, was die Leute hier lernen, verändert möglicherweise wirklich etwas, wenn sie nach Hause fahren und weiter darüber nachdenken, welche Auswirkungen ihr Verhalten oben im Norden auf die Geschöpfe hier unten hat.

Ich deute auf den Guano, der die Nester und Steine und jetzt auch unsere Stiefel bedeckt. Sein scharfer, durchdringender Gestank ist der Grund, warum viele der Passagiere sich Schals oder Pulloverkragen über die Nase gezogen haben. »Sie werden sehen, dass der Guano dort drüben bei den Zügelpinguinen ein rötliches Rosa hat«, erkläre ich. »Das bedeutet, dass sie Krill fressen. Hier ist es ein eher weißliches Rosa, das zeigt, dass die Eselspinguine sowohl Fisch als auch Krill fressen. Was wir nicht gern sehen, ist grünlicher Guano, denn das deutet darauf hin, dass ein Vogel unterernährt ist.«

Wir setzen unsere Wanderung fort. Die Hügel sind übersät von Nestern aus Steinen und Kieseln, in die sich Pinguine mit dicken, grauweißen Küken schmiegen. Kate ist in meiner Gruppe – Richard nicht –, und ich muss unwillkürlich an das denken, was ich vorhin mitgehört habe. Sie tut mir leid, sie beide tun mir leid, und ausnahmsweise mal kann ich solche Beziehungsprobleme nachvollziehen: dass der eine etwas will, was der andere nicht will, dass Verbindungen abreißen. Ich hatte endlich angefangen zu glauben, dass Keller und ich darüber hinaus wären, aber jetzt stehen wir wieder da, er an einem Ort und ich an einem anderen, und wissen nicht, ob wir den Weg zurück finden können.

Ich spüre eine plötzliche Übelkeit in mir aufsteigen und bleibe abrupt stehen. Verwundert hole ich tief Luft und versuche, mich zu entspannen. Trotz Jetlag, trotz Drakestraße, trotz all der auf diesen Fahrten zusammengepferchten Passagiere und Besatzungsmitglieder werde ich nie krank. Und mir behagt der Gedanke nicht, dass ich mich wegen Keller so aufrege.

Einer der Touristen fragt, ob es mir gutgeht, und ich reiße mich zusammen und laufe weiter.

Oben auf dem Hügel halten wir an und sehen auf die Bucht hinaus. Jenseits davon liegt ein Meer von üppigem Blau, das Wasser von Eis und Lavaflächen, der Horizont von den spitzen, weißen Gipfeln der zerklüfteten Inselkette durchbrochen. Ich lenke die Aufmerksamkeit der Touristen nach unten, wo sich Eselspinguine und Seeelefanten einen Strand aus festem, vulkanischen Sand und faustgroßen Steinen teilen.

Ich beobachte Kate, die vor sich hinstarrt, als hätte sie mich nicht gehört, als nähme sie die riesigen, rülpsenden Robben gar nicht wahr. Die Robben wechseln gerade ihr Fell, und unter einer dicken, abblätternden braunen Schicht, die stechender riecht als der Pinguin-Guano, kommt ihr glatter, glänzender neuer Pelz zum Vorschein. Unter dem endlosen Sonnenschein werfen sich die Seeelefanten mit den Flossen Sand über den Körper und grunzen bei jeder

Bewegung. Die Menschen tragen Mützen, Handschuhe, Stiefel und mehrere Kleidungsschichten unter dicken Anoraks, aber für die Tiere ist es zu warm. Die Eselspinguinküken mit ihren weißen Bäuchen, immer noch flauschig ohne die isolierenden Erwachsenenfedern, keuchen in der Hitze.

Die Vögel sind heute besonders aktiv, und wir kehren zum Strand zurück, langsamer als ich normalerweise laufe, weil mein Magen immer noch zu rebellieren droht. Sobald das Ufer in Sicht ist, lasse ich die Gruppe zum Anlegeplatz vorgehen und funke Glenn an.

»Ich muss zurückkommen«, teile ich ihm mit. »Ich fühle mich nicht gut.«

»Was ist denn los?«

Das ist das erste Mal überhaupt, dass ich mich krank melde. »Bestimmt nichts Schlimmes«, sage ich, aber weiter kann ich es nicht erklären.

»Ich schicke jemanden als Ersatz für dich«, sagt Glenn. »Du musst zu Susan gehen, wenn du wieder auf dem Schiff bist.«

Ich weiß, dass ich keinen Arzt brauche, aber ich weiß auch, dass man sich mit Glenn besser nicht streitet.

Auf dem Weg zu den Schlauchbooten beobachte ich die Zügelpinguine, die von ihrer Kolonie zum Ufer schlurfen, wo sie ins Meer waten und dann im wirbelnden Wasser verschwinden. Von dort tauchen gerade andere Vögel auf, schütteln sich die Tropfen vom Gefieder und marschieren hinauf zu ihren Nestern. Der Kreislauf setzt sich fort, unablässig, und plötzlich kommt mir etwas an ihrem stetigen Pfad, ihrem methodischen Gang vertraut vor. Ich sehe mein eigenes Leben in ihrem: ein beständiges Vor und Zurück, das immer dort endet, wo es angefangen hat, und den Zyklus dann erneut beginnt, konzentriert und einfach.

Vielleicht habe ich deshalb dieses Leben gewählt, wegen der geradlinigen Schönheit, die ich jetzt gerade erlebe. Vielleicht dachte ich, das Leben hier unten bliebe unkompliziert, und ich könnte dasselbe Tempo, denselben Abstand zur Welt für immer beibehalten.

ZWEI JAHRE VOR SCHIFFSUNTERGANG

Ushuaia, Argentinien

Ich komme mit Verspätung in Ushuaia an, hinke allen anderen einen vollen Tag hinterher und habe einen furchtbaren Jetlag. Ich stehe noch auf der Gangway, Reisetasche in der Hand, als Glenn mir ein neues Besatzungsmitglied vorstellt. Den großen dunkelhaarigen Mann, den Glenn zu sich ruft, erkenne ich erst, als er sich umdreht.

Das rote Tuch um den Hals. Die moosig braunen Augen.
»Keller Sullivan«, sagt Glenn. »Deb Gardner.«
»Wir kennen uns schon.« Keller streckt mir seine Hand entgegen.

Ich nehme sie. Kellers Hand, ohne Handschuh, ist warm und rau. Ich lasse meinen Blick auf seinen Augen ruhen.

»Flüchtig«, sage ich und ziehe den Arm weg. »Ist eine Weile her.«

Ich habe Keller seit dem Tag vor zwei Jahren, an dem ich aus McMurdo abgereist bin, nicht mehr gesehen. Er sieht unverändert und doch anders aus, immer noch schön, die Haut etwas wettergegerbter, die Stoppeln etwas struppiger, aber am auffälligsten ist, dass er ein Selbstvertrauen ausstrahlt, das er vorher nicht hatte. Er sieht aus, als gehörte er hierher.

Während seines antarktischen Winters hat Keller mir gewissenhaft aus der Station gemailt, und im Laufe meines langen, schwülen Sommers in Eugene habe ich versucht, ihn zu verstehen, mich in seine Lage zu versetzen. Ich habe mir sogar vorgestellt, dass er, nicht ich, in diesem Bus gesessen hätte, dass ich selbst für Monate lichtloser Kälte dort geblieben und er allein nach Hause gefahren wäre. Doch ich war mir nicht sicher, ob ich fähig gewesen wäre, diese Entscheidung so mühelos zu fällen wie er.

Gesprochen haben wir nur ein Mal miteinander, denn Telefonate waren teuer und schwer zu koordinieren und Skype wegen der begrenzten Übertragungsrate nicht erlaubt. Nach diesem einen Anruf, als ich Kellers Gesicht im Geiste nicht mehr sehen oder seine Stimme hören konnte, wenn er vom Überwintern schrieb, von der beißenden Kälte, der tintigen Dunkelheit, dem überirdischen Grün des Polarlichts, schien er mir nur weiter und weiter entfernt.

In gewisser Weise konnte ich seine Entscheidung nachvollziehen. Er hatte einen Verlust erlitten, der nie ganz heilen würde, und vielleicht dachte er, dass der Winter in Antarktika ihm helfen würde, weil beim Einsetzen der Dunkelheit mit der Sonne auch das Zeitgefühl verschwindet. Dass er unsere Pläne so leicht gegen einen Winter in McMurdo eintauschen konnte, bewies, dass er bereit war, sich ein neues Leben aufzubauen, aber eines, das mich nicht mit einschloss.

Ich habe mich so bemüht, ihn loszulassen, und bin überhaupt nicht darauf vorbereitet, ihn jetzt wiederzusehen, hier auf der *Cormorant*, obwohl ich es hätte wissen müssen. Die Antarktis ist eine kleine Welt.

Nachdem er uns einander vorgestellt hat, lässt Glenn uns allein.

»Was machst du hier?«, frage ich.

»Arbeiten, wie du.«

»Du hättest mir wenigstens Bescheid geben können.«

»Wie denn?«, fragt Keller. »Du hast aufgehört zu schreiben. Du hast mich nicht zurückgerufen.«

Ich sehe auf meine Hände, rot von der kalten Luft, und versuche, die durch meinen Kopf schwirrenden Gedanken zu sortieren, zu formulieren, was ich sagen möchte. »Es schien mir ziemlich eindeutig, dass du das so wolltest, nachdem du in McMurdo geblieben und dann nach Boston zurückgefahren bist...«

»Ich bin nur wieder nach Boston gefahren, weil ich von dir nichts gehört hatte. Wohin sollte ich denn sonst?«

»Ist schon gut, ich verstehe«, sage ich. »Du hast getan, was du tun musstest. Genau wie ich.«

Ein Knistern aus Kellers Funkgerät erschreckt uns beide, und er zieht es von der Hüfte. Es ist Glenn, der einen Auftrag für ihn hat.

»Können wir uns später unterhalten?«, fragt Keller, und ich zucke die Achseln.

Trotz meiner zwanglosen Geste beschäftigt mich Kellers Anwesenheit an Bord ununterbrochen. Der Tag verläuft chaotisch, meine Aufmerksamkeit wird von allen Seiten eingefordert – dem Expeditionsteam beim Entwerfen einer ungefähren Route helfen, Daten und Fotos für meine Vorträge an Bord zusammenstellen, einspringen, wo ich gerade gebraucht werde –, und Keller sehe ich nur im Vorbeigehen inmitten von Besatzungsmitgliedern oder Naturkundlern. Doch bei seinem Anblick beschleunigt sich mein Herzschlag, und selbst wenn er nicht zu sehen ist, spüre ich seine Nähe wie elektrischen Strom, ein loses Kabel, ausgefranst und gefährlich.

Endlich, als das Schiff abfahrbereit ist und alles ruhiger

wird, gehe ich aufs oberste Deck, das für die Mannschaft reserviert ist. In der Dämmerung betrachte ich Feuerland, während sich dichte Wolken über den Bergen drängen und zwischen die vom Sonnenuntergang eingefärbten Häuser Ushuaias kriechen. Gegenüber liegt das ruhige Wasser des Beagle-Kanals, wo wir morgen Abend unsere Reise beginnen werden.

Ich höre das Quietschen einer sich öffnenden Luke, dann Schritte auf dem Deck. Es ist Keller, mit genau dem Lächeln, an das ich mich erinnere – locker, unbefangen, mit einem Anflug von Traurigkeit darin. In den behandschuhten Fingern hält er ein zerlesenes Taschenbuch. Ich spüre eine vertraute kühle Leere, wie ein Eisnebel, der in ein Tal sinkt – so habe ich mich noch lange, nachdem ich ihn in McMurdo zurückgelassen hatte, gefühlt.

In dem Frühling nach meiner Abreise habe ich mich in meine Arbeit vertieft, habe meine Daten ausgewertet und einen Artikel über die Kolonie in Garrard geschrieben. Als die Tage in Oregon lang und hell wurden, unterrichtete ich einen Sommerkurs und bekam dann kurzfristig einen Job auf einem anderen Schiff des *Cormorant*-Veranstalters in Richtung Galápagos-Inseln. In der letzten Saison kehrte ich wie üblich in die Antarktis zurück, und auf der Halbinsel fühlte ich mich weit genug von der Ross-Insel weg, um nicht allzu viel über Keller nachdenken zu müssen. Zu dem Zeitpunkt wusste ich schon nicht mehr, wo er war, da ich unsere Korrespondenz Monate vorher abgebrochen hatte.

Jetzt, als ich ihn dort auf dem Deck betrachte, mit in der Brise wehenden Haaren, den Blick unverwandt auf mich gerichtet, kommt es mir vor, als wäre die Zeit stehen geblieben, als wäre wieder genau der Moment in McMurdo, als Keller mir mitteilte, dass er bleiben wird.

Er hält das Buch hoch, die Seiten flattern im nächtlichen Wind. *Allein* von Richard Byrd. Ich habe das Buch vor Jahren gelesen, die Autobiographie des ersten Menschen, der allein auf dem Kontinent überwintert hat.

»Zum ersten Mal in der Hand hatte ich das ungefähr zwei Jahre nach Allys Tod, nachdem Britt und ich uns getrennt hatten«, erzählt er. »Ich bin über seine Heimatadresse gestolpert, die steht da in dem Buch, und ich wusste genau, wo das ist. Er wohnte in der Brimmer Street, in Beacon Hill, nur einen guten Kilometer von mir entfernt.«

Er klemmt sich das Buch zwischen die Handflächen. »Damals war ich noch Anwalt, und am nächsten Tag habe ich morgens von zu Hause gearbeitet und bin dann auf dem Weg in die Kanzlei nach Beacon Hill gefahren. Die Adresse war nicht schwer zu finden, aber ich bekam Zweifel, ob das wirklich Byrds Haus gewesen ist, denn es hing keine Gedenktafel oder irgendwas dran, und immerhin hat doch dort ein Mann gewohnt, der zu Lebzeiten mit drei Konfettiparaden geehrt worden ist und nach seinem Tod ein Staatsbegräbnis bekommen hat, ein Mann, der auf dem Arlington National Cemetery begraben liegt. Also wollte ich schon weiter, als eine Frau mit einem Müllsack rauskam. Ich habe sie gegrüßt und bin damit rausgeplatzt, dass ich ihr Haus bewundere. Ohne zu zögern, hat sie gesagt: ›Dann haben Sie also das Buch gelesen.‹ Ich habe Ja gesagt, und dann hat sie mich ins Haus eingeladen.«

Kellers Lippen wölben sich zu einem leichten Lächeln. »Sie hat mir die holzvertäfelte Bibliothek im ersten Stock gezeigt, mit einem offenen Kamin mit geschnitztem Eichensims, wo Byrd seine Reisen geplant hat. Und den kleinen Garten, in dem er nach einer seiner Fahrten versucht hat, Pinguine zu halten. Es war unglaublich, dass sie das gemacht hat, sie kannte mich ja gar nicht, ich hätte irgendein Irrer sein können. Aber als ich meinte, sie sollte doch eine Gedenktafel am Gebäude anbringen, wusste ich warum. Achselzuckend hat sie gesagt: ›Es erinnert sich sowieso niemand an Byrd.‹« Keller sieht mich an. »Das war der Tag, an dem ich meinen Job gekündigt habe. Ich wollte etwas tun, was erinnerungswürdig ist.«

»Und so wurdest du Spüler in McMurdo.«

Er grinst. »Das war für mich eine Art vorübergehende Ablenkung, die Phase, in der ich Abstand zu allem kriegen und entdecken würde, was ich wirklich will. Ich hatte ja keine Ahnung, dass es schon das war, was ich wirklich wollte. Also musste ich noch mal von vorn anfangen, um dich einzuholen.«

»Und du dachtest, mich zu verlassen wäre der beste Weg?«

»Fürs Protokoll, ich hatte nie vor, über den Winter zu bleiben«, sagt er. »Ich wollte mich nicht trennen. Aber das war meine Chance, so viel wie möglich zu lernen, ein anderer Mensch zu werden. Ich wollte es dir ja erklären. Wenn du mal ans Telefon gegangen wärst.«

Er tritt näher und lehnt sich neben mir ans Geländer. »Ich war nicht bereit, nach Hause zu fahren. Damals noch nicht.«

»Aber du hattest ja gar nicht vor, nach Hause zu fahren«, sage ich. Der Ruf eines Sturmvogels in der Ferne fügt meiner Stimme ein Hintergrundjammern hinzu. »Sondern mit mir nach Oregon zu kommen.«

»Und in Eugene Teller zu waschen?«

»Es gab noch andere Optionen. Andere Möglichkeiten, hierher zurückzukommen.«

»Nämlich? Dadurch, dass ich hier war, hatte ich Zeit zu lernen, wie alles funktioniert. Immer wenn ich nicht gearbeitet habe, war ich draußen und habe jedem geholfen, der mich brauchen konnte.«

»Und warum hast du McMurdo dann überhaupt verlassen?«

»Weil das erst der Beginn der Reise war.« Er nimmt meine kalten Hände, und ich wehre mich nicht. »Du warst das Ziel.«

Ich schüttle den Kopf, probiere, im Geiste wachzurufen, wie es zwischen uns war, möchte alles zurückhaben.

»Was ist denn?«, fragt Keller.

»Ich versuche, mich nur zu erinnern, wann du mich zum letzten Mal geküsst hast.«

Er legt mir eine Hand auf die Wange, schiebt sie in meinen Nacken, zieht mich zu sich und küsst mich, ein langer, bedächtiger Kuss, der sofort das Eis in mir schmilzt, das seit meiner Abreise aus McMurdo gefroren ist.

Schließlich tritt er zurück und mustert mich. »Und?«, sagt er mit seinem typischen Grinsen. »Hilft das deinem Gedächtnis auf die Sprünge?«

Ich bemühe mich, lässig zu wirken, obwohl mir die Hände zittern. »Mehr oder weniger.«

Er küsst mich erneut, und wir bleiben lange zusammengekuschelt auf dem Deck stehen und versuchen, die vergangenen zwei Jahre in zwei Stunden zu quetschen, während die Nacht sich über Ushuaia senkt.

Wir brauchen nicht lange, um wieder anzuknüpfen, wo wir aufgehört haben, und wie in McMurdo ist unsere Zeit zusammen so unberechenbar, so zerstückelt durch Aufgaben an Bord, dass jeder Moment zerbrechlich, flüchtig erscheint, als könnten wir einander ganz einfach wieder verlieren.

An langen Abenden auf dem Mannschaftsdeck erzählt Keller mir, was er in den letzten zwei Jahren getrieben hat:

Mit Rechtsberatung hat er sich ein weiteres Studium finanziert und innerhalb von nur zwei Semestern einen Master in Ökologie, Verhalten und Evolution abgeschlossen. Seine Abschlussarbeit hat er über die Auswirkungen der globalen Erwärmung auf Adélie-Pinguine geschrieben und die Verantwortlichen des APP immerhin so beeindruckt, dass sie ihn Glenn als Wissenschaftler für diese Saison empfohlen haben, damit er auf der Petermann-Insel Daten erheben kann.

Da Thom sich eine Auszeit nehmen wollte, wusste ich, dass ich einen neuen Partner bekäme, aber ich war davon ausgegangen, es wäre einer der langjährigen APP-Mitarbeiter. Und dann, nach sechs wie im Flug vergangenen Tagen an Bord der *Cormorant*, bringt einer der anderen Naturkundler Keller und mich in einem Schlauchboot auf die Insel, im Gepäck Vorräte für zwei Wochen.

Sobald die *Cormorant* in der Penola-Straße verschwindet, richten Keller und ich schnell unser kleines Lager ein, stellen alle drei Zelte auf, obwohl wir wissen, dass eins ungenutzt bleiben wird. Nach einer Woche angestauter sexueller Energie auf dem Schiff können wir beide kaum erwarten, das Alleinsein endlich auszukosten. Als ich nackt im Zelt liege und mein Körper unter Kellers Händen in der kalten Luft zum Leben erwacht, wird mir erst bewusst, wie sehr ich mich habe abstumpfen lassen, und dass ich dabei ganz vergessen hatte, zu welchen Freuden mein Körper fähig war. Das Zelt ist eng und voll, nicht unähnlich unseren Schlafkabinen auf der *Cormorant*, aber hier hören wir statt des Brummens des Schiffs die Pinguine und die in der Bucht plätschernden Wellen. Statt trockener Heizungsluft ist die Luft von einem eisigen Sommerdunst erfüllt. Wieder zusammen zu sein ist mühelos, als wären nur Tage statt Jahre vergangen, und der emotionale Panzer, der mich mehr und mehr umhüllt hat, fällt wieder von mir ab. Auch Keller wirkt mehr mit sich im Reinen, so als hätte er den letzten Rest seines alten Ichs abgestreift, dessen Spuren ich noch gesehen habe, als wir uns kennenlernten. Jetzt besteht er nur noch aus Muskeln und Knochen, wie auf seine bloße Essenz reduziert – den Teil von ihm, der möglicherweise weiterhin außerhalb meiner Reichweite liegt.

Am Morgen stehen wir früh auf. Es sind milde vier Grad, und wir arbeiten in dünnen Jacken, ohne Mütze und Handschuhe. Unsere Aufgaben in den nächsten zwei Wochen sind unter anderem, Vögel, Eier und Küken zu zählen sowie stichprobenartig Küken zu wiegen, als Beitrag zu einer unserer laufenden Studien über den Zusammenhang zwischen Pinguinpopulationen und Faktoren wie Klimawandel, Nahrungsquellen, Fischereiwesen, lokalem Wetter, Ölteppichen.

Wir untersuchen außerdem die Auswirkungen des Tourismus auf die Vögel. Vor zweihundert Jahren hatten die Pinguine die Antarktis noch ganz für sich; jetzt kommen sie mit Bakterien in Berührung, gegen die sie keine Abwehr besitzen. Vor vier Jahren haben Thom und ich einmal die Stiefel der Touristen überprüft, als sie nach einem Landgang wieder an Bord gingen, und fast zwei Dutzend Schadstoffe gefunden. Glenn war überhaupt nicht froh, dass wir die Gäste auf dem Weg von den Schlauchbooten zum Mittagessen aufgehalten haben, daher war das unser erstes und letztes Experiment in dieser Richtung. Und offen gestanden dürfen wir nicht nur dem Tourismus die Schuld geben, denn auch die Zugvögel bringen Erreger mit. Wir haben Salmonellen und *E.coli* gefunden, West-Nil-Viren und Vogelpocken. Dennoch, ob Klimawandel oder Tourismus, das Einzige, was sich nicht verändert, ist die Wehrlosigkeit der

Pinguine. Also forschen wir weiter – und ich frage mich weiter, welchen Einfluss unsere Daten möglicherweise haben.

Keller während der langen Tage in meiner Nähe arbeiten zu sehen, gemeinsam zu essen, uns in unser Zelt zurückzuziehen, wenn die Dämmerung sich über die Insel senkt – all das hat mir ein Gefühl von Optimismus geschenkt, das ich seit meinen Anfangsjahren hier nicht mehr empfunden habe. So lange habe ich mich mit dem Kontinent in seiner eisigen Verzweiflung identifiziert, mit der Vergänglichkeit seiner Wildheit, aber jetzt spüre ich eine neue Energie, als könnte das, was wir hier leisten, doch etwas bewirken.

Das Wetter hält fast unseren gesamten Aufenthalt lang, erst am letzten Tag setzt nachmittags ein Eisregen ein, während wir noch mitten bei der Arbeit sind. Die erwachsenen Pinguine bleiben ungerührt, machen einfach weiter ihr Ding und lassen die Tropfen von ihrem gefiederten Rücken kullern. Aber die Küken mit ihrem dunkelgrauen Flaum können das eiskalte Wasser nicht abschütteln, es dringt in ihre Daunen, und viele von ihnen werden dieses Jahr erfrieren.

Keller und ich sind beide so durchnässt wie die Küken, als er mich davon überzeugt, dass wir aufhören müssen. Die Temperatur fällt, der Regen wird zu Graupel. Wir hasten in unser enges Zweipersonenzelt, wo Keller sich die Stiefel auszieht und mir bei meinen hilft. Die tropfenden Jacken werfen wir in die Ecke auf die Stiefel und zittern in der frostigen Luft.

»Leg dich hin«, sagt Keller. Er schiebt mir das Oberteil über die Schultern, und ich schließe die Augen, versuche, das Zittern meines Körpers abzuschalten, während ich seinen Mund auf meinem Bauch, meinen Brüsten, meinem Hals spüre, und halte den Atem an, als er weiter hinunter wandert. Mit seiner Zunge malt er die Konturen und Kurven meines Körpers nach, füllt die Hohlräume, die er zurückgelassen hat, bis ein neues Beben mich durchströmt und alles fortspült außer uns beiden, verschwitzt und trocknend im windgepeitschten Zelt,.

Später, als der Regen aufhört, hängen wir unsere feuchten Kleider nach draußen. Ich bin still, weil ich darüber nachdenke, was nun folgt. Nach unserer Rückreise, wenn die *Cormorant* in Ushuaia anlegt, werden wir den Passagieren dabei zusehen, wie sie sich in einen Bus zum Flughafen drängen, und wir werden noch eine Nacht gemeinsam verbringen, bevor Keller ebenfalls abfliegt. Da es seine erste Fahrt mit der *Cormorant* ist, wurde ihm nur eine Tour angeboten, nur ein Auftrag auf der Petermann-Insel. Er wird von Ushuaia über Santiago und Miami nach Boston reisen, während ich alles für die nächste Passagiergruppe vorbereite. Ich werde eine weitere Woche an Bord und danach noch zwei Wochen mit einem anderen Wissenschaftler des APP auf der Insel verbringen, bevor ich selbst zurück in die Staaten fahre.

»Keine Angst«, sagt er, als könnte er meine Gedanken lesen, während wir einen Spaziergang am Rand der Eselspinguinkolonie in der Nähe unseres Lagers machen. »Es wird nicht wie beim letzten Mal. Wir kriegen das schon hin.«

Er bleibt stehen, lässt den Blick über die Kolonie schweifen und hebt dann die Hände wie zu einem Rahmen für ein Foto. »Das alles hier erinnert mich an ein Wort, das ich vor langer Zeit von meiner Großmutter gelernt habe«, sagt er. »Ihre Eltern waren deutsche Einwanderer, und damals gab es starke antideutsche Gefühle in den Staaten, weshalb sie sich von ihrer Herkunft distanziert haben. Meine Großmutter wollte immer nach Deutschland fahren, hat es aber nie getan. Sie hat mir ein deutsches Wort beigebracht, *Fernweh*, für das es keine Entsprechung im Englischen gibt. Sie hat es mir so erklärt, dass man sich nach einem fernen Ort sehnt, den man vielleicht noch nicht einmal kennt. Sie hat gesagt, so ist es ihr ein Leben lang mit Deutschland gegangen.« Er deutet auf die Hügel mit den nistenden Eselspinguinen. »Jetzt endlich verstehe ich, was sie meinte.«

Eine Ahnung baut sich tief in mir auf wie der wuchtige, verborgene Teil eines Eisbergs: die unangenehme Erkenntnis, dass es für Keller immer noch um die Antarktis geht, nicht um mich. Sie hat ihm die unerwartete Freiheit geschenkt, neu anzufangen, und ich weiß zwar, dass ich das Ausmaß seines Verlusts nie ganz verstehen werde, aber ich glaube nicht, dass er wirklich neu anfangen kann, selbst wenn ihm das nicht vollständig klar ist. Er hat mich schon einmal gehen lassen, indem er in McMurdo geblieben ist, und obwohl ich ihn damals ebenfalls losgelassen habe, werde ich das kein zweites Mal schaffen.

»Und gibt es denn ein Wort im Englischen – oder in irgendeiner Sprache – für das, was wir gerade machen?«, frage ich. »Dafür, dass wir glauben, es dieses Mal hinkriegen zu können?«

»Geisteskrankheit?«, sagt er.

Ich lache. »Ekstatischer Ruf«, sage ich und denke dabei an das Balzverhalten der Pinguine. »Flossentanz.«

»Normale Menschen«, sagt er, »nennen es einfach Liebe.«

* * *

Wir treffen uns spät am Tag bei einer der größten Eselspinguinkolonien der Insel, jeder von uns mit einem Klickzähler in der Hand. Gute fünf Meter von den Tieren entfernt setzen wir uns auf einen großen, flachen Stein, um uns ein paar Minuten auszuruhen, bevor wir ins Lager zurückgehen.

Eine Gruppe Jungtiere watschelt eifrig voran, als erwachsene Pinguine aus dem Meer zurückkehren, um ihren noch von ihnen abhängigen Nachwuchs zu füttern. Einige Vögel sitzen auf Eiern, andere kümmern sich um sehr kleine Küken und gehen abwechselnd auf Nahrungssuche. Ein Eselspinguin versucht, Steine aus einem fremden Nest zu stehlen, was ein wildes Gekreische unter mehreren Vögeln hervorruft. Eine Raubmöwe landet gefährlich nah bei einem Nest und läuft auf eines der winzigen Küken zu, woraufhin fünf erwachsene Tiere die Raubmöwe attackieren, die einen heiseren Schrei ausstößt und davonflattert. Kurz darauf zetern sich die Pinguine wieder gegenseitig an.

»Ich muss mich immer noch daran gewöhnen, nicht einzugreifen«, sagt Keller.

Eine der Schwierigkeiten für Wissenschaftler besteht darin, der Natur ihren Lauf zu lassen, egal, was passiert. »Ich glaube nicht, dass man das Bedürfnis je ablegt.«

Er hebt den Blick von den Pinguinen zum Meer dahinter. »Einmal ist eine Weddellrobbe bis nach McMurdo gewandert«, erzählt er. »Ich habe keine Ahnung, wie sie dahin gekommen ist, so weit vom Wasser weg. Sie war ganz allein und ist so vor sich hin gehumpelt. Sie war noch klein, ein Jungtier.«

Ich höre zu und erinnere mich daran, dass Keller, als wir uns kennenlernten, einen Krabbenfresser nicht von einer Weddellrobbe unterscheiden konnte.

»Ich bin ihr gefolgt, weil ich ihr helfen wollte. Zum Wasser konnte ich sie unmöglich zurückbringen, aber ich habe gemerkt, dass sie stirbt, und mir gewünscht, ich könnte sie wenigstens erlösen. Aber ich habe Abstand gehalten und gewartet. Ich weiß nicht, ob sie mich bemerkt hat. Am Ende hat sie aufgehört weiterzukriechen. Ich habe ihr beim Sterben zugesehen.« Keller dreht sich zu mir um. »Ist das verrückt?«

»Ich hätte das Gleiche getan.« Ich strecke meine Beine aus, bis mein dick besohlter Stiefel seinen berührt. Wer in McMurdo überwintert, sieht gelegentlich Tiere vom Meer wegsteuern statt darauf zu, manche sind verwirrt oder orientierungslos, andere ruhig und entschlossen, wie auf einem sonderbaren Selbstmordkommando. Von all den Herausforderungen des Überwinterns ist das die verstörendste.

»Tut mir leid, dass ich den Kontakt abgebrochen habe«, sage ich. »Wahrscheinlich wollte ich mich selbst schützen.«

»Ich hätte dir keinen Grund dazu geben sollen.«

Ich stupse seinen Stiefel an. »Nur noch eine Woche, bis wir wieder in Ushuaia sind.«

»Ich wünschte, ich könnte hierbleiben«, sagt er.

»Ich kann dir den Schlüssel zu meinem Haus geben«, schlage ich vor. »Du kannst da wohnen. Allerdings muss mal anständig geputzt werden, und du müsstest die Katze meines Vermieters füttern.«

Er lächelt. »Darf ich das aufschieben?«

»Warum?«

»Ich werde an der Boston University unterrichten, ob du es glaubst oder nicht. Nur im Sommersemester, einen Anfängerkurs in Biologie. Als mir das vor einem Monat angeboten wurde, wusste ich noch nicht, ob ich dich treffe. Nachdem wir den Kontakt verloren hatten, dachte ich ...« Er verstummt. »Es ist auf andere Art kompliziert, dieses Leben, oder?«

Ich denke an zwei Vulkanologen, die ich aus McMurdo kenne, ein »Eis-Paar«, was bedeutet, sie sind immer zusammen, wenn sie in der Station sind, kehren dann aber nach Ablauf ihrer Forschungszeit glücklich zu ihren Familien zurück, tausende von Kilometern voneinander entfernt. Ein Arrangement, das unter antarktischen Wissenschaftlern und Angestellten nicht ungewöhnlich ist.

»Könntest du das nicht abblasen?«, frage ich. »Ich meine, falls du stattdessen wirklich nach Oregon kommen wolltest.«

»Weiß ich nicht. Ich denke mal, irgendwie muss ich das durchziehen.«

»Das Unterrichten? Das könntest du auch in Eugene.«

»Darum geht es nicht. Sondern darum« – er zögert –, »nicht zu verschwinden.«

»Was meinst du damit?«

»Es ist jetzt fast fünf Jahre her, aber ich fahre immer noch nach Hause und denke daran, wie es früher war. Allys Essen vom Küchenboden aufzuwischen, während Britt sie badet, oder umgekehrt. Solche Sachen haben wir aufgeteilt, aber meistens haben wir beide eine Geschichte vorgelesen. Manchmal war das die einzige Zeit am Tag, in der wir alle zusammen waren, aber das hatten wir immer.« Ein Lächeln erhellt sein Gesicht, und ich habe das Gefühl, er spricht mehr mit sich selbst als mit mir. Dann verblasst es wieder. »Britt hat Allys Bücher alle dem Kinderkrankenhaus geschenkt, bevor ich Gelegenheit hatte, sie durchzusehen. Ich hätte gern eins behalten. Am liebsten mochte sie *Familie Schnack*. Da wir in Boston wohnten und wir ihr die Bronze-Enten im Public Garden gezeigt hatten, dachte sie, es wäre eine wahre Geschichte.«

Er lehnt sich leicht zurück und stützt sich mit den Händen ab. »Als sie nicht mehr da war und nachdem Britt gegangen war, bin ich immer bis neun, zehn, elf Uhr im Büro geblieben. Bis ich so müde war, dass ich wusste, ich kann in einer leeren Wohnung einschlafen. Bevor ich registriere, wie still es dort ist und wie ordentlich, kein Essen auf dem Boden, kein Spielzeug in der Badewanne, keine Bilderbücher.« Er neigt den Kopf zu mir, obwohl er ein Paar Eselspinguine betrachtet, die gerade in der Nähe vorbeilaufen. »Kurz vor meiner Abreise nach McMurdo habe ich Britt angerufen. Eine Woche, bevor Ally fünf geworden wäre. Britt hatte damals schon ihren neuen Mann kennengelernt, war aber noch nicht mit ihm verheiratet. Ich habe ihr erzählt, dass ich wegen Allys Geburtstag an sie gedacht hätte, aber in Wirklichkeit hatte ich ein bisschen Angst, sie könnte ihn vergessen. Sie hatte sich solche Mühe gegeben, damit abzuschließen, uns beide aus ihrem Leben zu löschen – es war, als wären wir beide verschwunden.« Er sieht mich an. »Und dann bin ich wirklich verschwunden. Ich bin hierhergekommen.«

Dazu kann ich nichts sagen, und plötzlich kommt es mir egoistisch vor, all das zu wollen, was ich mir für uns wünsche, allein schon der Versuch, meine eigene Sehnsucht gegen die Tiefe seines Schmerzes aufzuwiegen.

Ich schiebe eine Hand auf seine und lehne mich an ihn. Wir beobachten ein Pinguinweibchen, das den Kopf hebt und seine Küken ruft, und sie treten aus dem Grüppchen und wackeln hungrig auf sie zu.

Das Wetter hat umgeschlagen, und der Wind bläst uns winzige gefrorene Regentropfen ins Gesicht, auf unsere Mützen und Jacken. Wir bleiben noch ein paar Minuten bei den Pinguinen sitzen, dann packen wir unsere Sachen ein und gehen zurück zum Lager.

* * *

Am nächsten Morgen sind wir schon aufbruchsbereit, als Glenn uns die voraussichtliche Ankunftszeit der *Cormorant* per Funk durchgibt. Keller und ich sind vom Wind zerzaust und schmutzig. Ich bin in der wohligen, erschöpften Hochstimmung, die mit dem Ende eines Forschungsaufenthalts einhergeht, und gleichzeitig nervös, was unsere Daten wohl letzten Endes enthüllen werden.

Keller hat bereits eine Ladung Ausrüstung zum Strand getragen, und als ich ihm folge und mich der Bucht nähere, wo uns jeden Moment ein Schlauchboot abholen wird, spüre ich die gleiche unwiderstehliche Anziehung zu Keller wie immer, stark wie eh und je. Ich gehe langsamer, und die paar Meter, die noch zwischen uns liegen, fühlen sich gewaltig an, weit offen. In diesem Raum sehe ich unsere gesamte Beziehung oder was auch immer das eigentlich ist – sowohl klar als auch undurchsichtig, völlig ungezwungen und heil.

Eine Stunde später, nach einer heißen Dusche an Bord, sehe ich mein Gesicht in dem winzigen Spiegel über dem Waschbecken. Ich erkenne mich kaum, und das liegt nicht an der von Sonne und Wind geröteten Haut oder den dunklen Augenringen oder ein paar tiefer gewordenen Falten. Unvermittelt fällt mir wieder ein, dass ich vor langer Zeit in einem Biologiekurs etwas über einen Abschnitt der Großhirnrinde gelernt habe, der eine Krankheit namens Gesichtsblindheit auslösen kann. Wird dieser Teil des Gehirns geschädigt, kann man Freunde, Angehörige oder sogar sein eigenes Spiegelbild nicht mehr erkennen, und genauso fühle ich mich jetzt, als sähe ich eine Fremde vor mir, jemanden mit genau den gleichen Gesichtszügen, nur entspannter, weicher: Jemanden, der liebt, der geliebt wird, der glücklich ist.

* * *

Nach dem vormittäglichen Landgang auf Cuverville Island hänge ich auf dem Schiff die zusätzlichen Schwimmwesten auf und will gerade die Crew anweisen, das letzte Schlauchboot heraufzuholen. Da fällt mir auf, dass noch ein Magnettäfelchen in der Position nicht an Bord hängt. Den Namen erkenne ich nicht, aber es spielt keine Rolle, wer es ist, sondern nur, dass wir jemanden auf der Insel vergessen haben.

»Mist«, murmle ich und gebe Glenn per Funk Bescheid, dass wir noch warten müssen.

Ich wende das Schlauchboot, meine Schultern verspannen sich. Es ist extrem selten, dass Touristen vergessen werden, und mir schießt schlagartig Dennis durch den Kopf. Als ich um die Kurve zu der Anlandungsstelle biege, halte ich beim Anblick eines einsamen Passagiers fast abrupt an.

»Hallo?«, rufe ich, aber er scheint mich nicht zu hören.

Ich steuere das Zodiac näher heran und rufe erneut. »Entschuldigung, ich bin hier, um Sie zurück zum –«

Da dreht sich die Gestalt in der roten Jacke um und zieht die Mütze aus.

Es ist Keller.

Während der letzten Tage dieser Reise hat sich in seltsamen Momenten öfters mein Brustkorb zusammengezogen – wenn ich Keller während der Mahlzeiten am anderen Ende des Speisesaals bemerke, wenn wir einander auf dem Weg zu einer Arbeit begegnen, wenn ich ihm in einem Schlauchboot voller Passagiere nachsehe –, eine Anspannung aus dem Wissen heraus, dass er zwar noch hier ist, bald aber schon nicht mehr. Und jetzt, als er auf mich zuläuft, hole ich tief Luft.

Er watet ins Wasser. »Gestatten?«

»Was genau machst du hier?« Ich werfe einen Blick über die Schulter. Wir sind gerade außer Sichtweite des Schiffs.

»Ich wusste, dass du mit Aufräumen dran bist«, sagt er.

»Also habe ich ein falsches Namensschild gebastelt, um dich herzulocken.«

Ich schüttle den Kopf und versuche, missbilligend auszusehen, muss aber lachen, weil er in einem roten Touristenanorak steckt. »*Willst* du unbedingt schon in deiner ersten Saison gefeuert werden? Passagierklamotten klauen und heimlich ausbüxen? Glenn kriegt einen Anfall.«

Keller steigt ins Boot. »Geliehen, nicht geklaut. Und Glenn glaubt, du holst einfach nur einen aufsässigen Touristen ab.«

Er legt mir einen Arm um die Taille und drückt mich an sich, während er das Ruder nimmt und das Boot aus der Bucht steuert – nicht Richtung Schiff, sondern in die entgegengesetzte Richtung, auf ein Eisberglabyrinth zu. Kurz darauf sind wir von Türmen und Kuppeln aus Eis umgeben.

Keller lockert seinen Griff, hält mich aber weiterhin im Arm. »Ich wollte nur ein paar Minuten mit dir allein«, sagt er.

Er stellt den Motor ab, und wir treiben.

Nach tagelangem Touristengeplauder, Glenns Stimme über Lautsprecher und dem stetigen Grollen des Schiffs erfüllt die Stille meinen Kopf wie Wasser einen Krug, die Welt wird glatt und klar, nichts als das Zischen des Windes um das Eis, das Spritzen eines Pinguins, der ins Wasser springt, das Gurgeln von Wellen.

Wir gleiten am Rand einer gefrorenen Stadt entlang, die Eisberge erheben sich aus dem Wasser wie Wolkenkratzer. Das Meer hat Torbögen in die Seiten geschlagen, der Wind Fenster herausgemeißelt. In der Ferne überragen mehrere konische Gebilde die Bucht, mit tiefen Spalten in den Flanken, als hätten gewaltige Klauen sie aufgerissen und statt Blut wäre blaues Licht geflossen.

Keller dreht sich zu mir und betrachtet über meinen Kopf hinweg die treibende Eislandschaft. Binnen Tagen, Stunden schon, werden diese Berge nicht mehr wiederzuerkennen sein, das Wasser wird sie drehen, umkippen, von unten her abschleifen. Was wir jetzt vor uns haben, hat noch nie jemand gesehen und wird auch nie wieder jemand sehen.

»Was liebst du am meisten?«, fragt er.

»An dir?«

Er grinst. »An den Eisbergen.«

Ich lege einen Moment lang meinen Kopf auf seine Schulter, bevor ich antworte. »Dass manche von ihnen wie Häuser aussehen. Als hätten sie Türen und Fenster und Vordächer und Veranden. Am liebsten würde ich reinklettern und darin wohnen.«

»Ich wünschte, das könnten wir.«

Er streicht mir über die Arme, die Ellbogen hinauf bis zu den Schultern. Ich möchte meine dicke Jacke abwerfen und ihm seinen Touristenanorak ausziehen, als er mich an sich zieht und auf einen Streifen nackter Haut in meinem Nacken küsst. In der fast völligen Stille erfüllt das Plätschern des Wassers am Schlauchboot meine Ohren, und ich fühle mich, als triebe auch ich, getragen von seinen Händen.

Wenige Momente später schwappt das Boot uns wieder dahin zurück, wo wir sind – wir sind in Sichtweite der *Cormorant* geglitten, ein dunkler Schatten hinter einer dichter werdenden Dunstschicht. Der Wind nimmt zu und weht Schnee von den Gipfeln der Eisberge.

Ich murmle in seinen Hals: »Wir sollten lieber zurück.«

»Noch nicht«, raunt er, und als wir so in dem sanft schaukelnden Boot stehen, ahne ich, was er denkt: Wir sind wie das stetig wandernde, sich stetig wandelnde Eis, und was auch immer als Nächstes geschieht, wo auch immer wir landen, wir werden nie wieder genauso sein wie jetzt.

* * *

Fünf Tage später, nachdem wir von Bord gegangen sind, übernachten Keller und ich in einer Pension in Ushuaia, ohne zu wissen, wann wir uns das nächste Mal sehen werden. Wir sprechen sehr wenig, selbst während unserer letzten gemeinsamen Augenblicke, als ich mit ihm in der klaren, bittersüßen Morgenluft in der Calle Hernando de Magallanes stehe und er seine Tasche in das Taxi stellt, das ihn zum Flughafen bringen wird. Er dreht sich zu mir um, und ich dränge mich in die Hitze seines Körpers, seine Arme um mich, seine Finger auf meinem Rücken. Noch ein letztes Mal möchte ich seine rauen Hände spüren, seinen großen schlanken Körper an meinem, Haut auf Haut. Ich schiebe die Hände unter seinen Pullover, lande irgendwo zwischen Baumwolle und Fleece und weiß dabei, dass ich mehr nicht erreichen, dass ich weiter nicht kommen kann.

VIER TAGE VOR SCHIFFSUNTERGANG

Bransfieldstraße
(62° 57' S, 59° 38' W)

Im Untersuchungszimmer der Krankenstation gibt es keine Bullaugen, und obwohl ich spüre, dass die See ruhig ist, verschlimmert sich meine Übelkeit. Ich konnte Glenns Drängen auf einen Arztbesuch bis heute aufschieben, und jetzt hoffe ich, dass mein Unwohlsein nur daran liegt, dass ich den Horizont nicht sehe. Ich weiß, dass Susan etwas Stärkeres als Meclozin gegen Seekrankheit hat. Sie verschreibt es nur in Extremfällen, aber ich bin langsam an dem Punkt, dass ich mich dafür halte.

Ich fühle mich nie ganz wohl, wenn ich das Meer nicht sehen kann, was seltsam ist bei jemandem, der im Mittleren Westen aufgewachsen ist und den Großteil des Jahres im Landesinneren von Oregon verbringt. Als Kind habe ich das Wasser geliebt und war oft im Shaw-Park-Freibad in Clayton, Missouri. Dann sprang ich vom Zehnmeterturm und tat, als wäre es eine Steilküste. Ich zog Brille und Schnorchel an und stellte mir vor, die Gliedmaßen der Leute in ihren unzähligen Formen und Größen wären Meerestiere. Ihre bunten Badesachen betrachtete ich als leuchtende Fische.

Mein anderer Lieblingsort war die geodätische Kuppel

im Botanischen Garten. Dorthin ging mein Vater mit mir, wenn er in der Stadt war, was nicht oft geschah, und der Regenwald im Inneren, mit seinem tropisch schwülen Dunst, mit Wasserfällen und wild exotischen Pflanzen, weckte in mir den Wunsch, die Welt zu erkunden. Als ich in der Mittelstufe war, wurde in meinem Stadtviertel einer der ersten Outdoor-Shops im Großraum St. Louis eröffnet. Es war ein kleiner Laden, aber allein schon durch die schmalen Gänge zu laufen fühlte sich wie ein Abenteuer an. Ich probierte immer die Extremwetter-Bekleidung an und träumte mich an einen der Pole.

Damals wusste ich nicht, dass ich tatsächlich später viel Zeit in einer der Polarregionen verbringen würde, und mittlerweile sehe ich Antarktika nicht mehr nur als Ort, sondern als lebendiges Wesen, denn für mich war es immer so wandelbar wie die Geschöpfe, die es beherbergt: Jeden Winter frisst sich der gesamte Kontinent eine Fettschicht aus Eis an und schrumpft dann im Sommer wieder. Wenn ich auf der Halbinsel bin und das Grün und Weiß des jungen und das tiefe, uralte Blau des mehrjährigen Eises sehe, habe ich das Gefühl, dass auch die Eisberge lebendig sind, ausgeschickt von tausende Kilometer langen Gletschern, um den Kontinent vor Raubtieren wie der *Endurance* und der *Erebus* zu schützen, der *Cormorant* und der *Australis*.

Und das ist es, was mir Sorgen macht.

Keller weiß so gut wie jeder andere, dass die *Australis* nicht dazu gerüstet ist, es mit diesen weißen Wächtern aufzunehmen. Er weiß, wie ein Eisberg unter Wasser aussieht, dass sich unterhalb der über der Oberfläche erkennbaren, erlesenen Schönheit etwas Scharfkantiges, Unheilvolles befindet, das Schiffe zerstört, wenn sie zu dicht vorbeizufahren versuchen. Selbst ein erfahrener Kapitän kann wegen der ständig wechselnden Winde und Strömungen, wegen des fortwährenden Kalbens neuer Eisberge leicht den Abstand falsch berechnen. Auf den Seekarten dieser stark befahrenen Gegend gibt es nicht gründlich vermessene Gebiete, und jeder Kapitän weiß, dass nichts gefährlicher ist als unsichtbares Eis.

Manchmal frage ich mich, wie lange diese fremde Invasion – die Schiffe, die Menschen – noch andauern kann, bevor der Kontinent zurückschlägt.

Susan öffnet die Tür und kommt in den schuhkartongroßen Raum zurück, in dem ich gewartet habe. Vorher hat sie mich in einen Becher pinkeln lassen, Blutdruck und Puls gemessen, mich kurz untersucht und mir ein Dutzend Fragen gestellt. Mir geht es langsam wieder etwas besser, und ich stehe auf, bereit, auf Medikamente zu verzichten und mich auf den Weg zu machen.

»Setz dich doch«, sagt sie.

»Eigentlich kann ich wieder gehen. Ich hätte dir nicht die Zeit stehlen sollen.«

»Bitte.« Sie deutet auf den Stuhl. Ihre Miene ist ernst, zu ernst für so etwas wie eine Grippe.

Ich setze mich.

»Deb«, sagt sie. »Ich weiß nicht, ob das eine gute oder schlechte Nachricht für dich ist, aber« – sie zögert – »du bist schwanger.«

»Das kann nicht sein.«

»Du hast erwähnt, du hättest Sex gehabt ...«

»Ich weiß, was ich gesagt habe.« Ich kann kaum klar denken. »Was ich meine ist, ich habe aufgepasst. Sehr. Kannst du den Test nochmal machen?«

»Hab ich schon.« Sie sieht mich an. Ich kenne sie seit Jahren, wie so viele andere treffe ich sie hier unten und sonst nirgends. »Du musst bei den Landgängen besonders vorsichtig sein. Du bist ungefähr in der achten oder neunten Woche.«

Das Thema Optionen spricht sie nicht an, wie es die meisten Ärzte machen würden, denn hier unten gibt es keine Optionen.

»Das kann nicht stimmen«, sage ich.

»Tut mir leid.« Jetzt erklärt sie mir, welche Nahrungsmittel ich vermeiden, welche Tätigkeiten ich anderen Crew-Mitgliedern überlassen sollte, aber ich höre kaum zu. Als ich ein paar Minuten später ihre Praxis mit dem Versprechen verlasse wiederzukommen, kann ich mich an nichts von dem erinnern, was sie gesagt hat.

»Da bist du ja.« Glenn trabt im Gang hinter mir her, um mich einzuholen. »Wie geht's dir?«, fragt er. »Was hat Susan gesagt?«

»Keine Sorge«, erwidere ich. »Es ist keine Lebensmittelvergiftung. Das Schiff ist nicht mit einem Norovirus verseucht. Mir geht's gut.«

»Bist du dir da sicher?« Er mustert mich eingehend. »Du wirkst nicht wie du selbst.«

»Wahrscheinlich noch der Jetlag. Ich muss mich nur ein bisschen ausruhen, sonst nichts.«

Er nickt. »Nimm dir den restlichen Tag frei. Wir haben erst morgen den nächsten Landgang. Da geht's dir bestimmt wieder besser.«

Ich nicke ebenfalls, dann suche ich Zuflucht in meiner Koje. Ich lege mich hin und halte die Hände auf den Bauch, der sich genau wie immer anfühlt. Wieder denke ich an Eisberge, wie viel unter der Wasseroberfläche versteckt ist. Dass der Schein so trügen kann. Für die Dauer dieser Reise kann ich die Schwangerschaft verheimlichen, aber was dann?

Mein Verstand bleibt wieder und wieder an diesem Konzept von Eis hängen, daran, dass man alles fürchten muss, was unter der Oberfläche liegt, was unsichtbar und unbekannt ist.

DREI MONATE VOR SCHIFFSUNTERGANG

Eugene, Oregon

Ich durchquere den Garten von meinem Cottage zum Haupthaus hinüber, ein leichter Regen feuchtet mir die Haare an. Während in der südlichen Hemisphäre der Sommer beginnt, bleibt der Oktober in Oregon mehr oder weniger gleich: grau, regnerisch, eine Kälte, die einem in die Knochen kriecht. Mir kleben ein paar Haarsträhnen auf der Stirn, und auf der Terrasse bleibe ich kurz stehen, klemme mir die mitgebrachte Weinflasche zwischen die Knie, öffne meinen Pferdeschwanz und schüttle die Haare aus, ziehe mir das Haargummi dann ums Handgelenk.

Ich höre laute Stimmen und Gelächter, und ehe ich an der Tür bin, fliegt sie auf. »Sorry!«, sagt eine Frau. Der Mann neben ihr lacht, er hat den Arm um ihre Taille geschlungen, und sie taumeln in den Garten hinaus.

Wie üblich komme ich zu spät und ein bisschen zu nüchtern zur Party.

Seit fünf Jahren habe ich das kleine Häuschen hinter diesem restaurierten Altbau im Craftsman-Stil gemietet, in dem mein Vermieter und mittlerweile guter Freund Nick Atwood mit einem flauschigen weißen Kater namens Gatsby wohnt. Nick und ich teilen uns mehr oder weniger das Sorgerecht für Gatsby. Nick ist Entomologe an der Uni, und in seinem Haus tummeln sich so oft Kollegen und Freunde, dass Gatsby häufig zu mir kommt, auf der Suche nach Ruhe und Frieden.

Nicks Küche ist warm und riecht nach seinen berühmten brasilianischen Reisbratlingen. Ich stelle den Wein auf den Tisch. Gatsby kommt an, Schwanz in der Luft, und lässt sich von mir hinter den Ohren kraulen. »Was machst du denn noch hier?«, frage ich ihn. »Ich hab dich schon vor Stunden bei mir erwartet.« Er wedelt einmal kurz mit dem Schwanz und stolziert in die Waschkammer.

Auf dem Weg ins Wohnzimmer begegne ich Nick, der gerade in die Küche möchte. Er umarmt mich überschwänglich und küsst mich irgendwo in die Ohrgegend. »Ich hab schon nicht mehr mit dir gerechnet.«

»Entschuldige. Der Verkehr war brutal.«

»Klar.«

Nick zieht mich zu einem Kreis von Kollegen und ihren jeweiligen Anhängseln. Er drückt mir ein randvolles Weinglas in die Hand, stellt uns alle vor und lässt mich dann bei der Gruppe stehen. Ich wünsche mir ein paar bekannte Gesichter, wie meine Freundin Jill, ebenfalls Biologiedozentin, die gerade ihren Freund in San Francisco besucht. Es macht viel mehr Spaß, wenn sie und ich einander begleiten können zwischen den ganzen Paaren.

»Du bist also Deb«, sagt eine Professorin aus Nicks Institut.

Ich drehe mich zu ihr um: eine dunkelhaarige Frau namens Sydney mit scharfen Gesichtszügen, aber sanften Augen, schlank und mit sehr gerader Haltung. »Sind wir uns schon mal begegnet?«, frage ich.

»Nein«, sagt Sydney. »Aber ich habe viel von dir gehört.«

Bevor ich sie fragen kann, was sie damit meint, stellt sie mir ihren Freund vor, einen Bauleiter, der uns in ein Gespräch über ökologisches Bauen und Lokalpolitik verwickelt. Ich höre zu und versuche, nicht an die Unterrichtspläne für meinen Biologiekurs zu denken, die ich noch ausarbeiten muss. Nach einer Weile klinke ich mich aus der Unterhaltung aus und spaziere durch den Raum.

Das Haus ist sauber und aufgeräumt und Nicks Liebe zu Wirbellosen überall sichtbar: An den Wohnzimmerwänden hängen Fotos und Illustrationen von Bienen und Schmetterlingen. So wenig ich auch für Partys übrighabe, das Hintergrundrauschen mag ich, und ich genieße es immer, in Nicks Haus zu sein. Ich liebe es, wie er Wissenschaft und Kunst vermischt, und mir gefällt der semisoziale Aspekt, andere Menschen um mich zu haben, selbst wenn ich nicht richtig in Beziehung zu ihnen trete.

Bald spüre ich den Luftzug, als Nicks Haustür sich öffnet und wieder schließt, und der Geräuschpegel sinkt langsam, während die Party sich dem Ende zuneigt. Als ich um die Ecke in den leeren Flur biege, klingt das Reden und Lachen und sich Verabschieden der Gäste fast wie ein Schlaflied.

Als Nick mich das erste Mal eingeladen hat, kurz nach meinem Einzug, habe ich abgelehnt, wie auch beim zweiten und dritten Mal. Aus Höflichkeit bin ich schließlich doch gegangen und fühlte mich die ganze Zeit wie in einer Puppenstube, als wäre ich wieder zuhause, wo meine Mutter mit ihrem Adlerblick jeden Fingerabdruck bemerkte, den ich hinterließ, jedes Schmutzkorn, das meine Schuhe auf den Fußboden krümelten. Dann aber kippte eine seiner Freundinnen ein Weinglas über die Couch, so dass ein dunkelroter runder Fleck sich auf dem beigen Polster ausbreitete – und Nick goss ihr einfach ein neues Glas ein und warf ein Kissen darüber. *Glaub mir, Gatsby hat die Couch schon viel schlimmer zugerichtet,* sagte er.

Da erst entspannte ich mich allmählich; ich bemerkte die Kratzspuren auf dem Tisch, die zerfetze Sofalehne, die winzigen Nasenabdrücke auf dem Küchenfenster. Und im Laufe der Jahre wurde unser Verhältnis enger und Nick eine der wenigen Konstanten in meinem Leben, jemand, der immer da ist, wenn ich nach Monaten unterwegs zurückkehre.

Jetzt spaziere ich in die Küche zurück, wo Nick sich mit Sydney unterhält. Ihr Freund ist nicht dabei, und sie sehen mich nicht, und ich habe, wie oft in solchen Situationen, das Gefühl, nicht richtig teilzunehmen, sondern aus der Ferne zu beobachten. Ich bin an der Peripherie, wie etwas im Hintergrund eines Fotos, das einem ungeschulten Auge niemals auffällt.

Als Sydneys Freund zurückkommt, verabschieden wir uns. Nick bringt die beiden zur Tür, im Vorbeigehen streift seine Hand meinen Rücken.

Ich klappe die Spülmaschine auf und fange an, Wasser über die Gläser laufen zulassen. Ein paar Minuten später ist Nick wieder da und stellt leere Bierflaschen in die Glastonne in der Ecke.

»Lass das doch das Dienstmädchen machen!«, sagt er und gießt sich noch ein Glas Wein ein.

»Würde ich, wenn du eins hättest.«

Er beugt sich vor, um das Wasser abzustellen, und stupst mich dabei sanft mit der Hüfte aus dem Weg. Ich sehe, dass er sich die Haare – eine dicke, hellbraune Mähne, mit der er nie so richtig etwas anzufangen weiß – mit einem einfachen Haushaltsgummiband zu einem kleinen Knoten im Nacken zusammengebunden hat.

»Komm mal kurz her«, sage ich.

Ich stelle mich hinter ihn und zupfe das schmutzige Gummiband so sanft wie möglich aus seinen Haaren. Um mir zu helfen, legt er den Kopf in den Nacken, und ich spüre das Schwanken seines alkoholisierten Körpers in dem Bemühen stillzustehen. Schließlich klemme ich mir meinen eigenen Haargummi zwischen die Zähne und kämme mit den Fingern durch seine Haare. Sie sind ein bisschen feucht vom Regen und riechen grün, wie ein Wald. Ich binde sie ihm zu einem neuen Zopf. Dann drehe ich ihn zu mir um. »Nimm nicht mehr diese Haushaltsgummis«, sage ich. »Damit reißt du dir alle Haare aus.«

»Eigentlich hatte ich überlegt, sie mir abzuschneiden.« Nick fährt sich mit der Hand über den Hinterkopf.

»Nicht. Sie sehen gut aus lang.«

»Wirklich?«

»Klar.« Seine Haare, besonders wenn sie zerzaust sind, erinnern mich an die von Keller.

Er sieht aus, als wollte er mich etwas fragen, schweigt aber. Nick hat ein liebes Gesicht, wie ein Bernhardiner: ruhig, tüchtig, ein bisschen traurig. Er ist groß und kräftig gebaut, und mit seiner ganzjährigen Sonnenbräune vom Insektenbeobachten die gesamte Westküste hinauf und hinunter ähnelt er eher einem Rugbyspieler als einem Entomologen.

Während ich heimlich ein paar Gläser in die Spülmaschine stelle, sage ich: »Diese Professorenfreundin von dir, Sydney, was hast du ihr über mich erzählt?«

»Nichts.«

»Angeblich hat sie viel von mir gehört.«

»So was machen Freunde eben«, sagt er. »Wir unterhalten uns hin und wieder.«

»Worüber?«

»Warum du nie zu meinen Partys kommst. Obwohl ich ein hervorragender Koch bin und du nichts als gefriergetrocknetes Campingfutter im Haus hast.«

»Ich bin doch hier. Bisschen spät, wie sich das für coole Menschen eben gehört, aber hier.«

»Du weißt schon, was ich meine«, sagt er. »Wann würde ich dich überhaupt mal sehen, wenn ich dich nicht mit Essen und Sprit herlocken würde?«

»Früher oder später würde ich dir die Miete vorbeibringen.«

»Sehr witzig.«

»Ach komm, du weißt, dass ich nur Spaß mache.«

»Genau. Weil du per Überweisung zahlst.«

»So ist das nicht.«

»Doch, so ist es, oder?« Er lehnt sich an die Arbeitsfläche. »Gehst du nie aus?«

»Klar gehe ich aus«, sage ich. »Erst neulich war ich mit Jill im Sam Bond's, um Prüfungen zu korrigieren.«

»In der Kneipe arbeiten ist trotzdem arbeiten.«

»Wir haben Bier getrunken.«

»Wenn du nicht danach mit rasenden Kopfschmerzen in einem fremden Bett aufgewacht bist, gilt das nicht.«

»Nur fürs Protokoll«, sage ich. »Ich habe sehr wohl ein Privatleben. Er wohnt nur nicht hier. In Oregon, meine ich.«

Nick zieht die Augenbrauen hoch. »Das Konzept Fernbeziehung ist mir bekannt, aber findest du das nicht ein bisschen sehr fern?«

»Das musst du gerade sagen, Professor Kettle. Ich kann mich nicht erinnern, einen weiblichen Single bei dieser Party gesehen zu haben.«

»Ich dachte, du verdienst dir deinen Lebensunterhalt mit Pinguinzählen.«

»Soll heißen?«

»Du hast dich verzählt.« Er tritt näher. »Allerdings kam sie als Letzte.«

Ich greife nach einer Weinflasche und gieße mir noch etwas ein, weil ich nicht weiß, was ich sagen soll.

»Weißt du, was Freud sagt?«, fragt er. »Man braucht zwei Dinge im Leben, Liebe und Arbeit. Im Sinne von einem Gleichgewicht zwischen beidem, verstehst du?«

»Vielleicht bin ich gern aus dem Gleichgewicht.«

Er macht einen Schritt zurück, immer noch an die Arbeitsfläche gelehnt, als müsste er sich abstützen. »Im Ernst. Wann willst du dich mal niederlassen? An der realen Welt teilnehmen?«

»Komm schon, Nick, du bist doch Wissenschaftler. Die Realität ist deprimierend.«

»Ich spreche hier nicht von Käfern und Vögeln«, sagt er. »Ich *versuche*, von den Bienen und den Blümchen zu sprechen.«

Grinsend trinke ich einen großen Schluck Wein.

Er beugt sich vor. »Glaubst du nicht, du könntest dich jemals auf eine Beziehung einlassen, die nicht ganz so fern ist?«

»Wie fern wäre das nach deiner Definition?«

»Derselbe Landkreis? Postleitzahl. Straße vielleicht.«

Er ist wieder ganz nah, sein Gesicht neben meinem, und ich betrachte seinen Mund, die vollen, vom Wein roten Lippen, und dann drehe ich mich zum Kühlschrank um, wo er seine Aspirin aufbewahrt. Ich schüttle mir zwei Tabletten in die Hand und hole ihm ein Glas Wasser.

»Schluck die«, sage ich. »Und trink das aus. Bis auf den letzten Tropfen.«

Er nimmt die Pillen und das Wasser, sagt aber nichts. Ich zupfe ihm kurz an den Haaren und sage: »Bis morgen.«

Beim Hinausgehen drehe ich mich zu ihm um und sehe seine Miene sich verändern – ein Stirnrunzeln, ein schnelles Lächeln, etwas Sehnsüchtiges –, und dann schließe ich die Tür hinter mir und laufe durch den Garten.

* * *

Spät am nächsten Nachmittag, als es dämmert, versuche ich gerade, mich auf meine Unterrichtspläne zu konzentrieren, als Gatsbys Maunzen an meiner Terrassentür mir eine Ausrede gibt, vom Küchentisch aufzustehen.

Ich lasse ihn herein. Er streckt sich, springt auf einen Küchenstuhl und beginnt sich zu putzen. »Hast du Hunger, Gatsby?«, frage ich und kraule ihm das Köpfchen. Er hält inne und sieht mich an, dann leckt er weiter. Manchmal hat er Hunger, manchmal nicht – so ist das Leben zwischen zwei Haushalten –, und für den Fall, dass, habe ich immer Dosen mit Katzenfutter neben den Bohnen und Suppen in meinem Schrank vorrätig.

Ich werfe einen Blick hinaus durch den Garten, und zu meiner Überraschung sind die Fenster überwiegend dunkel, das große Haus still. Ich stelle mir Nick allein und verkatert dort drin vor und habe ein schlechtes Gewissen, Gatsby hereingelassen zu haben, wo er doch eigentlich seinem richtigen Besitzer Gesellschaft leisten sollte.

Kurz nachdem ich mich wieder an meine Arbeit gesetzt habe, höre ich ein Klopfen. Es ist Nick, der sich Regen aus den Augen blinzelt und einen Stapel Post und eine Flasche Wein in der Hand hält. Ich mache auf.

»Ist das nicht die Flasche, die ich gestern mitgebracht habe?«

»Wahrscheinlich das Einzige, was ich nicht getrunken habe«, sagt er.

Er stellt den Wein auf den Tisch und blättert durch die Post. »Danke fürs Kommen.« Er hebt kurz den Blick, als er mir meine Post reicht, ein paar Rechnungen und die Zeitschrift *Conservation*. »Du brauchtest aber nicht aufzuräumen.«

»Du hast mich sowieso kaum gelassen.«

Er zeigt auf den Wein. »Wo hast du den Korkenzieher?«

Ich hole ihn aus der Schublade neben dem Herd und stelle zwei Gläser auf den Tisch, während Nick die Flasche öffnet.

Er deutet mit dem Kopf auf meinen Laptop. »Was machst du?«

Während ich mich wieder hinsetze, schiebe ich den Computer und meine Unterlagen aus dem Weg. »Unterrichtskram.«

Nick gießt uns ein und setzt sich mir gegenüber auf den Stuhl neben Gatsby. »Ich wollte mich für gestern entschuldigen«, sagt er.

Ich hatte halb gehofft, er würde sich nicht erinnern. »Nicht nötig.«

»Das war nicht fair. Dein Leben geht mich nichts an. Vor allem dein Liebesleben nicht.«

»Sei nicht so. Ich möchte, dass du an meinem Leben teilhast.«

»Aber nur ein paar Monate im Jahr, stimmt's?« Er sieht mich an und schüttelt den Kopf. »Wirst du je von diesem Kontinent loskommen?«

»Warum, damit ich mich hier in Eugene häuslich niederlassen kann? Einen Zaun aufstellen und Kinder bekommen?«

»Was ist so schlimm daran?«

»Du hast Glück, Nick. Deine Arbeit ist gleich hier in unserem Garten, *Bombus vosnesenskii, Bombus vandykei*. Die

Pygoscelis-Pinguine sind hier in der Gegend Mangelware, falls dir das noch nicht aufgefallen ist.«

»Aber sicher«, sagt er lachend. »Als hättest du dir die Pinguine nicht genau aus dem Grund ausgesucht, dass sie dich ans andere Ende der Welt führen.«

Ich erwidere nichts.

»Es hat mich was gekostet«, sagt er. »Hierzubleiben.«

»Wie meinst du das?«

»Ich wollte heiraten. Vor Jahren, bevor du eingezogen bist. Dieses Cottage sollte ihr Kunstatelier werden. Dann hat sie eine Stelle bei einer Zeitschrift in New York bekommen und beschlossen, sie anzunehmen.«

»Und?«

»Wir haben uns eingeredet, dass eine Pendel-Ehe klappen kann. Aber in Wahrheit waren wir beide stur. Egoistisch. Ich dachte, sie würde hierher zurückziehen, und sie dachte, ich käme zu ihr nach New York. Keiner von uns beiden hat bekommen, was er wollte.«

»Du hast getan, was du musstest. Warum ist das so falsch?«

»Weil ich es bereue. Weil ich damals nicht über die Gegenwart hinaussehen konnte, nämlich dass ich mir möglicherweise eines Tages was anderes wünschen würde. Glaubst du, ich würde nicht auch auf die andere Erdhalbkugel abhauen, wenn ich könnte? Dass ich nicht auch in der Antarktis wäre, wenn es dort Hummeln gäbe?« Er sieht mir in die Augen, mustert mich. »Hast du keine Angst, was zu bereuen?«

Das Geräusch einer Faust an der Haustür ist so gellend in der darauf folgenden Stille, dass wir beide zusammenzucken. Nick stößt mit dem Bein gegen den Tisch und bringt dadurch die Weingläser zum Klirren. Er läuft hinter mir her durchs Wohnzimmer.

Vor der Tür steht Keller, seine Regenjacke ist durchweicht, Wasser tropft vom Schirm seiner APP-Kappe. Er ist nah genug, um ihn zu berühren, aber ich stehe nur fassungslos da, während der Regen hereinweht, mir das Herz in den Ohren pocht. Seit wir uns vor fast acht Monaten in Ushuaia getrennt haben, habe ich ihn nicht mehr gesehen. Ich versuche zu sprechen, sehe das Glitzern des Verandalichts in seinen Augen, seinen Atem in der kühlen Abendluft, und schaffe es nur, die Lippen zu öffnen.

»Ich hoffe, ich komme nicht ungelegen«, sagt er.

* * *

Während Keller sich trockene Sachen anzieht, bringe ich Nick zur Terrassentür und drücke ihm den Wein in die Hand. Die Begrüßung zwischen den beiden war kurz und unbehaglich.

»Wenigstens weiß ich jetzt, dass es ihn gibt«, sagt Nick. Er macht den Versuch zu lächeln und hebt Gatsby von seinem Platz auf dem Stuhl hoch. Ich sehe ihm nach, als er durch den Garten in sein Haus geht, und Gatsby schaut mich über Nicks Schulter an. Ich stehe immer noch am Fenster, als ich Kellers Stimme höre.

»Habe ich da was unterbrochen?«, fragt er.

In Kellers Tonfall schwingt keine Eifersucht mit, kein Vorwurf, als wüsste er, dass es für mich keinen anderen als ihn geben kann. Dennoch vermag ich den Anblick von Keller in meinem Wohnzimmer kaum zu glauben, ein Bild, das ich mir so lange ausgemalt, aber längst nicht mehr erhofft habe, jemals zu erleben.

Er sieht sich um, als stünde er in einer Pinguinkolonie, als suchte er nach Hinweisen auf ihr Wohlergehen, ihren Status, ihre Zukunft. Dann entdeckt er den Kaiserpinguinschädel, den ich in einem meiner Bücherregale aufbewahre, und geht ihn inspizieren.

Den Schädel habe ich einmal aus dem Labor gerettet, als ein Professor, der an eine andere Universität wechselte, ihn wegwerfen wollte. Er ist eines der wenigen Besitztümer, die mir wirklich kostbar sind, so morbide das auch scheinen mag. Pinguinknochen sind zwar nicht hohl und der Schädel schwerer, als man erwarten würde, aber er hat etwas Graziles und Zartes an sich: der schmale, knapp acht Zentimeter lange Schnabel, die breiten Augenhöhlen, die sanfte Wölbung des Kopfes.

Keller nimmt ihn in die Hand und streicht mit einem Finger über die feinen Knochen. Er wirkt gedankenverloren, und ich schweige, bis ich es nicht mehr aushalte.

»Ich hatte die Hoffnung schon aufgegeben, dich jemals vor meiner Tür stehen zu sehen«, sage ich.

Er legt den Pinguinschädel weg und kommt zu mir. Zuerst küsst er mich zaghaft, dann zieht er mich dicht an sich und hält mich weit länger im Arm, als er es sonst tut, und flüstert mir ins Ohr: »Entschuldige, dass ich dich nicht vorgewarnt habe. Ich wusste selbst nicht, dass ich komme, bis ich zum Flughafen gefahren und Standby eingestiegen bin.«

»Was ist los? Ich dachte, du unterrichtest.«

Er stützt das Kinn auf meinen Kopf. »Nach dem Sommersemester war es vorbei. Mein Vertrag wurde nicht verlängert.«

Ich ziehe den Oberkörper zurück und sehe ihn an. »In ein paar Wochen geht es los in die Antarktis. Bleib bis dahin einfach hier.«

Er lässt mich los. »Eigentlich bin ich auf dem Weg nach Seattle. Um einen Freund zu besuchen, der an der University of Washington arbeitet.«

Als er das sagt, sieht er mir nicht in die Augen, und ich denke an das, was ich auf unserer letzten Reise gesagt habe, nachdem er Ärger mit Glenn bekommen hatte. Wir haben nie so richtig darüber gesprochen, aber es war erst Kellers zweite Fahrt an Bord der *Cormorant*, und ich habe mir Sorgen gemacht, dass der Vorfall seine Chancen auf eine dritte verringert.

»Keller, wegen letzter Saison ...«, setze ich an.

»Vergessen wir das doch.« Jetzt begegnet er meinem Blick. »Beziehungsweise hoffe ich, dass Glenn das kann.«

»Ich auch.«

Er lacht kurz auf und schüttelt den Kopf. »Ich hab einfach insgesamt Pech. Bald bin ich wieder Tellerwäscher in McMurdo.«

»Keine Angst«, sage ich. »Du kriegst schon deinen Platz auf dem Schiff. Glenn braucht dich.«

»Das hoffe ich.«

Plötzlich habe ich ein mulmiges Gefühl in der Magengegend. Auch wenn wir normalerweise nicht wissen, wann oder wo genau wir uns das nächste Mal sehen, war bisher immer klar, dass wir uns doch zumindest in der südlichen Hemisphäre treffen. Eine Kreuzfahrt mit sachkundigen und zuverlässigen Naturkundlern auszustatten, mit einer Vielfalt von Kenntnissen und Fähigkeiten, kann schwierig sein. Manche, wie Thom, haben Familie, andere feste Stellen an der Universität und Lehraufträge. Ich habe immer vorausgesetzt, dass Menschen wie Keller und ich, für die Antarktika an erster Stelle steht, einen Platz auf der *Cormorant* sicher haben. Vielleicht habe ich zu viel vorausgesetzt.

Ich versuche, diese Gedanken beiseitezuschieben, als ich Kellers nasse Sachen in den Trockner stecke. Wir bestellen uns thailändisches Essen, und während wir darauf warten, sehe ich ihm beim Öffnen einer Flasche Wein zu und denke, dass ich seine Hände schon so viel habe tun sehen, aber das noch nie. Noch nie etwas so Normales und Häusliches.

Mir fällt Nick ein – *Hast du keine Angst, was zu bereuen?* – und versuche mir die Antarktis ohne Keller vorzustellen oder uns beide stattdessen hier. Wie viel ich zu opfern bereit wäre, wenn nötig.

Keller dreht den Korken vom Korkenzieher ab und legt ihn auf den Küchentisch. Er gießt unsere Gläser voll. Wir reden über das APP-Personal, die anderen Forscher, die wir kennen. Wir reden über die nächste Phase unserer Studie, die wir auf der bevorstehenden Reise anfangen werden, wenn uns die *Cormorant* auf der Petermann-Insel abgesetzt hat. Wie üblich reden wir nicht über uns.

Aber später, als ich ihn ins Schlafzimmer führe, folgt er mir, als wäre er froh, alles andere hinter sich zu lassen. Es ist das erste Mal, dass wir so weit nördlich des Äquators zusammen sind, so weit von dem entfernt, was uns anfangs verbunden hat, und selbst als ich seine Hände auf meinem Körper fühle, als ich mich vollkommen in der Anwesenheit seiner Haut verliere, spüre ich gleichzeitig eine Abwesenheit, als wäre er nicht ganz hier, wie er vermutlich überhaupt nie mehr ganz irgendwo ist – und ich vielleicht auch nicht.

* * *

In den nächsten Tagen überrascht es mich jedes Mal, Keller auf meinem Sofa sitzen zu sehen. Mit der einen Hand hält er ein Glas auf dem Knie, mit der anderen krault er Gatsby an den Ohren, der sich meistens zwischen uns niederlässt, wenn er hier ist. Ohne es zu wollen, male ich mir immer wieder Kellers vergangenes Leben aus, das Chaos eines Abendessens mit einem Kleinkind, Baden, Vorlesen. Diese Vorstellung birgt weniger Ähnlichkeit mit dem Mann vor mir als mit Nick, oder dem, der Nick hätte sein können, wenn er geheiratet hätte, und der er vielleicht tief drinnen immer noch ist.

Ich frage mich, wer der echte Keller ist – ob er geworden ist, wie er immer sein sollte, oder ob er sich einfach aus Notwendigkeit angepasst hat, wie die Pinguine. Und ich wüsste gern, ob er wieder leben würde wie früher, wenn er könnte, und was dann aus mir würde.

Wir koexistieren mehr oder weniger wie unten im Süden. Jeder macht seine Arbeit, und wir kommen hin und wieder bei Tag zusammen und immer nachts. Statt des Aufenthaltsraums der Besatzung ist es mein Küchentisch; statt Schlafsäcken auf den Felsen der Petermann-Insel ist es die klumpige Matratze auf meinem Bett. Ich brauche ein Weilchen, um mich an die Gegenwart eines anderen Menschen zu gewöhnen. Mein Blick fällt im Vorbeigehen auf Kellers Zahnbürste, und ich reiße den Kopf herum, eine Tür schnappt ins Schloss, und ich bemerke, dass ich nicht mehr allein im Haus bin. Wenn ich ins Bett gehe, während Keller noch wach ist und liest oder an seinem Laptop arbeitet, freue ich mich, dass er irgendwann in der Nacht neben mir ins Bett steigen wird und ich nicht allein aufwache.

Eines Tages treffen wir uns nach meinem Nachmittagskurs und spazieren über den grünen Campus der Universität, überall roter Backstein und Efeu. Es hat geregnet, während ich unterrichtet habe, Wasser tropft von gelben und roten Blättern, und Radfahrer wirbeln Dunst auf, wenn sie an uns vorbeifahren.

Ich erzähle Keller von meinem Kurs, dass ich sicher bin, die Hälfte der Studenten hat geschlafen.

»Auf keinen Fall«, sagt er. »Du bist die geborene Lehrerin.«

»Im Einzelgespräch vielleicht. Wie bei dir, das war einfach. Aber nicht bei einem ganzen Raum voller zappeliger Erstsemester.«

Wir treten zur Seite, als eine Studentin rückwärts vor einer Gruppe, der sie gerade eine Führung gibt, auf uns zuläuft. »Wie war dein Kurs in Boston? Hat dir das Unterrichten Spaß gemacht?«

»Ja«, sagt er. »Es war ein bisschen wie vor Gericht, nur dass ich über Dinge gesprochen habe, die ich tatsächlich spannend finde.«

»Deine Fälle haben dich damals nicht so gefesselt?«

»Ja und nein. Vom Recht an sich war ich schon immer fasziniert, eine fundierte Argumentation aufzubauen, den nächsten Schritt des gegnerischen Anwalts zu kalkulieren. Es ist wie Schach. Aber die gesellschaftsrechtlichen Fälle, die unsere Kanzlei vertreten hat…« Er verstummt. »Offen gestanden war es eine Erleichterung zu kündigen.«

Es fängt wieder zu regnen an, dicke, schwere Tropfen spritzen aus den flachen Pfützen auf dem Asphalt hoch. Ich ziehe mir die Kapuze meiner Regenjacke über den Kopf.

»Wohin?«, fragt Keller.

Ich überlege kurz, während mir der Regen auf die Kapuze platscht. Wir sind nicht weit von einem Pub entfernt, in dem ich mich oft mit Jill und anderen Kollegen und Doktoranden aus dem Biologie-Institut treffe – aber als ich daran denke, dort mit Keller aufzutauchen, zögere ich. Es gibt zwar in meinem Alltagsleben viele Leute – diejenigen, für die ich die unterbezahlte Lehrbeauftragte bin, die ständig gen Süden zu den Pinguinen fliegt –, am besten aber kennen mich die, mit denen ich diese wenigen Wochen im Jahr verbringe. Und ich bin noch nicht ganz bereit, diese beiden Welten miteinander zu vereinen.

Keller wartet immer noch.

»Ich weiß da was«, sage ich, und wir gehen westlich auf die Eleventh Avenue. Das Lokal ist weiter entfernt, als ich in Erinnerung habe, und eine halbe Stunde später hängen wir unsere tropfenden Jacken an die Garderobe neben der Tür und setzen uns an einen Tisch mit zwei Bänken, deren Plastikbezüge mit Klebeband geflickt sind.

Ich weiß, dass es den langen, nassen Weg wert war, als Keller sich umsieht und wegen der bunten Wände lächeln muss, wegen der langen Theke mit den türkisgrünen Barhockern, dem schwarzweiß karierten Fußboden. »Ich liebe richtige Diner«, sagt er, als ein großflächig tätowierter Kellner mit der Speisekarte – vegane Hausmannskost – und Wasser in Marmeladengläsern kommt.

Wir bestellen uns frittierten Tofu mit geriffelten Pommes, Coleslaw, Makkaroni mit veganer Käsesoße und Maisbrot. Mit einer Serviette tupfe ich mir die Haarspitzen trocken und tropfe dabei Regen auf den Tisch.

Als ich nach einer weiteren Serviette greife, fällt mir neben dem Ketchup ein Kästchen mit Fragekarten im Stil von Trivial Pursuit auf. Ich blättere durch, hole eine heraus und stelle Keller eine Frage aus der Kategorie Wissenschaft und Technik: *Welcher Vogel erhält sein rosa Gefieder durch seine Ernährung?*

»Flamingo«, sagt er. »Zu leicht.«

Ich ziehe noch ein paar Karten, doch diese sind anders, hier geht es um Entweder-Oder. Ich halte die erste hoch. »Neues Spiel. Los geht's. *Würden Sie lieber auf die Annehmlichkeiten von E-Mail und Handy verzichten oder auf eine Gliedmaße?*«

Er lacht. »Echt jetzt?«

»Stimmt. Die Antwort ist für dich klar.« Ich nehme die nächste Karte.

»Moment«, sagt er. »Was ist mit dir?«

Ich denke kurz nach. »Ich mag E-Mail als Alternative zum Telefon. Aber ich würde beides aufgeben. Besonders, weil du es kaum benutzt.« Ich lese die nächste Frage vor. »Wenn du Amnesie bekämest, würdest du lieber dein Langzeitgedächtnis verlieren oder die Fähigkeit, neue Erinnerungen zu bilden?« Ich sehe Keller kurz in die Augen und wünschte, ich hätte die Frage erst still für mich gelesen.

»Das ist schwer.« Er sieht aus dem Fenster, der Regen auf der Scheibe verwandelt die Autos auf dem Parkplatz in wellige Farbkleckse. »Dabei könnte man meinen, dass es für mich einfach wäre«, sagt er. »Die Vergangenheit vergessen, nur im Augenblick leben, die neuen Erinnerungen genießen. Aber zu vergessen würde alles verändern.«

»Warum?«

»Ich würde mein eigenes Leben nicht verstehen. Wie ich hergekommen bin. Warum ich hier bei dir bin. Wo wir in ein paar Monaten sein werden, warum das alles überhaupt eine Rolle spielt.« Er wendet sich wieder mir zu. »Was würdest du nehmen?«

»Ganz leicht. Die Vergangenheit auslöschen. Mich auf das Hier und Jetzt konzentrieren.«

»Einfach so?«

»Einfach so.«

»Was, wenn zu dem Ausgelöschten auch McMurdo gehört, vor vier Jahren?«, sagt er. »Was wenn es bedeuten würde, mich anzusehen und dich zu fragen: ›Wer zum Henker ist dieser Kerl?‹«

»Aber ich hätte ja noch die Fähigkeit, neue Erinnerungen

zu bilden, also würde ich mich einfach wieder neu in dich verlieben.«

»Selbst wenn wir uns hier in Eugene kennengelernt hätten statt in der Antarktis?«, fragt er. »Hätte das was geändert?«

»Auf keinen Fall.«

Unser Essen kommt, und während sich das Gespräch dem Artikel zuwendet, den Keller gerade für die Zeitschrift *Outside* verfasst, und dann einer Doku, die wir uns vielleicht am Wochenende ansehen, denke ich im Hinterkopf noch über seine Frage nach, ob alles anders gekommen wäre, wenn wir uns nicht in der Antarktis kennengelernt hätten. Selbst jetzt fühlt sich das Zusammensein mit ihm anders an als sonst, und ich spüre, wie ich mental einen Schritt zurücktrete und diese Szene aus der Distanz betrachte – Keller und ich sitzen in einem Diner und unterhalten uns über das Wochenende wie ein ganz normales Paar, und doch ist das für mich so eigenartig exotisch, wie es für den Rest der Welt ist, den südlichen Polarkreis zu überqueren. Ich fühle die Zeit langsamer werden und zum Stillstand kommen, während ich versuche, diese Augenblicke zu bewahren, sie in den Dauerspeicher meines Gehirns zu verschieben: Keller, der mir ein Stück Pommes an die Lippen hält, das Klirren seiner Gabel, als sie vom Tellerrand abrutscht, die Haut seiner Hand im gelblichen Licht, als er die Rechnung über den Tisch zieht und aufhebt.

* * *

Nachdem ich Keller für seinen Flug nach Seattle zum Flughafen gebracht habe, fahre ich nach Hause, und die Leere dort, die mir sonst immer normal vorkommt, erscheint plötzlich zu still. Sogar Gatsby hat sich aus dem Staub gemacht, er sitzt in Nicks Haus am Fenster und starrt mich quer durch den Garten an. Ich überlege, ob Nick ihn nach Hause gerufen hat, um auch mich dorthin zu rufen.

Den ganzen Nachmittag sehe ich immer wieder zum Haus hinüber, und als der Abend hereinbricht, gehe ich schließlich hin. Als ich auf die Veranda trete, entdeckt mich Gatsby durch die Scheibe zuerst. Sein Maul öffnet sich zu einem lautlosen, rosa Miau, und dann hebt Nick den Kopf und bemerkt mich ebenfalls. Er macht die Tür auf und bittet mich herein, dann schielt er an mir vorbei. »Ist er schon wieder weg?«

»Nur für ein paar Tage.« Ich nehme Gatsby auf den Arm, und er gräbt mir beide Vorderpfoten in die Schulter und legt dann sein Kinn darauf, als wäre ich ein guter Platz für ein Nickerchen. Ich schmiege mein Ohr an seinen Brustkorb und spüre das tröstliche Vibrieren seines Schnurrens. »Ich hatte nicht mit ihm gerechnet.«

»Das habe ich gemerkt«, sagt Nick. »Und, wie läuft's?«

»Gut«, sage ich. »Komisch«, füge ich hinzu. »Anders. Hier zusammen zu sein statt dort. Aber es ist gut.«

Nick lächelt. »Wer hätte das gedacht? Das klingt ja schon fast wie eine echte Beziehung.«

Ich muss lachen. »Kann sein.«

Er mustert mich einen Moment lang. »Liebe steht dir«, sagt er schließlich. »Versprich nur, dass du nicht nach Argentinien durchbrennst oder so was. Gatsby und ich würden dich vermissen.«

»Sei nicht albern«, sage ich, obwohl ich mein Herz bei der Vorstellung stocken spüre.

Nick wirft einen Blick auf die Uhr am Herd. »Was machst du heute Abend?«

»Nicht viel.«

»Im Museum ist eine Ausstellungseröffnung«, sagt er. »Ein paar von uns gehen danach noch aus. Komm doch mit.«

»Ach so«, sage ich erstaunt. »Na ja, ich ...«

»Schon gut. Du musst arbeiten, ich weiß.«

Ich halte Gatsby kurz vor mein Gesicht, dann küsse ich ihn auf den Kopf und reiche ihn an Nick zurück. »Viel Spaß. Wir sehen uns bald?«

»Klar«, sagt er.

Zurück in meinem leeren Häuschen gieße ich mir ein Glas Bourbon ein und denke an Dennis und an dieses einsame Kaiserpinguinweibchen, das ich kurz nach seinem Tod auf dem Weg nach Norden gesehen habe. Wie allein es war, wie ruhig und friedlich. Das habe ich immer zu glauben versucht – dass ich mich mit mir selbst wohlfühle, dass ich mit meiner Einsamkeit zufrieden bin. Vielleicht ist es das, was uns von anderen Tieren unterscheidet, die Unfähigkeit, einfach nach unseren Instinkten zu leben, das Bedürfnis, uns einzureden, dass wir sind, wer zu sein wir uns wünschen.

* * *

Als Keller zurückkommt, frage ich ihn, wie es mit seinem Freund an der Uni lief. Ich fahre uns gerade nach Hause, daher kann ich sein Gesicht nicht sehen, als er sagt: »Es war ganz okay. Wir hatten ein gutes Gespräch.«

»Weiß er irgendwelche Lehraufträge?«

»Nichts in Seattle.«

»Also, ich erkundige mich mal bei meiner Institutsleiterin, bevor wir losfahren. Vielleicht findet sie was im Frühling für dich.«

»Das brauchst du nicht«, sagt er. Ich spüre seine Hand auf dem Knie. »Ich hab da was an der Angel. Das klappt schon alles.« Doch seine Stimme klingt seltsam, gepresst.

Später an diesem Abend, als wir im Wohnzimmer sitzen, Gläser in der Hand, geht Gatsby Kellers Reisetasche inspizieren, die noch auf dem Boden steht, wo er sie vorher abgestellt hat. Der Inhalt quillt heraus. »Wie wäre es, wenn du dieses Mal auspackst?«

»Das wäre schön.« Doch die Anspannung in seinem Tonfall ist immer noch da.

»Aber?«, frage ich.

»Heute Nachmittag hab ich einen Anruf bekommen. Wegen einem Job.« Er späht zu seiner Tasche, und als er weiterspricht, sieht es aus, als redete er mit ihr oder mit Gatsby, nicht mit mir. »Ein Kollege zu Hause ist von der Leiter gefallen und hat sich den Rücken gebrochen. Er wird wieder, kann aber erst mal nicht unterrichten. Ich wurde gebeten, das Semester für ihn zu beenden. Ich habe Ja gesagt.«

»Du fährst zurück nach Boston? Wann?«

»Morgen.«

»Morgen? Aber bist du dann rechtzeitig fertig für...«

»Ja.« Er sieht mich an. »Ich komme.«

Ich lasse das Eis in meinem Glas klirren. »Das ist wohl unser Schicksal, oder?«

»Was meinst du?«

»Öfter getrennt als zusammen zu sein.«

»Wenn ich ein anderes Angebot hätte...«

»Ich weiß, ich weiß, es geht nicht anders. Lass mich nur einfach enttäuscht sein.«

»Wenigstens bin ich jetzt hier.«

»Ja, aber du fährst wieder weg. Warum bist du nicht direkt nach Seattle geflogen, wenn du nicht bleiben wolltest?«

Gatsby, der sich auf einem Stuhl auf der anderen Seite des Raums niedergelassen hat, hebt den Kopf, als erhöbe er Einwände gegen meine hohe Stimme. Und auch ich hasse diesen bedürftigen Tonfall, ein Echo des machtlosen Gefühls angesichts der Entwicklungen, die mit uns stattfinden.

»Ich dachte, du liebst dieses Leben«, sagt Keller.

»Ja, schon, aber jetzt ist es anders. Alles hat sich verändert, als du aufgetaucht bist.« Ich seufze. »Ich würde dich einfach gern länger als ein paar Tage am Stück sehen.«

Seine Augen betrachten mich auf diese Art, die ich liebe, fast wie der Seitenblick eines Pinguins: aufmerksam, neugierig, unbeirrt. »Das ist eben das, was wir haben. Wir kriegen das hin. Versprochen.«

»Ich weiß. Es ist nur manchmal so schwer.«

»Zu deinen vielen Tugenden«, sagt er lächelnd, »gehört Geduld nicht gerade.«

»Oder Vertrauen. Oder Zuversicht. Oder Optimismus. Was *sind* überhaupt meine Tugenden?«

Er lachte. »Du bist unverwüstlich. Leidenschaftlich. Störrisch. Wenn du Zweifel hast, vertrau einfach auf *mich*. Ich mache mir keine Sorgen um uns.«

Ich greife nach seiner Hand, und er verschränkt sie mit meiner. »Denkst du je darüber nach, wie es wäre, wenn du geblieben wärst?«, frage ich. »In Boston meine ich, bei deiner Frau.«

Keller trinkt einen Schluck. »Nicht mehr. Ich glaube nicht, dass wir es geschafft hätten. Nach Allys Tod haben wir wohl beide begriffen, dass sie es war, die uns zusammengehalten hat. Vielleicht wenn wir noch ein Baby bekommen hätten. Das ist das Einzige, was ich früher überlegt habe.«

Ich sage nichts. Lange warte ich darauf, dass er fortfährt.

»Das habe ich mir wirklich gewünscht, vor Jahren«, sagt er. »Und ich weiß nicht, vielleicht ist das heute noch so. Kinder sind so hoffnungsvoll. Ally war ganz Zukunft, weil sie keine Vergangenheit hatte. Und nach ihrem Tod war die

Vorstellung, ich könnte die Welt wieder durch unschuldige Augen sehen, ziemlich verlockend.«

Ich beuge mich vor und küsse ihn. Dann sage ich: »Ich möchte dir was schenken.«

Kurz darauf kehre ich mit einer Pinguinmarke aus meiner Anfangszeit an der Uni in Argentinien zurück. Ich gebe sie ihm, ein dickes Metallstück ungefähr in der Größe seines Daumens, geformt wie ein schmelzendes Dreieck. Sechs Ziffern stehen auf der einen Seite, und auf der anderen die Adresse der Forschungsstation, an der ich früher gearbeitet habe.

Keller dreht die Marke in den Händen hin und her wie ein kostbares Fabergé-Ei. »Punta Tombo«, liest er von der Rückseite ab.

»Diese Marke habe ich seit fünfzehn Jahren«, sage ich. »Sie stammt aus der Magellan-Kolonie in Argentinien, in der Provinz Chubut. Wo ich meinem ersten Pinguin begegnet bin.«

»Kennst du den, dem die gehört hat?«

Ich nicke.

»Das tut mir leid«, sagt er. Wenn man eine Markierung ohne den Pinguin hat, ist das nie gut.

»Ich habe Dutzende von Marken gesehen, als ich da unten war, aber die hier habe ich zur Erinnerung behalten. Daran, dass die Vögel nicht nur eine Zahl sind.«

Ich hole tief Luft. Ich hoffe, er liest zwischen den Zeilen, begreift das, was ich sage, als Entschuldigung – dafür, was auf unserer letzten Reise passiert ist, dafür, dass ich mehr will, als er geben kann. »Jedenfalls«, spreche ich weiter, »bist du der einzige Mensch, den ich kenne, der das versteht.«

Er hebt mein Gesicht an und küsst mich. »Danke.« Wieder betrachtet er die Marke in seinen Fingern. »Ich würde sehr gern von dem Vogel hören, der die getragen hat.«

Ich lege den Kopf auf seine Schulter. »Von dem erzähle ich dir mal bei einem Bier auf der *Cormorant*.«

Er hält die Markierung ins Licht, und wir sehen uns ihre Narben an, die Ziffern und Buchstaben, die Schrammen und Kratzer, und ich ahne, dass er wie ich an die lange und geheimnisvolle Reise dieser Marken denkt: von der Hand der Forscher an die linke Flosse eines Pinguins, hunderte von Kilometern übers Meer, wo die Tiere nach Nahrung suchen, und schließlich auf das nasse Deck eines Fischerboots, von wo aus sie den Rückweg an ihren Ursprungsort antreten und damit einen tragischen Kreislauf schließen.

DREI TAGE VOR SCHIFFSUNTERGANG

Whalers Bay, Deception Island
(62° 59' S, 60° 34' W)

Als ich die Insel zum ersten Mal sah, dachte ich, ich wäre plötzlich mit Farbenblindheit geschlagen. Unter einem stahlfarbenen Himmel ist die Landschaft ausschließlich grau, schwarz und weiß. Schneestreifen durchziehen die schroffen schwarzen Hügel, von denen die Whalers Bay hufeisenförmig umgeben ist. Als die *Cormorant* durch Neptuns Blasebalg fährt – einen Durchgang, der so schmal ist, dass die meisten frühen Seefahrer ihn übersehen haben, wodurch Deception Island zu ihrem Namen »Insel der Täuschung« kam –, prallt ihre weißblaue Spiegelung von der dunklen, glatten Oberfläche grünlich schwarzen Wassers ab. Die Insel ist überflutet von unterschiedlichen Schattierungen von Hell und Dunkel, die einzigen Farbtupfer stammen aus menschlichen Quellen: das Schiff, die knallroten Anoraks, die sich auf dem Hauptdeck drängeln.

Während wir den Landgang vorbereiten, bin ich im Geiste damit beschäftigt, was ich mit der Neuigkeit anfangen soll, die Susan mir mitgeteilt hat. Wie ich es Keller sagen soll. Jetzt kommt es mir noch seltsamer vor, dass er nicht hier bei mir ist, und ich zähle die Tage, überlege, wann es wohl eine, wenn auch noch so entfernte, Möglichkeit geben könnte, ihn zu sehen.

Ganz sicher kann ich so etwas nicht mailen, aber mir graut vor einem weiteren unangenehmen Telefonat von Schiff zu Schiff, weil ich Angst vor dem habe, was ich in seiner Stimme hören werde. Dass er sich über die Nachricht möglicherweise nicht freut, sondern sie ihn schmerzlich an all das erinnert, was er verloren hat.

Ich denke an die Kaiserpinguine, an die hingebungsvollen Männchen, die die Eier bewachen – das ist Keller. Seine Hingabe dürfte an die der Vögel heranreichen, während ich einer Mutterschaft aus dem Weg gegangen bin. Aber die Natur überrascht uns immer wieder, bezwingt uns, erinnert uns daran, dass egal, was wir glauben und wie sehr wir uns bemühen, wir eben doch nicht die Kontrolle haben.

Thom und ich setzen Passagiere in ein Schlauchboot, das ich dann durch die weite, farblose Bucht auf die Insel zusteuere, über den versunkenen Krater des aktivsten Vulkans der antarktischen Halbinsel. Hier, auf dem instabilen schwarzen Vulkansand, bauen die Pinguine keine Nester, und ihr Fehlen erweckt in mir ein Gefühl von Einsamkeit. Kurz vor dem Strand hüpfe ich aus dem Boot und schleppe das Zodiac auf trockenen Sand.

Flüchtig schießt mir durch den Kopf, dass ich das vielleicht nicht tun sollte, dass Susan mich angewiesen hat, mich zu schonen. Aber ich kann in der Arbeit nicht kürzertreten, ohne Aufmerksamkeit zu erregen. Noch habe ich mich niemandem anvertraut, nicht einmal Amy oder Thom, und Glenn werde ich bestimmt nichts erzählen.

Dampf steigt aus dem Sand auf, als ich den Passagieren aus dem Schlauchboot helfe. Hinter ihnen liegt das dunkle, schimmernde Juwel der Bucht, vor ihnen ein mehrere Meter breiter Streifen schwarzer Sand vor den zebragestreiften Hügeln. Da es ja auf dieser Seite der Insel keine Pinguine gibt, dürfen die Passagiere allein herumlaufen, und ich beobachte sie, wie sie vom Strand hinauf zu einem Slum aus riesigen Ölfässern und verlassenen Gebäuden laufen, Überbleibseln der antarktischen Walfangindustrie, so alt und durchgerostet, dass sie mit der von der Lava geschwärzten Steilküste dahinter verschmelzen. Dieses Andenken an die grausige Vergangenheit des Walfangs lässt mich erschaudern: Wie die Seeleute gleich auf den Schiffen die Speckschicht entfernten und die Überreste der Kadaver dann an Land brachten und dort verkochten, um das letzte bisschen Tran herauszuholen. Und der Walfang ist noch nicht einmal vorbei, denn trotz eines 1986 von der Internationalen Walfangkommission ausgesprochenen Verbots des kommerziellen Walfangs jagt Japan weiterhin im Südpolarmeer Mink- und Finnwale und sogar gefährdete Seiwale unter dem Deckmantel der »Forschung«, obwohl seit Jahren kein wissenschaftlicher Artikel an die Öffentlichkeit gelangt ist und das Fleisch weiterhin verkauft wird.

Thom trifft in einem zweiten Schlauchboot mit weiteren Passagieren und dem Historiker unseres Schiffs ein, einem älteren Engländer namens Nigel Dawson. Als spürte er meine Stimmung, bittet Thom Nigel, einen Rundgang anzuführen, dann gibt er mir eine Schaufel und bietet sich an, die Touristen mit dem Zodiac hin und her zu kutschieren, während ich mich an die Arbeit mache. Ich laufe den Strand hinunter, weg von unserer Landungsstelle, und beginne zu graben. Das Wasser unter dem steinigen Sand hat Whirlpool-Temperatur, und eines der Highlights für unsere Passagiere ist es, in Antarktika baden zu gehen, wobei unser Becken nur Platz für drei bis vier Menschen gleichzeitig bieten wird.

Der Sand ist nass und schwer, es ist wie tiefen Schnee zu schaufeln, und ich muss kurz verschnaufen. Das Wasser, das sich in der flachen Grube sammelt, hat über vierzig Grad, und obwohl wir nie tiefer als einen guten halben Meter graben, schmerzen mir bereits die Arme. Als Thom zum Strand zurückkehrt und anbietet zu tauschen, nehme ich sofort an.

Auf dem Rückweg am Ufer entlang genieße ich die paar Momente allein, bis ich dieses Paar bemerke, Kate und Richard. Sie stehen ein paar Meter entfernt bei einem der alten Ölfässer, und es sieht aus, als stritten sie wieder. Dann marschiert Kate Richtung Wasser, und Richard dreht sich in die entgegengesetzte Richtung um. Ich studiere sie, wie ich es bei zwei Vögeln tun würde, nicht weil ich noch nie ein unglückliches Paar auf einer Kreuzfahrt erlebt hätte, sondern weil ich annehme, dass sie das Gespräch von neulich weiterführen, über das Gründen einer Familie. Pinguine können nicht allein ein Küken aufziehen, sie brauchen einander, sonst geht das Junge ein. Bei Menschen ist das Aufziehen von Kindern unendlich viel komplexer und doch immer noch so schwarzweiß. Einen Kompromiss gibt es nicht, kein halbes Kind – es gibt nur ganz oder gar nicht.

Als ich mich wieder der Bucht zuwende, entdecke ich den runden schwarzen Rücken eines vorbeischwimmenden Pinguins, dann seinen weißen Bauch, als er aus dem Wasser schnellt. Ich sehe ihm nach und bemerke erst, dass Kate neben mir steht, als sie spricht.

»Auf dieser Insel gibt es also keine Pinguine?«, fragt sie.

Ich drehe mich zu ihr um. »Nicht auf dieser Seite. Im Osten gibt es eine große Zügelpinguinkolonie am Baily Head.«

»Wahrscheinlich ist das besser so«, sagt sie mit einem verlegenen Lächeln. »Ich vermute mal, Thom hat es Ihnen erzählt.«

»Was denn?«

»Während der Tour neulich bin ich allein rumgelaufen«, sagt sie. »Ich hab mich an den Strand gesetzt, und ein Pinguin ist zu mir gekommen. Er wirkte so freundlich, also wollte ich ihn streicheln.«

Ich schüttle den Kopf. »Sie hätten böse gebissen werden können.«

»Ich weiß. Thom hat mir schon die Leviten gelesen.«

»Vielleicht sollten Sie beim nächsten Mal lieber bei der Gruppe bleiben.

»Ja. Es war nur so schön, weg zu sein.«

»Weg? Viel weiter weg als hier geht nicht.«

»Ich meinte von all den Leuten«, sagt sie. »Es ist paradox – man ist hier unten am Ende der Welt, aber trotzdem von Menschen umzingelt.«

»So ist das auf einer Kreuzfahrt.«

»Wie gehen Sie damit um?«, fragt sie.

»Ich trinke«, sage ich nur halb im Scherz. Keller und ich haben uns immer am Ende eines langen Tages einen genehmigt, aber ohne ihn habe ich noch keinen Tropfen getrunken. Dann fällt es mir schlagartig ein, wie es mir ständig schlagartig einfällt – ich darf gar nicht trinken. Ich bin schwanger.

Kate lächelt. »Das scheint im Moment auch Richards Lösung zu sein. Zu Hause trinkt er normalerweise gar nicht. Es macht Spaß, ihn mit einem Schwips zu erleben. Ein bisschen lockerer.«

»Dafür fährt man ja in den Urlaub, oder?«, sage ich.

»Ich vermute mal.«

Ich sehe sie an. »Gefällt Ihnen die Fahrt nicht?«

»Doch, klar. Uns beiden. Es ist nur – es wäre schön, ab und zu ein bisschen seine Ruhe zu haben.«

»Irgendein spezieller Grund?« Normalerweise würde ich sie nicht so ins Gespräch verwickeln, aber sie will ganz eindeutig reden. Und ich bin neugierig, wie ein Paar damit umgeht, dass einer von beiden ein Baby möchte und der andere nicht.

»Uns geht es so gut, dass es mir regelrecht peinlich ist zu klagen. Mein Mann hat sein Geschäft verkauft, und jetzt, wo er sich zur Ruhe gesetzt hat, will er eine Familie gründen. Ganz einfach, oder?«

»Nicht unbedingt.«

»Ich bin nicht sicher, ob es richtig für ihn war, so jung mit dem Arbeiten aufzuhören«, fährt Kate fort. »Er ist ein Workaholic, was eigentlich nicht so schlimm ist, ich bewundere seine Arbeitsmoral und was er alles erreicht hat. Aber früher musste ich ihn immer aus dem Büro schleifen, um mal rauszukommen, eine Pause zu machen. Und jetzt hat er einen lebenslangen Urlaub vor sich. Ich hab ihn noch nie so ruhelos erlebt.«

»Warum hat er aufgehört, wenn er gern arbeitet?«

»Es ist eher so, dass er die Füße nicht still halten kann«, sagt sie. »Kaum war die Tinte auf dem Vertrag trocken, hat er sich schon zum Klettern angemeldet, zum Surfkurs, lauter Dinge, für die ich keine Zeit habe, weil ich noch arbeite. Also sagt er: ›Ich weiß, was wir zusammen machen können. Ein Baby.‹«

»Möchten Sie das auch?«

»Ich wünschte einfach, ich hätte mehr Zeit. Das würde ich ihm zwar nie sagen, aber in gewisser Hinsicht wünschte ich, es hätte sich kein Käufer für sein Geschäft gefunden. Er hat so hart dafür gearbeitet, wir beide eigentlich, aber ich habe einfach ganz stark das Gefühl, dass es zu früh war. Dass wir noch nicht bereit sind.«

»Was arbeiten Sie?«

Sie wedelt mit der Hand, als wollte sie ein lästiges Insekt abwehren. »Ach, im Marketing. Für eine Getränkefirma in San Diego. Wir stellen Bio-Kombucha her, Säfte mit Chia, so Zeug.«

»Gefällt es Ihnen?«

»Es ist okay«, sagt sie. »Ich weiß auch nicht, vielleicht fühlt man sich automatisch unzulänglich, wenn man einen absurd erfolgreichen Ehemann hat. Arbeitsmäßig war ich bisher mal hier, mal da, vor allem, weil ich so gern reise. Vielleicht liegt es auch daran, dass ich keine Ahnung habe, was ich sonst machen würde, wenn ich mich jemals ernsthaft auf nur eine Sache einlassen müsste.« Sie starrt in den Sand und bohrt mit der Spitze ihres Gummistiefels darin herum. »Was mich vielleicht am meisten daran stört, dass Richard jetzt so schnell ein Baby möchte, ist das Gefühl, dass wir nicht mehr genug sind – Sie wissen schon, nur wie zwei. Als wäre *ich* nicht mehr genug.«

Sie dreht sich zu ein paar vorbeilaufenden Passagieren um. »Ich bin die einzige Frau in meinem Bekanntenkreis ohne Kinder. Manche meiner Freundinnen haben weitergearbeitet, manche nicht, aber ich gehöre einfach nicht mehr zu ihrem Leben. Das ist nicht ihre Schuld, sie kommen wahrscheinlich nicht auf die Idee, mich zu jedem Kleinkindergeburtstag einzuladen, aber das sind die einzigen Gelegenheiten, zu denen sie sich treffen, was bedeutet, dass ich sie nie sehe. Und für sie ist das so normal, weshalb es mir vorkommt, als wäre ich die Verrückte. Verstehen Sie? Denn obwohl ich mich die meiste Zeit ausgeschlossen fühle, kann ich mir trotzdem mein Leben nicht so vorstellen.«

Jetzt dreht sie sich zu mir um. »Entschuldigung, ich hätte fragen sollen. Haben Sie Kinder?«

»Ich? Nein.« Ich spüre, wie meine Wangen zu brennen beginnen.

»Na ja, man kann sie ja schlecht in einen Buggy setzen und mit auf die Landausflüge nehmen, oder?«

»Nein. Das geht nicht.«

»Und was hat Ihr Interesse an Pinguinen geweckt?« Plötzlich scheint sie unbedingt das Thema wechseln zu wollen.

»Tiere habe ich schon immer geliebt.«

Kate lächelt. »Tun wir das nicht alle? Selbst Richard, der behauptet, unsere Katze nicht zu mögen, mag sie heimlich doch. Andauernd erwische ich ihn dabei, wie er sie unter dem Kinn krault, wenn er glaubt, ich passe gerade nicht auf. Aber Haustiere sind was anderes als Pinguine.«

»Ich denke mal, die Pinguine haben mich angezogen, weil sie so adrett und hübsch aussehen, was sollte man daran nicht mögen? Außerdem habe ich in der Schule mal was von einer japanischen Firma gehört, die Handschuhe aus argentinischen Pinguinen herstellen wollte. Das zeigt, wie naiv ich damals war, aber für mich war unfassbar, dass man Pinguinen so etwas antun konnte. Egal, welchem Tier. Das war tatsächlich das erste Mal, dass ich eine Verbindung hergestellt habe zwischen den Tieren, die ich liebe, und wo meine Schuhe herkommen.«

»Es werden wirklich Schuhe aus Pinguinen gemacht?« Kate wirkt bestürzt.

»Nein. Aber mal ehrlich, wo liegt der Unterschied zu Schlangen oder Alligatoren? Nur dass die nicht so niedlich sind?«

»Mit Sicherheit.« Sie lacht.

»Was ist mit Kalbsleder oder Schaffell?«

»Ich versteh schon. So richtig habe ich darüber noch nicht nachgedacht.« Dann fragt sie zögerlich: »Was ist denn am Ende mit den Pinguinen in Argentinien passiert?«

»Zum Glück haben sich genug Menschen für sie eingesetzt, und jetzt gehört die Kolonie zu einer Forschungsstation mit Tourismuszentrum. Ich habe während meiner Studienzeit dort gearbeitet.«

»Und wie sind Sie dann letztendlich in der Antarktis gelandet?«

»Ich wollte mehr über andere Arten lernen«, sage ich. »Und ich wollte wohl einfach immer noch weiter nach Süden.«

»Reisen Sie gern?«

»Das ist es eigentlich nicht. Meine Familie ist nicht viel gereist. Zumindest nicht zusammen. Das erste Mal in ein Flugzeug gestiegen bin ich, als ich zum Promovieren nach Westen gegangen bin. Da war ich zweiundzwanzig.«

Kate reißt die Augen auf. »Und jetzt das hier.«

»Ich bin gar nicht so weitgereist. Ich fahre nur da hin, wo die Vögel sind.« Mich überrascht selbst, dass ich so viel rede, und jetzt deute ich auf das längliche, flache Loch in Ufernähe im Sand. »Also, sind Sie bereit für ein Bad?«

»Sollte ich vermutlich«, sagt sie. »Deshalb bin ich ja hier, oder?«

Wir trennen uns, und ich spaziere am Strand entlang in die andere Richtung. Als ich einigen Abstand habe, drehe ich mich zu dem heißen Becken um, wo Kate sich ihre Winterkleidung bis auf einen Bikini und ein Paar Turnschuhe auszieht, zu denen wir wegen des heißen Sandes geraten haben.

Kate legt sich flach ins Wasser, das gerade tief genug ist, um sie zu bedecken. Mit den Händen stützt sie sich hinten ab, die Beine streckt sie vor sich aus. Sie beginnt ein Gespräch mit einer anderen Frau, und ich überlege, ob sie ihrer neuen Bekannten das Gleiche erzählt wie mir gerade. Doch sie verhält sich anders als bei mir, ihre Sätze sind kurz, ihr Lächeln knapp. Sie wirkt wieder verschlossen, und ich frage mich, warum sie sich ausgerechnet mir gegenüber geöffnet hat. Vielleicht sind wir uns ähnlicher, als mir bisher bewusst war; vielleicht war sie, wie ich, schon immer der Typ, der mehr Bücher als Freunde hatte.

Zu sagen, ich sei in der Schule nicht sonderlich beliebt gewesen, wäre eine Untertreibung so groß wie das Ross-Schelfeis. Selbst zu Hause war mein Leben still. Mein Vater, derjenige, dem ich als Kind am nächsten stand, war beruflich oft auf Reisen, zumindest dachte ich das damals. Mein älterer Bruder Mark war viel mit Sport und Freunden unterwegs, wenn er nicht gerade versuchte, meinen Vater zu ersetzen. Meine Mutter lebte in ihrer eigenen Welt, entweder ins Gebet versunken oder damit beschäftigt, zwanghaft das Haus zu putzen. Wann immer Mark oder ich zu Hause waren, schimpfte sie uns aus, weil wir Wasserflecken auf dem Waschbecken oder Fußabdrücke auf dem frisch gesaugten Teppich hinterlassen hatten. Mark war nicht so oft da, aber ich drückte mich in Zimmerecken herum, geisterhaft, in der Hoffnung, unbemerkt zu bleiben. Wenn es warm genug war, schlich ich mich in das Baumhaus, das mein Vater Jahre zuvor für Mark gebaut hatte und das der längst nicht mehr benutzte. Das war mein Lieblingsplatz zum Lesen, und in den Futterhäuschen, die ich an den Ästen ringsherum aufhängte, fraßen nicht nur die Kardinale und Spatzen, sondern auch die Fuchshörnchen.

Ich mochte die Schule, auf eine streberhafte Art – mir gefielen der Naturwissenschaftsklub und der Lesekreis der Bibliothek besser als Sport oder andere Freizeitaktivitäten. Und erst in der elften Klasse fand ich schließlich einen guten Freund, Alec. Unsere Freundschaft begann, nachdem er gesehen worden war, als er irgendwo in St. Louis in einem Auto einen Jungen geküsst hatte. Damals war Clayton, Missouri, für einen solchen Skandal noch nicht bereit. Seine konservativen Eltern hätten ihn fast in eine dieser sogenannten Erziehungsanstalten geschickt, um ihn zu »heilen«, aber dem Vertrauenslehrer der Schule gelang es, ihnen das auszureden.

Ein paar Tage später sah ich Alec allein in der Cafeteria und setzte mich zu ihm. Er sah mich müde an und fragte: »Was willst du?«

»Scheiß auf die«, sagte ich. »Eines Tages bist du hier weg, und dann ist das alles egal. Wir beide sind bald weg.«

An den Wochenenden parkten Alec und ich oft am Flughafen, um den Maschinen beim Starten und Landen zuzusehen. Und als sich alle wieder entspannt hatten und er im allgemeinen Ansehen wieder gestiegen war, schloss Alec mich in seinen Freundeskreis mit ein und machte so die letzten beiden Jahre auf der Highschool für mich erträglicher – Wochenenden beim Baseball, Abende im Steak 'n Shake, Joggen im Shaw Park. Nach dem Abschluss zog er nach New York. Wir sind heute noch gut befreundet, obwohl wir uns selten sehen. Ich habe Alec immer dafür bewundert, das Leben zu führen, von dem er geträumt hat. Er hat nach vier Jahren Beziehung seinen Freund geheiratet, einen Dichter, den er über den Verlag kennengelernt hat, bei dem er früher arbeitete, und später ist er mit seinem Mann und ihren zwei Adoptivtöchtern in einen Vorort gezogen.

In ungefähr zehn Metern Entfernung vom Ufer bemerke ich ein Schlauchboot, gesteuert von einem Mann in einem orangefarbenen Anorak, den ich nicht erkenne. Mir fällt die *Australis* ein, und ich greife nach meinem Funkgerät, denn es darf nie mehr als ein Touristenfahrzeug auf einmal an Land gehen, und wer auch immer das sein mag, muss warten. Aber als ich gerade schon Glenn rufen will, stocke ich. Irgendetwas an dem Fahrer kommt mir bekannt vor, und ich gehe mit angehaltenem Atem Richtung Landungsstelle.

Ich sehe das rote Halstuch, als er seitlich aus dem Zodiac steigt und es auf den Sand hinaufzieht, nicht weit von dem Badeloch, wo Thom gerade Fotos der darin watenden Passagiere knipst. Sobald Kellers Füße am Ufer aufsetzen, verzieht Thom das Gesicht zu einem Grinsen, und die beiden schütteln sich die Hände und klopfen einander auf den Rücken. Und bis Keller sich umgedreht hat, stehe ich schon genau hinter ihm und schlinge die Arme um seinen Hals, ehe er noch ein Wort sagen kann.

»Hier anlanden ist verboten«, flüstere ich ihm ins Ohr. Seine struppigen Haare flattern mir im Wind gegen das Gesicht, sie riechen nach Meer.

»Willst du mich verpetzen?«

»Vielleicht.« Ich ziehe den Kopf zurück, um ihn zu betrachten, das breiter werdende Grinsen auf seinem Gesicht, das hagerer ist als beim letzten Mal, aber irgendwie auch entspannter.

»Was machst du hier?«, frage ich. »Ihr könnte doch nicht eure ganzen Passagiere an Land bringen, oder?«

Er schüttelt den Kopf. »Wir haben ein paar VIPs, die dickes Geld für einen speziellen Landgang gezahlt haben. Zehn Leute. Die fahren wir heute Abend her. Aber als ich gehört habe, dass die *Cormorant* hier ist, konnte ich mir die Gelegenheit nicht entgehen lassen, dich zu sehen.«

»Du bist verrückt, weißt du das? Du wirst noch gefeuert. Schon wieder.«

Er küsst mich. »Das ist es wert.«

Ich sehe mich um. Ein paar Meter weiter liegt Kate immer noch mit zwei anderen Passagieren im heißen Wasser, und Thom verstaut Ausrüstung im Schlauchboot. Abgesehen davon ist der Strand leer; für den Augenblick bin ich frei.

Ich ziehe Keller hinter mir her Richtung Landesinneres, in die relative Ungestörtheit hinter einer großen rostigen Öltonne, wo in ein paar Metern Entfernung ein Zügelpinguin ganz allein steht. Dort sind wir zwar nicht unbedingt außer Sicht, aber doch außer Hörweite, und nur der Pinguin sieht uns zu.

»Tut mir leid…«, setze ich an.

Er legt mir einen kalten Finger auf die Lippen. »Ich hab nicht viel Zeit, also lass sie uns nicht vergeuden.«

Er holt etwas aus der Jackentasche, nimmt meine Hand, dreht sie mit der Fläche nach oben und legt den Gegenstand in meinen zerschlissenen Fäustling.

Zuerst erkenne ich nicht genau, was es ist, es sieht aus wie ein dicker, angelaufener silberfarbener Ring mit einer Art Gravur. Aber als ich ihn näher betrachte, weiß ich Bescheid. Die Pinguin-Marke, die ich ihm geschenkt habe, völlig verwandelt.

Auf der Außenseite stehen sechs Ziffern und das Wort *Argentina*. Oben ragt eine Fassung mit einem rötlichen Stein heraus, kaum größer als die Fläche eines Bleistiftradiergummis. Die weißen Streifen, die den Stein durchziehen, ähneln einer Bergkette.

»Das ist der argentinische Nationalstein«, sagt Keller.

»*Rodocrosita*. Nichts Edles«, ergänzt er. »Aber irgendwie dachte ich, dass du bestimmt keinen dicken Diamanten von Tiffany's willst.«

Ich sehe von dem Ring zu Keller.

»Ich liebe dich.« Er nimmt mir den Ring ab und zieht mir den Handschuh aus. »Ich dachte mir, wenn wir es offiziell machen, glaubst du vielleicht endlich, dass wir einen Weg zusammen finden werden.« Er streift mir den Ring über.

Ich halte die Hand hoch, um ihn besser sehen zu können. Die ehemalige Vogelmarkierung wirkt gleichzeitig elegant und robust auf meiner roten, rissigen Haut – das einzige Schmuckstück, das ich je geschenkt bekommen habe. »Ich wollte schon immer eine Pinguinmarke tragen. Und es ist nur gerecht, nachdem ich schon so viele verteilt habe.«

Er lächelt. »Ein Freund von mir in Boston ist Goldschmied und ein Zauberer.« Er nimmt meine Hand. »Übrigens hast du noch gar nichts gesagt.«

»Dazu, dass du mich markierst, meinst du? Was brauchst du für deine Feldnotizen? Ich bin ein Vogel bekannten Alters ...«

»... der immer noch keinen Partner gewählt hat.«

Ich muss lachen. »Lauert da eine Frage am Horizont, Mr. Sullivan?«

»Willst du mich heiraten, Ms Gardner?«

Wieder betrachte ich den Ring, dann Kellers Gesicht. Ich schmiege mich an ihn, die Hand auf seinem Hals. »Ja.«

»Ich war schon kurz davor, dich am Telefon zu fragen, weil ich nicht geglaubt habe, dass ich dich persönlich treffen würde«, sagt er. »Das Timing ist nicht ideal, ich weiß –«

Ich lehne mich in seinen Armen zurück. »Das Timing könnte gar nicht besser sein. Ich muss dir nämlich was sagen.«

Genau da bellt eine Stimme aus meinem Funkgerät, und ich greife an die Hüfte, um die Lautstärke zurückzudrehen. Nur noch ein paar Minuten.

Doch aus dem Augenwinkel sehe ich Thom lospurten, auf eine sich versammelnde Menschenmenge am Fuße eines Steilhangs zu. Keller sieht ihn ebenfalls. »Da ist was passiert«, sagt er. »Wie gehen besser mal hin.«

»Warte...« Aber Keller rennt schon hinter Thom her, also folge ich und ziehe mir im Laufen den Handschuh wieder an. Wir erreichen die Menge, und ich berühre kurz meinen Bauch, bevor ich an der Felswand hinaufsehe, die fast senkrecht über dem schwarzen Sand aufragt.

Nigel, der eigentlich einen Rundgang anführen sollte, ist fast oben, ungefähr auf der Höhe, die den vierten von fünf Stockwerken dieses Hangs darstellen würde, und ungefähr in der zweiten Etage hängt, an den Fels geklammert wie ein Gecko, Richard.

»Was soll denn der Scheiß«, murmle ich, und Thom neben mir schüttelt den Kopf. Nigel müsste eigentlich wissen, dass man in Anwesenheit von Touristen nicht klettern geht.

Nigel ist mir nicht unähnlich, er ist als Historiker hier, weil ihm das die Chance bietet, in die Antarktis zu kommen. Mit seinen siebzig Jahren ist er abgehärtet, aber ganz von der alten Schule, und er hat nie so richtig akzeptiert, dass er auf diesen Fahrten nicht mehr Forscher oder Wissenschaftler, sondern Reiseführer ist und ein gutes Beispiel abgeben muss. *Er ist ein alter Bär*, hat Keller mal gesagt, um ihn zu entschuldigen, und er hat recht. Nigels ledriges Gesicht trägt die Spuren von vier Jahrzehnten Frost und Sonnenbrand, seine Nase hat ein unnatürliches Dauerrot, und sein Bart ist weiß vom Alter und der Sonne. Einmal habe ich staunend ein Foto des jungen Nigel gesehen, mit schwarzen Haaren und glatter Haut. Als er noch für das British Antarctic Survey arbeitete, half er dabei, die Hütten des Forschungsprogramms auf dem gesamten Kontinent zu restaurieren, und später half er dabei, sie abzubauen. Im letzten Winter war er am Abriss der Station J am Prospect Point beteiligt, mit sehr zwiespältigen Gefühlen. »Schwere Entscheidung«, meinte er einmal. »Die Geschichte erhalten oder den Kontinent.« Inzwischen sind wir Kampfgefährten geworden, wenn wir schwerfällige Touristen über das Eis führen.

Dennoch vergisst Nigel gern mal, dass er nicht allein hier ist, dass er als Angestellter der *Cormorant* ständig unter Beobachtung steht, und zwar nicht nur durch Glenn, sondern auch durch die Touristen. Und offenbar hat er, als er beschloss, vor den Augen einer Touristengruppe einen steilen Felsen hochzuklettern, einen Nachahmer gefunden, und der hängt jetzt fest. Richard hat ungefähr sechs Meter geschafft, aber jetzt rührt er sich nicht, zum Springen ist er zu hoch und zum Weitersteigen zu wackelig.

Thom berichtet Glenn per Funk, was los ist, und unterdessen stellt Keller sich vor den Steilhang und ruft zu Richard hinauf, während Nigel hinunterruft. Im grauen Dunst fällt leichter Schnee, macht die Felsen, an denen Richard sich mit bloßen Händen und Gummistiefeln festzuhalten versucht, noch rutschiger. Als ich näher komme, sehe ich ihn nach einem besseren Griff suchen, sein ganzer Körper bebt vor Anstrengung, nicht loszulassen. Der Boden unter ihm ist steinig und rau, und ich hoffe, er hat noch nicht nach unten gesehen.

Nigels Blick ist starr auf Richard gerichtet, und obwohl sein schneebefleckter Bart den Großteil seines Gesichts verdeckt, merkt man, dass er ernst ist, konzentriert.

»Bleiben Sie da«, ruft Keller Richard zu. »Nicht bewegen.«
Doch beim Klang von Kellers Stimme dreht Richard sich um und verlagert dabei sein Gewicht, woraufhin der Felsen unter seinen Stiefeln bröckelt. Steinchen rollen auf uns zu.

»Festhalten!«, brüllt Nigel.

Es ist Richard gelungen, ein festes Stück Fels zu finden, für den Augenblick ist er gesichert, und mit jedem kurzen Atemzug zucken die Schultern nach oben. Lange wird er nicht durchhalten, und mir stockt selbst der Atem, als mir klar wird, was hier passieren könnte. Ein Tourist, der unter unserer Aufsicht zu Tode kommt. Seine eigene Schuld, aber das wird keine Rolle spielen. Er hätte nicht mitkommen dürfen, er gehört hier nicht her. Eigentlich keiner von uns. Während ich das Zittern seines Körpers beobachte, die sich an den Felsen klammernden Arme und Beine, kommt es mir plötzlich vor, als bebte der Berg selbst, als erschauerte der Boden unter unseren Füßen – als erwachte dieser seit langem schlummernde Vulkan und wollte die Insel zurückfordern, den gesamten Kontinent, uns alle, die wir daran beteiligt sind, ihn Stückchen für winziges Stückchen zu zerstören. Ich habe das Gefühl, wir stünden kurz vor der Katastrophe, als könnte der Steilhang jeden Moment bersten, als könnte das Meer zu brodeln beginnen, als würden wir alle in einer weiteren Schicht Kadaver begraben, Knochen über Knochen, die endgültige Rache der Göttin Gaia für all ihren Kummer.

Nigel ist mittlerweile etwa drei Meter höher auf ein kleines Plateau gestiegen, hat sich auf den Bauch gelegt und lässt ein Seil hinunter. Keller wiederum klettert den Hang hinauf und befindet sich nun ungefähr auf halber Höhe zwischen Richard und dem Boden.

Keller erwischt das Seil und wickelt es sich um die Hand.

Schon lockert sich Richards Griff, er löst sich allmählich von der Felswand, aber Keller streckt den Arm aus und packt sein Handgelenk.

Beide Männer fallen, stürzen schnell – und dann strafft sich das Seil und schleudert sie heftig gegen den Hang. Nigel rutscht auf dem Bauch nach vorn und stemmt die Arme gegen die Felsen, um nicht über die Kante gerissen zu werden.

Keller hält Richard mit der bloßen Hand fest, während die andere das Seil umschlingt, das ihm schmerzlich in die Haut einschneiden muss.

Jetzt senkt Nigel das Seil in hoher, fast Freifallgeschwindigkeit ab. Richard schabt auf dem Weg nach unten an der rauen Felswand entlang. Keller lässt Richard immer noch nicht los, aber seiner anderen Hand entgleitet allmählich das Seil. Knappe zwei Meter über dem Boden rutscht es ihm schließlich durch die Finger, und die beiden schlagen auf dem von Steinen und Schnee bedeckten Sand auf.

»Oh mein Gott.«

Ich hatte gar nicht bemerkt, dass Kate genau neben mir steht. Sie hat sich hastig die Wintersachen wieder angezogen, die Skihose klemmt über den Stiefeln, der Reißverschluss der Jacke ist nicht zugezogen. Nun rennt sie zu Richard und hilft ihm auf.

»Alles okay?«, fragt sie. Sie klingt eher verärgert als besorgt.

»Ich glaube schon.«

Ich knie mich neben Keller, während er sich aufsetzt, seine Hand ist blutig und aufgerissen. »Oh nein.«

»Nicht so schlimm.« Er bindet sein Halstuch los und wickelt es sich um die Hand, Blut färbt den Stoff dunkel.

Mit Hilfe von Thom, der nun bei ihm steht, macht Richard einen zaghaften Schritt, dann noch einen. Als er an sich hinuntersieht, als wollte er sich vergewissern, dass alles noch intakt ist, bemerke ich einen beigen Kreis hinter seinem Ohr – ein Seekrankheitspflaster. Eine Weile lang hält er den Kopf gesenkt, er wirkt verlegen. Schließlich dreht er den Kopf zu Keller um und dann nach oben zu Nigel, der gerade vorsichtig die Felswand hinuntersteigt. Seine Frau sieht er nicht an.

»Danke«, sagt er in Kellers Richtung, immer noch ohne Augenkontakt herzustellen. »Von unten sah es gar nicht so schwierig aus.« Damit läuft er los zur Landungsstelle. Seine Schultern hängen, und sein Gang ist zögerlich und unbeholfen.

Kate sieht ihm mit ungläubiger Miene nach. Als Thom ihr Richards Jacke gibt, wirft sie einen Blick auf Kellers verbundene Hand. »Entschuldigen Sie bitte«, sagt sie.

Aber Kellers Augen sind neben ihren Kopf gerichtet, und als ich mich umdrehe, sehe ich Glenn mit diesem schnellen, unbeirrbaren Schritt auf uns zulaufen, der bedeutet, dass er stinksauer ist. Nigel hat es inzwischen nach unten geschafft, er wickelt das Seil auf. Auch seine Hände sind aufgeschürft und bluten.

Breitbeinig baut Glenn sich vor Keller auf und funkelt ihn böse an. »Das hätte ich wissen müssen. Kannst du irgendwo auf diesem Planeten hingehen, ohne Ärger zu machen?«

»Es war nicht seine Schuld, Glenn«, sagt Thom. »Keller und Nigel haben dem Typen das Leben gerettet.«

»Dieser Passagier hätte überhaupt nicht erst da oben sein dürfen.«

»Was sollen wir denn machen, ihn am Strand festketten?« Ich kann nicht anders, als Nigel beispringen. »Er ist heimlich losgeklettert, bevor Nigel oder ich ihn aufhalten konnten. Die Verrückten können wir nicht kontrollieren.«

»Dich geht das nichts an.« Glenn sieht kurz mich an, dann wieder Keller. »Ich möchte mit Nigel sprechen«, sagt er kalt und deutet demonstrativ mit dem Kopf auf Kate, die immer noch bei uns steht und jedes Wort gehört hat, wie mir jetzt erst bewusst wird.

Thom nimmt sie am Arm, und Keller und ich gehen mit ihnen zusammen zur Landungsstelle.

»Ist Ihr Mann immer so tollkühn?«, fragt Thom Kate.

Sichtlich bestürzt schüttelt sie den Kopf. »Nein. Gar nicht.«

»Vielleicht sollte er besser das Pflaster gegen Seekrankheit abnehmen«, sage ich. »Die Dinger haben ein paar schräge Nebenwirkungen.«

Sie wirkt aufgeschreckt. »Zum Beispiel?«

Auf einer Reise vor ungefähr sechs Jahren hat mich mal ein Mann auf einem Landgang gefragt, wo er sei; er hatte keine Ahnung, dass er sich in der Antarktis befand. Auch er trug so ein Pflaster, und sobald er es abgenommen hatte, erholte er sich innerhalb von zwölf Stunden vollständig. Nicht jeder leidet unter den Nebenwirkungen, aber wenn sie auftreten, können sie schwer sein.

»Alles Mögliche«, sage ich jetzt zu Kate. »Verschwommene Sicht, Verwirrtheit, in seltenen Fällen sogar Halluzinationen. Ich meine ja nur, wenn das Verhalten nicht zu ihm passt – man weiß ja nie, es könnte an den Medikamenten liegen. In jedem Fall sollten Sie mit ihm zur Schiffsärztin gehen. Um sicherzugehen, dass alles in Ordnung ist.«

Sie nickt und sieht so überfordert aus, dass ich ein schlechtes Gewissen habe, nicht sanfter mit ihr gesprochen zu haben. »Das mit Ihrer Hand tut mir leid«, sagt sie zu Keller.

»Machen Sie sich deswegen keinen Kopf.«

Richard wartet am Strand, Augen zu Boden gerichtet, und Thom hilft Kate und ihm in ein Schlauchboot. Ich spüre Kellers Hand auf dem Rücken.

»Ich fahr besser mal«, sagt er. »Ich bin schon zu lange hier.«

Ich möchte nicht, dass er fährt, es gibt zu viel zu sagen, aber als ich über die Schulter Glenn und Nigel auf uns zulaufen sehe, weiß ich, dass wir keine Zeit haben.

Keller schleift sein Zodiac ins Wasser und küsst mich noch ein letztes Mal, einen Fuß schon im Boot. Ich spüre das eisige Wasser durch die Gummistiefel, als ich so nah zu ihm gehe, wie ich kann. Sein Mund fühlt sich jetzt anders an, und das liegt nicht nur an den vom Wind aufgesprungenen Lippen, dem Piksen seines Barts, er ist lockerer, und seine Berührung hat etwas Nachgiebiges, das ich noch nie gespürt habe, es fehlt die alte Eindringlichkeit, als wäre sie von ihm abgefallen wie das Leben in Boston, das er hinter sich lassen wollte. Vielleicht hat er das endlich.

Nachdem er das Boot gewendet hat, ziehe ich den Handschuh wieder aus und betrachte den Ring. Er ist bestimmt nichts, was eine andere Frau haben wollte, ein recyceltes Stück Metall mit einem marmorierten Stein in der Mitte. Er ist wunderschön. Er ist perfekt.

* * *

Kurz nach der Ankündigung, dass das Abendessen serviert wird, spaziere ich in die Schiffsbibliothek, um ein paar Minuten totzuschlagen. Wir Naturkundler gehen immer als Letzte in den Speisesaal und setzen uns auf die noch freien Plätze. Ich lasse den Blick über die Regale schweifen, suche nach etwas, um mich abzulenken.

Auf dem Tisch liegt ein Buch, und ich hebe es auf. *Allein,*

Byrds Buch. Kurz frage ich mich, wer es wohl heute Nachmittag aus dem Regal geholt hat, wer hier darin gelesen, es vielleicht für später liegen gelassen hat.

Ich denke an Keller, der das Alleinsein bereitwillig angenommen hat, nachdem seine Ehe zerbrochen war. Wenigstens war er schon verheiratet und möchte es noch einmal probieren. Mein ganzes Leben besteht aus Statistiken und Listen und Zählungen und Hypothesen. Menschen wie Kate halten mich für weltläufig, weil sie mich am Ende der Erde getroffen haben, aber in Wirklichkeit ist meine Welt sehr klein.

Den Großteil meiner Zeit beschäftige ich mich mit Vögeln, nur selten bin ich dem Charme der Männchen meiner eigenen Spezies erlegen. Es gab Dennis. Es gab Chad auf dem College, der nie erfahren hat, in welchem Ausmaß er mein Leben verändert hat. Es gab einen Professor während meiner Promotion, einen Ornithologen, der doppelt so alt war wie ich. In den Jahren danach bestand mein Liebesleben überwiegend aus Blind Dates, die Jill oder andere Uni-Kollegen einfädelten, weil sie sich Sorgen machten, dass ich zu wenig vor die Tür kam. Am Ende gab ich meistens nach, flocht meinen Zopf auf, trug etwas anderes als Cargohose und Strickpulli, aber nichts hielt je länger als ein paar Wochen, zwei Monate. Früher oder später beendete ich es, oder der Mann ersparte mir das, indem er zuerst ausstieg.

Das Reisen macht natürlich jede Beziehung zu einer Herausforderung, obwohl das vielleicht nur eine Ausrede ist. Früher dachte ich, dass mein Eifer, die Welt zu sehen, von den langen Abwesenheiten meines Vaters herrührte. Sein Beruf führte ihn häufiger in fremde Städte als nach Hause, und selbst an Feiertagen sah man ihn selten. Das ließ mich glauben, dass das, was es dort draußen gab, weit besser sein musste als alles zu Hause in Missouri.

Er war auch derjenige, der meine Neugier förderte. Wenn er da war, ging er mit mir auf »Fossiliensuche«, was in St. Louis geologische Amateurgrabungen am Rande von Landstraßen bedeutete. Mein Vater bog in irgendeine Seitenstraße ab, und dort suchten wir an der Böschung nach den Überresten von Seelilien und Korallen, die durch Bauarbeiten im Kalkstein zutage gefördert worden waren. »Das alles hier lag mal unter Wasser«, erklärte er mir und machte eine ausladende Geste über die flache, zersiedelte Landschaft. »Genau hier, wo wir stehen, war mal der Meeresgrund.«

Ich war mir vage des Unwillens meiner Mutter über diese Ausflüge bewusst, wenn mein Vater nach ein oder zwei Wochen nach Hause kam und sofort wieder mit mir zu den, wie sie es nannte, »albernen Schnitzeljagden« aufbrach. Doch über solche Dinge sprachen wir nicht – Verdrängung war für uns so natürlich wie Atmen –, und ihre Unzufriedenheit äußerte sich eher in hingeworfenen Kommentaren als in echten Gesprächen.

Auch ich lernte, den Mund zu halten, da ich schon früh die Gefahren der Neugier, der Freimütigkeit, der falschen Fragen erlebt hatte. Eines Frühsommers, als ich ungefähr acht Jahre alt war und in der Aktentasche stöberte, die mein Vater beim Packen für eine weitere Geschäftsreise auf das Bett gelegt hatte, fiel mir etwas Buntes ins Auge, ein Aufblitzen von Rot und Rosa, und ich griff automatisch danach. Es war eine Grußkarte mit einem Wasserfarbenherz darauf, und als ich sie aufklappte, riss mein Vater sie mir aus der Hand. Ich hatte nur das Wort *Liebe* gelesen.

»Deborah«, blaffte er. »Du weißt genau, dass du in meinen Sachen nichts verloren hast.«

Er schimpfte sonst nie mit mir. Und er nannte mich nie Deborah.

»Ist die für Mama?«, fragte ich.

Pause. »Ja. Natürlich.«

»Aber sie hat erst im November Geburtstag.«

»Es ist eine Überraschung«, sagte er. »Also verrat ihr nichts, ja? Es wird ein ganz besonderer Geburtstag.«

Bis Ende November hatte ich das Ganze vergessen. Mein Vater war in diesem Jahr zu Thanksgiving zu Hause, und er war auch noch am Geburtstag meiner Mutter eine Woche später da. In der Woche gab es einen Schneesturm, und ich half ihm beim Schneeschaufeln. Wenn es zu kalt und vereist zum Fossiliensuchen war, bot uns das eine der wenigen Gelegenheiten, zusammen zu sein. Während er den Schnee von der Auffahrt zur Seite schippte, türmte ich ihn zu einer Wand auf. Als er fertig war, half er mir, sie mit Türmchen zu verzieren. Ich weiß noch, dass er mich anlächelte und seine normalerweise irgendwo in die Ferne gerichteten Augen direkt in meine blickten.

Später gingen wir mit meiner Mutter im Pasta House essen, wo es mein Lieblingsessen gab, frittierte Ravioli, und hinterher setzten wir sie zu Hause an den Tisch und mein Vater schenkte ihr einen Geburtstagskuchen. Er war von Schnucks, aber selbst mit einem Supermarktkuchen hatte er sich schon mehr Mühe gemacht als seit Jahren. Mark und ich standen neben meiner Mutter, die selbst wie ein Kind aussah, als sie die einzelne Kerze darauf ausblies und die längliche, schmale Schachtel auf dem Tisch öffnete.

Nachdem mein Vater ihr geholfen hatte, das zarte Goldarmband anzulegen, das er ihr geschenkt hatte, öffnete sie die Karte – und da fiel es mir wieder ein. »Das ist nicht die Karte mit dem Herzen«, sagte ich.

Mein Vater presste die Lippen zusammen und schwieg. Das Messer, mit dem Mark gerade den Kuchen aufschnitt, blieb mitten im Teig stecken und rührte sich nicht mehr, und das Gesicht meiner Mutter schrumpfte in sich zusammen wie ein leerer Luftballon. Ich erinnere mich nicht mehr, wie unsere kleine Party ausging, nur noch an die Stille, die darauf folgte und letzten Endes zum Normalzustand wurde.

Ich wusste nicht, dass meine Mutter einmal anders gewesen war, bis ich ein altes Foto von ihr und meinem Vater in einer Schublade des Esszimmerschranks fand. Es sah nach Sommer aus, und die zwei saßen zusammen auf einem Balkon und lehnten sich ans Geländer, mein Vater hinter meiner Mutter, die Arme um ihre Taille gelegt. Sie lachten beide und hatten den Blick auf etwas links vom Fotografen gerichtet. Mein Vater hielt eine Zigarette in der Hand und meine Mutter ein Weinglas, die Haare und Kleider waren lang und locker. Ich erkannte sie kaum auf dem Bild – mittlerweile waren sie so selten zusammen und lächelten so selten –, und noch lange danach musterte ich beide eingehend, versuchte die einst so schmale Figur meines Vaters zu erkennen, mir das Gesicht meiner Mutter rund und fröhlich vorzustellen.

Als wir größer wurden, gab Mark sich alle Mühe, meinen Vater während dessen langer Abwesenheiten zu ersetzen. Er übernahm seine Aufgaben, ging als Letzter ins Bett, nachdem er im ganzen Haus die Lichter ausgeknipst und sich vergewissert hatte, dass alle Türen abgeschlossen waren. An Sommerabenden stand er am Grill, und meine Mutter reichte ihm einen Teller mit Koteletts und in Folie gewickelten Maiskolben, während sie und ich russische Eier und Salat zubereiteten und Obstdosen öffneten.

Warum meine Mutter meinen Vater nicht verlassen hat, weiß ich nicht; vielleicht wollte sie es ja, vielleicht hat sie es sogar versucht. Sie hat viel gebetet. Als ich mit zwölf meine erste Periode bekam – sie hatte mich nie aufgeklärt, weshalb ich trotz Sexualkundeunterricht und Biologie einen halben Tag brauchte, um zu begreifen, was los war –, winkte sie mich nur wie üblich aus dem Raum, ohne die Augen zu öffnen oder den Kopf zu heben. Ich wühlte in dem Schrank unter dem Badezimmerwaschbecken und bediente mich an ihren Tampons. Es vergingen zwei weitere Monate, bevor sie es bemerkte.

Damals war mein Lieblingsgefährte kein Mensch. In dem Jahr fuhr mein Vater an meinem Geburtstag mit mir zum Tierheim, um eine Katze zu holen, eine rot getigerte, die ich Ginger taufte. Er tat das ohne Wissen meiner Mutter, und als wir zurückkamen, weigerte sie sich, Ginger ins Haus zu lassen. »Ich will keinen Dreck und Flöhe bei mir«, erklärte sie uns. In der Garage durfte ich ein Körbchen für Ginger aufstellen, und mein Vater baute eine Katzenklappe ein. Tagsüber blieb Ginger draußen, doch nachts ließ ich mein Schlafzimmerfenster offen, und wenn ich sie rief, lief sie über die Dachrinne und kletterte zu mir herein. Nach einer Weile wartete sie schon vor dem Fenster, wenn ich es öffnete. Manchmal brachte sie mir eine tote Maus mit, die ich in den Garten warf. Ginger kuschelte die ganze Nacht mit mir, ich spürte gern ihren flauschigen Körper neben mir, ihren leichten Herzschlag. Und jeden Tag weckte sie mich im Morgengrauen, bevor meine Eltern aufstanden, als wüsste sie, dass wir beide bestraft würden, wenn man uns erwischte. Dann machte ich das Fenster auf und sie schlüpfte hinaus.

Das Reich der wilden Tiere übte auf mich schon immer einen größeren Reiz aus als das der Menschen. Aber erst, als ich die Adélie-Pinguine beim Füttern ihrer Küken beobachtete, sah ich meine Familie in ihrem Verhalten widergespiegelt. Das Adélie-Weibchen lässt seine flauschigen, dunkelgrauen Küken hinter sich herjagen, die Küken stolpern übereinander, um zu fressen, und unausweichlich bekommt eines weniger ab als das andere. Denn die Mutter will dafür sorgen, dass das stärkste Küken, das mit den größten Chancen, zu überleben und eine neue Generation hervorzubringen, die meiste Aufmerksamkeit erhält, das meiste Futter. Für meine Mutter war ich das schwächere Küken: Sobald sie erkannte, dass ich mehr am Studium als an einer Ehe interessiert war, konzentrierte sie sich ganz auf meinen Bruder, der seine Freundin aus Collegezeiten heiratete, Cheryl. Er blieb in der Nähe von St. Louis, wo er ganzjährig die Rolle des treuen Sohnes spielte, keine Reisen erforderlich. Als ich meine Mutter anrief, um ihr mitzuteilen, dass ich für den Promotionsstudiengang angenommen worden war, sagte sie: »Weißt du schon, dass Cheryl wieder schwanger ist?« Das war alles.

Ich vermute, dass sie ihre Aufmerksamkeit meinem Bruder zuwandte, weil er meinen Vater in so vielerlei Hinsicht ersetzt hatte, aber auch, weil er ihre zweite Chance auf eine Familie war – Mark und Cheryl, das glückliche Paar, mit ihren drei Kindern. Mark hat nie Regeln verletzt oder gebrochen, er hat nie etwas gefunden, was er nicht sollte, oder wenn doch, dann hat er nicht darüber gesprochen. Ich war diejenige, die meine Mutter zwang, sich einzugestehen, was sie nicht hatte sehen wollen, und ich glaube, das hat sie mir nie verziehen.

Vor sechs Jahren wurde es ganz deutlich, als ich das letzte Mal an Weihnachten zu Hause war. Als ich meiner Mutter beim Kochen half, sah ich sie ein Platzkärtchen für meinen Vater auf den Esstisch stellen, obwohl er seit zwei Jahren nicht mehr an den Feiertagen zu Hause gewesen war.

Vorher hatte sie mich schon zum Schnapsladen geschickt, um den Scotch nachzukaufen, den er gern mochte. Und als ich gehackte Zwiebeln in den vegetarischen Auflauf schüttete, den ich gerade machte, stieß sie ein Keuchen aus und bestand darauf, dass ich sie wieder herausholte. »Dein Vater hasst Zwiebeln, weißt du das nicht mehr?«, sagte sie.

Ich sah in die Schüssel. Die Zwiebeln lagen noch ganz oben, und seufzend begann ich, sie herauszulöffeln. Meine Mutter beobachtete mich über meine Schulter, dann zeigte sie auf ein paar Zwiebelstückchen, die am Schüsselrand hinuntergerutscht waren.

»Wann hörst du endlich damit auf?«, fragte ich sie. »Nur weil du alles perfekt machst, taucht er noch nicht wie von Zauberhand hier auf.«

Sie starrte mich mit ihren matten grauen Augen an, dann entriss sie mir die Schüssel. »Dann mach ich es eben selbst«, sagte sie.

»Mama...«

Sie nahm sich ein Messer und schabte den Rest der Zwiebeln vom Schneidebrett in den Müll. »Wenn du das unter Hilfe verstehst, kann ich darauf verzichten.« Wie um dem Nachdruck zu verleihen, wedelte sie mit dem Messer in meine Richtung. »Geh schon.«

Ich blieb noch einen Moment stehen, aber sie ignorierte mich, also ging ich hinaus in den Garten und ließ mich von der kalten Luft trösten.

Nun sehe ich aus dem Panoramafenster der Bibliothek, und mich beschleichen Zweifel, dass ich für das gerüstet bin, was vor mir liegt – Hochzeit, Elternschaft –, wo doch meine Beziehung mit Keller bisher so unsicher wie das Leben der Pinguine gewesen ist. Für uns wie für sie hängt alles vom nahezu perfekten Timing ab, und als ich den Ring betrachte, den er mir geschenkt hat, frage ich mich, sosehr ich auch sein und mein Leben endlich dauerhaft zusammenbringen möchte, ob eine solche Zukunft für mich, das schwächere Küken, überhaupt möglich ist.

EIN JAHR VOR SCHIFFSUNTERGANG

Booth-Insel

Wir haben den Vormittag auf der Booth-Insel verbracht und Wandertouren gemacht, und nun, während die Passagiere noch essen und ein Mittagsschläfchen auf der *Cormorant* halten, stellen Keller und ich eine Erhebung bei den Adélies fertig. Wir haben uns getrennt, um die gesamte Kolonie in den drei Stunden, die wir haben, abarbeiten zu können, und ich habe Keller aus den Augen verloren, während ich die Vögel in den steinigen Nestern studiert habe.

Das Projektziel dieser Saison sind eine Zählung der Adélies während des Höhepunkts der Eiablage – die Thom und ein anderer APP-Forscher bereits vor zwei Monaten durchgeführt haben – und eine weitere gegen Ende des Sommers, die Keller und ich auf unserer letzten Reise in zwei Monaten erledigen werden, wenn die Küken gerade flügge werden.

Doch jetzt, in der Mitte der Brutperiode, sieht es nicht gut aus. Überall liegen zerbrochene Eier, und Raubmöwen hocken auf den Hängen und warten darauf, verirrte oder verlassene Küken zu erbeuten.

Ich betrachte einen Pinguin, der auf einem Ei sitzt, und weiß genau, dass das Küken darin nicht durchkommen wird. Wenn wir für die letzte Zählung der Saison zurückkehren, werden seine Eltern schon auf dem Weg nach Norden sein und das Küken nicht alt genug, um das Nest zu verlassen. Da es dann noch nicht für sich selbst sorgen kann, wird es verhungern oder den Skuas zum Opfer fallen. Ein paar Meter weiter sitzen zwei Küken im dunkelgrauen Flauschgefieder allein und zitternd auf einem Stein und piepsen nach Futter. Viel länger werden sie nicht überleben, wenn nicht bald ein Elternteil auftaucht.

Als Wissenschaftlerin darf ich mir davon nicht das Herz brechen lassen, aber ich kann nicht anders.

Ich bleibe noch einen Moment und beobachte die Küken, am liebsten möchte ich sie in meinem Anorak wärmen und mit nach Hause nehmen.

Schließlich gehe ich zurück zur Landungsstelle, um Keller zu treffen. Der Strand ist verlassen, was komisch ist. Wir sind zusammen in einem Schlauchboot gekommen, und ich habe den Motor nicht starten gehört. Andererseits kann man bei dem Wind und den Vögeln auch nicht viel hören.

Ich empfinde einen heftigen Anflug von Panik bei dem Gedanken, wie unvorstellbar es wäre, wenn Keller etwas zustoßen würde. Bei dieser Reise herrscht ein gewisser Abstand zwischen uns, was nicht gänzlich ungewöhnlich ist. Auf den Expeditionen sind wir wenig mehr als Kollegen, wir haben nicht den Luxus von Zeit oder Raum für anderes. Ich wünsche mir oft, dass wir wieder in McMurdo wären, dass wir für immer dort geblieben wären, uns Jobs in der Küche oder der Wartung besorgt hätten, im Laden oder der Kneipe. Einfach um zusammenzubleiben.

Jetzt stehe ich allein am Strand, frage mich, wo er sein könnte, und bin kurz davor, ihn anzufunken. Da sehe ich ein Schlauchboot kommen, und es ist Keller, die Sonnenbrille von der Gischt verspritzt.

»Das wurde aber auch verdammt noch mal Zeit«, sage ich, um meine Erleichterung zu verbergen. »Hat dir schon mal jemand gesagt, dass es unhöflich ist, jemanden einfach auf einer Insel stehen zu lassen?«

Er lächelt nur und bremst das Schlauchboot ein paar Meter vom Ufer entfernt. »Steig ein«, sagt er.

Ich wate durch das Wasser, das mir fast bis zu den Knien reicht, und spüre die eisige Kälte durch die Stiefel hindurch. Keller hilft mir ins Boot. Er lässt den Motor an, und wir entfernen uns vom Strand, fahren dicht an der Küste entlang um einen kleinen, schneebedeckten Hügel herum.

»Wo fahren wir denn hin?«, frage ich.

»Das wirst du schon sehen.«

Er hat mir den Rücken zugewandt, und ich kann nicht erkennen, was er vorhat. Ich beobachte seine Schultern, während er das Boot steuert, seine wettergegerbten Hände auf der Pinne. Es erstaunt mich immer noch, dass dieser ehemalige Anwalt und Tellerwäscher beinahe so viel über die Vögel und diese Inseln weiß wie ich.

Die Eisberge ragen über hundert Meter um uns herum auf, die zerklüfteten weißen Gipfel von dem tiefem Blau des alten Eises durchzogen. Unter der Oberfläche verbreitern sie sich, verwandeln das Wasser in ein karibisches Türkis. Vor uns, auf einem kleinen indigofarbenen Eisberg, flattert ein Zügelpinguin mit den Flügeln, als wollte er uns winken. Dann platscht er auf den Bauch und gleitet in die Tiefe hinab.

Während ich die weiße Flanke des größten Bergs betrachte, an dessen rissigen Kanten das dunkelblaue Eis tief im Inneren hervorschimmert, frage ich mich, ob Keller und ich auch so schön zusammen altern können, ob wir in einer Welt, in der alles schmilzt und verschwindet, überdauern können.

Keller lenkt uns an einen abschüssigen, steinigen Landeplatz. Über uns schmiegt sich eine Eselspinguinkolonie in die von Schnee und Moos bedeckten, unterschiedlich hohen Hügel. Keller springt ins knietiefe Wasser und zieht das Zodiac weiter ans Ufer, dann streckt er mir die Hand entgegen.

Als wir über die schieferfarbenen Felsen zum Fuße des Hügels klettern, sagt er: »Ich möchte dir jemanden vorstellen.«

Abseits der Pinguinpfade führt er mich zur Kolonie hinauf. Die Vögel stoßen ein gemeinschaftliches Knurren aus, dasselbe Geräusch, mit dem sie die Raubmöwen abwehren.

»Was hast du hier gemacht?«, frage ich.

»Setz dich«, sagt er statt einer Antwort und deutet auf einen großen, flachen Granitstein. Als ich mich auf die Kante hocke, winkt er mich weiter nach hinten, also rutsche ich in die Mitte. »Gut, genau da«, sagt er.

»Was zum Henker hast du vor, Keller?«

»Wart's ab.« Er setzt sich neben mich, und ich halte kurz den Atem an, weil mir bewusst wird, wie vollkommen allein wir sind, zum ersten Mal auf dieser Reise – weg vom Schiff, von der Crew, von den Passagieren, außer den Pinguinen ist niemand da, der uns beobachtet.

Aber Keller hat den Blick geradeaus auf die Pinguine gerichtet, fast als wäre ich nicht da. Von dieser Höhe aus kann ich an der Eisberg-Skyline vorbei auf das graugrüne Wasser dahinter sehen. Die Sonne späht zaghaft durch den Nebel und erzeugt einen silbrigen Dunst, sie spiegelt sich verschwommen auf der Wasseroberfläche und erleuchtet dabei die kleineren Eisbrocken, die wie Trittsteine auf die Berge zutreiben.

»Hübsches Fleckchen«, sage ich. »Hier war ich noch nie, glaube ich.«

Lächelnd schiebt er sich die Sonnenbrille auf den Kopf wie um eine bessere Sicht zu bekommen. Er deutet mit dem Kopf auf die scharfen, stahlgrauen Felsspitzen, die sich turmähnlich aus den Hängen erheben. »Wie Kathedralen, oder?«

Mit den Geräuschen der Pinguine im Ohr denke ich an das letzte Mal, als ich in einer echten Kirche war, der Cathedral Basilica in St. Louis. Das war während jenes letzten Weihnachten zu Hause vor sechs Jahren. Mein Beruf macht es mir leicht, die Feiertage zu schwänzen, denn zu der Zeit bin ich normalerweise auf dem Weg in die Antarktis, an Bord oder wieder auf dem Heimweg. Den Kindern meines Bruders schicke ich Geschenke, und wenn ich weiß, dass alle in der Christmette sind, hinterlasse ich eine Nachricht auf dem Anrufbeantworter. Den Rest des Jahres halte ich per E-Mail oder Geburtstagsanrufe mit jedem separat Kontakt. Wir führen alle unser eigenes Leben, und ich verbringe meine Winter bei denen, deren Verhalten ich am besten akzeptieren kann: den Pinguinen.

Und Keller. Er und ich sitzen auf diesem Stein, ganz ruhig, dicht nebeneinander. Nach ein paar Minuten taucht ein einzelnes Pinguinmännchen aus der Kolonie auf und spaziert gemächlich auf uns zu. Ich betrachte seinen wippenden Kopf, schwarz mit zwei weißen Tupfen über den Augen wie helle Schatten. Die Flecken treffen sich in einem dünnen Streifen auf seinem Kopf und sind von weißen Pünktchen umgeben, die aussehen wie verschüttetes Salz. Er reckt den orangefarbenen Schnabel in die Luft.

»Das hier ist der kleine Kerl, mit dem ich dich bekanntmachen wollte«, sagt Keller.

Ich muss lachen. »Ihr kennt euch?«

»Ich nenne ihn Admiral Byrd.«

»Bird wie Vogel?« Ich brauche einen Moment, dann verstehe ich. »Ach so. Nach Richard Byrd.«

Als der Pinguin näher kommt, verharre ich reglos. Die Beine habe ich vor mir ausgestreckt, die Knöchel verschränkt, und der Pinguin hüpft über meine Stiefelspitzen und pickt neugierig daran herum.

»Ich habe ihn letztes Jahr beringt«, erzählt Keller. »Er kam direkt angelaufen, ist mir auf die Schuhe geklettert und hat an der Ausrüstung geknabbert.«

Byrd dreht den Kopf zur Seite und mustert uns beide. Dann marschiert er auf die Kante des Steins zu.

»Rutsch zurück«, sagt Keller. »Hier, setz dich so hin.« Er bringt meine Beine in eine andere Position: Oberschenkel nebeneinander, Füße angezogen, Knie in einem kleinen Abstand zueinander.

Während ich mich auf meine Beine konzentriere, hopst Admiral Byrd Stein für Stein höher, und kurz darauf steht er genau neben mir. Er ist ungefähr sechzig Zentimeter groß und, da ich sitze, mit mir auf Augenhöhe. Ich entdecke den Metallring an der Stelle, wo sein linker Flügel auf den Körper trifft.

»Das kann nicht dein Ernst sein«, sage ich.

Ich lasse die Hände sinken. Admiral Byrd geht noch ein paar Schritte, dann wirft er sich in einem schnellen und uneleganten Sprung mit dem Bauch voran auf meinen Schoß.

Vor Überraschung über sein Gewicht schnappe ich nach Luft; in all meinen Forschungsjahren hatte ich noch nie einen Pinguin so auf dem Schoß, entspannt wie eine Katze. Ich halte mich am Stein fest, um nicht aus dem Gleichgewicht zu geraten, und presse meine Füße in den Schnee.

»Er wirkt dieses Jahr ein bisschen schwerer.« Keller zieht mir einen Fäustling aus und legt meine Hand auf Admiral Byrds schwarzes Gefieder.

Unsere üblichen Begegnungen mit Pinguinen verlaufen völlig anders, wir fassen sie nur an, um ihnen Markierungen anzulegen oder sie zu wiegen, um das Unangenehme, aber Notwendige zu tun, das uns mehr über sie verrät und sie, hoffentlich, letzten Endes rettet. Für mich ist es schrecklich zu wissen, dass jeder Kontakt von unserer Seite ihr Leben verkürzen könnte, dass jede Berührung der reine Horror sein muss, selbst wenn sie nur Sekunden dauert.

Zögerlich streiche ich mit der Hand über den Pinguinrücken. Die Federn sind glatt und weich und fest. Durch die dünne wasserdichte Hose kann ich seinen Herzschlag spüren.

»Eines Tages«, sagt Keller, »saß ich im Schnee und habe mir ein paar Notizen gemacht, und er ist mir einfach auf den Schoß gesprungen. Ich konnte es gar nicht fassen. Heute Morgen während des Frühstücks bin ich dann heimlich hergefahren, um zu sehen, ob er noch da ist. Ich wusste gleich, dass er es ist, ohne die Markierung zu lesen.«

»Wie ist das passiert? Ich meine, wie ist er so zutraulich geworden?«

»Keine Ahnung. Am Anfang dachte ich, es wäre eine einmalige Sache. Als er mir das erste Mal auf den Schoß geklettert ist, dachte ich, er wäre krank oder würde bald sterben. Ich war mir nicht sicher, ob ich ihn wiedersehen würde. Und selbst dann wusste ich nicht, ob er es noch mal tun würde, bis jetzt gerade.«

»Er könnte ein ganz neues Projekt für dich sein. Der Pinguin, der sich für einen Schoßhund hielt.«

Ein paar Minuten später hebt Admiral Byrd den Kopf und

robbt vorwärts. Keller macht ihm Platz, und Byrd rutscht unbeholfen von meinem Schoß und hüpft so langsam und geduldig vom Felsen hinunter wie vorhin hinauf. Er watet ins Wasser wie um die Temperatur zu prüfen, dann taucht er unter.

Ich drehe mich zu Keller um. Er beobachtet mich grinsend, blinzelt leicht, weil die Sonne durchbricht. Immer noch hält er meinen Handschuh und reicht ihn mir jetzt. Ich nehme ihn entgegen, meine Hand ist kalt und schmutzig vom Pinguingefieder. Dann stehe ich auf und betrachte den Ausblick um mich herum aus einer anderen Perspektive.

»Hier gefällt's mir. Kein Platz für Anlandungen. Nur wir und Admiral Byrd.«

»Und ungefähr tausend andere Eselspinguine.«

»Du hast mir was verheimlicht«, sage ich. »Ich wusste gar nicht, dass du hier auf der Insel gewesen bist.«

»Nicht verheimlicht.« Er sieht mich an. »Ich wollte dich nur überraschen. Dass ich überhaupt hier bin, habe ich nur dir zu verdanken. Deshalb wollte ich dir ausnahmsweise mal was zeigen, was du noch nicht kennst.«

Ich erwidere seinen Blick und denke an unseren ersten Kuss zwischen den Adélies, erinnere mich daran, dass er mir tagein, tagaus gefolgt ist und seine Neugier in Bezug auf die Vögel unersättlich war. »Dann bist du jetzt also mein Lehrer.«

Ich schlinge die Arme um seinen Hals und schmiege mich an ihn, wie Admiral Byrd sich an mich geschmiegt hat. So bleiben wir lange stehen, der Wind fährt in unsere Haare, gegen unsere Jacken. Ich lasse zuerst los und sehe aufs Wasser, wo Admiral Byrd vor wenigen Minuten verschwunden ist. Als ich mich zu Keller umdrehe, deutet er mit dem Kopf auf das Schlauchboot und sagt: »Wir sollten besser zurückfahren.«

Immer noch stehe ich dicht neben ihm, wir sind so allein, und ich versuche, nicht an später zu denken, wo wir das nicht mehr sein werden. Wenn wir getrennt sind, spüre ich eine Spannung in meinem Inneren, ein zu stark gestrafftes Gummiband, aber wenn wir zusammen sind, besänftigt Keller mich, ganz ähnlich wie diese Landschaft. Er hat eine Ruhe an sich, einen stillen Frieden, den zu bewahren mir nicht gelingt, wenn wir getrennt sind. Ich wünschte, wir könnten hierbleiben, nur wir beide bei den Pinguinen, uns ein eigenes Steinnest bauen und irgendwie überleben.

Keller betrachtet mich, als wüsste er, was ich denke, aber er rührt sich nicht, keiner von uns beiden, minutenlang. Dann tritt er zurück. »Komm«, sagt er. »Es wird spät.«

Ich möchte nicht fahren, und als spüre er das, wartet Keller ab, während ich mich ein letztes Mal lange umsehe. Schließlich laufen wir zurück zum Strand. Wir steigen in das Zodiac, und als ich mich auf den Gummirand setze und er den Motor startet, sage ich: »Ich bin froh, dass ich dich kennengelernt habe.«

Er lächelt mich an, dann dreht er sich um, den Blick geradeaus gerichtet, und wir rasen von der Insel weg.

ZWEI TAGE VOR SCHIFFSUNTERGANG

Prospect Point
(66° 01' S, 65° 21' W)

Ich trabe auf dem Laufband, in einem langsameren Tempo als sonst, und denke nur daran, wann ich Keller wieder anrufen kann. Vorhin war das Telefon im Kommunikationsbereich besetzt, und deshalb bin ich jetzt hier und warte. Ein Mal bin ich seitdem zurückgegangen, aber es hat immer noch derselbe Mann telefoniert, dem Klang nach ein geschäftliches Gespräch.

Die Wände des Fitnessstudios auf dem Schiff sind ganz aus Glas, und mein Blick heftet sich auf einen Eisberg in der Ferne, während ich die mögliche Unterhaltung wieder und wieder im Geiste durchspiele.

Ich bin schwanger. Beziehungsweise wir *sind schwanger. Sagen Paare das nicht so?*

Die Freude in seiner Stimme. *Ich kann es gar nicht glauben.*

Meinst du wirklich, wir schaffen das?

Wir können alles schaffen. Weißt du schon, ob es ein Mädchen oder ein Junge wird?

Ich hab ganz vergessen, Susan beim letzten Ultraschall nachschauen zu lassen.

Gelächter. *Sorry. Ich hätte fast vergessen, wo wir sind.*
Als könnten wir je vergessen, wo wir sind.

Ich bin schneller erschöpft als normalerweise. Ich lege die Hand auf den Bauch und denke an den Herzschlag des Babys, ob er sich so beschleunigt hat wie meiner. Dann stelle ich auf Auslaufen und sehe auf die Uhr, weitere fünfzehn Minuten sind vergangen, ich hoffe, dass der Passagier inzwischen aufgelegt hat.

Erst als ich vom Band steige, bemerke ich Kate Archer, die auf dem Rücken auf einer Jogamatte liegt, die dunklen Haare um den Kopf ausgebreitet. Sie sieht aus, als schliefe sie, und ich erschrecke kurz, als sie die runden, braunen Augen aufschlägt und mich direkt ansieht.

»Ich habe das Buch gelesen, das Richard gekauft hat«, sagt sie, als wären wir schon mitten im Gespräch. »Über Shackleton. Wussten Sie, dass er Anfang vierzig war, genau in Richards Alter, bei der Expedition? Der berühmten?«

»Mm.« Beim Dehnen der Beine halte ich mich am Laufband fest. Ich sehe mir über die Schulter in den Gang zum Kommunikationsbereich.

»Das bringt einen zum Nachdenken«, sagt sie. »Wie wenig ich im Leben gemacht habe, wenn ich mal richtig überlege.«

»Wir können nicht alle Shackleton sein. Außerdem hatte er verdammt viel Glück. Wenn es nicht so gelaufen wäre, wie er sich das vorgestellt hat, würde man sich ganz bestimmt nicht auf die gleiche Art und Weise an ihn erinnern.«

»Daran habe ich noch gar nicht gedacht.« Sie setzt sich auf und zieht die Beine an die Brust.

»Wie geht es Richard?«, frage ich, als ich mir mein Sweatshirt überziehe. »Hat er sich von dem Sturz erholt?«

»Nur sein Stolz ist verletzt. Das ist komisch an ihm, er ist immer so hart zu sich selbst. Ohne ein bisschen Schmerz im Leben hat er sich noch nie wohlgefühlt. Von einer Felswand abzustürzen, hat ihn wieder in den Normalzustand versetzt.« Sie sieht zu mir auf. »Es ist ihm schrecklich unangenehm. Er hat sich bei Nigel entschuldigt und sogar Glenn gebeten, sich mit dem anderen Mann in Verbindung zu setzen, der geholfen hat.«

»Das wird nicht leicht«, sage ich.

»Ich glaube, Sie hatten recht mit dem Medikament, diesem Pflaster, das er benutzt. So habe ich ihn noch nie erlebt. Aber er hat solche Angst davor, seekrank zu werden, dass er es nicht abmachen will.«

»In diesen Gewässern wird er keine Probleme haben. Sie sollten ihn überreden, es mal zu probieren.«

Sie gibt keine Antwort, und ihr Blick wandert zum Horizont. »Was ist mit Ihnen?«, frage ich. »Wie geht es Ihnen?«

»Ich habe nachgedacht. Darüber, dass ich nicht einfach nur Zuschauerin sein will. Einer dieser Menschen, die sich das ganze schmelzende Eis ansehen und sagen, Ach, dagegen kann man sowieso nichts machen. Ich weiß nur nicht, was ich genau unternehmen soll.«

»Da gibt es genug«, sage ich. »Die kleinen Dinge summieren sich tatsächlich.«

»Zum Beispiel?«

»Tja, erzählen Sie Glenn nicht, dass ich das gesagt habe, aber Sie könnten um umweltfreundlicheres Essen auf diesem Schiff bitten.«

»Ich dachte, das wäre es schon.«

»Das sollen Sie denken«, sage ich. »Aber es ist absurd, dass hier Meeresfrüchte serviert werden, wenn tausende von Pinguinen jedes Jahr durch Fischernetze getötet werden.«

»Das ist ja furchtbar.«

»Aber erwähnen wir das in unseren Vorträgen? Nein. Vermeiden wir Fisch auf dem Speiseplan? Nein. Denn es soll ja um Himmels willen niemand in der Antarktis auf ein Fünf-Sterne-Menü verzichten müssen.«

»Darüber hab ich noch gar nicht nachgedacht.«

»Das tut niemand.« Ich erinnere mich an Kellers Tirade auf unserer letzten Reise und bremse mich. »Entschuldigung. Ich muss jetzt los. Außerdem würde Glenn mir in den Hintern treten, wenn er mich hören könnte. Ich sollte so was gar nicht sagen.«

»Ich weiß nicht«, sagt Kate. »Vielleicht doch.«

»Na ja, wenn es von einem Gast käme, würde Glenn möglicherweise sogar zuhören.« Ich sehe auf die Uhr und stelle fest, dass ich mich zum Landgang verspäte, wenn ich nicht jetzt sofort aufbreche.

Ich zwinge mich zu einem Lächeln. »Sind Sie bereit, einen neuen Kontinent zu betreten?«

* * *

Von den tausenden von Reisenden, die sich jedes Jahr in die Antarktis wagen, setzen weniger als fünf Prozent tatsächlich einen Fuß auf den Kontinent Antarktika. Die meisten unserer Landgänge finden auf den umliegenden Inseln statt, aber das wird zu Hause so nicht berichtet. Und jeder geht davon aus, dass eine Reise zum antarktischen Kontinent automatisch Südpol bedeutet, obwohl nur ein paar hundert es überhaupt je so weit schaffen.

Selbst die Besatzung der *Cormorant*, die sich ein Bein ausreißt, um Touristen auf den Kontinent zu verfrachten, kann das nicht immer zuwege bringen. Es liegt nicht an mangelnden Bemühungen, sondern normalerweise an mangelnden Anlandungsstellen. Selbst Shackletons Expedition hat es nie auf den eigentlichen Kontinent geschafft. Antarktika rollt nicht sehr oft den roten Teppich aus – elf Monate im Jahr, manchmal auch zwölf, hindert Eis die Boote daran, den Landstreifen anzufahren, auf den wir heute zusteuern. Der Wind ist schwach, die Sonne scheint, und klares, relativ eisfreies Wasser erwartet uns bei der Ankunft.

Am Prospect Point gibt es keinen Strand, daher ist es eine Herausforderung, Passagiere von der *Cormorant* auf dieser steilen Landzunge abzusetzen. Die Wolken hängen tief und verbergen die weiße Steilküste vor uns. Amy und ich wechseln uns damit ab, die Schlauchboote zu steuern und sie dicht an den Felsen zu halten, während Thom und Nigel den Touristen auf einen höher gelegenen, schroffen Absatz helfen.

Die Hauptattraktion oben auf dem steinigen Abhang ist das, was von der Forschungsstation J noch übrig ist, der Hütte, an deren Abbau Nigel beteiligt war. Sie wurde in den 1950er Jahren vom British Antarctic Survey errichtet und nur zwei Jahre benutzt. Die Bewohner ließen fast alles zurück – rostende, ungeöffnete Konservendosen, Gerätschaften auf wackeligen Regalen, Bücher auf einem schimmeligen Feldbett, einen Wandkalender für das Jahr 1959. Bis zu ihrem Abriss 2004 blieb die Hütte eine Art Museum. Jetzt ist nichts mehr übrig außer dem Fundament und den mumifizierten Kadavern zweier Wedellrobben, deren graue Haut verwittert und schmutzig wie altes Leder, aber noch intakt ist.

Vorsichtig steigen die Passagiere über glitschige, dunkle Steine, über Mooskissen und gefrorene Lachen. Manche sind nach zwanzig Minuten fertig mit ihrer Besichtigung, andere suchen sich einen Felsen und setzen sich ein Weilchen. Wir haben zwei Stunden für diesen Landgang eingeplant, und weil die erste Gruppe schon so schnell wieder abfahrbereit ist, mache ich auf dem Rückweg zur *Cormorant* einen kleinen Schlenker. Ich steuere das Schlauchboot durch Eisbergfelder, zeige den Dyole-Gletscher und ein davon abgebrochenes Stück: einen riesigen Tafeleisberg in der Ferne. Näher bei uns schwimmt ein gerade umgekippter Eisberg, dessen hohe, wellige Unterseite nun zu sehen ist, glatt und tiefblau, wie von innen erleuchtet. Die Passagiere knipsen Fotos, und ich frage mich, ob sie den gleichen Temperaturwechsel zwischen den Eisbergen spüren wie ich, die plötzliche Kälte, wenn man ihnen so nah ist.

Während das Zodiac durch das Eisfeld tuckert, erinnere ich mich daran, mit Keller hier gewesen zu sein, kurz nachdem wir uns wiedergefunden hatten, zwei Jahre nach McMurdo. Heute sehe ich eine völlig andere Silhouette vor mir – die Eisberge sind auseinandergebrochen und gekreist, sind gedriftet und zusammengeprallt und geschmolzen, nicht ganz unähnlich Keller und mir im Laufe der vergangenen zwei Jahre. Es gibt uns immer noch, nur anders.

Ich mache mit jedem Schlauchboot voller Passagiere eine Eisbergtour und schiele dabei gelegentlich nach meiner Uhr, um zu sehen, wann ich mir vielleicht ein paar Minuten für einen Anruf bei Keller stehlen kann. So ungeduldig ich auch bin, aufs Schiff zurückzukehren, achte ich doch darauf, nicht zu hetzen, während der Nachmittag sich dem Ende zuneigt. Das Wetter hält, mit leichtem Wind und einer dünnen Wolkendecke, die hin und wieder ein paar Sonnenstrahlen durchlässt.

Schließlich, als ich den letzten Passagieren in Thoms Zodiac helfe, bemerke ich eine herrenlose Rettungsweste auf den Felsen. Ich bitte Thom, kurz zu warten, und mache einen Schritt auf die Hütte zu.

Dort sitzt, mit dem Rücken zur Anlandungsstelle, Kate.

Ich drehe mich zu Thom um und winke ihn los. Er versteht und bedeutet mir, dass er uns gleich abholen kommt.

Ich klettere zu Kate hinauf. Sie scheint mich zu erwarten; sie steht auf und dreht sich dann langsam einmal im Kreis herum. »Ich dachte, es würde sich anders anfühlen«, sagt sie. »Mein siebter Kontinent.«

Sie wendet sich nach links, wo auf den die Bucht umsäumenden Steinen ein Grüppchen Adélies uns wachsam beobachtet. »Richard ist nicht mitgekommen«, sagt sie. »Nicht mal, um diesen Kontinent zu betreten, eine einmalige Gelegenheit. Deshalb bin ich wahrscheinlich so lange geblieben. Ich habe die ganze Zeit gehofft, er taucht doch noch auf.«

»Das tut mir leid«, sage ich. »Aber wir müssen zur Landungsstelle runter. Thom kommt gleich zurück.«

Kate hält den Blick auf die Vögel gerichtet. »Ich saß hier und habe über was nachgedacht, was Sie neulich beim Abendessen gesagt haben. Dass die Adélies in Schwierigkeiten sind, dass das wärmere Wetter ihre Brutzyklen unterbrochen hat. Es ist einfach so traurig, wissen Sie? Sie machen alles, was sie sollen, und es ist trotzdem umsonst.«

Jetzt dreht sie mir den Kopf zu. »Ich weiß nicht, wie ich rechtfertigen kann, ein Kind in eine Welt zu setzen, die zulässt, dass diese Vögel aussterben.«

»Das Gefühl kenne ich«, sage ich, ohne nachzudenken.

»Ja?« Sie sieht mich mit großen Augen an.

»Klar.« Schnell rudere ich zurück. »Ich erforsche diese Vögel seit Jahren. Und Sie haben recht, es ist wahnsinnig deprimierend. Aber nicht alles ist schlecht. Die Eselspinguine zum Beispiel kommen gut zurecht, sie passen sich viel besser an. Und Satellitenbilder haben erst kürzlich eine riesige Kaiserpinguinkolonie gezeigt, von der wir noch gar nichts wussten. Das verdoppelt die Zahl, von der wir bisher ausgegangen sind.«

»Das rettet aber nicht die Adélies.«

Ich lache, höre aber auf, als ich ihre Miene bemerke. »Entschuldigung, Sie klingen nur gerade so sehr nach mir.«

Ein schwaches Lächeln verzieht ihre Lippen. »Ich will gar nicht so düster klingen. Ich weiß, dass ich jede Minute genießen sollte.«

»Nicht jeder, der hierherkommt, fährt glücklich zurück«, sage ich.

Sie runzelt die Stirn. »Warum sagen Sie das?«

»Mir scheint, es gibt zwei Arten von Menschen, die in die Antarktis reisen. Diejenigen, denen die Ziele ausgegangen sind, und diejenigen, denen die Verstecke ausgegangen sind.«

»Das hier ist mein siebter Kontinent, also müssen mir wohl die Ziele ausgegangen sein. Welcher Typ sind Sie?«

»Für mich ist es erst der dritte Kontinent. Also können Sie es sich selbst ausrechnen.«

»Werden Sie ihn je verlassen? Ich meine, nicht mehr zurückkommen?«

»Nein. Es mag ja erst mein dritter sein, aber wahrscheinlich ist es mein letzter Kontinent.«

»Wird er nie langweilig?«

»Nie. Alles verändert sich so schnell hier unten, ich habe keine Ahnung, was uns von einer Saison zur nächsten erwartet.«

»Wie schützen Sie sich davor, sich deprimieren zu lassen?«

»Ehrlich gesagt bin ich deprimierter, wenn ich *nicht* hier bin. Hier sehe ich zwar die Folgen des Klimawandels, aber wenigstens muss ich nicht allen dabei zuschauen, wie sie ihr Leben führen, als würde er gar nicht stattfinden.«

»Und genau das verstehe ich«, sagt sie. »Wirklich. Richard kann es nicht erwarten, ein Kind zu bekommen, aber er denkt nicht darüber nach, die Welt zum Besseren zu verändern, statt noch mehr Probleme zu verursachen.«

Bis vor wenigen Tagen hätte ich ihr ohne Zögern zugestimmt. Doch jetzt sage ich: »Aber Kinder an sich sind ja nicht problematisch, oder?«

»Sie wissen schon, was ich meine. Bei dem Tempo, in dem wir uns fortpflanzen, werden wir zur Mitte des Jahrhunderts die Zehn-Milliarden-Marke erreichen. Das ist nicht tragbar.«

»Nein, aber wenn man nicht gerade elf Kinder möchte, kann ein Baby auch was Positives sein. Vielleicht tut Ihr Kind später mal Gutes auf der Welt.«

»Das sagt Richard immer. Vielleicht haben Sie beide Recht.« Sie seufzt. »Ich wünschte nur, er könnte es so wie ich sehen, aber für ihn ist es so schwarzweiß. Wenn-sonst.«

»Wenn was?«

»Das ist einer von Richards Sprüchen«, erklärt sie. »Computerjargon. Beim Programmieren ist jeder Schritt vom Ergebnis eines anderen vorbestimmt. Wenn man das Eine tut, führt es zum Nächsten. So denkt Richard, in Absolutheiten. *Wenn* wir ein Kind bekommen, können wir unsere Ehe stärken. *Sonst* nicht.«

Das erinnert mich an Keller: an ihn und seine Exfrau Britt, an ihn und mich. Hätte ein weiteres Kind die beiden gerettet oder das Gegenteil bewirkt? Was würde es mit uns machen? »Es ist vermutlich für alle Paare ein Riesenthema«, sage ich zu Kate und bemühe mich, den Tonfall dabei neutral zu halten.

Wieder erscheint das schwache, traurige Lächeln auf ihrem Gesicht. »Sie haben Glück«, sagt sie. »So frei zu sein. So ungebunden.«

Ich schüttle den Kopf, aber mir fällt keine Entgegnung darauf ein. Dann höre ich das Brummen eines Schlauchboots, Thom, der uns abholen kommt. »Können wir?«, frage ich.

Sie nickt, rührt sich aber noch eine Weile nicht. Ihr Blick ruht auf den toten Weddellrobben, und ich folge ihm. Als ich so ihre gut erhaltenen Körper betrachte, weiß ich nicht, ob ich sie beneiden oder bemitleiden soll, wie sie da unberührt, auf ewig in einer Landschaft gefangen liegen, die ihnen nicht gestattet zu verschwinden.

ZEHN MONATE VOR SCHIFFSUNTERGANG

Die Cormorant

Die Lounge ist voll besetzt und dunkel, die Jalousien geschlossen. In der einen Hand halte ich ein Mikrofon, in der anderen eine Fernbedienung, um hinter mir auf einer großen Leinwand durch meine Pinguinfotos zu klicken: Nahaufnahmen von balzenden Adélies, die langen Hälse gen Himmel gereckt; Küken, die ihren gesamten Kopf in die Kehle eines Elternteils stecken, um vorverdauten Krill zu fressen; Panoramas von Kolonien, die die Flanken von Inseln überziehen, karge Landstriche, die zu Schachbrettern aus Schwarz und Weiß verwandelt wurden.

»Leider«, sage ich, »gibt es nur noch halb so viele Adélie-Kolonien wie vor dreißig Jahren, und auch diese Kolonien sind auf ein Drittel der ursprünglichen Vögel geschrumpft.«

Ich schalte zu den nächsten Fotos weiter: zerbrochene und verlassene Eier, auf leeren Nestern sitzende Pinguine. Keller steht neben mir.

Nachdem ich alle Dias vorgeführt habe, bitte ich den Passagier neben den Bullaugen, die Jalousien zu öffnen und Licht hereinzulassen. »Jetzt haben wir Zeit für Fragen«, sage ich.

»Gibt es irgendeine Möglichkeit, die Pinguine vor dem Aussterben zu bewahren?«, fragt jemand.

»Unsere Forschung legt verschiedene Dinge nahe, die wir *alle* tun sollten«, antworte ich. »Uns um das Klima kümmern, das die Wetterabläufe verkompliziert, die wiederum die Brut der Pinguine beeinflussen. Keinen Fisch mehr essen, weil man ihnen damit praktisch das Futter wegnimmt.«

»Ich esse nur nachhaltige Meeresfrüchte«, sagt eine Frau. »Wie den chilenischen Wolfsbarsch.«

»Es ist gut, darauf zu achten, woher ein Lebensmittel kommt«, sage ich. »Und wie es sich auf die übrige Umwelt auswirkt.«

Was ich ihr nicht sage, ist, dass am »chilenischen Wolfsbarsch« überhaupt nichts nachhaltig ist. Diesen Namen hat sich ein cleverer Werbemensch für den Schwarzen Seehecht ausgedacht. Dank des flockigen neuen Namens und der darauffolgenden Beliebtheit ist er inzwischen so überfischt, dass er vom Aussterben bedroht ist. Und ich sage ihr auch nicht, dass auf Speisekarten zwar behauptet wird, er sei nachhaltig, die meisten Schwarzen Seehechte aber aus illegaler Fischerei stammen. Und als wäre das noch nicht genug, werden Langleinen verwendet, die verheerende Folgen für die Vögel haben.

Keller nimmt mir das Mikro weg. »Noch weitere Fragen?«

»Noch mal zu den Pinguinen.« Eine selbstsichere Stimme ganz hinten. »Ich bin nicht sicher, ob genug Beweise für die globale Erwärmung vorliegen.«

Als ich den Kopf herumdrehe, sehe ich einen grinsenden Mann. Er ist von Kopf bis Fuß in Outdoor-Kleidung gehüllt, die so neu aussieht, dass es mich nicht wundern würde, wenn die Preisschilder noch daran baumeln würden.

Keller mustert ihn lange. »Sie meinen, Sie glauben nicht an einen vom Menschen verursachten Klimawandel?«

»Ich bin noch nicht überzeugt, nein.«

»Die Temperaturen hier auf der Halbinsel sind in den vergangenen fünfzig Jahren um über zwei Grad angestiegen. Damit gehört diese Region zu den sich am schnellsten erwärmenden auf der ganzen Erde, ungefähr drei Mal so schnell wie im weltweiten Durchschnitt. Zählt das als Beweis?«

»Es reicht als Beweis nicht aus.«

»Der antarktische Eisschild schmilzt in einem nie da gewesenen Tempo«, fährt Keller fort. »Ich rede hier von Milliarden Tonnen pro Jahr. Das könnte einen weltweiten Anstieg des Meeresspiegels um mehrere Meter bedeuten.«

Ich stelle mich dichter neben ihn, in der Hoffnung, er bemerkt mich und hört auf zu reden. Keller wurde bereits von Glenn gewarnt, die Passagiere nicht zu schulmeistern, nachdem Glenn ein Essensgespräch mitgehört hatte, bei dem Keller sich einen Passagier vorknöpfte, weil er aus Krill hergestellte Nahrungsergänzungsmittel verwendete. Doch Keller sieht mich nicht oder ist nicht gewillt, sich zum Schweigen bringen zu lassen.

»Wie Deb schon sagte, verringert sich die Zahl der Adélies stetig, seit wir herkommen in manchen Kolonien um bis zu siebzig Prozent. Und es ist nicht nur, dass sie auf schneebedeckten Steinen nicht nisten können. Das Schwinden der Ozonschicht hat Auswirkungen auf das Phytoplankton, was wiederum Auswirkungen auf den Krill hat, und das bedeutet, dass die Pinguine weniger zu fressen finden. Sie müssen auf der Futtersuche weitere Wege zurücklegen, weshalb sie unter Umständen nicht rechtzeitig zurückkehren, um ihren Partner abzulösen, und ihre Küken verhungern oder verlassen werden. Ist *das* genug Beweis für Sie? Oder müssen die Pinguine erst komplett aussterben?«

Der Mann steht auf. »Ihr Ton gefällt mir nicht.«

»Tut mir leid«, sagt Keller. »Aber ich finde es einfach frustrierend, wenn Leute sich weigern zu sehen, was direkt vor ihrer Nase passiert.«

Der Mann wirkt entgeistert. »So können Sie mit uns nicht reden.« Er sieht Keller durchdringend an, bevor er sich umdreht und aus der Tür stapft.

Ein unbehagliches Schweigen erfüllt den Raum, dann spricht Keller weiter.

»Die Wahrheit tut weh, das weiß ich. Aber der Antarktis tut sie um einiges mehr weh als uns. Ich weiß, dass Sie alle sich hier eine einmalige Erfahrung erwarten – aber Sie sind einfach zu viele.«

Ich strecke den Arm nach dem Mikrofon aus.

»Man braucht keinen Pass, um in die Antarktis zu reisen«, fährt er fort. »Und mittlerweile gibt es eine ganz neue Sorte von so genannten Abenteurern, denen diese Gegend vollkommen egal ist. Sie wollen nur am kältesten Ort der Welt Fallschirm springen oder paragliden oder Wasserski fahren, damit sie auf der nächsten Party damit angeben können.«

Jetzt entwinde ich Kellers Hand das Mikro.

»Und wieso dürfen ausgerechnet Sie ihnen das verbieten?«, ruft eine Stimme von hinten. »Sie können sich nicht aussuchen, wer hierherkommt. Das ist kein Sportverein.«

»Nein.« Kellers Stimme klingt ohne Mikrofon nackt und rau. »Eher ein Friedhof.«

Glenn scheint aus dem Nichts aufzutauchen, ich sehe ihn erst, als er genau neben mir steht und das Mikro an sich nimmt. Aus dem Lautsprecher dringt ein hohes Jaulen, und Glenn wartet ab, bis es verklungen ist, bevor er in seinem üblichen glatten, ruhigen Ton sagt: »Meine Damen und Herren, damit ist unser Programm beendet. Vielen Dank.«

Schweigend bauen Keller und ich die Präsentationstechnik ab, und ich verstaue meinen Laptop in der Tasche. Ich hoffe, dass Glenn genug zu tun hat, um wieder auf die Brücke zu gehen, aber er bleibt in der Nähe, und sobald der letzte Passagier verschwunden ist, dreht er sich zu uns um. Er macht den Mund auf, schüttelt dann aber nur den Kopf.

»Sorry, Glenn«, sagt Keller. »Ich hab mich da ein bisschen hinreißen lassen.«

»Das wird langsam ärgerlich, Keller. Ich warne dich nicht noch mal.« Glenn wirkt, als wollte er noch mehr sagen, aber dann dreht er sich auf dem Absatz um und geht.

Ich sehe Keller an. Als wüsste er, was ich sagen möchte, hält er eine Hand hoch. »Ich will nicht darüber sprechen. Ich gehe ins Fitnessstudio.«

»Was ist mit dem Abendessen?«

»Scheiß aufs Abendessen.«

Seufzend packe ich den Rest unserer Ausrüstung zusammen. Als ich alles verstaut habe, hat das Essen bereits begonnen, aber ich bin ebenfalls nicht in der Stimmung. Ich weiß, dass Glenn nicht begeistert sein wird, dass Keller ohnehin schon genug Ärger hat und dass ich, obwohl ich momentan keinen Appetit verspüre, später wahrscheinlich Hunger bekomme. Aber der Chefkoch Eugenio mag Keller und mich und lässt uns nach den offiziellen Essenszeiten immer heimlich in die Kombüse. Keller spült das Geschirr vor und schrubbt Töpfe, ich schnappe mir einen Lappen und Eugenio bereitet uns währenddessen eine vegane Version des Essens zu, das es für das Küchenpersonal gab, immer ein philippinisches Gericht, Nudeln oder frittierten Tofu oder Gemüse-Empanadas.

Ich ziehe mir Laufsachen an und gehe ins Fitnessstudio, aber Keller ist nicht da. Mir fällt auf, dass das Licht in der winzigen Sauna brennt, einem nach Zedern duftenden

Holzkabuff mit einer einzelnen langen Bank, die gerade breit genug für eine Person ist. Ich ziehe mich aus und wickle mir ein Handtuch um, und als ich die Tür öffne, weht ein heißer Luftstoß heraus. Keller sitzt mit dem Rücken zur Wand auf der Bank, die Beine ausgestreckt. Ich setze mich auf das andere Ende und passe gerade so daneben. Meine Zehen stoßen an seine Fußsohlen.

Es ist unsere letzte Reise am Ende einer langen Saison, mit zwei Aufenthalten auf der Petermann-Insel und vier Schiffsladungen unterschiedlicher Passagiere. Wir sind beide ausgelaugt. Und in Momenten wie diesem befürchte ich, dass Keller vielleicht doch nicht für diese Arbeit geschaffen ist. Er ist ein großartiger Naturkundler geworden, aber er hat nicht gern Menschen um sich, besonders solche, die so wenig Ahnung haben. *Du warst früher genau wie sie*, habe ich ihn ein paar Wochen vorher erinnert, als er unfreundlich zu einem Passagier wurde, der auf einen Pinguinpfad getreten war. *So störrisch ignorant war ich nie*, erwiderte er abwehrend. Und ich sagte: *Dafür bist du störrisch ungeduldig. Sei ein bisschen nachsichtiger mit diesen Leuten.*

Jetzt rutsche ich auf der harten Holzbank herum und sage: »So sauer habe ich Glenn noch nie erlebt.«

Keller zuckt die Achseln. »Er wird sich schon wieder einkriegen.« Er sieht mich an, dann drückt er die Füße nach vorn und biegt dabei meine Zehen leicht zurück. »Ich weiß, was du denkst«, sagt er. »Ich werde mich bei Glenn entschuldigen, sobald er sich ein bisschen beruhigt hat. Und ihm ist bewusst, dass du nichts dafür konntest.«

»Darum geht es doch gar nicht. Du weißt inzwischen, was du riskierst, und trotzdem hörst du nicht auf.«

»Glenn bellt nur, der beißt nicht.« Er schließt die Augen. »Keine Sorge.«

»Ich mache mir aber Sorgen. Ich weiß nicht, was ich ohne dich auf diesen Reisen anfangen würde.«

Ich habe das Gefühl, Keller und ich helfen einander, auf diesen Fahrten nicht durchzudrehen, wir erinnern den anderen immer daran, dass wir bald ein paar Nächte zusammen in Ushuaia verbringen werden oder zwei Wochen allein unter den Pinguinen.

Wir ähneln uns in so vielerlei Hinsicht, selbst darin, wie Keller mir nach der Diashow das Mikro abgenommen hat und ich ihm dann wieder, beide versuchen wir, einander vor uns selbst und vor den Konsequenzen bei Glenn zu schützen. Mit einem plötzlichen unguten Gefühl frage ich mich jetzt, ob Keller und ich uns wirklich vor dem Durchdrehen bewahrt haben oder nicht eigentlich eher das Gegenteil getan, einen symbiotischen Wahn entwickelt haben, der unserer Liebe zur Antarktis und zueinander entspringt und der uns nicht näher an die Realität heran-, sondern weiter von ihr wegführt. Es sind die Passagiere, die die wirkliche Welt, ihre Meinungen und Gewohnheiten, ihre Fluchten und Wahrheiten spiegeln, und Keller und ich entfernen uns immer stärker von dieser Welt, vielleicht bis zu dem Punkt, an dem wir in ihr gar nicht mehr existieren können.

Da Keller die Augen geschlossen hat, nutze ich die Gelegenheit, ihn ungestört zu betrachten. Ich blinzle mir einen Schweißtropfen aus den Augen. Trotz des Vorfalls vorhin wirkt er unbelastet, entspannt, und doch kann ich erkennen, dass jeder Moment, den er bisher hier unten verbracht hat, bereits in sein Gesicht eingeprägt ist: Die Haut ist gerötet von Kälte und Wind und Sonne, die Augen von Krähenfüßen umgeben. Was mich zu Keller hinzieht, sind Dinge, die vermutlich wenige Menschen außerhalb der Antarktis – selbst Glenn nicht, vor allem Glenn nicht – je erleben werden. Zum Beispiel, wie Keller einen Brand in einem der staubtrockenen Schlafräume in McMurdo gelöscht hat. Wie er eine Prügelei zwischen zwei Mechanikern im Southern Exposure schlichtete. Wie er einem Pinguin ein Ei zurück in die Bruttasche legte, als der Vogel sein Nest nicht verlassen konnte, und sich für seine Bemühungen eine blutige Bisswunde zuzog. Aber vor allem stammt das, was ich über Keller weiß, aus dem gemeinsamen Schweigen auf unseren Gletscherwanderungen, aus den Momenten, die wir uns von den Touristen weg aufs oberste Deck geschlichen haben, von den Wiedersehen, die sich anfühlen, als wären wir nie getrennt gewesen.

Ich stehe auf und gieße mit dem großen Holzlöffel Wasser über die Lavasteine. Es zischt laut, und der Raum füllt sich mit Dampf, der die Hitze verstärkt. Das Atmen fällt schwerer, und als Keller die Lider öffnet und ich ihm durch den Dampf hindurch in die Augen sehe, die dunkel und feucht wie die eines Seehunds sind, begreife ich, dass er, auch wenn ich ihn noch so gut kennen mag, immer ein bisschen außer Reichweite bleiben wird, selbst für mich. Dass er nicht auf Glenn hört, ist das Eine – dass er nicht auf mich hört, damit hatte ich nicht gerechnet.

»Du musst dich mal zusammenreißen«, sage ich jetzt. »Ich weiß, dass du es hasst, dich bei Glenn einzuschleimen, aber wenn es eben sein muss –«

»Wir arbeiten für das APP, nicht für Glenn«, murmelt er, während seine Augen wieder zufallen.

»Solange Glenn uns herbringt, arbeiten wir sehr wohl für ihn. Das ganze Programm hängt von unserem kostenlosen Transport ab.«

»Er ist nicht kostenlos. Wir zahlen einen extrem hohen Preis.«

»Glaub mir, das weiß ich. Aber das ist es wert.«

Keller öffnet die Augen und sieht mich an. »Dann bist du also Glenns Meinung? Du findest, Meeresfrüchte gehören auf die Speisekarte?«

»Nein, natürlich nicht, aber wenigstens sehe ich die Realität: dass es nämlich unmöglich ist, eine Kreuzfahrt ausgebucht zu bekommen, wenn man nicht serviert, was die Passagiere essen wollen.«

»Diese Passagiere müssen erfahren, was für eine Katastrophe das ist.«

»Ja, ich versteh dich ja«, sage ich. »Wirklich. Aber da wir die Leute hierherbringen, müssen wir sie aufklären, ihnen zeigen, wie wichtig das ist, was sie mit eigenen Augen sehen. Wenn es nach dir ginge, würdest du einfach alles absperren.«

»Worauf du dich verlassen kannst.«

»Tja, in dem Fall wäre keiner von uns hier. Du auch nicht.«

In der Hitze der Sauna verschwimmt alles, und ich kann ihn nicht mehr klar sehen.

»Die Entdecker«, sagt Keller, »waren besessen davon, die Ersten zu sein. Scott, Amundsen, alle, es ging immer darum, irgendwas zum ersten Mal zu machen. Jetzt will jeder unbedingt das Letzte. Den letzten Kontinent abhaken. Alles noch mal sehen, bevor es weg ist. Bald werden sie damit angeben, den letzten lebenden Adélie fotografiert zu haben.«

»Mein Gott, das hoffe ich nicht.«

»Mach dich drauf gefasst«, sagt er.

Abrupt steht er auf, öffnet die Tür und geht. Kalte Luft weht herein. Schneller als ich es für möglich gehalten hätte, spüre ich die Hitze aus meinem Körper weichen.

EINEN TAG VOR SCHIFFSUNTERGANG

Südlich des Polarkreises
(66° 33' S)

Es ist in der Antarktis nicht ungewöhnlich zu sehen, was nicht existiert – Berge schweben frei in der Ferne, am Horizont ragen die Hochhäuser einer Stadt auf. Wenn das Meer kälter als die Luft ist, bildet sich eine Schicht, die eine polare Luftspiegelung hervorruft. Je mehr Schichten, desto stärker bricht sich das Licht: Berge erwachsen aus dem Meer, Klippen verwandeln sich in Schlösser. Solche Spiegelungen dauern normalerweise nur wenige Momente an, bis die Luftschichten sich vermischen, dann verschwinden sie wieder.

Diese Trugbilder können gefährlich sein – oft schon wurden deswegen Entfernungen falsch eingeschätzt – oder einfach nur peinlich, weil die Forscher Land bestimmten, das es gar nicht gab. Mitte des neunzehnten Jahrhunderts entdeckte Sir James Clark Ross ungefähr vierzig Kilometer von seiner Position östlich der Ross-Insel eine Bergkette, die er Parry Mountains taufte. Doch in Wirklichkeit waren da gar keine Berge, sondern was er gesehen hatte, war die Spiegelung einer anderen Gipfelkette in fast fünfhundert Kilometern Entfernung.

Solche Bilder haben einen Namen, Fata Morgana, und jetzt gerade habe ich das Gefühl, eine zu sehen: ein großes, mehrschichtiges Gebäude, das sich aus dem Meer erhebt und am Horizont entlangbewegt. Ich stehe auf dem Vordeck, gegen einen beißenden Wind gestemmt, und hoffe, dass es sich nur um eine optische Täuschung handelt. Kurz vor einem Sturm oder einem Wetterwechsel ist es normal, eine Fata Morgana zu sehen.

Aber dieses Bild wabert oder verschwimmt nicht, es verschwindet nicht. Mit pochendem Herzen hebe ich das Fernglas an die Augen, um bestätigt zu bekommen, was noch absonderlicher als eine Fata Morgana ist und allzu real – die *Australis* in ungefähr einer halben Seemeile Entfernung, in unsere Richtung unterwegs. Nach Süden.

Ich renne auf die Brücke. Glenn steht neben Kapitän Wylander, der ins Funkgerät spricht.

»Was zum Henker macht das Schiff hier unten?«, frage ich.

»Genau das versuchen wir gerade herauszufinden.«

Der Kapitän reicht das Funkgerät an Glenn weiter, der eine Warnung an das Schiff durchblafft. »Fehlende Voranmeldung verstößt gegen IAATO-Vereinbarungen.«

»Die wollen zum Gullet, oder?«

»So weit schaffen sie es nicht.«

Ich verlasse die Brücke, gehe zurück aufs Deck und sehe durchs Fernglas, als könnte ich Keller an Bord entdecken. Ich suche nach einer orangefarbenen Besatzungsjacke, aber es ist eiskalt und kaum jemand draußen, nur einzelne Passagiere sind über die fünf Decks der *Australis* verstreut, ohne jede Ahnung, was ihr Kapitän riskiert. Jetzt schon verblassen sie in dem Dunst und dem Schneeregen, der langsam das Deck unter meinen Füßen glitschig macht.

Durch den Nebel spähe ich auf das fester werdende Eis. Gestern noch hatte Glenn selbst geplant, den Gullet anzusteuern, den malerischen, aber schmalen Wasserstreifen, der die Adelaide-Insel von der antarktischen Halbinsel trennt. Nur wenige Touristenschiffe kommen überhaupt so weit, und in Anbetracht des Wetterwechsels und der Menge an sich bildendem Eis hat Glenn beschlossen umzukehren. Im Gegensatz zu demjenigen, der am Steuer der *Australis* steht, ist Glenn viel zu vorsichtig, um etwas Heikles zu probieren, wenn die Bedingungen nicht ganz genau richtig sind. Und deshalb sind wir wieder gen Norden unterwegs, während die *Australis* nach Süden fährt.

Selbst hier ist das Meer schon unglaublich vereist, große Klumpen donnern gegen den Rumpf. Die Passagiere drehen immer durch, wenn sie das metallische Dröhnen von Eis hören, und ich werde den Großteil meines Tages damit beschäftigt sein, nervösen Touristen zu versichern, dass der Rumpf der *Cormorant* verstärkt ist, dass es mehr als ein paar Eisbrocken braucht, um sie zu versenken. Könnte ich doch nur das Gleiche von der *Australis* sagen, die nicht für die eisigen Bedingungen gebaut wurde, in die sie gerade steuert.

In den hundert Jahren seit dem Untergang der *Titanic* hat sich der Schiffsbau stark verbessert. Es ist keine Übertreibung, wenn man Passagieren beteuert, dass die heutigen Kreuzfahrten sicher sind. Doch das Eine, was sich nicht verändert hat, ist die menschliche Natur – Ego und Leichtsinn und Überheblichkeit und was auch immer sie hervorbringen mögen –, und jedes Schiff ist nur so sicher wie sein Kapitän und seine Besatzung und die Entscheidungen, die sie treffen.

Der sulzige Schnee reibt am Stahl wie eine Drahtbürste, und der vertraute, ungleichmäßige Rhythmus entspannt mich. Ich stütze mich auf das Geländer, den Blick immer noch auf die *Australis* gerichtet. Ich würde mir gern einbilden, ich hätte gewusst, dass sich das Schiff so weit südlich befindet, dass ich Kellers Nähe irgendwie gespürt habe. Mehr als je zuvor muss ich mit ihm reden. Aber als ich gerade zum Satellitentelefon gehen will, funkt Glenn mich an.

»Wir machen eine Eisanlandung«, teilt er mir mit. »Sei in fünf Minuten bereit zum Auskundschaften.«

* * *

Ich senke die Gangway auf eine weite Festeisebene ab. Der Kapitän hat die *Cormorant* bis an eine gefrorene Meeresfläche gelenkt, und trotz des wolkigen Nachmittags brennt das Eis vor weißem Licht. Eine weitere unvergessliche Erfahrung für die Touristen: die Möglichkeit, übers Wasser zu gehen.

Einige Zentimeter frischer Pulverschnee bedecken das Eis, und Thom, Nigel und ich laufen auf das Meereis hinaus, prüfen die Festigkeit mit Skistöcken und markieren mit Flaggen Grenzen, die die Touristen gleich nicht überschreiten dürfen. Eine halbe Stunde später begleiten wir sie direkt vom Schiff auf die weiße Fläche.

Eisanlandungen sind meine Lieblingsexkursionen – keine Schlauchboote, keine Pinguine, nur einen Meter dickes Eis, das die Passagiere, weil sie auf dem Meer wandeln, begeistert. Ein Mann lässt sich fallen und macht einen Schneeengel. Schneeballschlachten brechen aus.

Ich lasse den Blick schweifen, und als ich eine Gestalt in ungefähr hundert Metern Entfernung entdecke, hinter einer der Grenzflaggen, glaube ich schon, ich hätte jetzt wirklich Halluzinationen. Wer geht denn absichtlich weiter, als wir für sicher erklärt haben?

Ich kenne die Antwort bereits, bevor ich durchs Fernglas sehe.

Mittlerweile ist sie mehrere Meter hinter der Flagge, und sonst scheint es niemandem aufgefallen zu sein. Mit schnellem Schritt gehe ich auf sie zu und bemühe mich, so zwanglos wie möglich zu wirken. Ich hoffe, sie hat die Flagge nur übersehen und wird ihren Fehler bemerken und umkehren. Aber Kate läuft weiter.

Sobald ich an der Markierung vorbei bin, rufe ich ihren Namen. Falls sie mich trotz des Windes hört, reagiert sie nicht darauf.

Ich beschleunige mein Tempo, und meine Stiefel rutschen auf dem Eis unter der dünnen Schneeschicht. Vor mir treffen sich die schimmernde weiße Fläche und der ausgebleichte Himmel und verschwimmen miteinander. *Nicht hinfallen*, denke ich mir. *Bloß nicht hinfallen.*

Ich schwitze in dem Anorak und den ganzen Schichten darunter und bin atemlos von der Kälte und vom Rufen nach Kate. Schließlich, ungefähr fünf Meter vor ihr, fange ich an zu rennen. Ich hole sie ein und packe sie am Handgelenk.

Sie dreht sich um, ihre Miene ist undurchdringlich. Ich halte sie fest, während ich versuche, wieder zu Atem zu kommen.

»Was soll diese Verschwinde-Nummer?«, sprudle ich heraus.

»Ich wollte nur mal ein paar Minuten für mich sein. Ich mag es nicht, andauernd Leute um mich rum zu haben.«

»Dann hätten Sie nicht auf eine Kreuzfahrt gehen sollen. Los jetzt.«

»Ich bin noch nicht so weit.«

»Sie werden hier nicht gefragt, Kate. Wir haben dieses Eis nicht auf Sicherheit überprüft. Kommen Sie.«

Ehe ich reagieren kann, reißt sie ihren Arm weg und rennt los, weg von mir und der *Cormorant*, und ich sehe mich zum Schiff um. Meine Kollegen sind mit den anderen Passagieren beschäftigt, also drehe ich mich um und folge Kate. Ich weiß nicht, auf was für einem Selbstmordkommando sie gerade ist, aber ich weiß auf jeden Fall, dass sie nicht noch weiter weg darf. Sie rutscht und stolpert, und als ich wieder nah genug bei ihr bin, strecke ich die Hand aus – und dieses Mal verlieren wir beide das Gleichgewicht und stürzen aufs Eis.

Ich fange mich ab und lande hart auf allen vieren, spüre das Brennen der überdehnten Handgelenke, den scharfen Schmerz in den Knien. Meine Sonnenbrille fällt herunter, und ich drehe mich um und lege mich mit dem Rücken aufs Eis, schließe kurz die Augen vor dem blendenden Weiß des Himmels.

Als ich sie wieder aufschlage, sitzt Kate mit verzogenem Gesicht neben mir und klopft sich den Schnee vom Anorak.

»Was zum Henker ist mit Ihnen los?«, frage ich.

Zu meiner Überraschung hat sie Tränen in den Augen, als sie sich mir zuwendet. »Ich bin schwanger«, flüstert sie.

Ich nicke, sage aber nichts.

»Ich versuche die ganze Zeit herauszufinden, wie es mir damit geht«, sagt sie. »Ob ich mich darüber freuen, ob ich bereit sein kann. Aber es geht einfach nicht.«

»Das kommt schon noch«, versichere ich ihr.

»Woher wollen Sie das wissen?«

Ein gewaltiges Knacken erfüllt die Luft um uns herum, und sie sieht mich erschrocken an. »Was war das?«

»Das Eis.«

»Bricht es?«

»Es ist mehr ein Atmen«, sage ich. »Das macht eine

Menge Lärm. Das heißt nicht, dass wir schon untergehen. Trotzdem müssen wir weg.«

»Entschuldigung«, sagt sie, macht aber keine Anstalten aufzustehen. »Ich wollte nicht –« Sie seufzt. »Ich brauchte einfach ein bisschen Ruhe zum Denken.«

»Ich weiß.«

»Ja?«

Einen Moment lang scheint es fast natürlich, es ihr zu erzählen, mit jemandem darüber reden zu können. Aber ich sage nur: »Ja.«

Sie schüttelt den Kopf. »Alle glauben, wenn man heiratet, bekommt man Kinder. Wer keine will, mit dem stimmt was nicht.«

»Mit Ihnen stimmt alles.«

Sie lächelt müde. »Das glauben Sie vielleicht, aber nehmen Sie mir das nicht übel, Sie sind ja ein noch größerer Freak als ich. Kein Partner, keine Kinder, das halbe Jahr in der Antarktis unterwegs.«

Unwillkürlich mag ich sie noch ein bisschen mehr. »Es ist egal, was die anderen denken.«

Aus dem Funkgerät dringen aufgeregte Gesprächsfetzen, und ich lausche. Es ist Glenn, der uns zum Schiff zurückruft.

»Die Eisbedingungen verschlechtern sich«, blafft er. »Wir müssen weg. Sofort.«

Mir ist kaum aufgefallen, dass der Wind zugenommen hat, dass die Schneeschicht an uns vorbeiweht und glitschiges, launenhaftes Eis darunter freigibt.

Als ich den Kopf hebe, sehe ich, dass in einiger Entfernung die anderen Naturkundler unmittelbar hinter den Markierungsflaggen und in gleichmäßigem Abstand zueinander stehen. Von den Passagieren kann ich keinen entdecken, Glenn muss alle zurück aufs Schiff geholt haben.

Mühsam stehe ich auf und reiche Kate die Hand. »Kommen Sie, wir müssen los.« Ich versuche, meinen Tonfall ruhig, geduldig zu halten.

Als wir losgehen, auf die Flaggen zu, richte ich die Augen nach unten, um auf Risse zu achten, obwohl ich nur zu gut weiß, dass man sie erst sieht, wenn es zu spät ist. Wir hören ein donnerndes Krachen – mehr Vibrieren als Geräusch –, und ich gehe langsam auf die Knie und ziehe Kate am Arm mit.

Ein Seil landet vor uns. Ich hebe den Kopf und sehe Nigel und Amy nicht weit von uns.

»Das Eis ist nicht mehr stabil«, sage ich zu Kate und recke mich vorwärts, um das Seil zu holen. »Nur zur Sicherheit müssen wir unser Gewicht breiter verteilen, bis wir an eine bessere Stelle kommen.«

Ich binde Kate das Seil um den Bauch, knapp unter den Brüsten. »Wir müssen uns flach hinlegen und kriechen, aber Nigel wird Sie auch gleichzeitig ein bisschen ziehen. Liegen Sie so flach wie möglich.«

»Entschuldigen Sie bitte«, sagt sie. »Ich wollte nicht solchen Ärger machen.«

»Wir müssen uns beeilen.« Damit lege ich mich flach in den Schnee, um ihr zu zeigen, wie es geht. »Schieben Sie sich mit Ellbogen und Knien vorwärts. Wenn Nigel das Okay gibt, können Sie aufstehen. Ich bin direkt hinter Ihnen. Los.«

Sie macht sich ganz flach auf dem Eis und rutscht langsam und unbeholfen vorwärts, immer wieder blickt sie auf, als wollte sie sich an meinen Kollegen orientieren.

Als sie Nigel erreicht, geht er rückwärts auf sicheren Untergrund und hilft ihr dann auf die Füße. Amy hält ihren Arm fest, während wir schnell zurück zur *Cormorant* laufen, als könnte Kate wieder wegrennen.

Auf dem Schiff wartet Glenn.

Die Miene, mit der er Kate fixiert, erinnert mich an den Blick, mit dem er Keller an jenem Tag letzte Saison angesehen hat, nach unserem verheerenden Diavortrag.

»Die Sicherheit der Passagiere auf diesem Schiff ist meine oberste Priorität«, sagt er.

»Ich weiß ...«, setzt Kate an.

»Das glaube ich Ihnen nicht, Mrs Archer. Ihr Verhalten heute hat Sie und unser Personal in Gefahr gebracht. Und ich muss Sie ja wohl nicht an den Vorfall mit Ihrem Mann auf Deception Island erinnern.«

Kate starrt zu Boden, und Glenn fährt fort. »Vor fünf Jahren wollte eine Frau, die mich stark an Sie erinnert, eine Nahaufnahme von einer auf dem Festeis schlafenden Robbe. Sie ist an den Flaggen vorbeimarschiert, und zwei Besatzungsmitglieder sind ihr gefolgt. Einer ist eingebrochen und beinahe ertrunken. Möchten Sie so was auf dem Gewissen haben?«

Kate sieht auf, um seinem schonungslosen Blick zu begegnen. Sie schüttelt den Kopf.

»Sie haben nicht nur das Leben der Besatzung riskiert, sondern das jedes Passagiers auf diesem Schiff«, erklärt Glenn ihr. »Die Eisbedingungen können sich hier unten innerhalb von Minuten verändern, und unser Kapitän muss jederzeit reagieren können. Er kann nicht auf Passagiere warten, die mutterseelenallein auf dem Eis rumturnen.«

»Das verstehe ich.«

»Gut«, sagt Glenn. »Denn wenn Sie noch ein Mal aus der Reihe tanzen, wende ich das Schiff und bringe Sie zurück nach Argentinien. Die anderen Passagiere werden garantiert nicht erfreut über die Änderung der Reiseroute sein.«

Kate nickt und starrt auf ihre Füße. Glenn bedenkt sie

noch mit einem vernichtenden Blick, dann geht er. Seine Schritte hallen aus dem Gang zu uns zurück.

Mit tiefrotem Gesicht dreht Kate sich zu mir um, und ich merke ihr an, dass sie zu den Menschen gehört, die sich noch nie Ärger eingehandelt haben. Außerdem weiß ich, dass Glenn die Geschichte dramatisiert hat; das Besatzungsmitglied hat sich damals nur das Handgelenk verstaucht.

»Er meint es ernst«, sage ich zu ihr. »Seien Sie brav, ja? Sie und Richard, alle beide.«

Wieder nickt sie und wendet sich zum Gehen. Ich sehe, dass sie sich bewegt wie ich jetzt, die Körpermitte schützend. Es ist erst ein paar Tage her, dass sich alles verändert hat, dass ich noch dachte, ich könnte das Chaos des Menschseins, des Frauseins vermeiden, indem ich mich in die Arbeit vertiefe.

Ich drücke die Finger meiner rechten Hand in die linke, taste nach dem unter dem Fäustling verborgenen Ring. Ich habe Keller die Geschichte des Vogels, dem er früher gehörte, noch nicht erzählt, und plötzlich bin ich froh darüber. So vieles bei den Pinguinen – und seiner eigenen Vergangenheit – dreht sich um Verlust, und vielleicht ist es besser, nicht über die Verletzlichkeit des Lebens nachzudenken, darüber, dass ein Stückchen Metall gerade noch an einem lebendigen Wesen hängt und im nächsten Moment von einer Leiche entfernt wird.

FÜNFZEHN JAHRE VOR SCHIFFSUNTERGANG

Punta Tombo, Argentinien

Es erstaunt mich, wie schnell meine erste Woche in Punta Tombo zu einem Monat geworden ist. Es ist bereits Mitte November, Frühling in Argentinien, und in drei Wochen fahre ich nach Hause, um das dritte Jahr meines Promotionsstudiengangs in Naturschutzbiologie abzuschließen.

Schon in meiner zweiten Saison in Punta Tombo fühle ich mich wie ein Stammgast, während ich weiterhin Markierungen anbringe und die Pinguine in der größten Magellan-Kolonie der Welt untersuche. Dieses Mal bin ich auch von dem Wohnwagen neben der Forscherunterkunft zu einem Stockbett in einem Zimmer mit fünf anderen Studenten aufgestiegen. Abgesehen davon ist alles gleich, die lange Anreise, das Duschen einmal pro Woche, die Fertigsuppen. Zwar genieße ich die Gesellschaft anderer Forscher – nächtliche Gespräche bei diversen Gläsern Malbec, gemeinsame Entdeckungen in dieser ganz neuen Welt –, doch ich vermisse auch den Wohnwagen mit dem Rasseln des nie endenden Windes und dem Kreischen des darunter wohnenden Pinguins, der immer noch auf seinen Partner wartet.

In der letzten Saison, meinem zweiten Promotionsjahr

und ersten Aufenthalt hier, habe ich zum ersten Mal überhaupt einen Pinguin gesehen. Der *pingüino*, wie er hierzulande heißt, stand auf einer unbefestigten Straße in der Nähe der Forscherunterkunft. Ich hatte damals schon einiges über die siebzehn Pinguinarten gelesen, aber das war alles nichts im Vergleich dazu, den kleinen schwarzweißen Kerl in ein paar Metern Entfernung die Straße überqueren zu sehen. Seine Magellan-Merkmale waren deutlich zu erkennen, schwarz mit weißem Bauch, ein weißer Streifen, der an den Augen anfängt, seitlich am Kopf einen Bogen beschreibt und unter dem Kinn zusammenläuft. Ein schwarzer Streifen, der in U-Form Brust und Bauch umgibt. Ein schwarzer Schnabel und etwas rosa Haut um die Augen herum. Er lief in der Dämmerung vorbei, mit der typischen Zielstrebigkeit eines Pinguins – Kopf hoch erhoben und Flügel ausgestreckt –, und er schenkte uns, einem Auto voller Wissenschaftler mit Jetlag, kaum Beachtung, als er von der Straße in die triste Landschaft aus gelbbraunem Staub und Gestrüpp in Myriaden von Grüntönen verschwand.

Die meisten Pinguine hier sind an Menschen und Unruhe gewöhnt. Das Land, auf dem sich die Kolonie befindet, wurde der Provinz Chubut von einer einheimischen Familie gestiftet, zur Erhaltung – aber auch für den Tourismus. Zusätzlich zur *estancia*, der privaten Ranch der Familie, und der Unterkunft für die Forscher leben die Pinguine auch in unmittelbarer Nachbarschaft zu einem Touristenzentrum mit Geschäft und Restaurant sowie öffentlichen Toiletten und einem Parkplatz.

Kurz nach dem Morgengrauen erwacht die Forscherunterkunft zum Leben: blubbernder Kaffee, Türen auf und zu, Löffel in Müslischalen. Ich ziehe mir eine braune Cargohose und drei Schichten von grünen und braunen Oberteilen an, denn die staatliche Verordnung verlangt, dass wir uns den Farben der Landschaft anpassen. Außerdem schnalle ich mir Knieschoner um, weil wir viel Zeit auf dem Boden verbringen, wenn wir in Büschen und Erdhöhlen die Vögel zählen. Ich stecke mir eine Wasserflasche und einen Müsliriegel in den Rucksack und mache mich mit Christina, der schon promovierten Wissenschaftlerin, mit der ich zusammenarbeite, auf den Weg. Wir wandern zwischen Pinguinen, Schafen, Guanakos und Feldhasen herum, deren Schatten im frühen Morgenlicht lang sind.

Ich trage den *gancho*, einen Haken an einem langen Stab, den wir sanft unter die Brust der Pinguine schieben, um sie leicht anzuheben und dadurch sehen zu können, ob sie Eier bebrüten. Wenn wir ein Nest mit einem beringten Vogel finden, ziehen wir ihn vorsichtig mit dem Haken heraus.

Als ich in einer Bruthöhle ein beringtes Weibchen entdecke, wünschte ich, wir könnten es in Ruhe lassen. Der Pinguin kuschelt sich mit seinem Partner ins Nest, und als sie mich bemerken, legen sie den Kopf von einer Seite zur anderen, ganz weit, hin und her in einer ständigen, nervösen Bewegung. Ich beuge mich so weit vor, dass ich die Ziffern auf der Marke lesen kann, dann rufe ich sie Christina zu, die in der Liste nachsieht. Wie es sich herausstellt, sind wir diesem Pinguin seit fünf Jahren nicht mehr begegnet, also müssen wir ihn überprüfen. Ich lasse ihn von Christina mit dem *gancho* aus dem Nest ziehen, dann schiebe ich die Riemen der Handwaage um den Vogel und halte ihn hoch. Christina notiert das Gewicht des Tiers, vier Kilo, dann nimmt sie mir die Waage ab. »Ich lass sie jetzt runter«, sagt sie. »Kannst du sie halten?«

Ich halte das Weibchen fest am Hals und klemme es mir vorsichtig zwischen die Knie. Mit meinen fingerlosen Handschuhen kann ich sein weiches, dichtes Gefieder spüren, und um es zu beruhigen, halte ich ihm die Augen zu, während Christina Schnabellänge und -breite sowie die Füße misst, die Werte laut abliest und aufschreibt. Als sie fertig ist, drehe ich den Pinguin zum Nest um und lasse ihn los. Er krabbelt zurück in die Höhle, und ich stoße einen leisen Seufzer der Erleichterung aus.

Unter einem bewölkten, türkisfarbenen Himmel arbeiten wir uns weiter durch die Kolonie, zwischen Staub und struppigen Büschen – dem *lycium* und *uña de gato*, dem *jume* und *molle* und dem *quilembai*. Wir kommen an einem unmittelbar neben seinem Nest auf dem Bauch schlafenden Pinguinpaar vorbei, der Schnabel des Weibchens ruht auf dem Rücken seines Partners. Etwa knappe zwei Kilometer weiter sehen wir einen toten Pinguin, ein Männchen, das zwischen Kieselsteinchen und kurzem hellgrünen Gras nur ein, zwei Meter von seinem Nest entfernt liegt, einer Höhle unter einem *quilembai*-Strauch.

Ich sehe zu der Höhle hinüber. Die Partnerin des Pinguins sitzt am Eingang ihres Nests, den Blick auf ihren toten Partner gerichtet. Ich kann keine Eier entdecken, also haben sie gerade erst zusammengefunden. Irgendwann wird sie aufbrechen müssen und dann in der nächsten Saison zurückkehren, um einen neuen Versuch zu starten. Magellan-Pinguine sind erstaunlich nesttreu, selbst wenn eines beschädigt ist, wird es nicht aufgegeben. Wir haben Nester gesehen, die von Touristen zertrampelt worden waren; die Pinguine bauen es wieder auf. Wir haben Höhlen gesehen, die nach schweren Regenfällen eingestürzt waren; die Pinguine buddeln sich heraus. Wir haben Vögel auf ihre Nester zuhasten sehen, während Touristen sich zum Fotografieren um sie herumdrängten, wir haben gesehen, wie sie die Straße zu überqueren versuchten, um zu ihren Nestern zu gelangen, während die Autos vorbeirasten. Manchmal schaffen sie es; manchmal nicht.

Und das erleben Christina und ich auf dem Rückweg zum Forschungszentrum: Ein Pinguin liegt auf der Straße, etwas weiter vorn steht ein Reisebus, dessen Fahrer lebhaft auf Spanisch spricht. Meine Spanischkenntnisse sind begrenzt, aber es ist klar, was passiert ist. Das Tier, ein Weibchen, wollte zu seinem Nest zurückkehren und wurde überfahren. Ich knie mich hin. Mir fällt die Marke am linken Flügel auf, und mit einer kleinen Zange, die ich in der Hosentasche habe, nehme ich sie ab. Später, als ich nachschlage, erfahre ich, dass das Weibchen fünfzehn Jahre alt ist, dass wir es seit zehn Jahren überwachen, dass es neun Kükengenerationen in dieser Zeit aufgezogen hat. Ich werde den letzten Eintrag über diesen Vogel in unseren Feldnotizen machen, eine Art Totenschein ausstellen.

Jetzt sehe ich mich um, welches ihr Nest gewesen sein könnte. Darin liegt ein einzelnes Männchen auf zwei Eiern. Möglicherweise schlüpfen die Küken aus, wenn er sie nicht im Stich lässt, aber selbst wenn sie es so weit geschafft haben, werden sie nicht überleben.

Nach dem Abendessen mache ich einen Spaziergang. Die Sonne geht gerade unter, der Himmel färbt sich violett. Ein dünner, wässrig blauer Streifen durchzieht die Landschaft, wo der Himmel auf Wasser trifft, und die flachen, weichen Hügel sind in Lavendellicht getaucht. Ich steige auf einen Abhang, von dem aus ich das Meer sehen kann, die Rufe der Pinguine erschüttern die Stille.

In der Ferne entdecke ich die Lichter eines Fischerboots, das zweifellos mit Öl durchsetzten Ballast über Bord kippen und Pinguine in seinen Netzen fangen wird. Die Kolonie hier ist in den letzten zehn Jahren um fast zwanzig Prozent geschrumpft. Wir töten sie im großen Stil und im kleinen, zu tausenden und einzeln. Ihre Feinde sind nicht mehr andere Tiere oder Naturgewalten, sondern jene am Steuer von Schiffen und Bussen.

Als ich zurück in der Unterkunft bin, hole ich mir im Ausrüstungsraum ein Zelt. Den Schlafsack unter der Achsel und eine Taschenlampe in der Hand, um den Pinguinhöhlen nicht zu nah zu kommen, laufe ich über den Lichtschein des Hauses hinaus über einen kleinen Hügel in eine Senke, bis es nichts mehr außer mir und den Pinguinen gibt. Ich schlafe beim Rütteln des Windes am Zelt ein und wache zur Melodie wieder vereinter Pinguine auf – Klänge der Liebe und Hoffnung und Zuversicht, in einer Sprache, die die Wissenschaft niemals entschlüsseln wird und die ich doch zu verstehen glaube.

* * *

Alle paar Wochen fährt ein Grüppchen die zwei Stunden nach Trelew, um Vorräte einzukaufen, und beim nächsten Mal bin ich dran. Während wir über die Piste rollen, sehe ich aus dem Fenster und denke über meinen Entschluss nach. Dass es, wenn ich meine Promotion aufgebe, eine Wissenschaftlerin weniger geben wird, um die Vögel retten.

Doch ich kann das nagende Gefühl nicht ignorieren, dass ich geografisch gesehen erst halb so weit bin, wie ich eigentlich sein möchte. Und ich weiß, dass ich leicht ersetzt werden kann, dass ich anderswo Arbeit finden kann, dass überall Pinguine gerettet werden müssen.

Monate vorher, zu Hause in Seattle, habe ich von einer Organisation namens Antarktis-Pinguin-Projekt gehört. Sie ist erst wenige Jahre alt, hat aber gerade beträchtliche finanzielle Mittel erhalten, und ihre Mission hat mein Interesse geweckt, denn sie arbeitet mit Naturkundlern aus aller Welt und aus unterschiedlichen Fachbereichen zusammen. Die Forscher sind nicht alle promoviert und gehören nicht alle einer Universität an. Das Projekt scheint mir gut geeignet für die einzelgängerische Wissenschaftlerin, in die ich mich gerade verwandle.

Sobald wir in der Stadt ankommen, vereinbare ich für später einen Treffpunkt mit der Gruppe, besorge in einer *farmacia* ein paar Dinge und suche mir ein Telefon. Mit meiner Kreditkarte bezahle ich ein Gespräch in die USA. Als eine gehetzte Frauenstimme blafft: »Antarktis-Pinguin-Projekt«, stelle ich mich vor.

* * *

Es ist meine letzte Woche in Tombo, und sosehr ich mich auch auf die Antarktis freue, fällt es mir doch schwer, mich von diesen Vögeln zu verabschieden, die mir so viel beigebracht haben.

Am Tag vor meiner Rückreise wandere ich zur Spitze der Halbinsel, vorbei an der Forschungsstation und dem Touristenzentrum, über mit Pampasgras getupfte Sanddünen. An der Stelle, wo eine Brücke aus Lava und Gezeitentümpeln ins Meer führt, bleibe ich stehen. Hellgrünes Wasser bricht sich an schwarzem Fels, Pinguine schwimmen in der Gischt und kommen in einer Kurve aus schwarzem Sand an Land.

Als ich sie dabei beobachte, wie sie aus der Brandung hüpfen, denke ich an die Tasche in der Forschungsstation, einen Leinensack voller Pinguinmarken. Sie werden uns von Fischern geschickt, die Marken all der Pinguine, die in ihren Netzen gestorben sind oder die sie tot im Wasser oder an der Küste gefunden haben. Ich taste nach der Marke in meiner

Jackentasche, die ich dem auf der Straße überfahrenen Vogel abgenommen habe, einem von so vielen.

Schließlich wende ich mich vom Wasser ab, von den vor noch unentdeckten Pinguinmarken rasselnden Wellen, und laufe zurück zur Station, ohne dem Drang nachzugeben, mich noch einmal umzusehen.

STUNDEN VOR SCHIFFSUNTERGANG

Nördlich des antarktischen Polarkreises
(66° 33' S)

Schlamm, Press, Bruch, Pfannkuchen, Höcker, Frazil, Treib, Fest – es gibt so viele Bezeichnungen für die unterschiedlichen Eistypen in der Antarktis, so viele Möglichkeiten für ein Schiff, in Schwierigkeiten zu geraten. Und jetzt, während die *Cormorant* ihre Fahrt nach Norden durch Treibeis fortsetzt, frage ich mich, wie die Bedingungen wohl weiter südlich sind, wo sich die *Australis* befindet. Beim ersten Anzeichen stürmischen Wetters hat Glenn kehrtgemacht, gerade als die *Australis* hineingefahren ist.

Es wäre weniger gefährlich, wenn das Meer weiter südlich einfach undurchdringlich wäre. Aber ich weiß, wenn es schiffbar aussieht, geht ein Kapitän, der unter Druck steht und einem übereifrigen Kreuzfahrtdirektor gefällig sein möchte, möglicherweise ein Risiko ein. Das harmlose Schlamm- und Frazileis – die Anfänge des Gefriervorgangs – kann die *Australis* bewältigen, und sie kann sich auch durch Pfannkucheneis schieben, diese runden, flachen Stücke, die in der frühen Entstehungsphase von kompaktem Meereis dicht zusammenschwimmen. Doch wenn das Salz aus dem Eis in das darunter liegende Wasser abgegeben wird, wenn der Wind die Schollen zusammenschiebt, wenn die Höcker und Presseisrücken höher und höher werden, wird das Schiff immer schwieriger zu manövrieren. Sobald sich das Eis festigt und zusammenhaftet, wird die Umgebung mehr Land als Meer und ein Umkehren irgendwann unmöglich.

Dank unseres hastigen Rückzugs vom Meereis nach der Anlandung sind unsere Passagiere gleichzeitig fasziniert und besorgt. Während der Happy Hour in der Lounge gibt es jede Menge Fragen zu beantworten, Missverständnisse aufzuklären. Einer bezeichnet die *Cormorant* als Eisbrecher, und ich verbessere ihn.

»Ein echter Eisbrecher hat nicht nur einen verstärkten Rumpf«, erkläre ich. »Sondern er muss auch über die richtige Form und genug Motorleistung verfügen, um seinen Bug aufs Eis zu schieben. Was das Eis bricht, ist nicht nur der Rumpf, sondern das Gewicht des Schiffs.«

»Und warum benutzen wir dann keinen Eisbrecher?«, fragt jemand.

»Die sind sehr teuer. Und normalerweise haben sie keine Stabilisatoren wie wir, also können Sie sich vorstellen, wie viel seekranker Sie wären. Außerdem bringen wir Passagiere niemals in Eis, das so dick ist, dass man einen Eisbrecher braucht.«

Ich sehe auf die Uhr. Es gibt gleich Essen, also entschuldige ich mich und stehle mich zum Satellitentelefon im Kommunikationszentrum. Als ich mit Kellers Kabine verbunden bin, spreche ich ein stilles Stoßgebet, dass er da ist.

Ich höre seine Stimme und lasse vor Erleichterung fast den Hörer fallen. »Keller, ich bin's.« Bevor er zu Wort kommen kann, platze ich heraus: »Ich muss dir war sagen. Auf Deception Island hatte ich keine Zeit dazu.«

»Ist schon klar«, sagt er. »Ich wollte dich mit dem Ring nicht unter Druck setzen. Ich weiß, dass du eine Ehe nicht auf dem Zettel hattest, und ich ...«

»Darum geht es nicht.« Ich rede schnell, mir ist bewusst, dass wir nie genug Zeit haben. »Eigentlich wollte ich dir das nicht am Telefon erzählen.« Ich hole tief Luft und stottere: »I-ich bin schwanger.«

Ich höre nur Rauschen und warte kurz, dann frage ich: »Keller?«

Nichts.

Mein Magen dreht sich um. Ich war davon ausgegangen, dass er sich freuen würde, aber vielleicht habe ich mich geirrt.

Ich denke an die *Australis* auf dem Weg nach Süden. Mittlerweile muss sie doch wohl gewendet haben, trotzdem könnte die Telefonverbindung wackelig sein. Ich lege auf und probiere es erneut. Dieses Mal komme ich gar nicht durch und knalle den Hörer auf.

Seufzend sehe ich auf die Uhr. Eigentlich müsste ich schon beim Essen sein. Ich wähle noch ein letztes Mal. Widerstrebend gebe ich auf und gehe in den Speisesaal, wo der einzig freie Platz der neben Kate und Richard ist. Richard trägt immer noch das Seekrankheitspflaster hinter dem Ohr.

»Bis zu dieser Reise hatte ich keine Ahnung, wie viele unterschiedliche Arten von Eis es gibt«, sagt Kate. »Das ist wie bei den Eskimos, die hundert Wörter für Schnee haben.«

»Das ist nur eine Legende, Kate«, sagt Richard.

»Was?«, fragt sie.

»Das ist nur ein Gerücht.« Sein Gesicht ist gerötet, und er blinzelt andauernd, als versuchte er zu fokussieren. »Jeder vernünftige Linguist wird dir erklären, dass es in der Sprache der Inuit zwar diverse Begriffe für Schnee gibt, aber das ist im Prinzip nicht anders als in unserer Sprache, wo wir Pappschnee, Pulverschnee, Schneeregen, Sulz·und so weiter haben.«

Kate sieht ihn wortlos an, und Richard wird noch röter, schiebt das Kinn noch etwas störrischer vor. Er greift nach der Weinflasche und gießt Kate ein. Da begreife ich, dass Richard nichts von dem Baby weiß, dass Kate noch nicht entschieden hat, was sie tun wird.

Ich versuche, das Thema zu wechseln. »Im Mai und Juni, wenn die Antarktis sich darauf vorbereitet, Schiffe wie unseres für den Winter auszusperren, kann man, wenn man sich anstrengt, tatsächlich hören, wie sich die Eiskristalle bilden. Es klingt fast, als würde das Wasser singen.«

»Wirklich?«, fragte Kate. »Ich wäre wahnsinnig gern hier, um das zu sehen. Beziehungsweise zu hören.«

»Interessant, wie ihr die Natur vermenschlicht«, sagt Richard und blickt von mir zu seiner Frau.

»Besser, als sie zu versachlichen«, gibt Kate zurück.

»Und das mache ich?«

Kate presst die Lippen aufeinander und wirft Richard einen Blick zu, der besagt: *Nicht hier, nicht jetzt.*

»Wir alle versachlichen die Natur zu einem gewissen Grad, oder?«, sagt ein Mann, der uns gegenüber am Tisch sitzt. »Ich meine, wenn wir nicht einen gewissen Abstand empfinden würden, könnten wir keine Häuser bauen oder Benzin tanken oder das Licht anschalten. Von Nahrung mal ganz zu schweigen. Man darf nicht an Schweine denken, wenn man Schinken isst, sonst isst man gar nichts.«

»Tja, wenn es nach meiner Frau geht, sollten wir all diese Tiere wie Menschen behandeln«, sagt Richard. »Wale und Pinguine und sogar Krill.«

»Da hat Kate nicht Unrecht«, sage ich so freundlich ich

kann. Ich bin mir nicht sicher, ob es besser ist, wenn ich mit Richard streite, als wenn Kate mit Richard streitet, aber ich fühle mich nicht ganz so unwohl dabei. »Tiere sind für diesen Planeten nicht weniger wertvoll als Menschen.«

»Aber natürlich sind sie das. Es gibt doch eine Hierarchie.«

»Eine von Menschen entwickelte Hierarchie«, sage ich. »Denken Sie zum Beispiel an Haie. Die meisten Menschen halten Haie für wenig mehr als Requisiten in Horrorfilmen. Aber es kann gut passieren, dass sie in den nächsten Jahrzehnten aussterben, und sie sind diejenigen, die das Ökosystem des Meeres seit vierhundert Millionen Jahren im Gleichgewicht halten. Wenn sie mal weg sind, wird sich alles verändern.«

»Es klingt, als gäbe es in Ihrer Vorstellung von einer perfekten Welt überhaupt keine Menschen mehr.« Richards Gesicht ist jetzt dunkelrot, und sein linkes Auge zuckt. Er reibt sich über die Augen.

»Das wäre gar keine so schlechte Idee.« Das kommt von Kate, so leise gemurmelt, dass ich es fast überhört hätte.

»Warum überrascht mich das nicht?« In Richards Stimme schwingt Bitterkeit.

»Hör auf, Richard«, sagt sie ruhig. Sie schiebt ihren Stuhl zurück.

Richard packt sie am Arm. »Warte.«

Kate versucht, sich seinem Griff zu entwinden, aber Richard steht auf und kippte dabei seinen Stuhl und mehrere volle Weingläser um, als er seine Frau mitzieht. Wieder sehe ich auf das Pflaster hinter Richards Ohr und weiß, dass etwas ganz und gar nicht stimmt. Ich sehe mich im Raum um und fange Thoms Blick auf. Was genau er mitbekommen hat, kann ich nicht sagen, aber er deutet meine Miene und macht sich bereit, zu mir zu kommen, falls ich ihn brauche.

Ich erhebe mich ebenfalls gerade, als das Schiff völlig unvermittelt hart backbord dreht. Ich klammere mich an meinem Stuhl fest, während Teller vom Tisch auf den Schoß der Passagiere rutschen und die Kellner, die sich nur mühsam auf den Füßen halten, ihre Tabletts festhalten. Der verschüttete Wein breitet sich wie ein Blutfleck auf dem Tischtuch aus. Glenn rennt an uns vorbei aus dem Speisesaal.

Ich drehe mich wieder zu Kate und Richard um. Richard sitzt auf dem Boden und richtet sich gerade an einem Stuhl wieder auf. Kate hilft ihm nicht.

»Was ist los?«, fragt jemand. »Sind wir gegen was gestoßen?«

»Nein«, sage ich. »Wir haben gewendet.«

Jetzt steht Thom neben mir, und als ich ihn ansehe, nickt er, eine erschütternde Bestätigung, dass auch er weiß, warum.

Südlich des Antarktischen Polarkreises
(66° 33' S)

Nach internationalem Seerecht muss ein Passagierschiff in der Lage sein, sämtliche Rettungsfahrzeuge, voll beladen mit Passagieren und Besatzung, innerhalb von dreißig Minuten nach dem vom Kapitän gegebenen Signal zur Evakuierung zu Wasser zu lassen.

Doch es besteht ein Unterschied zwischen der theoretischen Fähigkeit zu einer Aufgabe und der tatsächlichen Erfüllung. Egal, wie oft die Crew den Rettungsablauf übt und selbst wenn sie dabei die Möglichkeit von Riesenwellen und umgekippten Eisbergen mit einkalkuliert, sie kann nicht vorhersehen, wie lange es dauert, im vereisten Wasser unterhalb des Polarkreises, wo Rettungsboote möglicherweise nirgendwohin schwimmen können, zwölfhundert Passagiere und vierhundert Besatzungsmitglieder von einem havarierten Schiff zu bringen.

Niemand kann das wissen. So etwas ist noch nie passiert – bis jetzt.

Ich stehe neben Amy bei dem hastig versammelten Expeditionspersonal und der Crew auf der Brücke, wo Glenn uns erneut über die Lage informiert. Wie er uns vorhin berichtet hat, ist die *Australis* im Gullet gegen ein unter Wasser befindliches Hindernis, wahrscheinlich Eis, gestoßen, und läuft mit Wasser voll. Glenn und Kapitän Wylander koordinieren die Rettungsbemühungen mit der argentinischen Küstenwache, der chilenischen Marine und zwei weiteren Kreuzfahrtschiffen.

Noch hat die *Australis* das Signal zum Verlassen des Schiffs nicht gegeben, und das lässt mich hoffen. Die *Cormorant* ist das nächste Schiff, und wir sind zehn Stunden entfernt – zehn sehr entscheidende Stunden –, aber noch hat die *Australis* Stromversorgung, und ihr Kapitän schätzt, dass sie weitere zwölf Stunden über Wasser bleibt, je nach Wetterbedingungen.

Wir alle sind selbstverständlich für den Notfall geschult, von Herz-Lungen-Massage bis zur Evakuierung der *Cormorant*. Aber einen Rettungsplan für ein sinkendes Schiff mit tausendsechshundert Personen an Bord auszuarbeiten, ohne bis zu unserer Ankunft dort zu wissen, welche Bedingungen herrschen werden, ist praktisch unmöglich. Da die *Cormorant* nahezu ausgelastet ist, kann sie nicht mehr als zweihundert Menschen aufnehmen, ohne selbst in Gefahr zu geraten.

Natürlich muss nicht jedes Schiff, das mit Eis kollidiert, sinken. Ein seetüchtiges Kreuzfahrtschiff verfügt über diverse Sicherheitsvorkehrungen: luftdichte Schotten, Bilgenalarm, Abdichtung zwischen einzelnen Abschnitten, wasserdichte Abteilungen, Fluchtröhren. Wenn alle Maßnahmen wie vorgesehen greifen, kann ein beschädigtes Schiff tage- oder sogar wochenlang starke Schlagseite haben, ohne unterzugehen.

Doch die *Australis* hat, wie wir jetzt erfahren, beträchtlichen Schaden genommen. »Offenbar gab es schwere Defekte bei zwei Schottverschlüssen«, sagt Glenn. »Die Störungen sind aufgetreten, als sie im Festeis steckte und versucht wurde, mit Gewalt freizukommen. Das nächste Schiff ist ungefähr acht Stunden hinter uns.«

Was bedeutet, dass für die nächsten achtzehn Stunden die *Cormorant* die einzige Hoffnung der *Australis* ist.

»Gibt es Todesopfer?«, fragt Nigel.

Glenn antwortet schlicht: »Ja.«

Ich versuche, still zu stehen, gleichmäßig zu atmen. Bei Rettungsversuchen habe ich nicht den Luxus der Wahl, welches Leben wichtiger als ein anderes ist, das weiß ich, nicht, wenn so viele in Gefahr sind. Aber ich weiß auch, dass, sobald wir in Sichtweite der *Australis* sind, für mich nur eines zählen wird.

Wir haben bereits einen Bereich der Lounge abgetrennt und ein Mini-Versorgungszentrum mit Decken und Erste-Hilfe-Ausrüstung eingerichtet, und es wird Zeit, die Passagiere zu informieren. Während wir die Treppe hinuntergehen, beugt Amy sich dicht an mein Ohr. »Ihm wird schon nichts passieren«, sagt sie. »Wenn jemand mit so was umgehen kann, dann Keller.«

Der Rest der vollen, überheizten Lounge wirkt, als wäre er bereit für einen ganz normalen Vortrag, wäre da nicht: die Stille. Die Passagiere warten, die nervösen Blicke auf Glenn gerichtet, während er die Situation erklärt. Sie bleiben ruhig, regungslos, wahrscheinlich, weil sie selbst ein wenig unter Schock stehen.

»Als Vorsichtsmaßnahme«, schließt Glenn, »müssen alle Gäste von jetzt an rund um die Uhr Schwimmwesten tragen. Keinem Passagier ist mehr der Aufenthalt auf der Brücke, im Fitnessraum oder auf dem Hinterdeck gestattet, wo wir Rettungsmaßnahmen organisieren werden.«

Bergungen sind wohl wahrscheinlicher als Rettungen. So

sehr ich auch optimistisch bleiben möchte, ich bereise diese Gewässer und dieses Klima schon lang genug, um zu wissen, was sie anrichten können bei Schiffen wie auch bei Passagieren. Ich stelle mir die krängende *Australis* vor und frage mich, wo Keller war, als sie auflief. Hat er gerade mit mir telefoniert? Ist deshalb die Verbindung abgebrochen?

»Ich weiß, dass Sie das so nicht gebucht haben«, sagt Glenn. »Aber ich bitte Sie dringend, möglichst in Ihrer Kabine zu bleiben. Viele von Ihnen besitzen medizinische Kenntnisse und andere Kompetenzen, die wir brauchen werden, und möglicherweise werden wir uns an Sie wenden. Aber vorerst gehen Ihre eigene Sicherheit und der ungehinderte Ablauf vor.« Er atmet ein. »Und schließlich muss ich darum bitten, auch wenn das eine weitere von vielen Unannehmlichkeiten ist, die in den nächsten Tagen auf Sie zukommen, dass jeder einen oder zwei zusätzliche Passagiere in seiner Kabine aufnimmt. Sie können sich untereinander zusammentun oder jemanden von der *Australis* beherbergen.«

Glenn gibt dem Personal ein Zeichen, und ich gehe auf meinen Posten, als wir mit der Rettungsübung beginnen, der gleichen, die wir am ersten Abend an Bord durchgeführt haben, im Beagle-Kanal. Es kommt mir viel länger als eine Woche vor, damals lachten alle und knipsten Fotos, während sie sich die unförmigen orangefarbenen Schwimmwesten anzogen, waren aufgeregt wegen der Drakestraße und dem, was sie danach erwartete. Ich weiß noch, dass ich dachte, es würde eine lange Reise, aber aus gänzlich anderen Gründen.

Jetzt sind die Passagiere ernst, als sie die Westen anlegen und zu ihren Sammelplätzen gehen. Ich stehe auf meinem Posten, nicht in der Lage, Augenkontakt mit irgendjemandem herzustellen. Die Natur und ich haben uns immer vertragen, zumindest habe ich das geglaubt; wir hatten eine auf gegenseitigem Respekt und Verständnis beruhende, gute Beziehung. Aber vielleicht hatte ich auch wenig von ihr zu befürchten, weil es so lange immer nur ich war. Jetzt, während die *Cormorant* Richtung Süden rast, spüre ich die Angst meine Kehle zuschnüren. Wie jeder Antarktis-Reisende weiß: Sobald man das Eis zu fürchten beginnt, verändert sich die Beziehung für immer.

ZWANZIG JAHRE VOR SCHIFFSUNTERGANG

Das Ozark-Plateau in Missouri

Tief im Wald ist die Schwüle drückend, besonders für September. Es ist zu heiß, um die Haut vollständig zu bedecken, und schon den ganzen Morgen schlage ich nach Moskitos. Wegen des Giftefeus trage ich zwar eine lange Hose, aber dazu ein kurzärmeliges T-Shirt, das von Schweiß und klebrigem, beißendem Insektenschutzmittel getränkt ist.

Alles in diesen Wäldern umhüllt einen. Als ich mich bücke, um mein Notizbuch aufzuheben, streife ich mit dem nackten Arm einen Giftefeustrauch. Ich inspiziere die dreizählig gefiederten Blätter und kippe dann meine halbe Wasserflasche auf die Stelle, an der die Pflanze meine Haut berührt hat.

Pam hört mich und dreht sich um. Es ist erst Vormittag, aber ihre dunklen braunen Haare lösen sich aus dem lockeren Pferdeschwanz, und ihr Gesicht ist knallrot, wie meins vermutlich auch.

»Alles klar bei dir?«, fragt sie.

»Wunderbar.«

Pam ist doppelt so alt wie ich, und das hier ist mein zweites Jahr als ihre Forschungsassistentin, aber sie fragt immer noch andauernd.

»Furchtbar hier draußen heute«, sagt sie.

»Besser als undefinierbares Fleisch zu verteilen.« Bevor ich bei Pam anfing, habe ich in der Cafeteria in der Nähe meines Wohnheims gearbeitet.

Zwei Jahre vorher, während meines ersten Jahrs an der Universität von Missouri, hatte ich mich für Dr. Pam Harrisons Biologiekurs eingeschrieben. Damals wusste ich schon, dass ich mich auf Vögel konzentrieren wollte. Meine kindliche Faszination für sie hatte nie nachgelassen.

Ich hatte gehofft, in Seattle zu studieren, an der University of Washington, wo ich in das Magellan-Pinguin-Projekt einsteigen wollte, von dem ich so viel gehört hatte. Aber ich war zu entmutigt von der Höhe des Darlehens, das ich dafür hätte aufnehmen müssen. *Dumm von dir*, sollte Pam später zu mir sagen, als sie erfuhr, wie ich in Missouri gelandet war. *Wie willst du jemals was erreichen, wenn du keine Risiken eingehst?*

Das Losverfahren führte mich in meinem ersten Studienjahr in die Jones Hall, und ich lernte schnell, dass das reine Frauen-Wohnheim dank seiner Nähe zu den Häusern der Bruderschaften bei Mitgliedern von Studentinnenverbindungen sehr begehrt war. Meine Zimmergenossin Taylor war eine zarte, lebhafte Blonde aus Springfield, deren Hauptziel es war, in die Tri-Delta-Vereinigung aufgenommen zu werden. Taylor lud mich zu sämtlichen Partys ein, bestand darauf, mich zu schminken – da ich selbst das normalerweise nicht machte – und stellte mir ihren Kleiderschrank zur Verfügung. »Der ist zu kurz«, sagte ich, wenn ich mich in einen ihrer winzigen Röcke gezwängt hatte. »Darum geht es ja«, gab sie dann zurück und reichte mir eine Tube Lipgloss.

Durch Taylor und ihre tatkräftige Typberatung hatte ich

das Gefühl, gerade eine neue Version meiner selbst kennenzulernen, neben Scharen von anderen Erstsemestern, und in den ersten Monaten genoss ich diesen flüchtigen Blick auf ein anderes Ich, ohne das Jungenhafte meiner Kindheit. Doch es fiel mir schwer, eine Beziehung dazu aufzubauen, wie auch zu den anderen Studenten. Wenn ich in einem überfüllten Partykeller stand, das Bier in Strömen floss und die Musik dröhnte, spürte ich oft ein plötzliches Bedürfnis zu flüchten und war sofort froher, sobald ich allein in der kalten Nachtluft nach Hause lief. Ich stellte fest, dass ich mich am liebsten heimlich aus dem Bett eines Mannes stehlen wollte, damit wir keine Konversation machen mussten, wenn wir wieder nüchtern waren. Der Spaß war flüchtig, obwohl ich Woche für Woche wieder mitkam, in der Hoffnung, es würde anders.

Im zweiten Semester belegte ich meinen ersten Kurs bei Pam, und mein Fokus verlagerte sich – abrupt, als wäre er in seine natürliche Position zurückgeschnalzt – von Partys zu Wissenschaft. Pam war eine winzige dunkelhaarige Frau Mitte vierzig, voller Energie, unverblümt, nüchtern, und ihre Leidenschaft für Ornithologie war greifbar und ansteckend. Sie konnte jede Frage ohne Zögern beantworten, vieles davon auf ihrer eigenen Forschung beruhend, und ich überlegte, wie es wohl wäre, solche Kenntnisse zu besitzen, so viel über eine Spezies oder eine Umgebung zu wissen wie über sich selbst.

Pam unterrichtete mehrere Kurse in Biowissenschaften und leitete das Vogelökologie-Labor. In dem Semester las ich alles über Vögel, was ich in die Finger bekam, und meldete mich für ihren Vogelökologie-Kurs im Herbst an. Eines Tages nahm sie mich nach der Stunde beiseite. Sie sagte, sie brauche eine Feldforschungsassistentin, und obwohl sie normalerweise Doktoranden beschäftige, habe sie so das Gefühl, ich sei vielleicht interessiert. Die Stelle beinhalte das Suchen und Überwachen von Nestern, das Wiederauffinden beringter Vögel und das Erstellen von Feldnotizen.

»So was hab ich noch nie gemacht«, sagte ich.

»Sind Sie einigermaßen in Form? Es muss viel gewandert werden.«

Als damals noch aktive Läuferin kam ich auf ungefähr achtzig Kilometer pro Woche. Ich nickte.

»Wie ist Ihr Gehör?«

»Gut.«

»Sind Sie farbenblind?«

»Nein.«

»Irgendwelche Probleme damit, bei schlechtem Wetter draußen zu sein?«

Ich schüttelte den Kopf.

»Giftefeu, Fledermäuse, Schlangen – schwierig?«

»Nein.«

»Dann sind Sie eingestellt«, sagte sie. »Wir brechen morgen früh um Punkt sieben am Parkplatz vor der Tucker Hall auf. Kommen Sie nicht zu spät.«

An jenem ersten Morgen war ich noch völlig ahnungslos, aber nach und nach lernte ich. Wie man einen Vogel mit einem Netz fängt, ihn wiegt und misst und beringt. Wie man horcht und wartet, wie man Stunden im launischen Wetter des Mittleren Westens unter Baumkronen sitzt, wie man gut getarnte Nester entdeckt.

Und jetzt, ein Jahr später, arbeite ich mit Pam an einer Langzeitstudie über die Reaktion unterschiedlicher Arten auf Abholzung und Renaturierung auf dem Ozark-Plateau. Wir untersuchen Brutmuster, Fressfeinde und die Rückkehrraten der Vögel nach einem Kahlschlag.

Während wir durch Eichen und Wacholder wandern, kann ich die Grenze zwischen altem und neuem Bewuchs seit der letzten Abholzung erkennen. Vor mir bleibt Pam unvermittelt stehen, und ich gehe neben ihr in die Hocke. Sie späht unter einem niedrigen Strauch in ein leeres Nest. Wie üblich sagt sie nichts, wartet, dass ich sehe, was sie sieht. Und einen Moment später ist es so: Schalenreste, so klein, dass sie mit bloßem Auge kaum erkennbar sind. Wenn man nicht Pam ist oder von ihr geschult wurde.

»Was meinst du?«, fragt sie.

Ich setze mich auf die Fersen und sehe mich um. Ich kann keine Spuren im Laub erkennen, aber Schlangen sind die Hauptfressfeinde von Singvögeln in dieser Region.

Während Pam durch ihr Notizbuch blättert, weiß ich, dass wir ihrer fünfjährigen Forschung einen weiteren Baustein hinzufügen werden, und genau das habe ich lieben gelernt: dass jeder Tag eine neue Entdeckung bringt, dass das Leben der verschiedenen Tierarten so vielschichtig ist, dass wir schließlich anfangen, die Fragen zu stellen, die am Ende all diese Geheimnisse enträtseln werden. Mit Pam zusammenzuarbeiten ist für mich wesentlich berauschender geworden als die Bierbongs und Schnapsgelage in den Wohnheimen.

»Ich werde mal eine Recherche zu Schlangen in dieser Region starten«, sage ich zu Pam.

Sie klappt ihr Buch zu und sieht mich an. »Immer redest du davon, mit Pinguinen zu arbeiten«, sagt sie. »Wo willst du promovieren?«

Ich habe stapelweise Broschüren und Bewerbungsunterlagen in meiner Wohnung, aber andererseits will ich auch nicht weg. Ich habe das Gefühl, zu Ende bringen zu müssen, was ich hier mit Pam angefangen habe. Das Problem ist nur, dass das Jahre, sogar Jahrzehnte dauern könnte.

»Ich hab ja noch Zeit«, sage ich.

»Du musst vorausplanen.«

»Ich weiß nicht. Ich hab überlegt hierzubleiben. Weiter an dieser Studie zu arbeiten.«

Sie trinkt aus ihrer Wasserflasche und schüttelt den Kopf. »Keine gute Idee. Wenn du Meeresvögel willst, musst du nach Osten oder Westen, Norden oder Süden. Ans Meer. In zwei Jahren bist du hier fertig.«

»Willst du nicht, dass ich bleibe?«

»*Du* willst nicht bleiben«, sagt sie. »Du interessierst dich für Pinguine, nicht für Singvögel. Was ist es, ein Freund?«

Seit einer Weile schlafe ich mit einem Mann namens Chad, aber ich bezeichne ihn nicht als Freund. Noch nicht.

»Nein«, versichere ich. »Nichts dergleichen.«

»Wunderbar. Dann hält dich ja nichts.«

»Was, wenn ich gern für dich arbeite?«

»Du musst raus aus deiner Kuschelecke. Das ist die erste Regel, wenn man es als Forscher schaffen will.«

»Und die zweite?«

»Du entscheidest dich für die Wissenschaft«, sagt sie, »oder für Familie. Frauen haben nicht den Luxus, beides kriegen zu können.«

Obwohl sie meine Mentorin ist, weiß ich nicht viel über Pams Privatleben. Ich weiß, dass sie Single ist und in einem kleinen Haus unweit des Campus wohnt; sie fährt bei fast jedem Wetter mit dem Fahrrad zur Uni und arbeitet, wie ich, normalerweise am Wochenende und an Feiertagen. Sie hat keine Haustiere, weil sie häufig nach Mittelamerika reist, um die Migration der Singvögel zu verfolgen, und einmal habe ich gehört, wie sie ihre Doktoranden »meine Kinder« genannt hat.

Wir machen uns wieder an die Arbeit, und später, als Pam

zum Auto zurückgeht, bleibe ich noch ein paar Minuten unter dem Vorwand, ein paar Notizen machen zu wollen. Ich mag die Stille hier draußen, und wenn ich ganz allein und sehr leise bin, kann ich die Geister der Bürgerkriegsschlachten spüren. Ich sehe Rehe, die anmutig im Gebüsch vorbeilaufen, oder eine Schildkröte, die sich auf einem Stein am Fluss sonnt. Auf dem Campus fühle ich mich oft einsam, ausgeschlossen. Hier im Wald gibt es keine Einsamkeit, nur Ruhe und so etwas wie Frieden.

* * *

Wir – das sind Chad und ich, seine Freunde Paul und Heather – sitzen in einer Kellerei im Städtchen Rocheport, eine knappe halbe Stunde von der Universität entfernt. Die Bäume stehen in Flammen, eine Farbexplosion von Rot- und Orangetönen, und wir sind am Nachmittag angekommen, bei genug Licht und Wärme in der Luft, um durch die kleine Altstadt und das Weingut zu spazieren, wo wir uns schließlich niedergelassen haben, um die Weine zu probieren.

Es sollte eigentlich nur ein kurzer Ausflug werden, aber jetzt, nachdem wir gerade eine vierte Flasche geöffnet haben und die Sonne schon unten im Tal über dem Missouri untergeht, frage ich mich, ob wir es noch zurück nach Columbia schaffen. Und zu meiner eigenen Überraschung ist es mir relativ egal.

Chad und ich schlafen seit ungefähr einem Monat miteinander, und das hier ist das erste Mal, dass wir uns weiter als zwei Kilometer vom Campus entfernt haben. Chad studiert Printjournalismus und ist ein paar Jahre älter als ich. Wir haben uns Anfang des Semesters in unserem Fotokurs kennengelernt. Ich habe ihn belegt, weil ich noch ein Pflichtseminar im Bereich Kunst brauchte, und Chad, weil er genug lernen wollte, um seine eigenen Artikel zu bebildern. Ich fühlte mich sofort von seinem unrasierten, leicht verwahrlosten guten Aussehen angezogen, er hat nicht diese glatte, adrette Ausstrahlung und Haltung wie so viele jüngere Studenten. Er ist klug und ehrgeizig, was mir gefällt – und als angehender Journalist legt er sich andauernd mit örtlichen Politikern über Themen an, die mir wichtig sind, zum Beispiel Holzfällen auf dem Ozark-Plateau, obwohl ich das Gefühl habe, dass es ihm mehr um eine gute Story geht als darum, wirklich die Welt zu verändern. Chad schreibt für eine Lokalzeitung und berichtet über alles von Stadtratssitzungen bis zu Kunstvorträgen. Er hat mich schon öfter zu kulturellen Veranstaltungen eingeladen, Filmpremieren, Tanzvorführungen, Lesungen durchreisender Autoren. Auch wenn ich Pam gegenüber behaupte, keinen Freund zu haben, genieße ich die Chance, eine Welt außerhalb von Erde und Vögeln und Schweiß zu erleben.

Vor Chad war mein Sexleben auf einen Jungen aus dem Naturwissenschaftsklub meiner Highschool und ein paar kurzlebigen, betrunkenen Affären mit Jungs aus dem Nachbarwohnheim beschränkt. Aber bei Chad entdeckte ich die auflösenden Freuden des Sex, sein Suchtpotenzial und sein alles verzehrendes Wesen. Begehrt zu werden ist für mich eine fremde Empfindung, eine aufregende, und es spielt keine Rolle, dass man außerhalb des Schlafzimmers kaum von einer Beziehung reden kann. Wir treffen uns im Kurs und gehen hin und wieder zusammen fotografieren, und alles führt immer an denselben Ort: das winzige Zimmer in seiner Wohnung, die er sich mit zwei anderen Studenten teilt, die nie da sind.

Rocheport kommt mir, obwohl es eine Spontanidee war, wie ein Schritt nach vorn für Chad und mich vor; den Tag zusammen mit einem anderen Pärchen an einem romantischen Fleckchen zu verbringen. Nach dem Unterricht am Vormittag hat Chad es beiläufig erwähnt, erklärt, dass man dort vielleicht ganz gute Bilder machen könnte – der Fluss, das Weingut – und es nur ein paar Stunden dauern würde. Ich sah ihn im Herbstlicht an, wollte die Haare in seinem Nacken berühren, den Bogen seines Wangenknochens unter den Fingerspitzen spüren, und innerhalb einer Stunde stiegen wir auf den Rücksitz von Pauls Wagen.

Ich brauchte nicht lange, um mich zu entspannen, wie ich es mir selten gestatte, um den Tag sich einfach entwickeln zu lassen, die improvisierten Augenblicke zu genießen. Chads Arm um meine Schultern, während wir durch die Stadt liefen. Die Wirkung des Weins, der meine Bedenken, einen Nachmittagskurs zu schwänzen, abschliff. Das Empfinden, einen Teil des Lebens zu entdecken, den ich nie gekannt hatte und der mir so fern war, dass er sich fast fiktiv anfühlte, als spielten wir uns selbst, Jahre später, Erwachsene auf einem Wochenendausflug. Und jetzt beim Öffnen der vierten Flasche, die unter Gelächter und leichtem Lallen eingegossen wird, weiß ich, dass wir heute Abend nicht mehr nach Hause fahren.

Als Chad auf die Toilette geht, stehe ich auch auf. Ich habe zwar nur ein paar Gläser getrunken, bin es aber nicht gewöhnt und schwanke leicht, so dass ich mich an seinem Arm festhalte.

»Ich gehe mal davon aus, dass wir nicht mehr zurückfahren?«, frage ich.

»Nein, Paul kann auf keinen Fall noch fahren«, sagt er lachend. »Wir bleiben hier. Geht auf mich.«

»Dann hast du das also geplant.« Erfreut drücke ich seinen Arm.

Er drückt zurück. »Es war Pauls Idee. Verrat es Heather nicht.«

Also hatte er dabei gar nicht an mich gedacht. Ich lasse seinen Arm los. »Ich hoffe mal, es stört ihn nicht, früh aufzustehen«, sage ich schnippisch. »Ich muss um halb sieben bei der Arbeit sein.«

Wieder lacht Chad. »Mach dir nicht so viele Gedanken.« Er legt den Arm um mich. »Lass uns einfach Spaß haben.«

Wieder am Tisch prostet Chad mir zu, als wollte er sich vergewissern, dass zwischen uns alles prima ist, und ich stoße mit ihm an. Als ich mein Glas geleert habe, dreht sich in meinem Kopf alles angenehm, und es spielt keine Rolle mehr, dass diese Übernachtung nicht Chads Idee war. Wir sind hier, zusammen, und das reicht.

Wir gehen zurück in die Stadt, wo die Jungs Zimmer in einer zu einem Hotel umgebauten ehemaligen Pension gebucht haben. In dem Himmelbett mit Chad lasse ich all die nachhallenden Gedanken los, es gibt nur uns und das weiche, kühle Laken, das leichte Quietschen des Betts, als ich die Hitze seines Körpers in mir aufnehme und tief in der Wärme meines eigenen versinke. Wir haben noch nie eine ganze Nacht zusammen verbracht, und ich schmiege mich in seine Armbeuge, bevor ich einschlafe.

Am nächsten Morgen wache ich mit Kopfschmerzen auf. Chad liegt mit dem Rücken zu mir auf der anderen Seite der Matratze, und ich bezweifle, dass er sich in den nächsten Stunden rühren wird. Es ist schon fast sieben, und mein Kopfweh verstärkt sich, als es mir wieder einfällt. Pam.

Auf dem kleinen Schreibtisch im Zimmer steht ein Telefon, und ich ziehe einen der Bademäntel der Pension an, bevor ich Pam anrufe. Ich erwische sie in ihrem Büro.

»Ich bin noch in Rocheport«, sage ich. »Aber ich mache mich bald auf den Weg.«

»Rocheport?«, wiederholt sie, und ich sehe ihre Miene vor mir, als sie begreift – ihre Assistentin, diejenige, die steif und fest behauptet hat, keinen Freund zu haben, versäumt die Arbeit, weil sie sich in einem der beliebtesten Pärchen-Ziele der ganzen Gegend befindet.

»Ich komme, so schnell ich kann.«

»Vergiss es«, sagt sie. »Bleib da. Genieß es.«

»Es war nicht geplant, dass wir –«

»Nimm dir den Tag frei, Deb. Bis morgen.« Und damit legt sie auf.

Lange starre ich den Hörer in meiner Hand an.

Chad hat sich kaum bewegt. Ich ziehe mir die Sachen von gestern an und gehe zur Rezeption, weil ich mir ein Taxi zurück nach Columbia nehmen will. Aber dann fällt mir ein, dass ich kein Geld für eine Taxifahrt von zwanzig Kilometern habe, und selbst wenn, hätte ich keine Möglichkeit, zum Ozark-Plateau zu kommen, wenn Pam schon unterwegs ist.

Es ist kaum hell draußen, und ich sitze mit einer Tasse Kaffee im leeren Frühstücksraum. Ich klammere mich an den Becher, wärme mir die Hände daran, betrachte mein welliges, dunkles Spiegelbild und versuche zu entschlüsseln, was Pam gesagt hat. Ihr Tonfall war der gleiche wie immer, sachlich, knapp, aber irgendwie habe ich das Gefühl, sie enttäuscht zu haben. Pam nimmt sich nie einen Tag frei, zumindest soweit ich das beurteilen kann, und ich habe Angst, sie denkt, was ich denke: dass ich im Feld sein sollte, statt mit einem Mann, der sich immer noch nicht das Etikett Freund verdient hat, in einer Pension herumzulungern.

Ich weiß nicht genau, wie lange ich schon hier sitze, als

jemand den Stuhl neben meinem herauszieht. »Ich hab mich gewundert, wo du bist«, sagt Chad.

Er sieht aus, als schliefe er noch halb, mit seinen zerzausten Haaren und schweren Augenlidern. Als eine Kellnerin vorbeikommt, bittet er um Kaffee. Es war mir noch gar nicht aufgefallen, aber mittlerweile sitzt ein weiteres Paar im Raum, und gelbes Licht strömt durch die Fenster.

»Ich konnte nicht zur Arbeit«, sage ich. »Ich glaube, meine Chefin ist sauer.«

»Warum hast du dich nicht einfach krank gemeldet?«

Darauf war ich gar nicht gekommen. »Ich hätte nicht herkommen sollen. Das war keine gute Idee.«

Sein Kaffee wird gebracht, und er gießt sich Sahne hinein. Ich beobachte ihn und versuche, diesen Moment auszukosten, unseren ersten gemeinsamen Morgen, aber es geht nicht.

»Worüber denkst du nach?«

Ich schiebe meine Tasse weg und drücke den Rücken durch. »Das hier hat Spaß gemacht«, sage ich.

»Hat gemacht?«, fragt er lächelnd. »Bin ich schon Vergangenheit?«

Wider Willen muss ich ebenfalls lächeln. »So war das nicht gemeint. Aber über die Zukunft kann ich noch nichts sagen.«

»Heißt das, du möchtest, dass wir eine Zukunft haben?«

Ich bin überrascht. Eigentlich wollte ich nur dem Unvermeidlichen zuvorkommen. »Und du?«

Immer noch lächelt er, und als ich sein Gesicht betrachte, fällt mir der Abend ein, an dem er mich mit zur Parsons Dance Company genommen hat, einer modernen Tanztruppe mit wild kreativem Einsatz von Licht. Die Tänzer schraubten sich in die Dunkelheit und sprangen dann in einen Lichtkegel, flüssig, als wären sie aus Wasser. Unmittelbar darauf wurden sie von Stroboskoplicht festgehalten, blitzten in Sekundenbruchteil-Posen auf, und als ich jetzt daran denke, wie sie sich über die Bühne bewegten, mitten in der Luft erstarrt, fällt mir auf, dass das Chad und ich sind, wir schieben uns vorwärts und bleiben doch gleichzeitig reglos.

Er steht auf und sagt: »Warte kurz. Ich gehe auschecken und rufe uns ein Taxi. Vielleicht kannst du wenigstens einen Teil des Tages noch retten.«

»Ehrlich?«

Jetzt steht er hinter mir und bückt sich. »Aber sicher doch«, sagt er mir ins Ohr. Mit den Lippen streicht er über mein Kinn bis zum Mund und gibt mir einen Kuss, der um Verzeihung bittet, einen Kuss, den ich erwidere.

Während ich auf ihn warte, nippe ich an meinem kalten Kaffee und höre Pams Stimme im Kopf, und ich frage mich, ob Liebe und Wissenschaft nicht vielleicht doch miteinander vereinbar sind. Ich hatte ihre Philosophie übernommen, weil ich meistens nur die Arbeit gehabt hatte. Jetzt erkenne ich durch Pam, wer ich eines Tages werden könnte, und ich möchte sie Lügen strafen, möchte einen Weg finden, beides zu haben.

Der Gullet
(67° 10' S, 67° 38' W)

Süßwasser gefriert bei null Grad, aber Meerwasser muss kälter sein. Im Durchschnitt friert es erst bei minus 1,9 Grad. Und natürlich verringert sich bei diesen Temperaturen die Überlebenschance eines Menschen auf wenige Minuten.

Jetzt gerade wünschte ich, ich wüsste nicht, wie es sich anfühlt, in diesem Wasser zu sein, ich wünschte, ich könnte es mir nicht einmal vorstellen. In all meinen Jahren in der Antarktis bin ich genau ein Mal im Eis eingebrochen. Das war vor sieben Jahren im Ross-Meer. Ich war mit einer Gruppe Geologen aus Großbritannien unterwegs, die für ihre Fossilienforschung ein Loch ins Eis bohren wollten. Wir fuhren in einer Karawane von Schneemobilen herum, mussten aber auch viel wandern, über durch aufeinandergeschobene Schollen gebildete Presseisrücken.

Ich erinnere mich nicht ans Hineinfallen – es geschah so plötzlich, so unfassbar schnell –, nur an das Geräusch des brechenden Eises, das Grollen und Knacken, bei dem einem das Herz stehen bleibt, und dann war ich im Wasser. Es war grauenhaft kalt und saugte mir jegliche Wärme aus dem Körper. Als ich die Augen aufschlug und nach Luft schnappte, bemerkte ich, dass ich von der Strömung unter das Eis gezogen wurde. Ich streckte die Hand durch die Öffnung, die mein Körper hinterlassen hatte, und hielt mich am Eis fest. Dann drehte ich den Kopf und sah, dass mir einer der Geologen eine Stange hinstreckte. Er hatte sich in einigem Abstand zur Kante hingelegt, um zu mir zu kriechen. Es war gefährlich für ihn, so nahe zu kommen, aber es blieb ihm nichts anderes übrig. Ich erwischte die Stange und trat mit den Beinen nach unten, um ihm dabei zu helfen, mich herauszuziehen. Als er mich aufs Eis schleppte, sah ich, dass hinter ihm eine andere Geologin seine Beine festhielt und hinter ihr ein weiterer ihre – eine Menschenkette flach auf dem Eis, die sich verzweifelt rückwärts schob, weg von dem dünnen Bereich, der nachgegeben hatte.

Sobald wir festeres Eis erreichten, half mir jemand, mich auszuziehen, und der Geologe, der zu mir gekrochen war, legte ebenfalls einige Schichten ab, gab mir seine Socken, seinen Pulli, seinen Anorak und rief den anderen zu, mir eine trockene Hose, Handschuhe, Mütze zu bringen. Meine Haut war knallrot, da das Blut an die Oberfläche gerauscht war, um den Körper darunter zu schützen. Meine Gliedmaßen waren taub, ich zitterte die nächste Stunde lang krampfartig am ganzen Leib, aber ich hatte Glück. Viele, die Bekanntschaft mit dem Wasser des Südpolarmeers machen, überleben nicht lange genug, um an Unterkühlung zu sterben: Sie erleiden einen Herzstillstand, oder sie bekommen einen so genannten Kälteschock und ertrinken. Innerhalb weniger Sekunden erhöht sich die Herzfrequenz, der Puls steigt und die Atmung wird ungleichmäßig. Die Muskeln kühlen rapide ab, und diejenigen, die der Haut am nächsten liegen, zum Beispiel die Muskeln in den Händen, werden schnell nutzlos. Man kann sich nicht bewegen, nicht sprechen, nicht mal denken. Schon bei vier Grad plus dauert es nur drei Minuten, bis eine Unterkühlung einsetzt, von minus zwei mal ganz zu schweigen. Rettungen aus dem eisigen Wasser sind selten; Bergungen von Toten nicht.

* * *

Ich ziehe die Maske, von der ich gehofft hatte, sie würde mir beim Einschlafen helfen, von den Augen und drehe den Kopf zur Seite. Amy liegt auf dem Rücken in ihrem Bett, ebenfalls mit Maske. Ich kann nicht erkennen, ob sie schläft oder ob sie wie ich die ganze Nacht wach war.

Glenn hat uns alle aufgefordert, uns auszuruhen, solange es noch geht, und Amy und ich lagen daraufhin in unseren Kojen und stellten Mutmaßungen über die *Australis* an, wagten zu hoffen, dass die Situation nicht so schlimm war, wie sie klang. Sie versicherte mir, dass es Keller gutgehe, und wir redeten einander ein, dass der Schaden vielleicht doch nur minimal sei, dass wir möglicherweise bei unserer Ankunft ein Bild der Ruhe und Ordnung vorfänden. Schließlich schweigen wir.

Jetzt stehe ich auf, ziehe mir ein paar zusätzliche Schichten und meinen Besatzungsanorak an und sehe auf die Uhr. Kurz vor fünf Uhr morgens. Es kann nicht mehr weit sein.

Amy setzt sich auf. »Hast du geschlafen?«, fragt sie, und ich schüttle den Kopf. »Ich auch nicht«, sagt sie.

Statt durch offenes Wasser fahren wir jetzt durch eine Mischung aus Pack- und Treibeis. Das Meer ist eine klumpige weiße Fläche mit wenigen dunkelgrauen Flecken, wo das Wasser durchblitzt. Amy und ich stehen schweigend auf dem Vordeck, und ich halte angestrengt Ausschau, spüre die *Cormorant* erschauern, während sie sich voranboxt. Nur ein halbes Dutzend Passagiere ist draußen, die meisten schlafen noch. Als wir vor ein paar Minuten durch die Lounge kamen, saßen dort ein paar wenige Leute mit Büchern in der Hand, die Augen auf die Bullaugen gerichtet. Und hier auf Deck filmen mehrere Passagiere Videos von nichts, vielleicht in der Hoffnung, als Erste Bilder des sinkenden Schiffs zu erwischen, während andere Selfies knipsen.

Ich wende den Blick von ihnen ab. Nicht weit von uns entfernt dösen Krabbenfresserrobben auf Eisbergen und Schollen. Manche heben kurz den Kopf und schlafen dann weiter; diejenigen, die etwas näher liegen, schieben sich zum Wasser vor und gleiten hinein, weil das Grollen des Motors und das dumpfe Aufprallen von Eisbrocken gegen den Schiffsrumpf sie erschreckt haben.

Wir kommen näher, aber wegen der trüben Luft kann ich nicht weit sehen. Der Nebel ist mit dem Eis verschmolzen, hüllt die *Cormorant* in einen weißlichen Dunst. Während wir uns vorwärtsschieben, verstärkt sich proportional zum Eis in unserer Fahrrinne der gedämpfte Paukenschlag des Rumpfs. Ich werfe einen Blick über die rechte Schulter zur Brücke. Ein Teil von mir wäre am liebsten dort, ein anderer Teil wünscht sich weit weg von all der Anspannung.

»Wir sollten uns melden«, sagt Amy, als sie meinen Blick bemerkt.

Ich möchte den Blick nicht von dem gespenstischen Nebel abwenden – es ist, als könnte ich Keller gleich aus dem Dunst treten sehen. Aber Amy hat recht.

Ich nicke, und genau in diesem Moment gellt ein Schrei durch die Luft. Ich reiße den Kopf herum und sehe eine Frau vom Geländer zurückweichen.

Amy und ich rennen zu ihr. »Alles in Ordnung?«, rufe ich.

Die Frau kann nur aufs Wasser zeigen, und als ich das Entsetzen in ihrer Miene sehe, weiß ich, was sie entdeckt haben muss. Am liebsten würde ich die Augen schließen, nach drinnen laufen. Aber ich folge ihrem Blick. Unter uns schwimmt zwischen den Schollen ein leuchtend blauer Anorak in einer orangefarbenen Schwimmweste. Als das Eis auseinandertreibt, sehe ich die Beine, die Arme, den leblosen Körper.

Es geht los.

Auf der Brücke haben sie es auch gesehen, oder vielleicht noch Schlimmeres. Der Motor heult auf, das Schiff kommt zum Stehen. Amy hat den Arm um die weinende Frau gelegt und versucht, sie zu beruhigen. Ich werfe einen Blick auf die Brücke und erkenne, dass der Großteil der Crew verschwunden ist, wahrscheinlich zu den Schlauchbooten. Hoch über uns flackert ein Leuchtsignal auf und taucht uns alle in einen blassroten Schein. Im aufblitzenden Licht sehe ich, dass das nicht die einzige Leiche ist, dutzende von Menschen in blauen Anoraks treiben mit dem Gesicht nach unten im aufgewühlten Wasser zwischen den Eisschollen.

Wir sind zu spät. Als ein zweites Leuchtsignal abgefeuert wird, halte ich angestrengt Ausschau, kann das Schiff aber immer noch nicht entdecken, nur Düsternis und Eisberge und vereinzelte Pinguine auf weiter entfernten Schollen. Und dann, als meine Augen sich an die Sicht gewöhnt haben – oder vielleicht als mein Verstand sich langsam daran gewöhnt –, begreife ich, dass das auf dem Eis gar keine Pinguine sind. Es sind Menschen, Passagiere, manche kauern auf bröckelnden Eisstücken, andere winken um Hilfe.

Auf dem Heck surren Kräne, um das erste unserer acht Zodiacs in das dicht vereiste Wasser zu lassen. Amy bringt die Frau zu den Kabinen, und ich mache mich auf den Weg unter Deck. Plötzlich bleibe ich stehen, weil mir Richards Fernglas einfällt. Es ist weit leistungsstärker als alles, was wir Besatzungsmitglieder haben, und könnte mir entscheidend dabei helfen, Keller zu finden.

Hektisch laufe ich in die Lounge hinauf und suche nach Richard. Ich sehe ihn nicht, aber Kate ist da. Unsere Blicke treffen sich, und sie rennt mir entgegen.

»Richard, wo ist er?«

»Weiß ich nicht.« Sie wirkt überrascht, als fiele ihr jetzt erst auf, dass sie ihn schon eine Weile nicht gesehen hat. »Ich habe gerade unsere Kabine für andere Passagiere aufgeräumt, deshalb glaube ich nicht, dass er ...«

»Suchen Sie ihn bitte. Sagen Sie ihm, wir brauchen sein Fernglas. Er soll es einem Besatzungsmitglied für mich mitgeben. Okay?«

»Okay.« Ich sehe sie nicken und bin schon wieder weg.

Unter Deck spähe ich durch die offene Ladeluke zu Kapitän Wylander hoch, der neben der Brücke an den Instrumenten steht und angestrengt nach einer Eisdecke sucht, die groß und dick genug für hunderte gestrandete Passagiere ist. Wir brauchen einen Weg, eine Eisbrücke oder auch eine Art Fahrrinne, über den wir zur *Australis* und ihren Opfern gelangen können. Doch im Moment sehe ich überall nur große Schollen und matschiges Eis, das weder zu Fuß noch per Schlauchboot leicht zu überwinden ist. Irgendwie müssen wir es schaffen.

Ich denke an unsere Eisanlandung noch vor wenigen Tagen – das war schon Herausforderung genug gewesen, aber zumindest konnten wir uns das Eis selbst aussuchen. Wir hatten die Kontrolle. Und die *Cormorant* ist eben kein Eisbrecher; in unbeständigem Wasser, im falschen Winkel oder bei der falschen Geschwindigkeit könnte ein großer Eisberg selbst einen verstärkten Rumpf durchbohren, und dann wären wir in keiner besseren Verfassung als die *Australis*. Die Stabilisierungsflossen, die unsere Fahrt durch Gewässer wie die Drakestraße abmildern, können vom Eis leicht beschädigt werden, und die Schiffsschraube ist nicht extra geschützt. Die *Cormorant* ist dafür gerüstet, sich an Eisbergen zu reiben, aber nicht, sie aus dem Weg zu schieben.

Und ich weiß, wenn das Eis zu dick wird oder der Wind zu extrem, wird unser Kapitän keine Beschädigung des Schiffs riskieren. Dann müssen wir uns zurückziehen. Da die Temperatur gerade absinkt und der Wind Eisschollen heftig ineinanderdrückt, muss ich Keller so schnell wie möglich finden. Es könnte sein, dass wir nur eine Chance haben.

Ich bin sicher, dass er noch an Bord ist. Er wird sich zuerst um die Passagiere kümmern, selbst wenn das bedeutet, dass er mit dem Schiff untergeht. Außerdem kann es in Anbetracht der Optionen an Bord am sichersten sein, obwohl natürlich klar ist, dass niemand absichtlich im Wasser oder auf dem Eis gelandet ist. Es sieht jetzt schon aus, als wäre die Lage um einiges schlimmer als erwartet.

Wylander steuert die *Cormorant* jetzt in eine große weiße Fläche, die sich ohne Unterbrechung über mindestens hundert Meter erstreckt, und als das Knacken des Eises aufhört und das Schiff wieder anhält, gibt er das Signal. Es ist so weit.

Wir fahren die Gangway aus, und ich steige auf einen relativ stabilen Eisabschnitt hinunter. Als eines der leichteren Besatzungsmitglieder habe ich mich freiwillig gemeldet, als Erste vom Schiff zu gehen, obwohl mit Sicherheit jeder weiß, dass ich andere Gründe habe. In ungefähr fünfzig Metern Entfernung stehen zehn Passagiere dicht zusammen auf dem Eis, aber die *Australis* selbst ist immer noch nur ein trübes Leuchten im Nebel. Diejenigen, die sich auf dieser Eisfläche befinden, sollten es allein schaffen. Einige laufen bereits auf uns zu. Ich höre Glenns Stimme über den Lautsprecher, der den *Australis*-Passagieren mitteilt, wer wir sind, sie zur Ruhe mahnt und auffordert, unseren Anweisungen Folge zu leisten.

Aber sie sind erschöpft und in Panik und gehen einfach weiter. Zu ihrer eigenen Sicherheit müssen wir sie bremsen und großflächiger verteilen. Während ich vorsichtig über das Eis laufe, dabei mit einem Wanderstock hineinpikse, hoffe, nicht auf Matsch oder schwaches Eis zu treffen, und nach diesem furchtbaren splitternden Geräusch horche, hätte ich gern gewusst, ob die anderen Naturkundler so ruhig sind, wie sie aussehen. Trotz unserer Ausbildung und trotz des Wissens, ganz tief drinnen, dass so etwas passieren kann, glaube ich nicht, dass wir jemals wirklich damit gerechnet haben.

Das Eis unter meinen Füßen hält gut, und ich gebe den anderen hinter mir das Zeichen, mir zu folgen. Gleichzeitig hebe ich eine Hand, um die auf uns zulaufenden Passagiere aufzuhalten. So verstört sie auch sein müssen, sie gehorchen.

Ich drehe mich um und sehe Thom über die Gangway laufen. Der Plan, hastig entworfen, nachdem Glenn und Wylander das Eis und die Wetterbedingungen analysiert haben, lautet, dass Thom und ich einen Weg von der *Australis* zur *Cormorant* auskundschaften und, sobald wir eine sichere Route gefunden haben, Markierungsflaggen aufstellen. Danach werden Nigel und Amy mit dem restlichen Expeditionsteam diesen Weg ablaufen, um dafür zu sorgen, dass die Touristen einen gleichmäßigen Abstand halten: Sie dürfen nicht mehr Druck erzeugen, als das Eis aushält. Die vorbeitreibenden Leichen zeigen deutlich, dass einige diesen fatalen Fehler bereits begangen haben. Und unser Plan ist nur so gut, wie das Wetter es zulässt.

Ich versuche, nicht nach unten zu sehen, denn ich will keine orangefarbene Naturkundler-Jacke vorbeischwimmen sehen oder Kellers unverkennbares rotes Halstuch.

Konzentrier dich, ermahne ich mich. Ich muss einen Moment nach dem anderen angehen, einen zaghaften Schritt nach dem anderen. Kurz darauf erkenne ich, dass wir unseren Plan schneller revidieren müssen als erwartet. Die Passagiergruppe vor uns steckt auf einem etwa zwölf Meter breiten Eisstück fest und zwischen ihnen und uns liegen ungefähr acht Meter Matsch. Sie sind nicht auf Glenns oder mein Zeichen hin stehen geblieben, sondern, weil sie nicht weiterkonnten.

»Langsam«, rufe ich über meine Schulter. Als Thom sich neben mich an die Kante der Scholle stellt, rücken die Passagiere auf der anderen Seite zum Rand ihrer eigenen vor.

»Zurück!«, brüllt Thom. »Verteilen Sie sich!« Er breitet die Arme weit aus. »Bleiben Sie in der Mitte des Eises, so weit voneinander entfernt wie möglich«, ruft er ihnen zu. »Wir holen Sie. Halten Sie durch.«

»Wir brauchen ein Schlauchboot«, sage ich, und Thom nickt. Wir werden das Zodiac übers Eis zu diesem Streifen Wasser tragen müssen und es dann als Fähre benutzen. Obwohl aus Gummi, sind diese Boote nicht gerade leicht. Sie sind knapp sechs Meter lang, und um sie über Land zu transportieren, braucht man mindestens zwei oder drei kräftige Besatzungsmitglieder. Selbst wenn das Eis hält und wir das Boot im Wasser haben, wird es sehr schwierig, die ängstlichen Touristen sicher von einer zerbrechlichen Eiskante zu bergen.

Ein weiteres Leuchtsignal wird abgeschossen, und als es über den Himmel zischt, wendet sich Thom mir zu. »Geh du ruhig weiter«, sagt er. »Ich kümmere mich schon um diese Leute.«

»Aber du brauchst Hilfe mit dem Zodiac.«

»Ich hole Nigel. Geh schon. Sei vorsichtig.«

Ich drehe mich dem flackernden Licht des Signals zu und laufe zaghaft in die gleiche Richtung. Hier ist das Eis noch stark und ohne Risse, soweit ich sehen kann. Doch der Schein trügt häufig. Das Packeis um uns herum, das früher mal fest am Kontinent hing, ist den ganzen Winter über von Meeresströmungen und Winden herumgeweht worden, ist auseinandergebrochen und wieder zusammengeschoben worden. Jetzt da es von einer Schneeschicht bedeckt ist, kann man unmöglich erkennen, wo Schwachstellen sind – bis man genau darauf steht. Schlimmer noch, der Wind frischt wieder auf, was bedeutet, dass die Bedingungen sich schlagartig ändern könnten, egal, wie stabil das Eis wirken mag.

Vor mir sehe ich eine weitere Passagiergruppe verschwommen blau auf mich zukommen. »Halt«, rufe ich ihnen zu. »Bleiben Sie stehen!«

Aber sie können mich nicht hören, ich muss näher heran, ihnen erklären, dass sie auf Thom warten sollen. Ich steche ins Eis, während ich weiterlaufe. Dann höre ich ein lautes, hallendes Knacken und erstarre.

Das Geräusch ist nicht unter, sondern vor mir, und ich hebe gerade rechtzeitig den Kopf, um eine der blauen Jacken verschwinden zu sehen. Die anderen Touristen bleiben wie angewurzelt stehen, einer schreit. Ich zwinge mich, langsam zu gehen und weiterhin das Eis zu testen. Nach einigen Schritten versinkt die Spitze meines Wanderstocks im Eismatsch.

Es ist kein großes Loch, aber ausreichend für einen menschlichen Körper. Ich gehe rückwärts, dann lege ich mich flach aufs Eis und schiebe den rechten Arm ins Wasser. Die meisten Passagiere tragen Schwimmwesten, also strecke ich den Arm seitlich unter die Eisdecke, in der Hoffnung, die Strömung ist nicht so stark wie der Wind vermuten lässt.

Meine Hand stößt auf etwas, und obwohl mein Arm schnell taub wird, greife ich zu und ziehe. Etwas Blaues blitzt auf. Als der Mann näher bei mir ist, stecke ich auch den anderen Arm ins Wasser und zerre an ihm, so fest ich kann, während ich mich mit den Beinen rückwärts schiebe, weg von dem Loch. Ich habe einen Arm erwischt und finde von dort aus leicht den Jackenkragen, so dass ich den Mann mit dem Gesicht voran heraushieven kann. Sein Gesicht ist grau und schockstarr, und ich ziehe weiter, wuchte den Körper höher, während ich rückwärts krieche und das Eis am Rande des Lochs abbröckelt.

Die Schultern des Mannes sind jetzt über Wasser, aber ich kann ihn nicht herausholen. Also rufe ich nach Thom, nach Nigel, nach Amy. Dann warte ich. Der Mann scheint nicht mehr zu atmen, aber bei der Strömung und dem heftigen Zittern meiner Arme ist das schwer zu beurteilen.

Zuerst denke ich, es kommt keiner, aber dann spüre ich jemanden neben mir. »Ich hab ihn.«

Es ist Nigel. Ich rutsche beiseite und lasse ihn den Mann weiter aus dem Wasser ziehen. Sobald der Oberkörper auftaucht, geht Nigel auf die Knie und wuchtet ihn ganz heraus. Er dreht ihn auf den Rücken und beugt sich über ihn, tastet nach dem Puls und klemmt dem Mann gleichzeitig die Nase zu, um ihn Mund-zu-Mund zu beatmen. Mit einem Spucken und Husten leert sich seine Lunge vom Meerwasser, und die Augenlider des Mannes flattern hoch.

Er zittert unkontrolliert, und nur weil er jetzt atmet, ist er noch nicht außer Gefahr. Nigel funkt um Hilfe.

Ich zittere ebenfalls und schlinge die Arme um mich, um mich zu stabilisieren. Die anderen Passagiere drängen sich immer noch dicht zusammen auf dem Eis, ganz in der Nähe der Stelle, an der der Mann eingebrochen ist. »Zurück«, rufe ich ihnen zu, obwohl ich weiß, dass ihr Instinkt und die Angst und die Kälte sie zueinander ziehen. »Sie müssen Abstand zu den anderen halten, mindestens einen Meter.«

Sie treten auseinander, langsam, widerstrebend, skeptisch.

Nigel redet mit dem Mann, der eingebrochen ist, fragt nach seinem Namen, Alter, woher er kommt, Hauptsache, er bleibt bei Bewusstsein. Doch es sieht nicht gut aus, er spricht unzusammenhängend, stottert Wortfetzen, und seine Zähne schlagen heftig aufeinander.

Im Geiste erstelle ich eine Abfolge der Ereignisse: Die *Australis* steckt im Eis fest, verzweifelte Bemühungen, sich herauszukämpfen, Risse im Rumpf, Eisschollen krachen zusammen, Menschen springen, Nebel, Chaos, Tod.

Amy ist jetzt auf Nigels Notruf hin gekommen, und zu zweit ziehen sie dem Mann eilig Jacke, Pullover und Unterhemd aus und wickeln ihn in eine Fleece-Decke, die ausreichen muss, bis noch jemand eintrifft und Amy hilft, ihn aufs Schiff zu bringen. Jetzt schon sind wir zu wenige Retter, mit zu wenigen Mitteln, zu spät am Schauplatz.

Ich drehe mich zu Nigel um, der mich voranwinkt, und einen Moment lang zögere ich. Meine Jackenärmel sind durchweicht. Die Arme sind immer noch taub, und mir läuft Wasser vorn die Brust hinunter. Der Stoff auf meiner Haut ist nass und kalt. Trotzdem stapfe ich wieder los, presse die Zähne fest aufeinander, damit sie nicht klappern – den Nerven genauso wie der Kälte geschuldet –, und rudere beim Gehen mit den Armen, um das Blut in Gang zu halten.

Ein schattiger Kamm von Eisbergen erhebt sich in der Ferne. Ich gehe langsam, vorsichtig, halte Ausschau nach Anzeichen von Bewegung, für den Fall, dass einer von ihnen, wie uralte Bäume, beschließt umzukippen und dabei das Eis zu zerbrechen, auf dem ich stehe. Trotz des dichter werdenden Nebels merke ich, dass ich der *Australis* näher komme, ich höre die Geräusche verdrehten, malträtierten Stahls und gedämpfte menschliche Stimmen. Im Laufen stecke ich meinen Weg mit Flaggen ab, markiere die Stellen, die sicher begehbar sind – zumindest im Moment.

Und dann sehe ich sie.

Immer noch in Dunst gehüllt, ungefähr hundert Meter geradeaus, liegt die stark nach Backbord geneigte *Australis*. Ich beschleunige meinen Schritt.

Überall sind Rettungsboote und Passagiere in den knallblauen Jacken der Kreuzfahrtgesellschaft, manche in den Booten, manche auf dem Eis. Ich suche unter den Anoraks nach Orange, einem Aufblitzen von Rot.

Vor Verzweiflung spüre ich einen Kloß im Hals, schlucke ihn herunter und versuche zu atmen. Während ich mich umsehe, analysiere ich im Geiste hastig die Bedrohungslage. Die Rettungsboote der *Australis* schaffen es möglicherweise aus diesem windgepeitschten Eislabyrinth heraus, vorausgesetzt, sie werden von Besatzungsmitgliedern gesteuert. In jedem Fall sind diejenigen, die sich darin befinden, nicht unmittelbar gefährdet. Zodiacs sind besser manövrierfähig und leichter zu lenken, sind aber auch kleiner und kippen leichter. Die Passagiere könnten sich in Sicherheit bringen, solange sie nicht im Packeis steckenbleiben, was allerdings immer wahrscheinlicher wird.

Wer auf dem Eis gestrandet ist, braucht Hilfe, und zwar schnell, aber es sind so viele, und obwohl ich weiß, dass Nigel und die anderen Kollegen nicht weit hinter mir sind, bin ich vorerst die Einzige hier. Ich betrachte die Touristengruppen, zusammengedrängt wie Pinguine an einem Brutplatz, und werde mir der quälenden Entscheidungen bewusst, die vor mir liegen, das Abwägen von Menschenleben gegen die Dicke des Eises, meiner Sicherheit gegen ihre, die Tatsache, dass nur eines dieser Opfer für mich wirklich eine Rolle spielt und ich nicht weiß, wo er ist. Und auch wenn ich am liebsten nur nach ihm suchen würde, können diese Leute in unmittelbarer Gefahr nicht ignoriert werden.

Die *Cormorant* liegt inzwischen ungefähr vierhundert Meter hinter mir, und ich gebe Glenn per Funk meine Position durch, berichte ihm, wie die Lage ist. Ich sehe niemanden, den ich als Besatzungsmitglied der *Australis* erkenne. Wahrscheinlich sind sie noch an Bord und versuchen, mehr Passagiere in Sicherheit zu bringen, und das gibt mir Hoffnung.

Näher beim Schiff werden die Wasserflächen größer. Sein Schwanken und Sinken zerbricht die Eisschollen, treibt sie auseinander. Manche sind so groß wie ein Esszimmertisch, andere haben die Länge eines Straßenzugs, und ich muss immer langsamer gehen, um auf derselben Eisfläche zu bleiben.

Dann lande ich in einer Sackgasse. Zwischen mir und dem Schiff erstreckt sich über acht, zehn Meter eine Mischung aus Packeis und Bergfragmenten. Dahinter liegt ein Eisstreifen in etwa so groß wie zehn Parkplätze. Darauf stehen zwölf Passagiere, und es gibt keinen direkten Weg zu ihnen. Meine einzige Option ist, wieder ein Stück zurückzugehen und in einem weiten Bogen rechts oder links herum zu laufen, was aber kostbare Minuten raubt und mich unter Umständen nicht näher heranbringt. Doch es bleibt mir nichts anderes übrig.

Ich bedeute allen zu bleiben, wo sie sind, sich zu verteilen. Sie verstehen und gehorchen. Ich finde einen Weg, aber der Wind weht erbarmungslos, und als ich sie endlich erreiche, drehe ich mich zu dem Pfad um, den ich markiert habe.

Jetzt schon bricht das Eis durch den Wind auf, und durch den wabernden Nebel sehe ich, dass meine Flaggen nicht mehr an den Stellen stehen, an denen ich sie gesteckt habe – was bedeutet, dass ich die einzige Route verloren habe, diese Überlebenden in Sicherheit zu bringen. Das Eis ist zu kaputt, um es zu Fuß zu überqueren, aber zu fest, um mit dem Schlauchboot durchzufahren. Die verängstigten Passagiere bombardieren mich mittlerweile mit Fragen, und ich bitte um Ruhe, während ich nach meinem Funkgerät greife, um wieder Glenn zu rufen.

»Wir können nicht weiter rein«, sagt er. »Die Windböen haben bis zu dreißig Knoten, und das Eis ist bei acht Zehnteln. Wir müssen zurück, und zwar bald.«

»Ich hab hier ein Dutzend Leute«, sage ich. »Und keinen festen Rückweg.«

»Warte noch ein bisschen. Wir bringen ein paar Zodiacs rüber.«

Aber mir ist nicht klar, wie Glenn zwei weitere Besatzungsmitglieder entbehren will, um auch nur ein Schlauchboot den knappen halben Kilometer hierherzuschleppen. Wir könnten stundenlang hier festsitzen – falls das Eis so lange hält.

Ich versuche, tief durchzuatmen, aber meine Lunge friert ein, widersetzt sich der Luft, und dann dreht sich alles in meinem Kopf, und ich sehe schwarze Wellen vor mir. Ich beuge mich vornüber, die Hände auf den Knien, und mache abgehackte Atemzüge, bis mein Brustkorb sich endlich richtig ausdehnt.

Schließlich richte ich mich auf und bemühe mich um eine gefasste Miene. Der Wind treibt mir Graupel ins Gesicht, als ich mich umsehe. Ich hoffe, Keller zu entdecken, aber da sind nur bange, fremde Gesichter.

Links von mir bewegt sich etwas, und ich sehe einen hohen Eisberg etwas weiter entfernt im rauen Seegang schwanken.

Er neigt sich zur Seite.

Alle instabilen Eisberge kippen früher oder später, und wenn sich einer von dieser Größe umdreht, können die dadurch erzeugten Wellen gewaltig sein: groß genug, um verheerenden Schaden bei Schiffen anzurichten, mit Sicherheit groß genug, um tödlich für jemanden zu sein, der in der Nähe auf dem Eis steht.

»Hinlegen, hinlegen!«, brülle ich den Passagieren zu, dann werfe ich mich auf den Boden, alle viere von mir gestreckt. »So geht das«, rufe ich und hebe den Kopf, um das knackende Eis zu übertönen. »Arme und Beine ausbreiten!«

Die Leute machen es mir nach. Ich lege die Wange aufs Eis und beobachte den Eisberg, als er sich umdreht, anmutig, sanft. Leider weiß ich, dass das, was jetzt kommt, alles andere als sanft sein wird.

Einen Moment später hebt sich das Wasser, die Welle rollt auf uns zu wie in Zeitlupe. Mein Atem ist warm auf dem Eis, ich schließe die Augen, bohre die Finger in die Eisdecke unter mir und flüstere *bitte nicht zerbrechen, bitte nicht zerbrechen*, und als ich die Scholle ansteigen und schaukeln spüre wie ein riesiges Wasserbett, male ich mir aus, dass wir uns mitbewegen, alle gemeinsam, uns festhalten, zusammen bleiben.

Dann höre ich das Schreien der Passagiere und schlage die Augen auf. Wir schwanken immer noch, das Eis biegt und krümmt sich, aber bis jetzt ist alles gut. Ein paar Leute schreien weiter, geraten in Panik, aber wir sind alle noch da. Wir werden es schaffen.

Da höre ich ein lautes Krachen, das Eis splittert und bröckelt. Ich spüre ein Nachgeben, und da mein Körper schneller reagiert als mein Verstand, rolle ich mich gerade noch rechtzeitig zur Seite, als sich unter mir ein Riss auftut, ein gähnender Spalt, wo ich gerade noch lag. Ich höre ein Kreischen und sehe drüben eine Frau in ein weiteres Loch im Eis rutschen. Ein Mann erwischt sie am Arm und schafft es, sie festzuhalten, bis zu den Oberschenkeln im Wasser, bis zwei weitere Passagiere zu ihnen kriechen und sie herausziehen.

Während die Wellen unter dem empfindlichen Eis abflauen, liegen wir alle still. Ich schließe noch einmal die Augen, weiß nicht, ob ich mich jemals wieder bewegen möchte. Im Moment bin ich hier sicher. Das Baby ist sicher. Und bis ich etwas Gegenteiliges erfahre, ist auch Keller sicher. Sobald ich meine Augen öffne, muss ich aufstehen, muss so tun, als wüsste ich Bescheid, und muss vorwärts, auf das zu, was ich eigentlich gar nicht sehen möchte.

Ich höre noch hier und da ein Knacken, normale Geräusche in Anbetracht des Gewichts und der Bewegung des Eises, und als ich mir sicher bin, dass nichts mehr zerbricht, stehe ich auf und wende mich Richtung *Australis*. Sie ist wieder fast im Nebel verborgen, weil die Welle uns weiter weggetrieben hat. Um ihren Rumpf herum treiben leblose Körper im Wasser.

Ich wende mich ab, und da entdecke ich die erste gute Nachricht vor mir: Die Welle hat uns fest gegen ein großes Eisfeld gedrückt, was bedeutet, wir könnten vorübergehend eine Brücke zur *Cormorant* haben. Und es ist keine Zeit zu verlieren.

Ich bemühe mich, den wachsenden Stress abzuschütteln und teste das Eis vor mir. Eilig funke ich Glenn an, gebe den gestrandeten Passagieren knappe Anweisungen und führe sie auf stärkeres Eis, Schritt für quälenden Schritt. Ich finde meine erste Markierungsflagge und dann eine weitere. Das Eis verschiebt sich immer noch: Der Weg zur *Cormorant* wird ein langsamer und gefährlicher Prozess sein, wird Zeit verschlingen, die ich eigentlich nicht entbehren will, ohne zu wissen, wo Keller ist. Ich sehe mir über die Schulter, auf das verblassende Schiff, auf die verzweifelten Passagiere, die darauf vertrauen, dass ich sie retten werde.

* * *

Auf halbem Weg zur *Cormorant* entdecke ich Thom und zwei weitere Besatzungsmitglieder, die ein Zodiac über das Eis schleppen. Als sie uns erreichen, lassen Thom und ich die anderen beiden die Passagiere der *Australis* übernehmen, während wir uns weiter auf das offene Wasser zukämpfen, um zum Schiffswrack zu gelangen. Meine Arme fühlen sich an, als würden sie von der Kälte und dem Gewicht des Schlauchboots gleich abfallen, aber ich bin dankbar für die Wärme, die mein Körper wegen der Anstrengung erzeugen muss.

Als wir an der Kante ankommen und das Boot ins Meer schieben, verschnaufen wir beide kurz. Thom sieht an mir vorbei und kneift die Augen zusammen. »Mist«, sagt er, springt ins Boot und streckt mir die Hand hin. »Steig ein. Schnell.«

Ich halte mich an seinem Arm fest und kann mich kaum auf den Beinen halten, als er den Motor startet und wendet. »Was ist los?«

»Da ist gerade jemand reingefallen«, sagt er. Auch ich sehe jetzt eine auf und ab wippende Gestalt im blauen Anorak, die Arme in die dunstige Luft gestreckt, aber schon vor Kälte erlahmend.

Thom steuert so vorsichtig wie möglich neben ihn, während ich mit meiner gesamten verbleibenden Kraft an der blauen Jacke ziehe, aber es reicht nicht. Der Mann ist schwer vom Wasser und der Panik, und ich kann ihn kaum festhalten, weil er um sich schlägt. Thom stellt den Motor ab und beugt sich vor, um zu helfen. Zusammen schaffen wir es, den Mann ins Boot zu hieven. Ich hole eine Decke aus der der Kiste und wickle sie ihm um Kopf und Schultern. Er hat ein rotes Gesicht und zittert, der Mund bewegt sich, obwohl er nicht sprechen kann. Er war nicht sehr lang im Wasser und sollte eigentlich durchkommen – falls er sich aufwärmt, und zwar schnell.

»Wir müssen ihn zurückbringen«, sage ich, und Thom nickt. Dieser Mann ist nicht in der Lage, allein zu gehen, und wahrscheinlich ist er zu groß für mich, um ihn zu stützen – was uns eigentlich nur eine Option lässt.

Thom denkt das Gleiche, das sehe ich ihm an. »Bring uns zum Eis zurück«, schlägt er vor. »Ich suche jemanden, der ihm hilft. Und dann fahren wir wieder los.«

»Das dauert zu lang. Bisher war noch niemand bei der *Australis*. Wenn du ihn übernehmen kannst, fahre ich weiter und berichte euch.«

Als ich neben der Eiskante anhalte, steigt er aus, und ich helfe dem Mann auf. Zusammen holen wir ihn aus dem Boot, dann sieht Thom mich eindringlich an. »Pass auf dich auf«, sagt er.

»Ich gebe Bescheid, wie es aussieht, wenn ich näher dran bin.«

Mit einem Nicken tritt er zurück. Er legt sich einen Arm des Mannes um die Schulter, und sie laufen los Richtung *Cormorant*. Ich sehe ihnen noch eine Weile nach, um mich zu vergewissern, dass das Eis auch hält. Scheinbar unzählige Schiffbrüchige laufen überall herum, und das sind diejenigen, die Glück gehabt haben, diejenigen, die fast in Sicherheit sind. Immer noch haben wir keine Ahnung, was weiter weg auf dem Schiff passiert.

Ich wende das Boot. Das Eis verdichtet sich schnell, genau wie der Nebel, und ich finde keinen direkten Weg zur *Australis*. Das Zodiac kann höchstens ein wenig Eismatsch durchfahren, also muss ich unerträglich langsam um die Schollen herumsteuern und mich beinahe parallel zu dem Eisfeld halten, das ich gerade verlassen habe, so dass ich kaum vorankomme.

Während ich durch aschgraue Wasserlöcher tuckere, sehe ich jemanden allein in ein paar Metern Entfernung stehen und sich im Kreis drehen. Es ist ein Besatzungsmitglied in einem orangefarbenen Anorak, aber wegen der aufgesetzten Kapuze kann ich nicht erkennen, wer es ist. Mein Herz macht vor plötzlich aufflammender Hoffnung einen Satz, und ich will schon rufen, als die Gestalt ausrutscht und heftig aufs Eis prallt, aufsteht und sofort wieder hinfällt, dieses Mal unters Eis, ins Wasser.

So schnell ich kann, ohne die Außenhaut des Schlauchboots am rauen Eis zu durchlöchern, fahre ich hinüber. Ich kann sehen, wo das Eis dünner wird, und bin erstaunt, dass derjenige, der gerade eingebrochen ist, es nicht auch bemerkt hat. Kein Angehöriger der Crew dürfte auch nur in die Nähe von so dünnem Eis kommen, außer er wollte vielleicht jemandem in Gefahr helfen, aber ich kann sonst niemanden entdecken. Das bedeutet vermutlich, dass es nicht Keller ist – ich bezweifle, dass er einen solchen Fehler machen würde. Außer natürlich, er war erschöpft, halb erfroren und am Rande eines Nervenzusammenbruchs, was mittlerweile sämtliche Besatzungsmitglieder der *Australis* sein müssen.

Ich sehe etwas Orangefarbenes im Wasser aufblitzen und halte das Boot an. Die Beine gegen das Schlauchboot gestützt, greife ich nach dem Kragen des Anoraks und ziehe ihn zu mir. Ich bekomme etwas Hilfe dabei – der Verunglückte tritt nach unten und schiebt sich dadurch vorwärts und hoch –, und es gelingt mir, Kopf und Schultern über die Seite des Boots zu hieven. Ich mache eine kurze Pause und sehe, dass es ein Mann ist und er keine Schwimmweste trägt, aber das Gesicht kann ich nicht erkennen.

»Komm schon, verdammt«, sage ich. »Hilf mit.«

Wieder stemme ich mich mit den Füßen ein und ziehe. Noch ein paar Tritte, ein bisschen Krafteinsatz von uns beiden, und er liegt halb im Boot. Ich beuge mich vor, spüre dabei unangenehm den Druck auf meinem Bauch, und wuchte seine Beine über die Seitenwand. Er schlägt hart auf dem Boden auf, dann hebt er den Kopf.

Ich kann nicht fassen, wen ich vor mir sehe. »Richard? Was zum Henker machen Sie denn hier?«

»Sie wollten doch mein Fernglas«, sagt er mit klappernden Zähnen.

»Ich habe Kate gesagt, Sie sollen es einem von uns mitgeben. Sie dürfen nicht hier draußen sein. Und warum haben Sie so einen Anorak an?«

»Den hab ich mir geliehen.«

Ich sehe mich nach der schnellsten Route zurück zur *Cormorant* um, verärgert über den erneuten Umweg und wütend auf Richard, der vor sich hin brabbelt und mir wertvolle Momente stiehlt, wo ich doch nur daran denken kann, Keller zu finden.

»Als ich erst – die Jacke – anhatte – mit der Kapuze – wusste keiner was.« Richard klappert so heftig mit den Zähnen, dass er kaum sprechen kann. Aber er hört nicht auf.

»Ich bin – aufs Eis – in eine andere Richtung. Hab zwei Leute – gesehen – gestrandet auf – einem Stück Eis.« Er hustet, kommt wieder zu Atem. »Winziges Stück. Ich hab ihnen – das Seil zugeworfen und sie – rangezogen. Sie sind – gesprungen, haben es geschafft. Ich hab sie zum – Schiff zurückgeschickt und – dann weitergesucht. Nach Leuten – die gerettet werden müssen.«

Ich betrachte ihn, er ist erkennbar so abgekoppelt von der Realität, dass er trotz seines krampfartigen Zuckens keine Ahnung hat, wie knapp es gerade für ihn selbst war.

»Ich hab sie gerettet«, haucht er. »Zwei Menschen.«

»Und Sie wären dabei fast umgekommen, Richard. Ich hätte Ihretwegen auch umkommen können.«

»Sind wir aber nicht.« Dann sieht er mich an, plötzlich wirkt er ganz klar. »Was ist mit dem anderen?«

»Welchem anderen?«

Er reibt sich die Augen, der lichte Moment ist vorbei. »Warten Sie«, sagt er, dann muss er erst wieder zu Atem kommen. »Da war jemand auf dem Eis. Da hinten.« Er versucht aufzustehen. Seine Kraft ist verblüffend, wenn man bedenkt, dass er gerade ins Wasser gefallen ist, und seine manische Energie beunruhigt mich.

»Hinsetzen«, blaffe ich. Aber ich werfe einen kurzen Blick über die Schulter. Da ist niemand zu sehen.

Richard kniet sich hin und zeigt. »Da hinten war er.«

Ich mustere ihn. »Ganz sicher?«

Am ganzen Körper zitternd nickt er.

»Scheiße.« Ich bin nicht sicher, ob ich ihm glaube, aber ich kann nicht riskieren, jemanden zurückzulassen – besonders wenn dieser Jemand Keller sein könnte. Also wende ich das Zodiac und fahre zu der Stelle zurück, an der ich Richard aus dem Wasser gezogen habe. Ich sehe niemanden, nicht einmal eine Spur von einem Einbruch ins Eis, und Richard macht einen gleichermaßen verwirrten Eindruck.

»Er war ungefähr hier.« Er dreht den Kopf in beide Richtungen.

»War es ein Passagier oder einer von der Crew?«

»Er war genau hier.«

»Was ist passiert? Haben Sie ihn ins Wasser fallen sehen?«

»Nein«, sagt Richard. »Er lag auf dem Eis.«

Ob es an der Kälte liegt, an einer Nebenwirkung des Medikaments oder an seinen eigenen Wahnvorstellungen, es klingt unsinnig. »Wahrscheinlich haben Sie eine Robbe gesehen. Sonst nichts.« Wieder wende ich das Schlauchboot.

»Nein, nein, es war ein Mann. Ein blauer Anorak ...«

Mir fällt das Fernglas wieder ein, und ich suche an Richards Hals nach einem Riemen. »Wo ist Ihr Fernglas? Sehen wir doch mal nach.«

Er tastet auf seiner Brust herum, als erwartete er, dass es dort hängt. »Ich – weiß ich nicht.«

»Verdammte Scheiße.«

»Ich hab ihn gesehen«, beharrt er.

»Also ich habe außer Ihnen niemanden hier entdeckt. Ich muss Sie zurück zur *Cormorant* bringen.«

»Ich muss raus.« Richard richtet sich auf. »Ich muss nachsehen.«

»Nein.« Ich drücke ihn zurück nach unten und stelle ihm den Gummistiefel auf die Brust, um ihn dort festzuhalten, während ich das Zodiac steuere. Eis schabt an den Seiten, während wir durch den Matsch fahren, manchmal werden wir davon ganz aus dem Wasser gehoben.

»Wie haben Sie mich gefunden?«, fragt er.

»Ich hab Sie einbrechen sehen.«

»Aber ich war – so lange – unten.«

»Nein. Es waren nur ein paar Sekunden.«

Er schüttelt den Kopf. »Das waren mindestens zehn Minuten«, sagt er.

Ich möchte ihm erklären, dass er in dem Fall schon tot wäre, aber das bringt nichts. Er plappert weiter. »Das Wasser – so grün und klar. Stalaktiten unter Wasser. Ich habe Vögel fliegen sehen, ich dachte, ich bin am Himmel – so schwer da unten. So schwer.«

»Entspannen Sie sich, Richard«, sage ich, so sanft ich kann. »Sie haben einen Schock. Bleiben Sie einfach ruhig liegen. Wir sind gleich da.«

»Ich hab zwei Leute gerettet.«

»Okay«, sage ich. »Okay.«

Während wir auf die *Cormorant* zusteuern, werfe ich noch einmal einen Blick zurück, auf die Zerstörung hinter mir. Ich stupse das Schlauchboot durchs Eis und denke an mein letztes Gespräch mit Keller, bei dem die Verbindung unterbrochen wurde. Ich frage mich, wann die Leitung tot war, ob er noch gehört hat, dass ich schwanger bin. Ich wünschte, ich hätte ihn zurückrufen können, um sicherzugehen, dass er Bescheid weiß. Und ich hoffe, eine zweite Chance zu bekommen.

ZWANZIG JAHRE VOR SCHIFFSUNTERGANG

Columbia, Missouri

Ein paar Straßen von meinem Wohnheim entfernt treffe ich mich mit der Ehrenamtlichen, genau an der Stelle, die sie mir genannt hat. Noch bevor wir in Sichtweite der Klinik sind, höre ich die Demonstranten, und als wir näher kommen, halte ich den Blick gesenkt, meide ihre Plakate, die Fotos von Föten, die riesigen Lettern, die ihre Empörung über das verkünden, was ich jetzt gleich tun werde. Die Ehrenamtliche führt mich an ihnen vorbei und spricht die ganze Zeit sanft mit mir, hilft mir, die Stimmen auszublenden.

Im Gebäude fülle ich die Formulare aus, und als ich auf dem Weg in ein Untersuchungszimmer auf die Waage steige, erfahre ich zu meiner Überraschung, dass ich vier Kilo abgenommen habe, das Gegenteil dessen, was ich erwartet hatte. Ich bekomme einen Schwangerschaftstest, und beim Ultraschall werde ich gefragt, ob ich es sehen möchte. Ich sage Nein.

Sie erklären mir den Eingriff detaillierter, als ich brauche oder möchte, und dann lege ich meine Kleider in einen Spind und ziehe mir einen Krankenhauskittel an. Mehr als eine örtliche Betäubung und Ibuprofen dürfen sie mir nicht geben, weil ich nicht abgeholt werde. Ich habe es niemandem erzählt.

Ich lege die Beine auf die Stützen und schließe die Augen. Selbst als ich den Druck spüre, das Verkrampfen, rede ich mir ein, dass es genau wie bei einer normalen Vorsorgeuntersuchung ist, nur diese etwas länger dauern wird. Ich versuche, nicht an die Transparente zu denken, die ich auf der Interstate 70 gelesen habe: Lächle – deine Mutter hat sich für das Leben entschieden, und Abtreibung verursacht Krebs. Wider Willen fällt mir Pam ein und dass ich, wenn ich meinen Job ernster genommen, mich intensiver der Arbeit gewidmet hätte, vielleicht gar nicht hier wäre.

Nach meiner Rückkehr aus Rocheport bin ich in ihr Büro marschiert, habe mich entschuldigt und geschworen, nie wieder einen Tag Feldforschung zu versäumen. Sie hat nur abgewinkt, aber ich hatte immer noch ein schlechtes Gewissen, als hätte ich sie im Stich gelassen. Seitdem bin ich immer zu früh zum Unterricht und zur Arbeit gekommen und habe alles, was sie brauchte, vor den vereinbarten Terminen abgegeben, wie um es wiedergutzumachen. Ich weiß nicht genau, ob sie es bemerkt hat oder es sie interessierte, aber mir ging es so besser.

Als ich jetzt auf dem Behandlungsstuhl liege, ohne die Geräusche ausblenden zu können – die Handgriffe der Ärztin und ihrer Helferin, das Klirren der Instrumente auf dem Metalltisch, das Saugen des Apparats –, versuche ich, genau zu bestimmen, wann es passiert ist, wann dieser Zellhaufen, der jetzt aus meinem Körper entfernt wird, zu wachsen begann. Es muss kurz vor Chads und meiner Trennung passiert sein, wenn nicht sogar bei unserem allerletzten Mal zusammen, und das erscheint mir am grausamsten von allem.

Ich glaube, es war der Abend in der Dunkelkammer, als

wir Filme entwickelt und Abzüge für unsere nächste Aufgabe gemacht haben: ein Porträt. Es war spät an einem Samstagabend, und wir waren allein, nur wir beide in dem roten Licht, umgeben von plätscherndem Wasser.

Nicht lange nach Rocheport spürte ich, dass Chad sich von mir zurückzog. Er war ständig mit seinen Kursen und Artikeln beschäftigt und nahm mich nicht mehr zu Veranstaltungen mit. Ich fing an, mich genauso zu verhalten, um mir einzureden, dass wir gleich tickten. Wir trafen uns immer noch in unserem Kurs, landeten immer noch hin und wieder in seinem Bett, ordneten einander aber eher unserem Terminkalender unter als umgekehrt. Ein Mal versuchte ich, mit ihm darüber zu sprechen, ganz locker: *Wie war das noch mit Zukunft und so?* Er sah mich an und sagte: *Zukunft wird überbewertet.*

Als Chad nun einen Abzug in das Entwicklerbad legte, betrachtete ich ihn von der Seite und stellte fest, dass wir seit mehreren Wochen nicht zusammen gewesen waren. Unter dem warmen Rot des Dunkelkammerlichts spürte ich einen plötzlichen Sog, das vertraute Gefühl von weichen Knien, das ich so oft in Chads Nähe bekam. Ich wartete, bis ich es keine Sekunde länger aushielt.

Ich stellte mich hinter ihn, schlang die Arme um seine Brust, seinen Bauch, der sich unter meinen Händen straffte, und dann tiefer, und er ließ sein Foto im Entwickler liegen und drehte sich um. Er schob mich gegen einen der Vergrößerer, hob mich auf die Tischkante, und ich konnte das Gerät, so schwer es auch war, hinter mir klappern hören, wenn wir dagegen knallten.

Erst hinterher fiel mir ein, dass ich gar nicht an ein Kondom gedacht hatte, und er auch nicht. Aber meistens passten wir auf, deshalb verscheuchte ich den Gedanken, obwohl ich eigentlich zu viel über Biologie wusste, um so sorglos, so leichtsinnig zu sein. Wir atmeten, als wären wir gerade fünfzehn Kilometer gerannt, gerötet und befriedigt reichten wir einander Kleidungsstücke, die wir über den schwarz gestrichenen Fußboden verstreut hatten.

Chad wandte sich wieder dem Entwicklerbad zu, in dem sein Foto schwarz geworden war. Er warf es weg und fing neu an. Mein Porträt war zwar bereits fertig, aber mit einem wohligen Gefühl blieb ich noch ein bisschen, weil ich sonst nichts vorhatte.

Chad hatte den Tag in Eagle Bluffs verbracht, einem hauptsächlich aus Wald und Feuchtgebieten bestehenden Naturpark, der, weil es sich um Missouri handelt, eher für Fischerei und Jagd bekannt ist als für Vogelbeobachtung und Tierwelt. Chads Porträt zeigte einen wettergegerbten alten Fischer, und es war hervorragend. Er hatte die Gesichtszüge des Mannes festgehalten, seine Konzentration; er hatte die Geschichte dieses Gesichts in perfekter Tiefe, in perfektem Licht und Schatten eingefangen.

Da ich mich wieder voll in meine Arbeit mit Pam gestürzt hatte, hatte ich sie für mein Porträt gewählt. An der naturwissenschaftlichen Fakultät gehörte sie als Frau zu einer Minderheit, und ich dachte, das Bild würde sich gut in meiner Mappe machen. Ich hatte sie in ihrem Labor fotografiert, hatte meine Kamera ausschließlich mit der Absicht, die Aufgabe zu erledigen, gezückt, ohne über das Licht oder den Winkel nachzudenken oder mehrere unterschiedliche Aufnahmen zu knipsen. Auf den ersten Blick im Entwickler gefiel mir das Foto – Dr. Pam Harrison in ihrem weißen Laborkittel, über ein Mikroskop gebeugt, eine dunkle Haarsträhne im Gesicht, ein weit geöffnetes Auge an der Linse. Doch später, als ich Chads Porträt sah, schielte ich nach meinem, das schon zum Trocknen aufgehängt war, und stellte fest, dass es flach, emotionslos, statisch wirkte. Vor allem schien es ein Symbol für alles zu sein, was mein eigener Plan für mich vorsah: ein ödes, farbloses Leben mit Federn und Daten und wenig anderem.

Um mich abzulenken, beugte ich mich über das Waschbecken, während Chad einen weiteren Abzug im Entwickler schwenkte. Das Bild eines Vogels erschien, eine Brautente, die er in Eagle Bluffs entdeckt haben musste.

»Wow«, murmelte ich. »Ist die schön.« Das Foto war schwarzweiß, bildete die Grauschattierungen des Weibchens aber perfekt ab: das Gesicht mit dem glatten Gefieder, die schwarzen Augen mit dem hellen Rand, die weiß gesprenkelte Brust.

Und dann bemerkte ich, dass das Bild etwas unscharf war, dass Chad es stärker hin und her bewegte als nötig, wie um den Prozess zu beschleunigen – und dass er gar nicht auf die Brautente im Vordergrund fokussiert hatte, sondern auf eine lächelnde, langhaarige Frau, die sich verführerisch auf einer Decke räkelte.

Ich nahm meine Abzüge aus den Wäscheklammern und stopfte sie in meine Mappe. Dann murmelte ich, ich müsse los, und Chad, der immer noch mit seinem Bild beschäftigt war, hielt inne und sah mich an.

»Es ist nur ein Foto«, sagte er etwas matt, halbherzig, als hätten wir diese Diskussion schon hundert Mal geführt und er könnte sich nicht entscheiden, ob er versuchen sollte, mich zum Bleiben zu überreden.

Im Gehen riss ich die Tür weit auf und knipste das Deckenlicht an, so dass sein Abzug zerstört war. Ich hörte sein gedämpftes Fluchen, während ich durch den langen Gang lief.

Die Trennung, wenn man das so nennen möchte, geschah

so natürlich und ohne Umschweife wie das Kennenlernen vorher, als wäre es von Anfang an so vorgesehen gewesen. Von der Schwangerschaft erfuhr er nie.

* * *

Bevor ich die Klinik verlasse, bekomme ich eine Broschüre über Verhütung, als hätte ich es nicht besser gewusst, als wäre das ein Fehler aus Unkenntnis gewesen und nicht aus Impulsivität.

Die Wochen vor meinem Termin waren unerträglich. Ich hatte das Gefühl, dass es mir jeder ansehen müsste, und ich hatte Angst, Chad könnte irgendwie davon erfahren, obwohl das unmöglich war. Meine Entscheidung schien mir unausweichlich, egal, wie ich es auch drehte und wendete, egal, wie sehr ich versuchte, mir ein anderes Ergebnis vorzustellen.

Als ich jetzt langsam zum Campus zurückgehe, denke ich an Chads Foto von der Brautente, wie schön es war. Es kommt mir heuchlerisch vor, dass ich nicht im Traum auf die Idee käme, ein Tier zu essen, aber ohne zu zögern eine Schwangerschaft abgebrochen habe. Vielleicht orientiere ich mich allmählich zu stark an den Regeln des Tierreichs, wo Opfer sinnvoll, wo sie nötig und gerecht und oft humaner sind.

* * *

Dieses Jahr graut mir noch mehr vor meinem Besuch zuhause als üblich. Alecs Familie ist nach Kansas City gezogen, also verbringt er Weihnachten dort. Meine Katze Ginger ist weg, sie ist nach meinem Auszug verschwunden. Als ich danach zum ersten Mal nach Hause kam, hängte ich Zettel auf und fragte im Tierheim nach, aber vergeblich. Nachts, allein in meinem alten Bett aus Kinderzeiten, fehlt sie mir am meisten, und ich kann nur hoffen, dass sie eine neue Familie gefunden hat, eine, bei der sie willkommener ist als bei meiner.

Der Platz meines Vaters am Tisch wird von Marks Sohn Christopher eingenommen, dem ersten Enkel. Ich beobachte gerade das Baby, das eine weiche Stoffrassel inspiziert, sie sich vors Gesicht hält, als meine Mutter plötzlich sagt: »Deborah, geht es dir gut?«

Ich drehe mich zu ihr um, bis zu diesem Moment war mir gar nicht bewusst, wie unverwandt ich Christopher angestarrt habe. »Ja.«

»Du siehst nicht gut aus«, sagt sie. »Du siehst aus wie der wandelnde Tod.«

»Mir geht's gut«, wiederhole ich, und kurz darauf stehe ich auf und schließe mich im Bad ein. Ein Blick in den Spiegel verrät mir, dass sie Recht hat: Ich bin blass, hohläugig. Ich nehme mir vor, falls noch einmal jemand fragt, zu behaupten, es läge an der Arbeit, am Examen. Aber das stimmt nicht.

Ich drehe meinem Spiegelbild den Rücken zu und atme tief durch. Hier zu Hause fühle ich mich immer besonders allein, aber dieses Jahr ist die Empfindung stärker als je zuvor, und ich kann den Gedanken nicht abschütteln, dass es daran liegt, dass ich einen schrecklichen Fehler gemacht habe.

Der nächste Abend ist eine Wiederholung jedes anderen – alles dreht sich um das Baby –, und einen Moment lang überlege ich, wie es gewesen wäre, schwanger nach Hause zu kommen. Obwohl meine Mutter hofft, dass ich eines Tages eine große Familie habe, wäre es in dieser Phase meines Lebens skandalös gewesen, aber es hätte mich auch weniger unsichtbar gemacht.

Als ich mit Alec am Telefon darüber spreche, redet er es mir aus. »Die Art von Aufmerksamkeit willst du nicht, verlass dich drauf«, sagt er. »Du hast das Richtige getan.«

Dennoch, die Leere, die ich empfinde, übersteigt die Einsamkeit, an die ich gewöhnt bin und die ich häufig genieße. Da war etwas, eine Chance auf etwas, und jetzt ist sie weg, ich hatte sie und habe sie aufgegeben, habe sie unwiederbringlich zerstört. Ich sitze schon im Bus nach Columbia, als ich endlich begreife, was ich verloren habe: die Chance auf einen anderen Menschen, zu dem ich eine Beziehung aufbauen könnte, jemanden, der mir vielleicht ein bisschen ähnlich wäre, jemanden, den ich lieben könnte und der meine Liebe erwidern würde.

Der Gullet
(67° 10' S, 67° 38' W)

Das Signal *Mayday*, immer drei Mal wiederholt, bedeutet, dass ein Schiff in unmittelbarer, lebensbedrohlicher Gefahr ist. Es gibt keine Abstufungen von Mayday, nur das eine Wort, und da wir von der Brücke keine weiteren Informationen erhalten haben, lässt das für mich, im Moment, Raum für Interpretation, für Zweifel und Hoffnung.

Beides vermischt sich in meinem Kopf, während ich mich vorsichtig über das Eis bewege. Nachdem ich lange genug an Bord der *Cormorant* war, um mir einen trockenen Pulli anzuziehen, einen trockenen Anorak aufzutreiben und Kate zu bitten, ihren idiotischen Mann auf dem Schiff zu behalten, bin ich eilig wieder aufgebrochen – nur um festzustellen, dass mein Schlauchboot von einem anderen Besatzungsmitglied mitgenommen wurde, so dass ich zu Fuß übers Eis den Weg zum Wrack der *Australis* finden muss.

Ich komme nicht weiter als ungefähr zehn Meter, bis ich den ersten Schiffbrüchigen begegne, nass und zitternd in dem Eisregen und dem beißenden Wind. Ich dirigiere sie zur *Cormorant* und frage, ob sie Keller kennen, aber sein

Name sagt ihnen nichts. Diese Leute sind kaum in der Lage, auch nur die grundlegendsten Fragen zu beantworten. Der Zustand, in dem wir die Überlebenden antreffen, und der Umstand, dass wir in den vergangenen drei Stunden absolut nichts mehr von der *Australis* gehört haben, deuten darauf hin, dass auf diesem Schiff mehr als eine Eiskollision passiert ist. Es gibt keine Organisation, keinerlei Ordnung, und das macht aus einer bereits ernsten Situation eine tragische.

Einem Passagier nach dem anderen beschreibe ich Keller, aber keiner kennt ihn. Obwohl das Eis unter meinen Füßen rutschiger wird, mache ich allmählich sichtbare Fortschritte Richtung *Australis*, und eine Strecke von fünfzig Metern ohne gestrandete Touristen gestattet mir die Hoffnung, dass die Lage nicht ganz so schlimm ist wie gedacht.

Dann entdecke ich weiter vorn im Dunst eine Gruppe von zwanzig Menschen, die auf einem breiten Streifen Eis festsitzen. Ich finde einen sicheren Weg zu ihnen und übernehme die Führung zurück zu unserem Schiff, eine zitternde Prozession von kalten Körpern und warmem Atem, von Angst und blindem Vertrauen.

Und dann fällt mir auf, dass wir auf dem Rückweg zwar nicht genau dieselbe Route genommen haben, ich aber trotzdem die *Cormorant* inzwischen sehen müsste. Oder jemand mich, denn ich habe durchgefunkt, dass ich weitere Passagiere bringe. Angestrengt starre ich geradeaus, aber durch den Nebel sehe ich nicht einmal den Schatten unseres Schiffs. Das kann nur eins bedeuten – dass Glenn bei einer Windstärke von fünfundfünfzig Kilometern pro Stunde umkehren musste. Und das bedeutet, dass wir gestrandet sind.

Wieder funke ich Glenn an, erhalte aber keine Antwort. Ich drehe mich zu den Passagieren um, eine lange Schlange von kalten, verängstigten Menschen.

Erneut probiere ich es. »*Cormorant*, hier ist Deb, verstanden? Bitte um Position. Kommen.«

Da bemerke ich, dass das Lämpchen an meinem Funkgerät nicht leuchtet. Entweder ist der Akku leer, oder es ist durch Wasser oder Aufprall oder eine Kombination aus beidem kaputtgegangen. Ich starre das Gerät an, dann schüttle ich es ein paarmal, als wollte ich es aufwecken. Aber nichts passiert.

In der Ferne höre ich ein Brummen und hebe den Kopf. Wenige Sekunden später tauchen zwei Zodiacs aus dem Nebel auf, im vorderen sitzt Thom. Mit übernatürlicher Geschicklichkeit schlängelt er sich zwischen den Schollen durch, hinterlässt dem anderen Fahrer dabei ein deutliches Kielwasser, in dem er ihm folgen kann, und einen Moment später hält er neben mir am Eis. Vor Erleichterung möchte ich ihm um den Hals fallen.

»Wo ist Glenn hin?«, frage ich.

»Er landet Passagiere auf Detaille an. Dass er zurückkommt, bezweifle ich, das Schiff wurde ziemlich ramponiert beim Rausfahren. Mindestens eine Schiffsschraube ist im Eimer.«

Ich überschlage kurz im Kopf. Detaille, eine kleine Insel nördlich von hier, ist mit dem Zodiac vermutlich eine Stunde weit entfernt, je nach Eis und Wetter, und wenn die *Cormorant* dort liegt, wird die Rettung nur noch per Schlauchboot fortgesetzt werden. Bis weitere Hilfe eintrifft, dauert es mindestens fünf Stunden.

»Irgendein Anzeichen von Keller?«

Ich schüttle den Kopf.

Genau in dem Augenblick hören wir es: sieben kurze Töne des Schiffshorns der *Australis*, gefolgt von einem langen. Der Befehl, das Schiff zu verlassen.

Thom steigt mit einem Fuß aus dem Zodiac. »Ich lasse Nigel Verstärkung anfordern, und wir können –«

»Nein. Dazu bleibt keine Zeit.«

»Brauchst du ein Boot?«

»Das Eis ist mittlerweile dick da drüben. Zu Fuß bin ich besser dran.«

»Okay«, sagt Thom. »Ich komme hinterher, sobald wir diese Gruppe abgeliefert haben.«

»Danke.« Ich sehe ihm in die Augen. »Bis gleich.«

»Bis gleich.«

Unser Versprechen, uns gleich wieder zu treffen, kommt mir wie eine Art Code vor, wie *Mayday*. Etwas wie *viel Glück*. Etwas wie *pass auf dich auf*. Wir werden diese Worte nicht aussprechen, wir werden nicht zugeben, dass wir uns in einer Situation befinden, die viel ernster ist, als wir es uns vorgestellt hatten. Aber wir verstehen beide.

Ich drehe mich wieder in den Dunst und laufe vorsichtig los. Sobald ich außer Sichtweite der Passagiere bin, beschleunige ich mein Tempo. Obwohl das Eis sich fest anfühlt, ist es riskant, das weiß ich, aber ich möchte nicht noch mehr Zeit vergeuden. Inzwischen renne ich auf die *Australis* zu, die vollständig im Nebel verborgen liegt, als ich plötzlich anhalte.

Ich habe mein defektes Funkgerät nicht ausgetauscht. Ich sehe mich um, hoffe, Thom herwinken zu können, hoffe, dass noch jemand da ist. Aber sie sind alle verschwunden.

* * *

Orcas tragen den Namen »Killerwale« vollkommen zu Unrecht. Denn, das muss ich den Passagieren oft erklären, zum einen gehören sie gar nicht zu den Großwalen, sondern zu den Delfinen, zum anderen jagen sie für gewöhnlich keine

Menschen, sondern Robben, Wale und Delfine. Und darin sind sie äußerst geschickt: schnell – bis zu fünfzig Stundenkilometer können sie erreichen – und vor allem kreativ. Für gewöhnlich jagen sie in Rudeln von fünf bis fünfzig Tieren, und wenn sie auf eine Gruppe von auf dem Eis liegenden Robben stoßen, umkreisen sie sie in Formation und schlagen mit der Schwanzflosse auf das Wasser, wodurch sie Wellen erzeugen, die das Eis aufbrechen oder die Scholle umkippen. Wenn das nicht funktioniert, heben sie das Eis mit der Nase hoch.

Vor ungefähr vier Jahren habe ich in der Gerlache-Straße, zwischen der antarktischen Halbinsel und den Inseln Anvers und Brabant, eine Orca-Herde einen Seeleoparden von einem Eisberg werfen sehen. Wie Katzen, die mit einer Maus spielen, haben sie ihn dann wieder hinaufklettern lassen. Zu der Herde gehörten zwei Kälber, die Orcas brachten ihren Jungen das Jagen bei, und der Seeleopard war ihr unfreiwilliger Helfer.

Die Natur kann grausam sein, und hier unten hängt ihre Gnade davon ab, auf welcher Seite des Eises man sich befindet. Im Moment bin ich auf der richtigen und beobachte die glänzend schwarzen Flossen, die in trägen Kreisen genau unter dem Eis, auf dem ich stehe, umhergleiten. Ungefähr sechzig Meter weiter liegt, was von der *Australis* übrig geblieben ist.

Das Schiff krängt deutlich stärker als vorhin, als ich es das letzte Mal gesehen habe, obwohl das nicht mehr als zwei Stunden her ist, und irgendwann muss es gegen das Eis geklemmt worden sein. Sichtbar ist jetzt das Blassblau des leeren Swimmingpools auf dem Oberdeck und ein von einer Laufbahn umgebenes grünes Spielfeld. Auf den Eisschollen verstreut liegen die Überbleibsel von sechzehnhundert Passagieren und Besatzungsmitgliedern, Rucksäcke, Taschen, Schwimmwesten, Mützen, Kameras. Und da sind Leichen, manche treiben im Wasser, manche liegen auf dem Eis.

Sie sind es, vermute ich, was die Orcas anzieht. Für den Menschen sind sie eigentlich nicht gefährlich, wenn sie nicht durch Gefangenschaft verrückt geworden sind. Die wenigen bekannten Angriffe in freier Wildbahn fanden statt, wenn Orcas Menschen mit Beute verwechselten. Von unterhalb des Eises haben diese Leichen sicherlich eine starke Ähnlichkeit mit Robben.

Das Schiff ächzt unter dem Druck des Wassers im Inneren und des Eises von außen. Ich sehe Crew-Mitglieder, die Passagiere in Rettungsboote und Zodiacs verladen – allerdings tun sie das vom Eis aus. Die *Australis* wurde aufgegeben.

Ich suche die Anoraks und Gesichter nach Keller ab. Dann, widerstrebend, wende ich mich den Leichen zu, halte auf dem schwimmenden Friedhof nach seinen dunklen Haaren Ausschau, einer orangefarbenen Jacke. Dass ich ihn nicht entdecke, bietet nur vorübergehend Erleichterung.

Ich spreche ein paar Besatzungsmitglieder an, beschreibe Keller, frage, ob sie ihn gesehen haben. Niemand weiß etwas, was in Anbetracht der Größe dieser schwimmenden Stadt und in Anbetracht des Durcheinanders nicht überrascht.

Ich verrenke mir den Hals, um am Schiff hinaufzusehen. Die erwartete Evakuierungsabfolge im Falle eines Seenotfalls lautet Passagiere, Besatzung, Kapitän, aber so läuft es nicht immer. Bei dem Tohuwabohu hier kann man sich nicht darauf verlassen, dass irgendjemand weiß, ob die Antarktika überhaupt komplett evakuiert wurde. Auf so großen Schiffen sind die meisten Angestellten keine erfahrenen Seeleute, sondern Kellner, Barkeeper und Entertainer, sie haben unter Umständen nicht die nötige Ausbildung, um mit solchen Situationen umzugehen. Und nicht jeder Kapitän besitzt die Integrität, mit dem Schiff unterzugehen.

Ich weiß, bevor ich Keller aufgeben kann, muss ich auf das Schiff. Meine größte Angst ist, er könnte an Bord geblieben und dort eingeschlossen sein. Wenn ein Schiff so schnell untergeht, kann es allzu leicht passieren, dass man in einem Gang feststeckt oder unter verrutschten Möbeln eingeklemmt wird. Und so suche ich die Längsseite nach einem möglichen Zugang ab.

Der unterste Teil des Bugs klemmt am Festeis. Die Balkone auf der Backbordseite, normalerweise zwölf Meter über der Wasserlinie, sind gerade so eben erreichbar. Ich prüfe das Eis vor dem niedrigsten Balkon, dann nehme ich Anlauf und greife im Sprung nach der untersten Geländersprosse. Ich erwische sie, aber weniger fest, als ich gern hätte, und meine Kraft lässt nach. Sollte ich abstürzen, könnte ich direkt durchs Eis brechen. Mühsam ziehe ich mich hoch, beunruhigt darüber, wie wenig Energie ich nur noch besitze.

Das Schiff schwankt und stöhnt; ich halte mich verzweifelt fest und schwinge dabei hin und her. Schließlich hieve ich mich hoch genug, um die Beine um eine Sprosse zu schlingen, wodurch meine Arme vorübergehend entlastet werden, und schiebe mich dann über das Geländer.

Ich lasse mich auf den Boden fallen und bleibe kurz liegen, um wieder zu Kräften zu kommen. Diesen Luxus darf ich mir eigentlich nicht erlauben, ich habe keine Sekunde zu verlieren, aber plötzlich habe ich Angst weiterzugehen. In der Antarktis gewöhnt man sich an den Tod, vom Lesen der Entdeckergeschichten bis hin zu den unausweichlichen Verlusten in der Tierwelt, die man miterlebt, aber menschliche Opfer sind selbst in dieser rauen Landschaft relativ selten, und ich bin überhaupt nicht darauf vorbereitet, Keller zu sehen, wenn er nicht am Leben ist.

Dann spüre ich, dass ich mit meinen nassen Sachen ins Rutschen komme, und hebe den Kopf. Das Schiffsdeck hat eine Neigung von dreißig Grad und kippt weiter. Ich muss weg.

Ich stehe auf und rüttle an der Glastür – abgeschlossen. Also klettere ich auf den Nachbarbalkon, und diese Tür lässt sich aufschieben. Jetzt bin ich in einer Kabine und laufe schnell in den Gang hinaus. Ein Besatzungsmitglied hastet vorbei, ignoriert mich, hält sich am Geländer fest, um nicht zu stolpern. Irgendwo tief im Schiffsinneren schreit jemand, aber ich kann nicht erkennen, wo. Es sind also immer noch Menschen an Bord, aber wie viele und ob es sich um Passagiere oder Crewmitglieder handelt, weiß ich nicht. Blind fange ich an zu rennen und halte mich dabei ebenfalls am Geländer fest.

Notlichter blitzen, und eine automatische Ansage wiederholt den Befehl, das Schiff zu verlassen, in verschiedenen Sprachen. Wieder erschüttert mich die ungeheure Größe des Schiffs, als ich mich in die endlosen Gänge vorbeuge, im trüben Licht etwas zu erkennen versuche. Langsam fühle ich mich hoffnungslos verloren. Ich rufe Kellers Namen, immer und immer wieder, bis meine Stimme versagt.

Angestrengt denke ich nach: Wenn er noch auf dem Schiff ist, wo könnte er sein? Wahrscheinlich dort, wo es Menschen zu evakuieren gibt oder vielleicht auch inzwischen, wo er selbst noch einen Weg nach draußen finden kann. Das wären am ehesten die Sammelplätze, wobei zu diesem Zeitpunkt korrekte Abläufe müßig sind, und wer noch an Bord ist, verlässt vermutlich das Schiff, wie er eben kann.

Ich laufe weiter, taste mich an den Wänden entlang, und

bald stehe ich in einem großen Speisesaal. Das Schiff hat so schwere Schlagseite, dass es mich auf die Knie zwingt, und ich muss auf die andere Seite des Raums klettern. Am höheren Ende halte ich an und rufe wieder laut, in der Hoffnung, meine Stimme hallt genug, um von jemandem gehört zu werden. Dann hebt sich das Schiff plötzlich, der Boden sackt unter mir weg, und als ich mich gegen den Abwärtsimpuls wehre, sehe ich, dass es nichts gibt, um meinen Sturz abzufangen, außer einem Haufen Tische und Stühle unter mir.

* * *

Von ferne höre ich einen Wasserfall, ein friedvolles Geräusch, das an Berge und Wiesen erinnert, aber als ich die Augen aufschlage, sehe ich nur das grelle Gold eines überdimensionierten Kronleuchters. Panisch begreife ich, dass ich bei dem Sturz ohnmächtig geworden bin und nicht weiß, wie lange. Die *Australis* liegt jetzt auf der Seite, sie hat sich vom Eis gelöst und sinkt.

Mein Kopf tut weh, und als ich nach meiner Schläfe taste, spüre ich eine wachsende Beule und habe Blut am Handschuh. Ich versuche aufzustehen, breche aber gleich wieder zusammen, da mein linkes Bein nachgibt. Zuerst denke ich, es ist eingeschlafen, aber dann greife ich nach unten und stelle fest, dass mein Fuß im Stiefel rapide anschwillt, und als ich erneut aufzustehen probiere, kann mein Knöchel mein Gewicht nicht tragen. Ich lockere die Schnürsenkel, richte mich wieder auf und lege mir eine Hand auf den Bauch. Kein Schmerz dort, keine Krämpfe, es sieht aus, als hätten mein Knöchel und mein jetzt pochender Kopf bei der Rutschpartie den schrägen Saalboden hinunter das meiste abbekommen.

Ich kämpfe gegen die Schwärze an, die an meinem Bewusstsein nagt. Wieder rufe ich so laut ich kann nach Keller, um Hilfe. Niemand reagiert. Ich krieche ein paar Meter zu einer Tür, aber trotz des Lichts aus den Bullaugen und der Notbeleuchtung kann ich kaum etwas sehen. Vor meinen Augen verschwimmt alles, wackelt. Ich habe keine Ahnung, ob ich mich näher auf einen Ausgang zubewege oder einfach tiefer ins Schiff.

* * *

In einem dunklen, schrägen Gang öffne ich die Augen. Der Schein eines Notausgangsschilds taucht alles in ein gedämpftes Rot. Ich kann mich nicht erinnern, bewusstlos geworden zu sein, und weiß wieder nicht, wie lange ich es war. Als ich den Kopf hebe, sehe ich, dass sich unter mir Wasser ansammelt, gegen meine Füße plätschert, über meine Knöchel steigt. Als ich mich aufzusetzen versuche, schießt mir ein brennender Schmerz durch den Knöchel, aber wenigstens hat das Wasser ihn leicht betäubt. Ich drehe den Kopf nach oben, zum Licht hin.

Am Ende des Gangs sehe ich etwas Rotes auf dem Boden. Dieses Mal ignoriere ich den Schmerz und krieche darauf zu. Mit den Armen und dem gesunden Bein schiebe ich mich langsam, krebsartig vorwärts zu dem Farbfleck.

Doch als ich näher komme, sehe ich, dass es nur ein Schal ist, ein roter Schal. Zu glauben, ich könnte Keller in diesem Chaos finden, ist absurd – und jetzt bin ich mir nicht mal mehr sicher, ob ich es selbst hier raus schaffen werde.

Ich beiße die Zähne zusammen, wickle mir den Schal um den Knöchel und zerre ihn fest. Dann setze ich mich gerade auf und nehme einen tiefen Atemzug. Ich rufe, so laut ich kann, nach Keller, nach irgendjemandem, in der Hoffnung, es ist noch jemand an Bord, der mich hören kann.

Aber es ist niemand da.

Mit einem neuen Energieschub stehe ich auf. Wieder brennt der Knöchel vor Schmerz, aber wenigstens ist er jetzt stabil. Bei dem Tempo, in dem die *Australis* sinkt, muss ich schnell hochsteigen, gegen die Schwerkraft, und es irgendwie auf die Steuerbordseite schaffen – die einzige, die sich noch über Wasser befindet.

Mithilfe des Handlaufs schleppe ich mich erst einen Niedergang hinauf, dann einen weiteren. Schließlich erreiche ich einen langen Flur, der auf ein schmales Deck führt. Mühsam hieve ich mich das steile Gefälle hinauf, stütze mich am Seitengeländer ab, während das Schiff schwankt und rasch vollläuft.

Endlich krieche ich auf das Deck hinaus, wo ich mit einer eigenartigen Emotionslosigkeit feststelle, dass ich fast vollständig eingeschlossen bin. Das Eis unmittelbar um das Schiff herum ist brüchig und aufgewühlt, und die nächste Scholle befindet sich zwei, drei Meter entfernt. Wäre ich nicht verletzt, könnte der Abstand durch Schwimmen überwunden werden, aber für mich sieht es gerade aus wie der Ärmelkanal. Um zu tun, was ich tun muss, darf ich nicht nachdenken, über Keller, über das Baby, über das schwarze Wasser dort unten, über gar nichts.

Ich schleppe mich zum Geländer und wälze mich hinüber, wo ich einen langen, furchtbaren Moment lang hänge. Auf einmal verschiebt sich das Schiff mit einem gewaltigen Seufzen, und ich lasse los und falle an der Wand entlang sechs Meter tief ins Meer.

Die Kälte presst mir die Luft aus der Lunge, und sofort zwinge ich mich, mich zu bewegen. Ich paddle auf die Eisscholle zu, meine Schwimmweste hält mich über Wasser. Ich konzentriere mich darauf, gleichmäßig zu schwimmen, ich rudere nicht herum, verschwende keine Energie auf unnötige Bewegungen. Mir bleiben nur wenige Augenblicke, um es auf das Eis zu schaffen, jede Sekunde zählt.

Es ist erstaunlich, wie die Zeit sich in solchen Momenten verlangsamt. Ich denke an Keller, an seine Miene, als ich aus McMurdo abreiste, den Klang seiner Stimme, als wir zum letzten Mal miteinander gesprochen haben. An unseren Streit in der letzten Saison, dass ich netter hätte sein sollen, verständnisvoller, und dass ich solche Dinge offenbar immer erst begreife, wenn es viel zu spät ist, etwas zurückzunehmen.

Schnell verliere ich das Gefühl in Armen und Beinen, und als ich das Eis erreiche, kann ich mich nur daran festhalten. Die Scholle ist groß und fest, aber die Kante, die ich umklammere, ist glatt, und ich weiß nicht, wie ich mich aus dem Wasser ziehen soll.

Als ich mich umsehe, entdecke ich nicht weit von mir einen niedrigen Pressrücken. Hand über Hand rutsche ich an der Scholle entlang und greife nach dem Eishügel, was mir den nötigen Halt verschafft, um mich aus dem Wasser zu hieven.

Zitternd bleibe ich kurz liegen, dann wende ich den Kopf der *Australis* zu. Ich kann nur die Unterseite des Rumpfs sehen, dunkel und gewölbt wie ein auf dem Wasser treibender Wal. Blasen steigen auf, als sie ihre letzten Atemzüge ausstößt.

Ich sehe kein Zeichen von Leben. An mir vorbei treiben Anoraks und Schwimmwesten, Handschuhe und Ohrenschützer – die leeren Hülsen der Passagiere, die sie einst trugen. Es riecht nach Diesel und Qualm. Ich krümme mich auf der Seite zusammen, um das bisschen Körperwärme zu bewahren, das ich noch habe, um dieses Baby zu beschützen, das möglicherweise das Einzige ist, was mir von Keller geblieben ist.

Viel Zeit bleibt mir nicht, bis das Zittern aufhört, bis die Unterkühlung einsetzt, bis meine Gliedmaßen nicht mehr auf die Befehle meines Gehirns reagieren. Ich glaube, einen Motor zu hören, und hebe den Kopf. Aber ich sehe nichts, was einem Schlauchboot ähnelt, und im Wasser bewegt sich nichts außer dem gurgelnd sinkenden Schiff und dem Strom von Trümmern und Leichen.

Mir fällt ein Farbklecks ins Auge, und ich stütze mich auf die Ellbogen, um besser sehen zu können. Als ich zur Kante der Scholle krabble, stellte ich fest, dass es nur eine Mütze ist. Ich lasse den Blick über das Eis schweifen, das Wasser, alles, um noch mehr zu entdecken, aber da ist nichts.

Schließlich versuche ich, wieder zurück in die Mitte zu kriechen, auf kompaktes Eis, aber meine Kraft ist verbraucht, mein Körper nutzlos. Und da bemerke ich, dass ich meine Hände nicht mehr spüre.

Detaille-Insel
(66° 52' S, 66° 47' W)

Schon lange stelle ich mir Antarktika als lebendiges Wesen vor, wie die Erdgöttin Gaia: die tiefen Atemzüge der Stürme, die wechselnden Mienen auf dem von Eis geformten Gesicht, die Adern aus Algen und Flora, die unter der schneebedeckten Haut überleben. Mehr als je zuvor scheint mir der Südkontinent viel eher Mensch als Ort, mit einem Temperament, das unberechenbar, erfindungsreich und ungezügelt ist.

Von der anderen Seite des Bullauges aus erwidert die Detaille-Insel meinen Blick mit gequälten Augen. Zum ersten Mal kann ich die Worte nachvollziehen, die Robert Scott in sein Tagebuch schrieb: »Großer Gott! Dies ist ein furchtbarer Ort.«

Ich bin allein in einer Kabine auf der *Cormorant* aufgewacht. Ich habe mich an ein schaukelndes Gefühl erinnert, wie auf dem Wasser, an einen Körper neben meinem. Ich spürte Keller ganz stark, und als ich die Augen aufschlug, lag ich eine ganze Weile da und hoffte immer noch auf die Möglichkeit, dass er irgendwo am Leben war. Dann traf mich die Realität wie ein Schlag, ein Aufzucken von Panik, als mir bewusst wurde, dass wir ihn immer noch nicht gefunden hatten, und ich versuchte aufzustehen und mich wieder auf die Suche zu machen. Aber meine Beine knickten ein, der Schmerz in meinem Knöchel brannte siedendheiß unter meinem Gewicht. Da erst bemerkte ich, dass mein Fuß bandagiert und die Wunde am Kopf gesäubert und verbunden worden war. Meine Hände waren rot und brannten wie verrückt, wie auch meine Ohren und das Gesicht. Ich drückte mir die kribbelnden Finger auf den Bauch. Ich spürte ein leichtes Ziehen, und es dauerte nicht lange, bevor das Gefühl sich in meinem gesamten Körper ausbreitete, angefacht von Bildern von Keller auf dem Eis, unter dem Eis. Es gelang mir, aus der Koje zu steigen und mich neben das Bullauge zu lehnen, und seitdem kann ich den Blick nicht abwenden, trotz der Katastrophe an Land.

Passagiere sammeln sich auf dem unebenen Terrain. Hinter ihnen rahmen die schwarzen, mit Schnee marmorierten Berge einen bedrohlichen Himmel ein. In Decken gewickelt und hauptsächlich paarweise unterwegs, erinnern die Überlebenden mich an Pinguine, die starkem Wind trotzen, ihre Silhouetten ähneln den Adélies ein paar hundert Meter weiter. Sie kreisen, die Schultern nach vorn gebeugt, und suchen nach Partnern, Kindern, Freunden, sie rufen einander, hoffen auf ein Wiedersehen. Manche sitzen allein da, wie Vögel auf einem leeren Nest.

Ich spüre, wie mein Körper sich abkapselt. *Ich wünschte einfach, ich hätte mehr Zeit*, hat Kate auf Deception zu mir gesagt, und ihre Worte hallen in meinem Kopf nach. Wenn wir nur irgendwie mehr Zeit haben könnten – die anderen Schiffe wären inzwischen hier, mehr Passagiere wären gerettet worden, vielleicht sogar die *Australis* selbst. Und wir hätten Keller finden können.

Wir hatten nie genug Zeit, Keller und ich. Er bekam keine Gelegenheit zu erfahren, dass er Vater wird, und ich habe gerade erst angefangen, mich auf eine Familie zu freuen. Meine Kehle schnürt sich zu, macht mir das Atmen schwer. Ich lehne die Stirn an die Scheibe und fange an zu weinen.

Die Kajütentür wird geöffnet, aber ich drehe mich nicht um, nicht einmal, als ich eine Hand sanft auf meiner Schulter spüre. Ich will niemanden sehen.

Dann sagt eine Stimme, eine tiefe, vertraute, wenn auch heisere Stimme meinen Namen, und bald starre ich in die moosig braunen Augen, die ich nie wiederzusehen glaubte.

»Oh mein Gott.« Ich bin atemlos. »Bist du echt?« Ich schlage mit meiner brennenden Handfläche auf Kellers Brust, er ist fest, lauter Wärme und Wolle, und darunter fühle ich, als ich die Hand so fest andrücke, wie ich bei dem kribbelnden Schmerz aushalte, seinen Herzschlag. Er ist echt. Er lebt.

»Erinnerst du dich nicht?«, fragt er.

»Woran?«

Keller streicht mir mit den Fingern über das immer noch tränennasse Gesicht. »Dass wir dich gefunden haben. Auf dem Eis.«

Dann war es also kein Traum, sondern eine Erinnerung, immer noch trübe. »Erzähl.«

Er legt mich wieder in die schmale Koje und setzt sich neben mich. Obwohl meine immer noch nicht aufgewärmten Hände schmerzen, kann ich nicht aufhören, ihn zu berühren, aus Angst, er könnte verschwinden.

»Ich war auf dem Eis gestrandet«, sagt er, »und hab ein Zodiac rumkurven sehen, total planlos. Ich dachte, irgendein *Australis*-Passagier würde es fahren, aber es war jemand in einem orangefarbenen Anorak. Ich hab versucht, ihn herzuwinken. Erst hat er mich ignoriert, es sah aus, als würde er jemanden suchen. Dann endlich ist er gekommen.«

Kellers Stimme ist kratzig, aber kräftig. »Am Ende war es gar keiner von der Besatzung, sondern ein Passagier. Von hier.«

»Richard«, stoße ich hervor. Wie zum Teufel war er wieder raus aufs Wasser gekommen?

»Woher weißt du das?«

»Er hat sich – und mich – vorher fast umgebracht. Er ist völlig irre von dem Seekrankheitspflaster.«

»Kann sein, aber für mich ist er ein Held«, sagt Keller. »Er hat mich abgeholt, und nur wegen seiner Wahnvorstellung, dass da noch jemand draußen ist, haben wir dich gefunden. Er wollte partout das Ruder nicht abgeben, ist immer im Kreis gefahren, und ich wollte ihn schon auf den Boden werfen und fesseln, als er dich entdeckt hat.« Keller grinst. »Er schien enttäuscht, dass du es bist, nicht derjenige, nach dem er gesucht hat. Wer auch immer das sein mag, das wollte er nicht verraten. Aber wenn wir dich nicht rechtzeitig gefunden hätten –«

»Ich hab nach dir gesucht.«

»Das weiß ich.«

Es gibt so viel zu fragen und so viel zu sagen, und selbst als ich wiederhole, was ich ihm am Telefon erzählt habe, lächelt er noch und legt die Hände sanft auf meinen Bauch. »Dann hast du mich also doch gehört. Du hast nicht einfach aufgelegt.«

Um die Augen hat er mehr Falten als in meiner Erinnerung, oder vielleicht liegt es daran, dass er auf eine Art und Weise lächelt, die ich noch nie gesehen habe. »Nein, ich hab nicht aufgelegt. Die Verbindung ist abgebrochen.«

»Geht es mir gut?«

»Du hast dir mindestens einen Knochen im Knöchel gebrochen, und dein Dickkopf musste mit vier Stichen genäht werden. Aber Susan sagt, es deutet nichts darauf hin, dass mit dem Baby was nicht in Ordnung ist. Allerdings will sie dich schnell in ein Krankenhaus bringen.«

»Schön, dass ihr zwei das besprochen habt. Offenbar geht ihr beide davon aus, dass es deins ist?«

Er lacht, und ich drücke seine Hand ganz fest, trotz des Schmerzes, der meinen Arm hochschießt. Jetzt, wo wir hier zusammen sitzen, kommt mir alles realer vor. »Und es ist okay für dich? Du möchtest das Baby auch wirklich?«

»Du nicht?«, fragt er.

»Doch, natürlich, aber wie schaffen wir das? Mit der Arbeit und dem Reisen und –« Ich rede durcheinander, es ist eher ein lautes Denken.

Er legt mir einen Finger auf die Lippen. »Das hat doch Zeit, Deb. Das können wir alles noch klären. Jetzt ist nicht der richtige Moment.«

»Warum nicht?«, frage ich. »Wir haben ja nichts anderes vor.«

Mühsam stehe ich auf und humple wieder zum Bullauge. Drüben auf der Insel dient eine längliche, schmale Hütte vom British Antarctic Survey als vorübergehende Unterkunft für gerettete Passagiere. Ich war oft genug darin, um mich an die verwitterten grauen Wände zu erinnern, die kalte Kargheit, wenn man von einigen wenigen Überbleibseln absieht: Haferflockendosen, rostige Sardinenkonserven, Bücherregale, lange Unterwäsche und Socken, die immer noch zum Trocknen über dem Ofen hängen. Ich versuche, mir diesen kleinen Schnappschuss der Geschichte voller Gestrandeter aus dem einundzwanzigsten Jahrhundert vorzustellen.

Ein weiteres Schlauchboot mit Passagieren landet am

Strand, und das Bullauge wird zu einem Panorama der Vergangenheit Detailles: die Geister der britischen Forscher, das Skelett ihrer Unterkunft, die Spuren von Adélies im Schnee und jetzt diese Szene aus dem schaurigen neuen Kapitel der Insel als vorübergehende Zuflucht für Schiffbrüchige.

»Was für ein Albtraum«, murmle ich und spüre Keller hinter mir, seine Arme behutsam um meine Schultern.

»Du musst dich ausruhen«, sagt er. »Ein anderes Kreuzfahrtschiff ist gerade eingetroffen, und mehr sind unterwegs. Wir brechen bald Richtung Norden auf.«

Mit Kellers Hilfe lege ich mich wieder hin, aber dieses Mal setzt er sich nicht zu mir. Ich sehe zu ihm auf. »Bleibst du nicht hier?«

»Ich bin bald zurück. Sie brauchen noch Hilfe –«

Ich setze mich kerzengerade auf. »Machst du Witze? Du wärst da draußen fast gestorben.«

»Ich bin vorsichtig. Bin ich doch immer.«

Wieder versuche ich aufzustehen, aufgerüttelt von Angst, von Hormonen und fest entschlossen, ihn nicht gehen zu lassen.

»Mach dir keine Sorgen.« Er küsst mich auf die Stirn, lässt die Lippen lange liegen, dann wendet er sich zum Gehen.

Hastig halte ich ihn am Arm fest. »Nein, Keller. Das kommt überhaupt nicht in Frage.«

Im Aufstehen festige ich meinen Griff, ein heißer Schmerz jagt mir durch die Finger, und als ich den Blick senke, sehe ich durch einen Schleier plötzlicher Tränen die gezackte Pinguinbissnarbe zwischen seinem Daumen und dem Zeigefinger.

»Komm schon, Deb«, sagt er sanft. »Du würdest dasselbe tun.«

»Scheiße, das *habe* ich, Keller, ich hab nach dir gesucht.

Dabei bin ich fast gestorben, schon vergessen? Durch ein Wunder haben wir es beide geschafft, und jetzt willst du wieder raus?«

»Ja, wir haben es geschafft«, sagt er. »Genau darum geht es. Findest du nicht, wer immer noch da draußen ist, hat ebenfalls eine Chance verdient?«

Immer noch lasse ich sein Handgelenk nicht los. »Ich lasse dich nicht gehen. Nicht ohne mich.«

»Du kannst gar nicht laufen.«

»Das ist mein letztes Angebot, bleib hier oder nimm mich mit.«

Er seufzt, sein gesamter Körper hält inne, und er lehnt seine Stirn an meine. Ich lockere zwar meinen Griff nicht, genieße aber diesen Schnipsel Zeit, die unmögliche Tatsache, dass er hier ist. Ich atme kaum, weil ich den Bann nicht brechen, diesen Moment nicht in eine Erinnerung verwandeln will – wir haben ohnehin so wenige.

Er schweigt so lange, dass ich schon glaube, ich hätte ihn überredet. Dann spüre ich seine Hand auf meiner, als er versucht, meine Finger zu lösen. Mir geht die Kraft aus, aber ich umklammere ihn, so fest ich kann.

Er hebt unsere Hände hoch. »Dein Ring hat gehalten«, sagt er.

Ich sehe auf meine gerötete und von der Erfrierung geschwollene Hand, an der der Ring jetzt besser sitzt als vorher.

»Er ist hart im Nehmen, wie du«, sagt er. »Wie wir.«

»Es gibt Grenzen der Belastbarkeit für alles.« Ich wende mich von ihm ab und sehe aus dem Bullauge. »Weißt du denn nicht, wie viel Glück du hattest?«, sage ich mehr zu meinem Spiegelbild in der Scheibe als zu Keller. »Du dürftest eigentlich gar nicht hier sein.«

Ich höre ihn hinter mir, sein Atem geht langsam und gleichmäßig, als wartete er geduldig auf meine Erlaubnis, die ich nicht geben werde. Als eine Welle hochschwappt und gegen das Fenster klatscht, schrecke ich zurück.

»Erinnerst du dich an Blackborow?«, fragt Keller.

Der blinde Passagier auf Shackletons Fahrt.

»Er hätte eigentlich auch nicht dort sein dürfen«, sagt Keller. »Und er hat mehr gearbeitet als alle anderen.«

»Genau, und hat er nicht sämtliche Zehen durch Wundbrand verloren?«

»Aber er hat es geschafft. Alle haben es geschafft, denn nur so geht es. Man braucht jeden Einzelnen.«

»Was ist mit *uns*? Würde es dich umbringen, ausnahmsweise mal nicht mitzumachen?«

»Mir passiert schon nichts.« Wieder legt er die Arme um meine Schultern, seine Wange an meine. »Ich bin immun gegen Eis, das weißt du doch.«

Mir ist klar, dass er mich zum Lächeln bringen will, aber ich kann nicht. »Du musst nicht nur meinetwegen zurückkommen.«

»Das weiß ich. Und da draußen sind immer noch Eltern und Kinder, die Hilfe brauchen. Du weißt, warum ich das tun muss.«

Ja, weiß ich, genau wie er weiß, dass ich auch dort draußen wäre, wenn ich könnte. Er wird ohne meinen Segen nicht gehen, und den nicht zu geben würde alles ändern, was wir sind.

Ich drehe mich um und lasse meine Stirn an seine Brust fallen. Ich spüre seine Hände in meinen Haaren und drehe den Kopf zur Seite. Durch den Pulli höre ich sein Herz schlagen, es erinnert mich an den Rhythmus von Admiral Byrds Herzschlag, als er auf meinem Schoß lag.

Schließlich sehe ich zu ihm auf. Es gibt so vieles, was ich ihm sagen möchte, wie hilflos ich mich gefühlt habe, als ich ihn nicht fand, wie verloren, als ich glaubte, er wäre weg. Aber meine Gedanken sind nichts als ein Spiegel der Bucht draußen, Treibeis, eine Mischung aus Hoffnung und Angst, die herumschwimmen und zusammenprallen und sich aufstauen, bis sie entweder eins werden oder schmelzen, und ich weiß nicht, welches von beidem.

* * *

Als ich allein in der Kabine bin, starre ich an die Decke, ich kann nicht schlafen, nicht einmal die Augen schließen. Ich sehe mich um. Im Gegensatz zu den zweckmäßigen Unterkünften der Besatzung ist dieser Raum wie ein Hotelzimmer in einem warmen, tröstlichen Grün gestrichen. Fotos von Walen und Albatrossen zieren die Wände.

Ich setze mich auf und lege die Beine über die Bettkante. Versuchsweise belaste ich meinen Knöchel, der zwar noch schmerzt, aber nicht mehr so stark wie vorher. Beim Aufstehen wird mir schwindlig, und ich warte einen Moment ab. Sobald ich mich besser fühle, suche ich nach meiner Jacke. Ich kann sie nicht entdecken – überhaupt habe ich keine eigenen Sachen an –, aber im Schrank finde ich einen roten, schiffseigenen Anorak und ziehe ihn an. Er ist mir zu weit, eine Männergröße, weshalb ich mich frage, in wessen Kabine ich bin und warum der Mann ihn nicht selbst trägt.

Auf dem Weg aufs Hauptdeck werfe ich einen Blick in die Lounge. Ich erkenne viele unserer Passagiere, die jetzt Susan bei der Versorgung der Verletzten helfen oder sich um die verstörten Überlebenden kümmern, Decken, Kaffee und Tee verteilen. Kate verbindet gerade einer Frau die blutende Hand. Ich gehe hinaus auf die Backbordseite, von wo aus ich die Insel sehen und die Crew dabei beobachten kann, wie sie unten Schlauchboote zu Wasser lässt. Mittlerweile besteht kaum noch die Chance, Überlebende zu finden, das weiß ich.

Ich sehe Keller in einem Zodiac in der Nähe des Strandes, zumindest glaube ich, dass er es ist. Schnell greife ich nach meinem Fernglas, merke dann aber, dass es weg ist, vermutlich im Wasser verloren. Eine unerträgliche Vorstellung, wie viel Müll von dem Schiff und den Passagieren auf dem Meeresboden und, schlimmer noch, im Bauch von Pinguinen, Robben und Walen landen wird. Die Opfer, die wir jetzt sehen, werden nur die Allerersten von letztendlich unzähligen sein.

Humpelnd steige ich weiter hinauf auf das Besatzungsdeck, auf das Keller und ich uns immer schleichen, um ein paar Momente Ruhe vor Touristen, Fragen, Anforderungen zu haben. Es bietet eine bessere Sicht, und von hier halte ich weiter nach ihm Ausschau. Das Zodiac, in dem ich ihn gesehen zu haben glaube, ist verschwunden.

Ich versuche, trotz des nervösen Knotens in meiner Brust langsam zu atmen. Als mein Knöchel zu pochen beginnt, lehne ich mich schwer mit den Unterarmen aufs Geländer. Meine Hände, in trockenen Handschuhen, brennen immer noch, und mein Gesicht ist nicht vor der Kälte und dem Wind geschützt. In diesem Zustand dürfte ich nicht draußen sein, aber ich weiß nicht, was ich sonst mit mir anfangen soll.

* * *

Ich stehe am Bullauge der Kabine, als die Übelkeit einsetzt. Gerade noch rechtzeitig stolpere ich in das winzige Badezimmer. Hinterher sitze ich ein paar Minuten lang auf dem Boden, um zu Atem zu kommen.

Es klopft an der Kabinentür. Ich stehe gerade auf, als Kate eintritt.

»Wie geht's?«, fragt sie. »Ich habe gehört, Sie haben sich den Knöchel gebrochen.«

»Nicht so schlimm.« Ich wende mich von ihr ab und schwanke zum Bullauge, dabei schlucke ich heftig gegen die nächste Übelkeitswelle an und halte mir den Bauch. »Ich hasse es, so an Bord festzusitzen.«

»Das Gefühl kenne ich«, sagt sie.

»Ihr Mann auch.« Ich drehe mich um. »Haben Sie schon gehört? Dass er Keller gefunden hat und die beiden dann mich?«

Sie nickt und schlingt die Arme um sich. »Darüber bin ich sehr froh. Ich meine, ich weiß, dass er beim ersten Mal Mist gebaut hat –«

»Machen Sie sich darüber keine Gedanken. Wir sind alle dankbar, dass er heimlich noch mal losgezogen ist, so dumm das auch war. Ich sollte mich bei ihm bedanken. Wo ist er denn?«

»Oben in der Lounge, glaube ich. Ich habe ihn gebeten, nicht runterzukommen, weil Sie Ruhe brauchen.«

»Ist das Ihre Kabine?«

»Ich wollte, dass Sie ein stilles Plätzchen zum Erholen haben. Richard und ich werden sowieso nicht schlafen können.«

»Das wäre nicht nötig gewesen.«

Sie lächelt. »Und es wird Sie freuen, dass er endlich das Pflaster abgenommen hat.«

»Gut.«

Kate kommt einen Schritt näher und mustert mich. »Geht es Ihnen gut? Sie sehen sehr blass aus.«

»Mir ist nur ein bisschen schlecht.«

Sie betrachtet den Verband auf meiner Stirn. »Das klingt nicht gut. Ich gehe besser Susan holen.«

»Nein«, sage ich. »Nicht nötig.«

»Aber wenn Sie sich den Kopf gestoßen –«

»Daran liegt es nicht. Ich bin schwanger.«

Kate lächelt, dann stellt sie sich an die kleine Kaffeebar, mit der jede Kabine ausgestattet ist. »Pfefferminztee«, sagt sie über die Schulter. »Den trinke ich schon die ganze Zeit wie Wasser. Hilft sehr.«

Nachdem sie mir den Becher gereicht hat, setzt sie sich auf das Bett gegenüber und fragt, wie weit ich bin. Ich wiederhole, was Susan mir gesagt hat, etwas mühsam, da mein Magen sich gerade wieder umdreht. Mehr als ein paar Schlucke Tee schaffe ich nicht und stelle den Becher auf die Ablage zwischen den Betten.

Kate legt mir eine Decke aus dem Schrank über die Beine. Weil die Geste so nett ist, bringe ich es nicht übers Herz zu sagen, dass mir schon zu warm ist. Dann setzt sie sich im Schneidersitz auf das andere Bett und erzählt mir, dass sie vorhat, Richard von ihrer Schwangerschaft zu erzählen, sobald sie von Bord sind, vielleicht bei einem schönen Abendessen in Ushuaia oder Santiago, wenn sie wieder an Land sind und alles normaler ist.

Entweder tröstet mich der Klang ihrer Stimme, oder die Erschöpfung holt mich ein, oder es liegt daran, dass die Übelkeit endlich abklingt – ich lasse die Augen zufallen und wache mit einem Erschauern wieder auf.

Kate ist weg, aber als ich den Kopf hebe, sehe ich Susan auf der anderen Seite der Kabine. Sie steht mit dem Rücken zu mir und wühlt in ihrer Arzttasche.

»Wie lange habe ich geschlafen?«, frage ich. »Wo ist Kate?«

Sie antwortet nicht, kommt aber mit einem Glas Wasser zu mir. »Wie geht es dir?«

»Ganz gut. Vorhin war mir ein bisschen schlecht. Ist jetzt besser.« Doch als ich mich aufsetze, dreht sich alles, und mir schießt ein Stich durch die Schläfe.

Desorientiert lege ich mich wieder hin und spähe aus dem Bullauge, kann aber nur einen schwachen Lichtschein erkennen. Das Schiff bewegt sich nicht, ich habe keinerlei Gefühl für Zeit und Ort. Eine Uhr gibt es hier unten nicht, und meine Taucheruhr ist weg. »Wie spät ist es?«

»Ungefähr vier.«

»Nachmittags?« Ich habe das Gefühl, länger als ein, zwei Stunden geschlafen zu haben.

»Nein, morgens. Du hast die ganze Nacht durchgeschlafen. Das war wirklich nötig.«

»Morgens?« Das heißt, dass ich weit über zwölf Stunden geschlafen habe. Die *Australis* muss mittlerweile unter Wasser sein und ihr Treibstoff auslaufen. Weitere Überlebende zu finden wäre mehr, als wir hoffen dürfen.

Mühsam setze ich mich wieder auf. »Wie läuft die Rettung?«

Susan sieht aus, als hätte sie überhaupt nicht geschlafen, ihre Augenlider sind dick, ihr Mund straff vor Anspannung.

»Wir sind immer noch in Detaille«, sagt sie. »Inzwischen ist eine ganze Schiffsflotte hier.«

»Und warum fahren wir dann nicht Richtung Norden?«

Sie zögert. »Es wird noch nach zwei Leuten gesucht.«

Das kann nur eines bedeuten. »Du meinst, zwei von unseren Leuten.«

Sie nickt.

»Wer?«

Aber sie schweigt.

»Wer, Susan?«

»Einer davon ist Richard Archer.«

Das überrascht mich nicht, aber ich empfinde Mitleid für Kate. Ich warte darauf, dass Susan weiterspricht, und als nichts kommt, frage ich nach. »Wer ist der andere?«

»Warum ruhst du dich nicht noch ein bisschen aus?«

»Susan, sag es mir einfach.« Da sie das nicht tut, beantworte ich mir die Frage selbst. »Es ist Keller, stimmt's?«

Wieder nickt sie.

»Sie suchen nach ihm, Deb. Jeder, die Besatzung sämtlicher Schiffe.« Sie macht eine kurze Pause. »Sie werden ihn finden.«

Ich fasse nach ihrer Hand und drücke sie fest. »Du musst mich da rausbringen. Mach mir einen Verband um den Knöchel und spritz mich mit was auch immer voll. Ich muss raus und ihn suchen.«

»Deb«, sagt sie. »Du kannst kaum laufen.«

»Er hat mich gerettet. Du kannst mich nicht einfach hier sitzen lassen und nichts tun.«

Susans Augen füllen sich mit Tränen.

Ich versuche zu atmen, versuche, ruhig zu bleiben. Aber ich kenne die Überlebenschancen.

Schließlich wende ich mich von Susan ab und schließe die Augen. Ich höre das Brummen der Zodiacs draußen, hin und wieder den Ruf eines Sturmvogels. Dann spüre ich das Schiff erzittern, die Motoren anspringen. Das bedeutet, dass wir aufbrechen, mit oder ohne Keller, mit oder ohne Richard. Am Vibrieren merke ich, dass sie diese blöde Schraube nicht repariert haben. Das Schiff fühlt sich wackelig an, nicht vollständig.

* * *

Ein körperlicher Schmerz hüllt mich so ganz und gar ein, dass ich kaum sagen kann, woher er stammt. Susan bietet mir Paracetamol an, aber ich lehne ab. Selbst etwas Stärkeres würde nicht helfen, ja, selbst wenn ich überhaupt keinen Körper mehr hätte, würde ich den Schock und das Beben all dessen empfinden, was wir verloren haben. Ohne Medikamente kann ich mich wenigstens auf etwas konzentrieren: jedes Ziehen, jedes Stechen, jedes Pochen.

Kate kocht uns Tee, und wir warten zusammen, spähen abwechselnd hilflos durch das Bullauge. Die Motoren der *Cormorant* laufen, aber wir liegen noch vor Anker. Rettungsmannschaften haben bereits hunderte von Leichen aus dem Wasser gezogen, die nun auf den Decks der zur Hilfe geeilten britischen und russischen Eisbrecher aufgereiht sind. Und als Glenn und Nigel in der Kajütentür stehen, die Mienen ernst und auf Kate konzentriert, weiß ich sofort, dass Richard nun auch dazugehört.

Aus Kates Gesicht weicht jegliche Farbe. Obwohl das Laufen mir schwerfällt, bestehe ich darauf, sie zu begleiten, als sie Glenn und Nigel zu einem Schlauchboot folgt. Glenn erzählt uns, dass ein russisches Team ein auf eine Eisfläche aufgelaufenes Zodiac mit zwei verängstigten *Australis*-Passagieren darin gefunden hat. Nicht weit entfernt entdeckten sie dann eine Leiche, über Wasser gehalten von der Schwimmweste.

An Bord des Eisbrechers werden wir in einen Raum geführt. Richard liegt auf einem Tisch. Er trägt eine Schwimmweste mit dem Logo des Reiseveranstalters darauf. Sein Gesicht hat eine weißlich blaue Farbe, die Haut ist glatt und wächsern. Kate berührt seine Wange. »Endlich«, murmelt sie mir zu. »Er wirkt fast entspannt.«

Im Boot auf dem Rückweg zur *Cormorant* stellt sie Glenn

die Frage, die ich selbst nicht zu stellen in der Lage bin. »Was ist mit Keller?«

»Noch nichts«, sagt Glenn.

»Aber Sie suchen doch weiter?«

»Wir müssen bald aufbrechen«, sagt Glenn und sieht mir in die Augen. »Aber die anderen suchen weiter, ja.« Zum ersten Mal erlebe ich, dass Glenns Stimme schwankt, beinahe versagt.

»Dann bleibe ich auch«, höre ich mich sagen. Glenn erwidert nichts, aber ich spüre seine Hand auf der Schulter, und dort bleibt sie, bis wir die *Cormorant* erreichen.

An Bord bringt Kate mir einen Teller Suppe, den ich nicht essen kann. Amy kommt mich besuchen, aber ich kann nicht reden. Ich drücke das Gesicht an die Scheibe des Bullauges, starre weiter aufs Wasser – schmutzig von Treibeis und Müll aus dem Wrack, von den Rettungsaktionen – und denke an all das, was es geraubt hat.

Nigel, Amy und ein paar Besatzungsmitglieder werden bei den anderen Rettungsmannschaften bleiben; es sind noch nicht alle Leichen gefunden, und aus der *Australis* läuft Treibstoff aus. Die Bergungsarbeiten haben gerade erst begonnen.

Ich betrachte eine Eisscholle in der Nähe. Ein Adélie-Pinguin ist gerade hinaufgehüpft, legt den Kopf schief und mustert das Schiff. Ich möchte ihn rufen, ihn warnen, dass er bald von Öl bedeckt sein, dass er seine Körperwärme verlieren wird, seine Fähigkeit, zu schwimmen und sich zu paaren und seine Küken zu füttern. Aber Adélies sind ihrem Standort treu. Sie können ihn nicht verlassen.

* * *

Der Schmerz und die Übelkeit werden stärker, und erst als ich die Blutung bemerke, wird mir klar, dass ich vernachlässigt habe, was in meinem eigenen Körper passiert, wo ein Teil von Keller noch lebt.

Susan hat nicht die Ausrüstung an Bord, um mich so weit zu beruhigen, wie ich es brauche, aber sie weist mich an, im Bett zu bleiben. »Der Körper kümmert sich schon um sich selbst«, erklärt sie mir, und das ist ein eigenartiger Trost, dieses Erinnern daran, dass wir letzten Endes alle nur Körper sind wie jedes andere Tier.

Ich schlafe unruhig, wache aus Albträumen über zerbrochene Eier auf, über von Raubmöwen erbeutete tote Pinguine, über im Schmelzwasser ertrinkende Küken. Ich denke an die Vögel, die ich im Laufe der Jahre beobachtet habe, jene, die ihre Jungen an Fressfeinde oder schlechtes Wetter oder ungünstiges Timing verloren haben. Sie machen weiter, sage ich mir; sie können sich nicht leisten aufzuhören.

Aber das heißt nicht, dass sie nicht trauern. Wenn ich die Augen schließe, sehe ich den Magellan-Pinguin in Punta Tombo über seinen leblosen Partner wachen. Ich sehe Adélies auf der Suche nach Partnern, die nie zurückkehren, durch ihre Kolonien laufen, ich sehe Zügelpinguine niedergeschlagen auf leeren Nestern hocken. Und vielleicht am deutlichsten sehe ich das Trauern der Kaiserpinguine. Das Weibchen kommt zurück, sucht, den Kopf zum ekstatischen Ruf gereckt. Wenn sein Ruf unbeantwortet bleibt, senkt es den Schnabel auf den eisigen Boden. Und wenn es sein Küken findet, im Tod erstarrt, nimmt es die gebeugte Haltung der Trauer ein, während es über das Eis wandert. Und dann, wenn es Zeit ist, lässt es sich vom Meer weit wegtragen, wie ich es jetzt tue.

Drake-Straße
(58° 22' S, 61° 05' W)

Eines, was das Tierreich mich bisher nicht gelehrt hatte, ist, dass Hoffnung zermürbender ist als Kummer.

Wir wissen nicht viel über die Fähigkeit von Tieren zur Hoffnung. Wir wissen, dass sie trauern, dass sie fröhlich und verspielt und frech und schlau sind. Wir haben gesehen, dass Tiere zum Erreichen eines gemeinsamen Ziels kooperieren und Werkzeug benutzen, um zu bekommen, was sie wollen. Egal, was viele glauben, sie unterscheiden sich nicht so sehr von uns.

Doch ihr Herz und ihr Gemüt können wir nicht einschätzen, wir können nur ihr Verhalten beobachten. In einem Winter habe ich ein Adélie-Pinguin-Weibchen erlebt, das während eines unvorhergesehenen Schneesturms auf sein Nest aufpasste. Obwohl es bald schon selbst eingeschneit war, rührte es sich nicht vom Fleck. Es war klar, dass die Küken niemals schlüpfen, und selbst wenn, erfrieren oder ertrinken würden, aber es hat sie nicht verlassen. War das Instinkt? Oder war es Hoffnung? Wünschte sich das Tier, so wie ich jetzt, damals etwas, das nichts anderes als ein Wunder wäre?

Während der Heimreise bleibe ich ans Bett gefesselt. Ich schlafe nicht, obwohl ich die Erholung bräuchte, und bei jedem Schwanken und Schaukeln durch die Drake-Straße klammere ich mich an den festen Holzstreben der Koje fest und wage zu hoffen, selbst wenn ich mich insgeheim frage, ob Hoffnung nicht auch nur ein blinder Instinkt ist.

Und mit nichts als Zeit zum Nachdenken, versuche ich zu rekonstruieren, was mit Keller passiert ist.

Richard muss noch Medikamentenreste im Organismus gehabt haben, und offenbar litt er an der wahnwitzigen, fehlgeleiteten Überzeugung, dass er den Rettern half. Aus welchem Grund auch immer, er beschloss, weiter nach diesem Phantom zu suchen, dessen Bergung für ihn zur fixen Idee geworden war. Kate hat gesagt, er wollte sich unbedingt nützlich machen, beweisen, dass er etwas Gutes tun konnte, vielleicht um seine Kletter-Nummer auf Deception Island wiedergutzumachen, die ihm immer noch unangenehm war.

Sie hat Richard mit Keller in ein Schlauchboot steigen sehen und ihm nachgerufen, aber die beiden waren zu weit weg, um sie zu hören. Keller und Richard haben sich offenbar gestritten, dabei hat Keller mehrmals zurück auf die *Cormorant* gezeigt und schließlich die Hände hochgerissen, als hätte er erkannt, dass er mit Richard nicht mehr reden konnte. Dann sind sie weggefahren. Das war das letzte Mal, dass Kate sie gesehen hat.

Sie müssen auf der Suche nach weiteren Opfern die *Australis* angesteuert haben, um das Treibeis herum, durch immer schmalere Rinnen. Nach dem, was Glenn uns erzählt hat, war das Eis dichter geworden, seit die *Cormorant* sich nach Detaille zurückgezogen hatte, so dass Rettungsbemühungen fast unmöglich wurden. Zu diesem Zeitpunkt hatte es nur ein anderes kleines Kreuzfahrtschiff dorthin geschafft.

Keller hat sicher ständig angehalten, zurückgesetzt und gewendet, um eine gute Route zu finden. Ich sehe ihn klar vor meinem geistigen Auge: die Last jedes verstreichenden Moments auf den verspannten Schultern, das Widerstreben, auch nur eine einzige Möglichkeit ungenutzt zu lassen, noch Überlebende zu finden. Wenn ein Weg vor einer Eisfläche endete, probierte er einen anderen aus und dann noch einen.

Irgendwann hat er seine Schwimmweste ausgezogen und Richard gegeben.

Das weiß ich, weil Kate sagte, Richard trug keine, als er in das Boot stieg, Keller aber schon. Richards Leiche wurde nur gefunden, weil er mit der Schwimmweste nicht untergehen konnte, und da Keller nicht gefunden wurde, war das bei ihm höchstwahrscheinlich nicht so.

Keller wird das Zodiac entschlossen in die schmalen Eiskanäle gelenkt haben, in vollem Tempo, obwohl das Eis die Seiten aufritzte, am Gummi schabte, wenn es unter ihnen wegbrach. Er wusste natürlich, dass durch die verschiedenen Luftkammern kleinere Schäden verschmerzbar waren und dass in solchen Momenten das Retten von Menschen weit wichtiger war als das Retten eines Schlauchboots. Er hat sich durchgekämpft, bis das Eis allmählich seinen Griff lockerte und die Rinne sich verbreiterte. Als sie schließlich in eine große offene Wasserfläche gelangten, konnten sie Richtung *Australis* wenden.

Keller war vermutlich zu stark auf das Eis vor sich konzentriert, um sich groß um Richard zu kümmern. Und Richard, zu klarem Denken nicht imstande, war sicherlich ausschließlich darauf konzentriert, diesen Überlebenden zu finden, den er zurückgelassen zu haben glaubte. Ist es möglich, dass er sich das nur eingebildet hatte? Ich erinnere mich an Kellers Worte: *Nur wegen seiner Wahnvorstellung, dass da noch jemand draußen ist, haben wir dich gefunden.*

Kann ich Richard dafür hassen, dass er mich gefunden und Keller verloren hat?

Während der Rettungsaktion habe ich Besatzungsmitglieder erzählen hören, dass sie jemanden sich auf dem Eis winden sahen, und als sie sich dann durch Nebel und Schnee näherten, stellte sich heraus, dass es kein Mensch, sondern eine Robbe war. Oder sie entdeckten einen vorbeitreibenden Anorak, und als sie ihn herausfischten, war er leer.

Ich weiß nicht, was Keller dazu bewegt haben kann, ohne Schwimmweste die Sicherheit des Boots zu verlassen, wenn nicht das Bedürfnis, jemanden zu retten. Jemand, der da war, oder jemand, den Richard sich einbildete.

Wahrscheinlich hat Keller den Motor abgestellt, das Zodiac dicht ans Eis manövriert – und an dieser Stelle weiß ich nicht mehr weiter.

Ich kann nur mutmaßen, dass Richard dachte, etwas zu sehen, und Keller ihm glaubte. Ich male mir Keller auf dem Eis aus, Ausschau haltend.

Möglicherweise hat er wirklich jemanden entdeckt. Oder Richard hat darauf beharrt, dass dort jemand war. Vielleicht hat er irgendwohin gezeigt, und Keller hat sich behutsam vorgewagt, aus sicherem Abstand ins Wasser gespäht.

Aber warum ist Richard weggefahren?

So verwirrt er auch war, ich bezweifle, dass Richard Keller absichtlich auf dem Eis zurückgelassen hat. Seine Absichten waren gut, und laut Kate war sein größter Feind schon immer er selbst. Vielleicht war ja genau das der Grund, vielleicht hat er in diesem Moment noch immer versucht, sich als Held zu beweisen. Alles wettzumachen, was er auf dieser Fahrt falsch gemacht zu haben glaubte, jeden Streit, den er mit seiner Frau gehabt hatte.

Wir wissen, dass zwei *Australis*-Passagiere allein in einem Zodiac gefunden wurden: *Wir waren auf dem Eis gestrandet, wir wären erledigt gewesen. Aber nachdem er uns ins Boot geholt hatte, wollte er uns nicht an Land bringen. Er hat gesagt, er müsse noch jemanden suchen.* Und an diesem Punkt, glaube ich, nahmen die Dinge eine Wende.

Richard hat sie irgendwie gehört, zwei Frauen, die um Hilfe riefen. Anfangs hat er sich nicht darum gekümmert, weil er wusste, dass er auf Keller warten musste, oder weil er dachte, es wäre nur der Wind, die Vögel am Himmel. Aber bald merkte er, dass es menschliche Stimmen waren, und sah sie durch den Nebel winken, ihm zurufen.

Vermutlich hat Richard versucht, Keller Bescheid zu geben, der allerdings mittlerweile zu weit weg war, um ihn zu hören, und wegen der Verzweiflung in den Stimmen der Frauen hat er sich dann entschlossen, erst sie zu retten und dann Keller wieder abzuholen.

Er wird den Motor gestartet haben, aber das Boot war weit schwieriger zu steuern, als er erwartet hatte. Es wechselt leicht die Richtung, und Richard hatte sicherlich Probleme, den Arm ruhig zu halten. Bei jedem Aufprall gegen einen Eisklumpen verlor er das Gleichgewicht, brauchte jedes Mal kostbare Sekunden, um es wiederzufinden.

Er hat wahrscheinlich den Kopf gehoben, um zu sehen, ob er vorankam. Kam er nicht. Er fuhr und fuhr, und dennoch waren diese beiden Frauen noch nicht näher. Als er wendete, konnte er Keller immer noch auf dem Weiß des Eises erkennen. *Bin gleich wieder da*, versprach er sicher. Plötzlich wünschte er sich, ihn nicht dort gelassen zu haben.

Doch den beiden gestrandeten Frauen war er wohl inzwischen näher, näher als Keller, und er sah, dass ihre Scholle gefährlich im Wind schaukelte. Ihm blieb nichts anderes übrig, als sie zuerst zu retten und dann zu Keller zurückzufahren.

Folgendes haben wir von den Frauen erfahren: Richard rammte die Eisscholle und hatte Mühe, das Boot neben der Kante zu halten. Den Frauen gelang es gerade noch einzusteigen, als das Eis bereits unter ihnen knackte und bröckelte. Sie froren und zitterten unkontrolliert. Sie hatten in einem kaputten Rettungsboot gesessen, das mitten im zermalmenden Eis gekentert war, und sie hatten das Glück, auf Eis geklettert statt ins Wasser gefallen zu sein. Von den anderen acht Passagieren aus dem Rettungsboot wurden sie getrennt. Zweien davon war es gelungen, sich auf ein anderes Eisstück zu retten, doch sie waren durchweicht gewesen und wahrscheinlich an Unterkühlung gestorben. Die anderen, vermuteten die Frauen, waren ertrunken.

Haben Sie Decken?, fragte eine Frau Richard.

Er schüttelte den Kopf, wendete das Boot und fuhr zurück, woher er gekommen war, zurück zu Keller.

Gott sei Dank haben Sie uns gesehen, sagte die Frau. *Ich weiß nicht, wie lange wir auf dem Eis da noch durchgehalten hätten. Wohin bringen Sie uns?*

Weiß ich nicht, sagte Richard und spähte in den Dunst.

Die Frau sah sich verwirrt um. *Und wohin fahren wir dann?*

Ich muss jemanden abholen.

Wo?

Gleich da drüben.

Doch inzwischen konnte Richard Keller nicht mehr sehen, zumindest sagten beide Frauen, da sei niemand gewesen. Richard schien in Panik zu geraten, er atmete schwer. Sie haben erzählt, er habe versucht, näher heranzufahren, habe immer wieder die Eiskanten umkreist, als könnte dieser Mensch wie von Zauberhand auftauchen.

Eine der Frauen fragte: *Sind Sie sicher, dass hier draußen jemand ist?*

Sie hab ich ja auch gesehen, oder?, blaffte Richard.

Okay, okay, sagte sie. In einer Kiste im Zodiac fand sie eine Decke, die sich die beiden Frauen umlegten. Sie kuschelten sich dicht zusammen und machten sich mehr und mehr Sorgen über Richards zunehmend abstruses Verhalten.

Wen suchen Sie?, fragte die andere Frau, während sie Richard beobachtete, der angestrengt auf das Eis vor sich starrte. Wieder gab Richard keine Antwort, und kurz darauf begann er zu zittern. Das krampfartige Zucken seiner Hand am Ruder brachte das Boot zum Hüpfen und Schlingern.

Hallo!, brüllte Richard hinaus in den Nebel. *Hallo!*

Es kam keine Antwort.

Kellers Namen sagte er nicht ein Mal.

Helfen Sie mir, sagte Richard, aber als eine der Frauen aufstand und das Ruder übernehmen wollte, wehrte Richard sie ab und verlor wieder die Kontrolle über das Boot. Als sie gegen eine große Eisfläche prallten, geriet er ins Taumeln, stürzte aus dem Boot und schlug hart auf dem Eis auf.

Die Frauen schrien, und eine beugte sich über den Rand und streckte Richard die Hand entgegen, während die andere verzweifelt versuchte, das Zodiac zu steuern und dicht am Eis zu halten.

Aber Richard wollte nicht zurück ins Boot. *Bin gleich wieder da*, verkündete er und zeigte geradeaus. *Er ist gleich da drüben.*

Es ist schwer vorstellbar, was danach passierte, Richard

und Keller beide auf dem Eis, zu weit voneinander entfernt, um sich zu finden, und nach einer Weile im Nebel verloren, so dass die Frauen ihnen nicht helfen konnten. Keine Funkgeräte – und für Keller auch keine Schwimmweste.

Ich zwinge mich, mich in Richard hineinzuversetzen, was er empfunden haben, wie er gelitten haben muss, anders werde ich ihn nicht verstehen, ihm nie verzeihen können.

Ich stelle mir vor, dass er übers Eis getaumelt ist, paranoid und wirr. Der Wind war vermutlich stark, drückte die Wolken nach unten, verdunkelte den Himmel. Irgendwann muss er ausgerutscht oder das Eis unter seinen Füßen gebrochen oder er von einer Welle umgeworfen worden sein, jedenfalls landete er im Meer, mit Salzwasser in der Kehle und brennenden Lungen.

Etwas Ähnliches ist sehr wahrscheinlich Keller zugestoßen, aber Richard wurde von der Schwimmweste nach oben gezogen. Wegen einer großen Abschürfung an Richards Kopf wurde Kate erklärt, dass er vermutlich unter eine Eisfläche gesaugt wurde, so dass er beim Auftauchen gegen eine kalte Glasdecke stieß, fest und unnachgiebig.

Er hat sich wohl unter dem Eis entlanggeschoben, sich die Fingerspitzen blutig gekratzt, bis er endlich Luft erreichte. Mittlerweile war er völlig erschöpft. Er versuchte, sich aus dem Wasser zu hieven, hatte aber die Kraft nicht, und seine Hände waren zu wund und taub, um sich auch nur festzuhalten, daher konnte er sich nur treiben lassen, die Schwimmweste an den Ohren, an den Wangen klemmend, während das Gewicht seines Körpers ihn nach unten zog.

An dieser Stelle höre ich auf.

Ich kann mir nicht ausmalen, was danach mit Richard passiert ist, weil ich nicht über Kellers letzte Momente nachdenken darf.

Was ich mir allerdings schon vorzustellen versuche, ist, dass diese letzten Momente für Keller friedlich waren. Dass er nicht gelitten hat, als er ins Meer stürzte, dass er von den neugierigen Pinguinen, die er liebte, besucht wurde, dass er sanft davontrieb, dass seine letzten Gedanken ans Leben, an mich, an uns hoffnungsvoll, glücklich sogar waren. Dass er sich endlich zuhause fühlte.

FÜNF JAHRE NACH SCHIFFSUNTERGANG

Portland, Oregon

Meine Flugnummer wird aufgerufen: Santiago via Los Angeles, dann von Santiago weiter nach Ushuaia. Die Hand meiner Tochter umklammert meine, aber nicht so fest wie im Vorjahr, und nächstes Jahr wird es noch lockerer sein. Keiner von uns beiden ist gern vom anderen getrennt, aber sie liebt es, vom »Ende der Welt« angerufen zu werden, und sie liebt das südamerikanische Spielzeug, das ich ihr mitbringe. Zwar ist Nick der einzige Vater, den sie kennt, aber sie hat Kellers und meine Reiselust im Blut. Sie weiß viel über die antarktischen Langschwanzpinguine und wartet ungeduldig auf den Tag, an dem ich sie mitnehme.

Nachdem die *Cormorant* damals zurück nach Ushuaia geholpert war, viel schwerer als bei ihrer Abreise, wurde ich nach Buenos Aires transportiert, wo ich eine Woche im Krankenhaus lag. Nach meiner Rückkehr in die Staaten wurde mir für den Großteil meiner Schwangerschaft Bettruhe verordnet. Kelly kam drei Wochen zu früh auf die Welt, klein, aber gesund, und als ich sie eine Woche später nach Hause brachte, öffnete Nick seine Tür zum Garten, damit er sie hören konnte, falls sie weinte, und er schloss sie nicht wieder, bis wir beide bei ihm eingezogen waren.

Meine Mutter kam sechs Monate später zu uns, um Kelly zu sehen, und mein Vater versprach es auch. Er starb jedoch während einer Geschäftsreise an einem Herzinfarkt. Seit Kellys zweitem Geburtstag kommt meine Mutter jedes Jahr zu Besuch, was für uns alle gut ist. Sie spricht nicht oft von meinem Vater, aber wenn, dann mit mehr Zuneigung als Anspannung, als würde seine Abwesenheit ihr endlich einleuchten.

Im Frühling haben Nick und ich vor, sowohl nach St. Louis als auch nach Chicago zu fahren, zu seiner Familie, damit Kelly ihre Verwandten kennenlernen kann. Und dann fliegen wir nach Boston zu ihrer Tante Colleen, Kellers Schwester. Es erstaunt mich, wie dieses kleine Kind, ganze achtzehn Kilo, unsere Familien zusammengebracht – und in meinem Fall *wieder* zusammengebracht – hat.

Obwohl Nick und ich das Bett teilen, glaube ich, dass er Kelly mehr liebt als mich. Er war oft derjenige, der sie mitten in der Nacht hörte; dann brachte er sie mir, und sie schlief zwischen uns ein. Er ist vorher noch kein Vater gewesen, aber er schlüpfte problemlos in die Rolle, als hätte sie nur auf ihn gewartet. Und wenn ich ihn mit Kelly beobachtete, wie er sie im Arm hielt und fütterte und in den Schlaf sang, wusste ich, dass ich den richtigen Partner gefunden hatte, dass ich nie zu einem leeren Nest zurückkehren würde, und zum ersten Mal wollte ich nicht von zu Hause weg.

Vor drei Jahren bin ich jedoch in die Antarktis zurückgekehrt, auf Nicks Drängen. Ich hasse es, Nick und Kelly zu verlassen, deshalb mache ich nur eine Kreuzfahrt pro Saison mit. Ich kann auch nicht mehr so weit wandern wie früher, ohne ein Stechen im Knöchel zu spüren, weil der Bruch nie ganz verheilt ist.

Es gibt nichts in der Landschaft, was mich nicht an Keller erinnert.

Beim ersten Mal war seine Abwesenheit überall: in meinem neuen Forschungspartner, in den ölverschmierten Pinguinen, in dem schimmernden Schmelzwasser, das von Eisbergen tropfte. Ich fuhr nach Hause und war nicht sicher, ob ich jemals zurückkehren könnte. Doch ich fuhr trotzdem, denn dort fühle ich mich ihm am nächsten. Dort kann ich mich erinnern.

Nach der *Australis*-Katastrophe hat meine Arbeit sich verändert. Es reicht nicht mehr, die Auswirkungen von Tourismus und Klimawandel auf die Pinguinkolonien in der Antarktis zu untersuchen. Jetzt haben wir ein völlig neues Forschungsgebiet, die Folgen des Schiffsunglücks: die Vögel, die durch den ausgelaufenen Treibstoff getötet und verletzt wurden, die Mengen von Plastik und anderem Müll, den sie mit der Nahrung aufgenommen haben, und wie sich all das auf ihr Überleben und ihre Fortpflanzung auswirkt.

Ein Videofilmer an Bord der *Australis* brachte ungefähr ein Jahr nach dem Unglück eine Doku über die Ereignisse heraus. Er filmte gerade auf der Brücke, als das Schiff den Eisberg rammte, der den Rumpf zerriss. Vorher nahm er Bilder von ruhigem, blauem Gletschereis auf, das lockere Geplauder der Crew, die nervösen Witze über unkartierte Gewässer. Dann kam der Moment, in dem sie wussten, sie würden gegen Eis stoßen, der Kapitän brüllte noch *Hart auf Steuerbord,* in einem verzweifelten Versuch, daran vorbeizukommen.

Und das gelang auch beinahe. Aber dieser spezielle Eisberg hatte eine scharfe Unterseite, die an der Wasserlinie einen dreißig Meter langen Riss in das Schiff schnitt.

Das Publikum des Films sieht den Augenblick des Aufpralls, das Flackern und Wackeln der Kamera, gefolgt von Totenstille auf der Brücke. Selbst nach diesen ersten langen, unheimlichen Momenten, als die Kamera auf das Gesicht des Kapitäns schwenkte, blieb der stumm, seine Miene so starr, dass sie beinahe ausdruckslos war. Er gehörte nicht zu den Überlebenden.

Wir wissen, dass die Lage sehr schnell schlimm wurde. Der Maschinenraum wurde überflutet, wegen des Defekts an den Schottverschlüssen füllten sich vier Abteilungen mit eisigem Wasser, die Elektrik und die Generatoren versagten. Der Videofilmer nahm die verängstigten Gesichter der Passagiere auf, viele davon blutig und mit blauen Flecken, weil sie beim Aufprall auf den Boden oder gegen Möbel geschleudert worden waren. Er drehte das Zuwasserlassen der Rettungsboote, und er hörte auch nicht auf, als ein Besatzungsmitglied ihm wütend eine Hand vor das Objektiv hielt. Er zeichnete das schwere Stampfen des Schiffs auf, als es ins Meer kippte, das Signal zum Verlassen des Schiffs und die Stille, die darauf folgte, unterbrochen von den Schreien der Passagiere und von Explosionen irgendwo tief im Inneren der *Australis*. Er filmte das Rennen der Passagiere zu den Rettungsbooten durch von Qualm und Nebel geschwängerte Luft und das Kentern dieser Rettungsboote wegen eines kalbenden Gletschers, der das Meer um sie herum aufwühlte. Und da er zu den Letzten gehörte, die das Schiff verließen, fing er Momente ein, die für viele Passagiere die letzten sein sollten: Eisflächen, die von der Welle zertrümmert wurden, Leuchtsignale, die Himmel und Eis in feuerrotes Licht tauchten, das Ächzen und Stöhnen des sinkenden Schiffs.

Ich hätte mir den Film nicht angesehen, wenn Kate Archer mich nicht davon überzeugt hätte, dass es kein *Titanic*-artiger Katastrophenfilm ist, sondern ein ökologisches Manifest. Als einer der Finanziers der Dokumentation hat sie dafür gesorgt, dass er alles zeigt, was an der Antarktis gut ist, alles, was kostbar und schön ist: die Pinguine, die Wale, die endlosen Sonnenuntergänge. Wenn mir jemand Fragen über die *Australis* stellt, sage ich ihm, er soll sich den Film ansehen.

Richard hat Kate ein großes Vermögen hinterlassen. Nach der Geburt ihrer Tochter zog sie nach Seattle, wo ihr eine Spende von über vier Millionen Dollar einen Platz im Vorstand des Antarktis-Pinguin-Projekts verschaffte und dem Verband ermöglichte, seinen kleinen Stab an festangestellten Mitarbeitern zu vergrößern, zu dem nun auch ich zähle. Kate ist oft in Eugene zu Besuch und wohnt dann wochenlang in meinem ehemaligen Häuschen im Garten, und unsere Töchter wachsen zusammen auf. Wenn ich nach Seattle fahre, bleiben Kelly und ich bei ihr, solange wir können. Wenn ich gebeten werde, einen Vortrag zu halten oder zu unterrichten, versuche ich, Nick und Kelly mitzubringen. Ich möchte, dass Kelly das Reisen übt, denn ich habe vor, sie eines Tages mit nach Süden zu nehmen, und zwar, bevor alles sich verändert, bevor das Eis schmilzt, bevor wir die Adélies aussterben sehen.

Jetzt am Flughafen umarme ich sie fest, bis Nick meine Schulter berührt. »Letzter Aufruf«, sagt er. Ich steige immer als Letzte ein.

Ich lasse Kelly los und richte mich auf. Nick legt ihr eine Hand auf den Kopf, und sie verschwindet in braunen Locken. Ich küsse sie beide ein letztes Mal, dann drehe ich mich um und zeige meine Bordkarte. Rückwärts laufe ich zum Gate und winke, bis ich um die Ecke biegen muss.

Obwohl wir jetzt eine Familie sind, Kelly, Nick, Gatsby und ich, werde ich wohl niemals aufhören, nach Keller zu suchen. Wenn ich auf der antarktischen Halbinsel bin, rede ich mir ein, dass ich da bin, um die Pinguine zu retten, weiß aber, dass es immer die Pinguine sind, die mich retten. Wenn das Kreuzfahrtschiff auf der Booth-Insel anlandet, stehle ich mich in einem Zodiac weg. Ich fahre zu einem einsamen Strand und klettere zu einer abgelegenen Eselspinguin-Kolonie hinauf. Dort setze ich mich hin und warte. Jedes Mal habe ich Angst, dass dies das Jahr sein könnte, in dem er nicht mehr auftaucht. Und dann sehe ich ihn.

Admiral Byrd kommt angewatschelt, dreht den Kopf zur Seite und zeigt mir ein rundes, dunkles Auge. Ich lege meine Beine genau richtig hin. Wenn er es sich gemütlich gemacht hat, ziehe ich die Handschuhe aus und streiche seine glatten, schmutzigen Federn.

Manchmal, wenn ich Admiral Byrd auf meinem Schoß spüre, habe ich das Gefühl, dass Keller bei uns ist. Ich denke an den Tag, an dem ich mit Kelly hier sein und sie auffordern werde, still und regungslos dazusitzen, wie ihr Vater mich einst aufgefordert hat, und ich stelle mir den Ausdruck auf ihrem Gesicht vor, in diesen grün gesprenkelten Augen, die so ganz Keller sind, wenn Admiral Byrd auftaucht und auf ihren Schoß stolpert.

Da Kellers Körper jetzt zum Südpolarmeer gehört, bilde ich mir gern ein, dass wir ihn eines Tages sehen werden. Dass wir eine Fata Morgana erleben und ihn inmitten einer Traube von Pinguinen entdecken werden, das rote Tuch um den Hals, blinzelnd, weil die Reflexion des Sonnenlichts ihm vom Eis in die Augen springt. Dass er uns bemerken und lächeln wird. Dass er wie früher sagen wird, *Fin del mundo*, und wir werden antworten, *principio de todo*.

Das Ende der Welt, der Anfang von allem.

DANKSAGUNG

Die Orte in diesem Roman – die Inseln der Antarktis, die Forschungsstationen – sind zwar real, ein paar dichterische Freiheiten habe ich mir aber genommen. Darunter die Erfindung der Garrard-Pinguinkolonie in der Nähe der McMurdo Station, die grob auf einer echten Kolonie und tatsächlichen Umständen beruht, davon abgesehen aber fiktiv ist. Der Eselspinguin Admiral Byrd ist ebenfalls erfunden und wurde von einem übermäßig freundlichen Magellan-Pinguin namens Turbo in Punta Tombo in Argentinien inspiriert, der von allen Forschern und Freiwilligen geliebt wird, die das außergewöhnliche Vergnügen hatten, ihm zu begegnen. (Auf www.penguinstudies.org kann man mehr über das Center for Penguins as Ocean Sentinels erfahren und Turbo auf Twitter folgen.) Das Antarktis-Pinguin-Projekt ist eine fiktive Organisation, angeregt vom gemeinnützigen Verband Oceanites (www.oceanites.org), einer nichtstaatlichen, öffentlich unterstützten Organisation, deren wissenschaftliche Forschung in der Antarktis Aufklärung und Umweltschutz fördert. Jegliche Ungenauigkeiten im Roman, ob nun versehentlich oder um der Geschichte willen, stammen von mir.

Ich bin allen dankbar, die dieses Buch möglich gemacht haben. Darunter: Dr. Dee Boersma, von der ich über Pinguine von der Antarktis bis Argentinien gelernt habe und deren Forschungsarbeit beim Center for Penguins as Ocean Sentinels Wunder für den Schutz dieser unglaublichen Tiere wirkt.

Molly Friedrich, deren Klugheit, scharfer Sachverstand und liebevolle Strenge beim Lektorat dabei geholfen haben, diesen Roman bereit für die Welt zu machen. Tausend Dank auch an Nichole LeFebvre, Lucy Carson und Alix Kaye dafür, dass sie tolle Leserinnen sind und Begeisterung und Unterstützung beigesteuert haben.

Liese Mayer ist nicht nur eine großartige Lektorin, sondern es ist auch ein Vergnügen, sie zu kennen und mit ihr zusammenzuarbeiten. Vielen Dank auch an das fantastische Team bei Scribner für so wunderbare Arbeit in jedem verlegerischen Aspekt.

Ich danke dem Helen Riaboff Whiteley Center, das mir Zeit und Raum zum Schreiben geschenkt hat und ohne das dieses Buch immer noch nicht fertig wäre.

Vielen Dank an den *Ontario Review*, der meine Kurzgeschichte »The Ecstatic Cry« veröffentlicht hat, aus dem letztlich dieser Roman entstand.

Und ich danke meiner Familie für Liebe und Unterstützung. Am meisten: John Yunker, der mich auf jedem Schritt der Reise begleitet hat, sowohl auf als auch abseits der Seiten.

Sue Monk Kidd

Die Erfindung der Flügel
Roman

496 Seiten, btb 71467
Aus dem Englischen von Astrid Mania

Zwei Frauen, die die Welt verändern

Die elfjährige Sarah, wohlbehütete Tochter reicher Gutsbesitzer, erhält in Charleston ein ungewöhnliches Geburtstagsgeschenk – die zehnjährige Hetty »Handful«, die ihr als Dienstmädchen zur Seite stehen soll. Dass Sarah dem schwarzen Mädchen allerdings das Lesen beibringt, hatten ihre Eltern nicht erwartet. Und dass sowohl Sarah als auch Hetty sich befreien wollen aus den Zwängen ihrer Zeit, natürlich auch nicht. Doch Sarah ahnt: Auf sie wartet eine besondere Aufgabe im Leben. Obwohl sie eine Frau ist. Handful ihrerseits sehnt sich nach einem Stück Freiheit. Denn sie weiß aus den märchenhaften Geschichten ihrer Mutter: Einst haben alle Menschen Flügel gehabt …

»Ein wunderbarer Roman für jeden, der je seine eigene Stimme finden wollte. Es ist unmöglich, dieses Buch zu lesen, ohne danach anders über sich selbst und die eigene Rolle in der Welt zu denken.«
Oprah Winfrey

»Ein Meisterwerk darüber, wie es Frauen gelingen kann, die Welt zu verändern.«
The Chicago Tribune

btb

Claudie Gallay

Ein Winter in Venedig

Roman

256 Seiten, btb 74746

Von ihrem Liebhaber verlassen, flüchtet die Erzählerin nach Venedig. Es ist kurz vor Weihnachten, jene Zeit im Jahr, in der die Stadt ihr echtes Gesicht zeigt. Um ihren Kummer zu vergessen, spaziert sie durch die nebelverhangenen Gassen, vorbei an verlassenen Gondeln. Ihre einzige Gesellschaft sind die anderen Bewohner der kleinen Pension, in die sie sich eingemietet hat: Ein russischer Aristokrat mit bewegter Vergangenheit, eine junge Balletttänzerin im Taumel der Gefühle und ein Buchhändler, der Bücher wie die Luft zum Atmen braucht – und der allmählich in ihr die Hoffnung weckt, dass die Liebe auch ihr gebrochenes Herz wieder heilen kann.

»Venedig, die ewige Stadt, wo sich hinter jeder Kanalbiegung neue Geschichten auftun, bildet die ideale Kulisse für diesen einfühlsamen Streifzug durch die Ruinen eines gebrochenen Herzens. Ein Juwel!«

Le Figaro

»Die bewegende Geschichte einer Frau, die ihr Herz für andere öffnet und dabei sich selbst wiederfindet.«

Le Monde

btb

Elizabeth Strout

Mit Blick aufs Meer

Roman

352 Seiten, btb 74203
Aus dem Amerikanischen von Sabine Roth

Ausgezeichnet mit dem Pulitzerpreis

In Crosby, einer kleinen Stadt an der Küste von Maine, ist nicht viel los. Doch sieht man genauer hin, ist jeder Mensch eine Geschichte und Crosby die ganze Welt. Die amerikanische Bestsellerautorin fügt diese Geschichten mit liebevoller Ironie und feinem Gespür für Zwischenmenschliches zu einem unvergesslichen Roman.

»Warmherzig, anrührend, lebensklug.«
Frankfurter Allgemeine Zeitung

»Dieses Buch ist ein Schatz!«
Freundin

btb

Beate Teresa Hanika

Vom Ende eines langen Sommers

Roman

ca. 240 Seiten, btb 75707

Sie sind Mutter und Tochter.
Sie sind wie Fremde.
Dabei verbindet sie mehr, als sie ahnen.

Marielle lebt als Bildhauerin in Amsterdam. An einem der ersten warmen Frühlingstage kehrt die Vierzigjährige mit einem riesigen Strauß roter und blassrosa Tulpen vom Bloemenmarkt zurück und findet vor ihrer Wohnungstür ein Paket. Altmodisch verschnürt und geheimnisvoll. Der Inhalt: Tagebücher ihrer vor kurzem verstorbenen Mutter Franka. Ein Leben lang fühlte Marielle sich von ihr unverstanden. Immer war ihr diese stolze, kühle Frau fremd geblieben. Nun beginnt sie zu lesen. Von jenem langen Sommer 1944, den Franka auf einem Gut in der Toskana verbracht hatte. Und von einer Begegnung, die das Leben der jungen Frau für immer veränderte.

btb